Es war dunkel und stickig. Solveigh spürte etwas Pelziges in ihrem Nacken und versuchte, in dem engen Kabuff ein Stück davon abzurücken. Dabei stieß sie mit dem Fuß gegen die Seitenwand, und ein hohles Klopfen erklang. Wie in einem Sarg, dachte sie und unterdrückte ihre aufkommende Panik. Sie konnte hier drinnen zusammengekauert sitzen, also war es eine Weile auszuhalten. Solveigh ließ ihren Kopf nach vorn fallen, bis ihre Kniescheiben sich in die Augenhöhlen drückten. Ihre Augen brannten. Nein, sie würde nicht heulen, sondern einfach ruhig weiteratmen! Doch … wie lange würde die Luft reichen?

Draußen war es still geworden. Sie hatte ja gewusst, dass niemand sie vermissen würde! Gestern, als sie mit dem aufgeritzten Arm zum Gruppengespräch erschienen war, hatten alle sie angestarrt. Es war ein gutes Gefühl gewesen, das ungläubige Entsetzen in den Gesichtern der anderen zu sehen und das eigene Blut zu fühlen, wie es ihr warm über die Hand gelaufen war. Einen Moment lang war nichts zu hören gewesen als das leise »Plop-Plop«, mit dem ihr Blut auf den Linoleumboden getropft war. Die Schnitte im Unterarm hatte Solveigh sich mit dem Küchenmesser beigebracht, dort, wo ihre Haut weich und ganz weiß war. Trotz der Salbe und des Verbandes, den man ihr später auf der Krankenstation verpasst hatte, konnte sie das Brennen immer noch spüren. Doch was war das gegen ihre Angst und die Scham? Sie hatte ein Gespräch belauscht. Bald würden alle wissen, weshalb sie hier war: dass sie versucht hatte, jemanden umzubringen.

Das Erziehungsheim für schwer erziehbare Mädchen, in das man sie abgeschoben hatte, sah von außen aus wie eine Filmkulisse. *Gefährliche Liebschaften* ohne Reifröcke und Perücken, dafür gab es pubertierende Mädchen, Hormone und stinkenden Schweiß. Der Geruch hing überall. In der Wäscherei, in der Solveigh nachmittags arbeiten musste, schlug er ihr beißend entgegen, wenn sie die getragene Kleidung aus den Bottichen nach Waschgängen sortierte.

Solveighs Herzschlag beschleunigte sich, als sie das Geräusch näher kommender Schritte hörte. Wer konnte das sein? Die Mädchen mussten jetzt doch alle schon beim Frühschwimmen sein. Sie kauerte sich tiefer in ihr Versteck und hoffte, der oder diejenige würde weitergehen. Die Schritte stoppten. Sie hielt den Atem an und meinte, ihren Herzschlag im Hals zu spüren. Die Tür schwang auf, und Solveigh blinzelte in helles Licht.

»Also hier hast du dich verkrochen!« Es war Katja, die vor dem geöffneten Schrank stand. »Wenn du nicht beim Frühschwimmen erscheinst, bekommen wir alle Ärger. Beeil dich!« Sie klang unnachgiebig und gereizt.

Katja Simon war die Erste gewesen, die Solveigh angesprochen hatte, als sie aus der geschlossenen Abteilung in die Gruppe ins Möwenturmhaus verlegt worden war. Katja war, für ihre Verhältnisse, fast nett zu ihr gewesen. Und danach hatten auch Katjas Freundinnen, Janet und Tamara, mit ihr geredet. Janet war lebhaft und witzig. Sie wollte Schauspielerin werden. Tamara war so schüchtern wie Solveigh, mit dem alles entscheidenden Vorteil, dabei schön auszusehen.

»Los, komm!« Katja zog sie mit sich. »Die Winsen ist noch im Verwalterhaus aufgehalten worden. Vielleicht merkt sie gar nicht, dass du die Schwimmstunde in einem Schrank verbringen wolltest. Weißt du zufällig, wo Tamara ist?«

BASTEI
LÜBBE
TASCHENBUCH

Weitere Titel der Autorin:

Kalter Grund
Engelsgrube
Blaues Gift
Grablichter
Tödliche Mitgift
Düsterbruch
Ostseefluch
Ostseesühne (Titel auch als Hörbuch erschienen)

Dornteufel

Titel auch als E-Book erhältlich

Eva Almstädt

OSTSEEBLUT

Pia Korittkis sechster Fall

Kriminalroman

BASTEI
LÜBBE
TASCHENBUCH

BASTEI LÜBBE TASCHENBUCH
Band 17175

Dieser Titel ist auch als E-Book erschienen

Dieses Werk wurde vermittelt durch die Michael Meller Literary Agency,
München

Copyright © 2010 by Bastei Lübbe AG, Köln
Titelillustration: Christin Wilhelm, www.grafic4u.de
unter Verwendung von Motiven von © shutterstock/Sergei25;
shutterstock/Daniiel; shutterstock/Dudarev Mikhail
Umschlaggestaltung: Christin Wilhelm, www.grafic4u.de
Satz: hanseatenSatz-bremen, Bremen
Gesetzt aus der Baskerville
Druck und Verarbeitung: GGP Media GmbH, Pößneck
Printed in Germany
ISBN 978-3-404-17175-0

4   6   5   3

Sie finden uns im Internet unter
www.luebbe.de
Bitte beachten Sie auch: www.lesejury.de

»Ich hab sie heute noch gar nicht gesehen«, keuchte Solveigh, die versuchte, mit der Älteren Schritt zu halten.

»Janet sucht sie. Sie hat den schwierigeren Part.« Katja lächelte spöttisch. Jeder in der Gruppe wusste, dass Tamara einen Freund im Ort hatte.

»Denkst du, Tamara war über Nacht bei *ihm*?«

»Beeil dich, ich muss mich noch umziehen«, rief Katja und lief mit federnden Schritten den abschüssigen Weg hinunter. Solveigh, die ihr folgte, bekam nach wenigen Minuten Seitenstiche. Die Schwimmhalle lag mitten im Wald unterhalb des Hauptgebäudes. So früh am Morgen war es zwischen den Bäumen noch dunkel und der Boden rutschig. In den Lichtkegeln der wenigen Laternen glitzerten Schneereste auf schwarzem Laub. Als sie die Halle erreichten, verschwand Katja sofort in der Sammelumkleidekabine für Mädchen. Solveigh zog Schuhe und Strümpfe aus, nahm sie in die Hand und suchte sich einen Weg zum Becken, ohne dabei die Dusche passieren zu müssen. Niemand konnte von ihr verlangen, mit ihrem bandagierten Arm zu schwimmen. Sie ging durch einen der hinteren Gänge, an den kaum genutzten Einzelkabinen vorbei. Die Fliesen unter ihren Füßen fühlten sich eklig an ... feucht und sandig. Auf dem Fußboden, in einer offen stehenden Kabine, lag ein helles Stück Stoff, das wie eine zusammengeknüllte Unterhose aussah ... mit roten Flecken. Widerlich.

Als sie die Tür aufstieß, sah Solveigh, dass sie die Erste war. Sie stellte ihre Schuhe neben einer Bank ab und ging zum Beckenrand. Noch nie hatte sie das Wasser so ruhig daliegen sehen ... spiegelglatt. Unten im Becken war ein dunkler Schatten zu sehen. Solveigh trat näher, sodass ihre Zehen sich um die Kante krampften und das Wasser berührten. Weit unten, im tiefen Wasser, war etwas ... Ein Mensch?

Arme und Beine schienen sich ihr entgegenzustrecken, langes Haar schwebte vor dem Gesicht. Was war das für ein bescheuerter Streich? Und wie konnte jemand so lange die Luft anhalten? Dann realisierte Solveigh, wer dort unten lag. Die hüftlangen dunkelbraunen Haare waren unverwechselbar. Das Kleid, das das Mädchen trug, war bis über die Taille hochgerutscht. Peinlich berührt starrte Solveigh auf den entblößten weiblichen Schoß. Dann erst sah sie das Seil. Es war um Hals und Brust des Mädchens geschlungen und mit einem Metallkorb verbunden, der neben ihm auf dem Beckengrund lag.

Solveigh wollte schreien, doch sie brachte nur ein Krächzen heraus. Dort unten lag Tamara. Sie war eine von ihnen. Und sie war tot.

1. Kapitel

Von der Ostsee her krochen Nebelschwaden wie tastende Finger über den Priwall. Die Luft war kalt und ungesund feucht. Super, dachte Timo Feldheim, als er aus dem warmen Auto stieg. Letzte Woche hatte er sich noch mit einer Bronchitis rumgequält, und heute wollte er an einem Orientierungslauf teilnehmen. Warum? Um Katja einen Gefallen zu tun? Es wird mich schon nicht umbringen, vermutete er und sah sich nach einem Stück Holz um, auf das er klopfen konnte. Blöder Aberglaube. Er würde es eben ruhig angehen lassen. Beim Orientierungslauf kam es ja nicht nur auf schnelles Laufen an, sondern auch auf die Fähigkeit, sich im Gelände zu orientieren und den schnellsten Weg von Posten zu Posten zu finden. Timo unterdrückte ein Husten.

Katja war ihm zum Startplatz vorausgegangen. Er beobachtete, wie sie Vereinskollegen begrüßte, den einen oder anderen umarmte und schnell im Mittelpunkt der Aufmerksamkeit stand. Und wie immer, wenn er sie sah, war er stolz auf sie.

»Wir müssen uns heute ranhalten, Timo«, sagte Katja, als er hinzukam. »Gunnar vom TSV hat eben eine Superzeit vorgelegt: achtunddreißig Minuten, fünfzehn Sekunden. Ich fress 'nen Besen, wenn der diesmal besser ist als wir.«

»Du bist doch super in Form, Katja«, murmelte er. Nur keine Diskussion vor dem Start! Es reichte, wenn sie den Rest des Sonntags schlecht gelaunt sein würde, falls sie zu langsam war.

»Timo überlässt es mal wieder mir, die Kastanien aus dem

Feuer zu holen. Er könnte Gunnar auf der Drei-Komma-fünf-Kilometer-Bahn mit Leichtigkeit schlagen«, sagte Katja zu den Umstehenden. Es klang scherzhaft, aber er spürte die Spitze.

»Ich konzentriere mich auf die Acht-Kilometer-Strecke«, erklärte er und ärgerte sich, dass es wie eine Rechtfertigung klang.

»Schaut mal! Da kommen die ersten Kinder zurück«, rief Thomas Landwehr und lenkte so von der Auseinandersetzung ab. Alle blickten den Fliegerweg hinunter. Zwei junge Läufer näherten sich dem Ziel und lieferten sich zum Abschluss ein Wettrennen um den ersten Platz. Landwehr ging zur Stoppuhr, die auf einem Klapptisch bereitstand, um die Zeiten abzulesen. Der Junge überholte das Mädchen auf den letzten Metern. Er keuchte und strich sich eine verschwitzte Haarsträhne aus dem Gesicht. Das Schulterklopfen und die lobenden Worte der Erwachsenen schienen ihm peinlich zu sein. Das Mädchen, das kurz nach ihm eintraf, warf ihm einen bösen Blick zu.

»Habt ihr alle Posten gefunden?«, fragte Landwehr, kaum dass sie zu Atem gekommen waren.

»Nein, den achten … den hab ich nicht. Ich glaub, den hat mal wieder jemand geklaut«, beschwerte sich das Mädchen mit glühenden Wangen. Der Junge nickte zustimmend.

»Ich werde es nachprüfen«, antwortete Landwehr und machte sich eine Notiz auf ihren Laufkarten.

»Waren die anderen weit hinter euch zurück?«, fragte eine Frau, von der Timo wusste, dass ihr siebenjähriger Sohn ebenfalls auf der Kinderstrecke gestartet war.

»Es geht. Die kommen bestimmt auch bald.«

»Du musst ihnen von dem Typen erzählen, Lasse«, sagte das Mädchen.

»Was denn für ein Typ?«, hakte Katja nach.

Timo musterte sie überrascht. Sie machte sich nichts aus Kindern. Ihr Sohn Alexander lebte bei seinem Vater und kam nur gelegentlich für ein Wochenende zu Besuch. Und selbst dann beschäftigte er sich mehr mit dem Jungen als Katja. Sie versorgte ihn mit Nahrung, wie sie spöttisch zu sagen pflegte, kaufte ihm neue Klamotten oder mal ein Spiel für die Playstation, das war's aber auch schon. Es war ungewöhnlich, dass sie die Kinder überhaupt beachtete.

Der Junge und das Mädchen wechselten einen Blick.

»Ich hab da einen komischen Typen in der Nähe des Postens ›Tanne‹ gesehen«, sagte er verlegen. Die Posten der Kinderstrecke waren nicht nummeriert, sondern mit Bildchen versehen, damit auch Kinder, die noch nicht lesen konnten, eine Chance hatten. Die älteren fanden das peinlich.

»Einen Spaziergänger?«

»Weiß nicht. Ich hatte das Gefühl, dass er uns beobachtet.«

Die Erwachsenen wechselten Blicke. Ein Spaziergänger war kein Problem. Manchmal sah auch der Förster nach dem Rechten, wenn ein Orientierungslauf stattfand. Die auf den Karten markierten Sperrzonen zu überlaufen war streng verboten, aber es passierte trotzdem hin und wieder, dass sich einer der Läufer nicht daran hielt. Doch es konnten sich alle möglichen Leute im Gelände herumtreiben …

»Hat er euch angesprochen?«, fragte Landwehr.

»Nein«, versicherte das Mädchen. »Der hat nur Vögel beobachtet. Lasse hat zu viel Fantasie.«

Das Gesicht des Jungen wurde noch röter. Er zuckte mit den Schultern und schlenderte dann betont lässig zu dem Tisch hinüber, auf dem eine Thermoskanne mit Tee und Kuchen für die Läufer bereitstanden.

Katja warf einen Blick auf ihre Armbanduhr. »Ich werde

mich mal warmlaufen. Ich bin gleich dran.« Sie küsste Timo flüchtig auf die Wange und trabte los.

Er sah ihr gedankenversunken nach. Die Ehe mit Katja war ihm nie besonders harmonisch erschienen. Das war auch nicht das, was er wollte. Auseinandersetzungen gehörten zu einer Beziehung dazu, aber in letzter Zeit übertrieb es Katja mit ihren Sticheleien. Timo erinnerte sich wieder daran, wie sein Bruder Michael ihn wenige Wochen vor der Hochzeit zur Seite genommen und gewarnt hatte.

»Überleg dir das mit Katja lieber noch mal. Frauen wie die brechen dir irgendwann das Herz«, hatte er ihm unter Einfluss mehrerer Gläser Bier zugeraunt.

»Halt dich da raus. Du kennst Katja doch gar nicht.«

»Sie ist nicht so wie meine Chrissie. Wie Mädchen, mit denen wir aufgewachsen sind, Timo. Denk mal daran, was sie durchgemacht hat. Wo sie herkommt.« Die Anspielung galt Katjas Jugend, die sie zum größten Teil in irgendwelchen Heimen verbracht hatte. Michael arbeitete als Sozialarbeiter in einer Wohngruppe mit schwer erziehbaren Jugendlichen, was ihn seiner Meinung nach dazu befähigte, über Katjas Charakter zu urteilen.

»Ich kenne Katja, und ich vertraue ihr.«

Sein Bruder hatte in sein frisch gezapftes Bier geschnaubt, sodass die Schaumflocken aufgeflogen waren. »Katja hat andere Werte als wir. Sie wird dich anlügen, ohne mit der Wimper zu zucken. Sie kann nichts dafür, aber wenn sie eins gelernt hat, dann, dass es nur einen Menschen auf der Welt gibt, auf den sie sich verlassen kann: sie selbst.«

»Bei Katja ist das anders. Halte du dich da raus, Micha!«, hatte er ihn angefahren.

Sein Bruder hatte das Thema nie wieder angesprochen. Und jetzt, Jahre später, musste Timo wieder an die Warnung denken. Katja hatte ihm gestern Abend ihre Pläne für die Zukunft dargelegt. Den Grund dafür, dass sie seltener in der Praxis erschien und abends oft so spät nach Hause kam. Verdammt, er liebte sie! Ihre Vergangenheit würde nicht zerstören, was sie sich in den Jahren gemeinsam aufgebaut hatten. Er musste Vertrauen haben … und Geduld. Timo beobachtete, wie sie jetzt in Richtung Startplatz lief. Sie hatte noch ein paar Minuten, bis sie ihre Laufkarte erhalten würde. Doch etwas stimmte nicht. Katja wurde langsamer, humpelte und blieb mit verzerrtem Gesicht stehen.

Timo ging zu ihr hinüber. »Was hast du?«, wollte er wissen.

»Ich bin im Wald in ein Loch getreten und umgeknickt. Erst dachte ich, es ist nichts, aber jetzt tut mein Knöchel höllisch weh.«

Er beugte sich hinunter und betastete ihr Fußgelenk. »So kannst du nicht starten, Katja.«

»Es geht gleich wieder. Ich bin jetzt dran.«

Eine Verstauchung, wenn nicht etwas Schlimmeres, dachte er. Sie waren beide Ärzte, arbeiteten in derselben Praxis. Eine Schnelldiagnose von ihm würde Katja schlecht aufnehmen.

»Noch vier Minuten«, sagte der Starthelfer.

Timo nahm Katjas Ellenbogen, doch sie schüttelte seine Hand ab und humpelte zum Startpunkt. »So kannst du doch nicht an einem Orientierungslauf teilnehmen, Katja«, rief er mahnend.

»Ist es mein Fuß oder deiner?«, fragte sie.

»Dann lauf doch! Viel Spaß!« Verdammter Ehrgeiz! Wollte sie die Strecke auf einem Bein zurücklegen?

»Noch drei Minuten.«

Katja nickte und versuchte aufzutreten, doch sie strauchelte und biss sich dabei auf die Lippe. »Okay, alles klar. Ich laufe nicht«, sagte sie. »Aber du hast doch Zeit, Timo. Starte du für mich!« Der eindringliche Blick ihrer grünen Augen war unwiderstehlich.

»Kann ich mit der Startnummer und Karte meiner Frau laufen?«, fragte Timo den Starthelfer, der Katjas Laufkarte für sie bereithielt.

»Meinetwegen, ist ja nur ein Trainingslauf. Aber beeilt euch.«

Timo streifte sich Katjas Startnummer über und nahm die Karte entgegen, auf der die Posten im Gelände markiert waren. Er zückte seinen Kompass. Also los, er würde es Gunnar schon zeigen!

Die Laufstrecke führte ihn vom Fliegerweg zunächst in Richtung Norden. Er überquerte die Mecklenburger Landstraße, die sich in Ost-West-Richtung über die ganze Halbinsel zog. Früher hatte diese Straße quasi im Nirgendwo geendet, an der Zonengrenze zur ehemaligen DDR. Noch etwa fünfhundert Meter, dann müsste er zum ersten Posten von Bahn B gelangen, gelegen an einem Wurzelstock. Als er den Wimpel im Unterholz aufblitzen sah, lief er das letzte Stück querfeldein, markierte seine Laufkarte mit der Lochzange und orientierte sich dann in Richtung Ostsee.

Er atmete gleichmäßig. Seine Bronchien kamen mit der feuchten Seeluft gut zurecht. Am Sportboothafen konnte er im Dunst den roten Backsteinturm des Travemünder Leuchtturms erkennen. Der Nebel schien sich zu lichten. Mühelos fand er den zweiten Posten. Beim Aufrichten sah er eine schneeweiße Ostseefähre, die gerade aus der Trave-Mündung in Richtung Skandinavien steuerte. Auf dem asphaltierten Weg am Hafenbecken entlang legte er an Tempo zu. Nachdem er den dritten Posten gefunden hatte, führte ihn der Weg ins Dünengebiet. Das Laufen im Sand war anstrengend, aber er lag gut in der

Zeit. Noch ein Posten, und weiter ging es in Richtung Süden, durch eine wie verlassen daliegende Ferienhaussiedlung und dann auf die andere Seite der Halbinsel.

Timo durchquerte ein Waldstück. Vor ihm lag eine steppenartige Graslandschaft mit vereinzelten Inseln aus höherem Bewuchs, die sich bis zum Wasser hinzog. Er kontrollierte Karte und Kompass und suchte eine Landmarke, die ihm die Richtung weisen konnte. Für andere Aspekte seiner Umgebung hatte er keinen Blick übrig, einzig der nächste Posten war wichtig. Dicht am Waldrand befand sich eine Art Kuppe, die mit hohen Büschen bewachsen war. Weiter hinten entdeckte er den orange-weißen Wimpel … Er lief mit langen Schritten, fühlte sich geradezu euphorisch. Das *Runner's High?* Nicht so früh! Doch das Hochgefühl verging so schnell, wie es gekommen war. Mit einem Mal spürte er, dass er beobachtet wurde, und erinnerte sich an das, was die Kinder erzählt hatten. Nicht ablenken lassen! Wenn man an einem Posten falsch lochte, war man für gewöhnlich aus der Wertung raus. Er erreichte den Posten und konzentrierte sich auf Lochzange und Karte. Den Gewehrlauf, der aus der Öffnung eines Holzschuppens im Wald auf ihn gerichtet war, sah er nicht.

Der erste Schuss trat in Timos Hinterkopf ein, und das Projektil zerstörte binnen Sekundenbruchteilen sein Gehirn. Er hörte nicht einmal mehr das Schussgeräusch. Die Kugel zerfetzte beim Austritt seinen Augapfel und das umgebende Gewebe. Der zweite Schuss traf ihn an der Schulter und riss ihn zur Seite. Sein vom Laufen erhitzter Körper fiel neben der Kontrollzange zu Boden. Das dritte Projektil schoss über Timos Körper hinweg und blieb in einem abgestorbenen Baumstumpf stecken. Timos eben noch energiegeladener Körper lag reglos im nassen Gras. Die zerstörte Seite des Gesichts mit der leeren Augenhöhle war dem grauen Himmel zugewandt. Die Mischung aus Blut, Gehirnmasse und versengter Haut würde, wenn der Mensch nicht eingriff, bald Möwen, Füchse und kleinere Lebewesen anlocken, ihren Dienst als Aufräumpolizei der Natur zu versehen.

2. Kapitel

Was ist denn heute bloß los da drüben?«, fragte die Frau mit der gelben Warnweste, die das Geld für die Fährüberfahrt kassierte. »So einen Andrang hatten wir schon seit Wochen nicht mehr.«

Pia Korittki, Kriminaloberkommissarin bei der Lübecker Bezirkskriminalinspektion, nahm den Fahrschein und das Wechselgeld durch das geöffnete Autofenster entgegen. »Bei einer Sportveranstaltung auf dem Priwall hat es einen Unfall gegeben«, gab sie vage Auskunft. Das war nur unwesentlich weniger, als sie selbst wusste. Sie war erst vor einer halben Stunde telefonisch darüber informiert worden, dass sie zu einem Einsatz erwartet wurde.

»Der Rettungswagen ist schon wieder zurückgekommen, und der hatte es nicht besonders eilig. Dann erwarten wir demnächst wohl einen Leichenwagen …«, meinte die Frau und blinzelte Pia neugierig an.

»Dazu kann ich Ihnen nichts sagen. Einen schönen Tag noch«, antwortete sie und hob zum Abschied kurz die Hand. Ein Toter bei einem Orientierungslauf auf dem Priwall. Eine tödliche Schussverletzung, mehr wusste sie auch noch nicht. Sie fuhr auf die Fähre und schaltete den Motor aus.

Die Überfahrt dauerte nur wenige Minuten, und während Pia zusah, wie der u-förmige Komplex einer Seniorenwohnanlage, die direkt auf der anderen Seite am Trave-Ufer lag, immer näher kam, versuchte sie, sich darauf einzustellen, was sie am Einsatzort erwartete. Angehörige, wahrscheinlich waren bei einer Veranstaltung an einem Sonntag Angehörige des Toten anwesend. Bei einer Sportveranstaltung gab es viele Personen, die auf die eine oder andere Art involviert waren. Und alle würden befragt werden müssen.

Links, ein Stück in Richtung Flussmündung, konnte Pia die *Passat* im Wasser liegen sehen. Die Viermastbark mit ihren hoch in den Himmel ragenden Masten sah so aus, als könnte sie jederzeit zu ihrer nächsten Weltreise auslaufen – doch in Travemünde war Endstation. Nun konnte man die *Passat* für Feste mieten, Hochzeitsfeiern beispielsweise … Was Pia an ihr Vorhaben für diesen Sonntag erinnerte, das sie jetzt getrost vergessen konnte.

Es gab einen leichten Ruck, die Fähre legte an, und die rot-weiße Schranke hob sich. Ein gemeinsames spätes Frühstück mit ihrem Freund mit frischen Brötchen und Milchkaffee war vorhin zu einem hastigen Toast zwischen Dusche und Schlafzimmer mutiert. Danach, irgendwann am frühen Nachmittag, hatte sie mit Hinnerk zu ihren Eltern fahren wollen. Wollen … Na ja, es wurde langsam Zeit, sie darüber in Kenntnis zu setzten, dass sie Großeltern wurden: im April nächsten Jahres …

Sie legte den Gang ein und fuhr an. Während Pia den Wagen die leicht ansteigende Straße in Richtung Osten lenkte, dachte sie daran, wie lange sie noch ihre Augen vor den anstehenden Veränderungen würde verschließen können. Außer ihrem Freund Hinnerk, der nach dem zu erwartenden anfänglichen Schock den Ereignissen mit einer gewissen Vorfreude entgegensah, und ihrem Chef, der weniger freudig reagiert hatte, es nach dem dritten Monat der Fairness halber aber hatte erfahren müssen, hatte sie es noch niemandem erzählt. Sie wusste ja selbst nicht genau, wie sie dazu stand. Neben verhaltener Freude und einer gewissen Neugierde beherrschte eine große Portion Skepsis ihre Gedanken. Job und Kind … ein banales Problem, nichtsdestotrotz ein Problem.

Ein Kind war nicht geplant gewesen. Sie hatte gerade so gut Fuß gefasst in ihrem Job und wollte weiterkommen. Außerdem war sie erst seit eineinhalb Jahren mit Hinnerk zusammen. Es war ihre längste Beziehung überhaupt, und sie glaubte, dass sie ihn liebte, aber von einem gemeinsamen Kind war nie die Rede gewesen. Irgendwann einmal, ja … und wenn sie vorher darüber nachgedacht hätte, dann wäre Hinnerk wohl der potenzielle Vater ihrer Wahl gewesen. Nun, da die Realität sie eingeholt hatte, war alles ein einziges Chaos. In gewisser Hinsicht kam es ihr gelegen, dass sie heute arbeiten musste. Ein Aufschub …

Pia fuhr die Mecklenburger Landstraße hinunter, am ehemaligen Priwall-Krankenhaus vorbei. Das Klinik-Gelände mit dem hohen Baumbestand sah verlassen aus. Soweit sie wusste, wurden zwei der kasernenartigen Gebäude als Magazin für Bestände der Stadtbibliothek Lübeck genutzt, ansonsten suchte man wohl noch nach einem Käufer.

Der Tatort lag gegenüber der Ferienhaussiedlung hinter einem Waldstück. Pia stellte ihren Citroën, der sich immer in irgendwelche Lücken quetschen ließ, zu den hundertfünfzig anderen Fahrzeugen am Fahrbahnrand und nahm den abgesperrten Pfad durch den Wald in Richtung Wasser. Auf dieser Seite der Halbinsel war das nicht die Ostsee oder die Trave, sondern die Pötenitzer Wiek, erinnerte sie sich.

»Wenn mich mein Gefühl nicht trügt, sind wir heute bestimmt nicht pünktlich zum *Tatort* zu Hause«, begrüßte Heinz Broders sie, als Pia bei den anderen eintraf. Er war einer ihrer Kollegen vom K1.

»Ich habe es nicht eilig«, sagte sie und sah sich um. Jemand hatte einen Polizeibus über Stock und Stein hierhergefahren, und ein Kollege in Uniform stand mit einem Klemmbrett am Wagen, verteilte Aufgaben und gab Auskünfte. Nachdem Pia sich gemeldet und ihre Anweisungen erhalten hatte, wandte sie sich wieder Heinz Broders zu. »Ich weiß bisher nur, dass da draußen ein Toter im Gelände liegt. Erschossen. Wonach sieht es denn aus, Unfall oder Mord?«

Broders, der einen seiner Stiefel neu schnürte, sah zu ihr auf. »Bisher hat sich niemand gemeldet, der hier herumgeschossen und versehentlich einen Läufer umgelegt hat.« Er richtete sich mit einem leichten Ächzen wieder auf.

»Also ein Mord.« Pia musterte die unwirtliche Umgebung. Der Wind hatte nachgelassen, aber die Sonne hatte nicht genug Kraft, die Wolkendecke zu durchbrechen. Hin und wieder war sie als blasse Scheibe im grauen Dunst zu erkennen.

»Genau. An späte Reue glaube ich nicht. Höchstens an gerissene Anwälte«, antwortete Broders. Er deutete hinüber zum abgesperrten Bereich, wo das Spurensicherungsteam bei der Arbeit war. »Siehst du den Holzschuppen dahinten? Vermutlich hat der Schütze sich dort versteckt, als er die tödlichen Schüsse abgegeben hat.«

»Gibt es Patronenhülsen?«

»Ja, eine. Die hat der Täter wohl nicht wiedergefunden, so finster, wie es da drinnen ist. Vielleicht war er in Eile.«

»Also sind mehrere Schüsse abgegeben worden?«

»Drei, wie es aussieht.«

»Haben die Kriminaltechniker noch andere tatrelevante Spuren gefunden?«, fragte Pia. Sie wusste, dass Broders immer einer der Ersten aus ihrem Kommissariat war, der irgendwo auftauchte, und deshalb meistens zur Tatortarbeit eingeteilt wurde.

»Bisher sieht es schlecht aus. Hier wirft doch jeder seinen Dreck hin, wie es ihm passt.«

»Gibt es irgendwelche Zeugen?«

»Nicht direkt. Die Läuferin, die nach dem Opfer gestartet ist, hat die Leiche entdeckt und einen Schock erlitten. Unser Chef rotiert. Wir haben fünfunddreißig Teilnehmer der Sportveranstaltung nebst Begleitung, die wir alle befragen müssen.«

»Ich bin auch zu den Befragungen eingeteilt worden«, sagte Pia. »Kannst du mir etwas mehr über das Opfer erzählen?«

»Ein achtunddreißigjähriger Arzt namens Timo Feldheim. Er hatte mit seiner Frau zusammen eine Praxis für Haut- und Geschlechtskrankheiten in Lübeck. Vielleicht kennst du ihn?« Er sah sie spöttisch an.

»Nein. Ein Arzt also … und er war verheiratet.«

»Ja. Der Name seiner Frau ist Katja Simon. Sie ist auch hier. Ich habe sie kurz gesehen, als Gabler mit ihr sprach. Sie hat ein Alibi«, setzte er hinzu. »Wäre aber auch zu einfach gewesen, nicht wahr?«

Pia wollte sich nicht auf weitergehende Diskussionen über den Fall mit Broders einlassen. Er war ein erfahrener Kriminalbeamter, dessen Wissen und Urteilsvermögen sie schätzte. Allerdings neigte er ihrer Ansicht nach zu einer gewissen Voreingenommenheit, die er wohl als »Welterfahrenheit« bezeichnet hätte. Vielleicht einer der Gründe, weshalb er trotz langer Dienstjahre im K1 noch nicht weiter aufgestiegen war. Sie wusste nicht, ob er das bedauerte; sie wusste überhaupt wenig über seine Hoffnungen und Pläne. Manchmal war es schwierig, mit ihm auszukommen, aber im Grunde konnte sie auf ihn zählen. Er würde mir fehlen, wenn er nicht mehr dabei wäre, dachte sie. Wie kam sie jetzt auf diesen Gedanken? Lag es an der düsteren Stimmung hier?

»Ich werde mir mal ein schönes Plätzchen für meine Befragungen organisieren«, sagte sie. »Wir sehen uns später noch.«

»Der Tod trat zwischen elf Uhr fünfzig, das ist der Zeitpunkt, als Timo Feldheim zuletzt gesehen wurde, und zwar am Startplatz am Fliegerweg, und zwölf Uhr zwanzig ein. Zu dem Zeitpunkt hatte die Läuferin den Toten gerade gefunden und war zum Startplatz zu den anderen zurückgelaufen. Und wir haben Zeugen, die die Schüsse gehört haben wollen, und zwar ziemlich genau um zwölf Uhr. Jetzt ist es neunzehn Uhr fünfundvierzig, und wir haben noch keinen konkreten Hinweis auf die Identität des Schützen. Sollten sich die Verdachtsmomente in Richtung eines Kapitalverbrechens verdichten – und es sieht alles danach aus –, wird umgehend eine Mordkommission gebildet werden. Ich habe organisiert, dass wir ab morgen Verstärkung für unser Team aus Kiel bekommen werden.« Horst-Egon Gabler, der Leiter des K1 der Bezirkskriminalinspektion Lübeck, hatte seine Leute um den Einsatzbus herum versammelt. Ein Mord in einem Naturschutzgebiet auf dem Priwall – und nur drei viertel seiner Leute waren zurzeit einsatzfähig. Eine Welle grippaler Infekte und eine länger während Erkrankung eines Kollegen hatten das Team in den letzten Tagen drastisch dezimiert.

Kein Wunder, dass er auf die Ankündigung meiner Schwangerschaft vorgestern so gereizt reagiert hat!, dachte Pia. Seine Mordkommission bestand nur noch aus acht Leuten.

Sie betrachtete reihum die aufmerksamen, leicht angespannt aussehenden Gesichter ihrer Kollegen, die im Licht der Scheinwerfer blass aussahen. Die, die hier waren, waren alle voll dabei, keine Frage. Der merkwürdige Todesfall auf dem Priwall hatte ihren Tatendrang geweckt. Sogar auf Gabler schien dieser Fall, nach immerhin dreißig Jahren im Polizeidienst, wie Pia vermutete, noch diese Wirkung zu haben. Er hob wieder die Stimme:

»Wir müssen darauf vorbereitet sein, dass die besonderen

Umstände des Falles Aufsehen erregen und das Interesse der Presse in besonderem Maße auf sich ziehen werden. Dass nichts von unseren Ergebnissen nach außen dringen darf, muss ich Ihnen ja nicht erzählen. Die Pressemeldungen laufen über mich und unsere beiden Pressesprecher.«

»Hier war vorhin schon Presse vor Ort«, warf einer der Männer ein.

»Ich weiß. Gab es besondere Vorkommnisse?«

»Ein Reporter war sehr früh am Tatort. Er wollte angeblich etwas über den Orientierungslauf schreiben. Muss für ihn gewesen sein, als fielen Weihnachten und Ostern auf einen Tag, unverhofft so einen dicken Fisch am Haken zu haben.«

Ein paar Männer lachten leise auf.

»Der hat auch mit ein paar Läufern geredet, und ich hörte die was von einem Sniper munkeln …«, sagte Michael Gerlach, der mit Cola-Flasche und einer Familienpackung Butterkeksen an den Bus gelehnt dastand. Pia hörte, wie ihr Magen leise knurrte.

»Für einen Sniper gibt es überhaupt keinen Hinweis!«, erwiderte Gabler eisig. Die Idee, ein Heckenschütze könne sich auf dem Priwall hinter ein paar Büschen verborgen haben, um wahllos auf seine Mitmenschen zu schießen, war so abwegig, wie er unheimlich war. »Wir müssen mit dem Reporter reden.«

»Der Fall heute könnte mit einiger Fantasie an Vorfälle erinnern, wie wir sie aus den Vereinigten Staaten kennen«, sagte Broders, der schräg hinter Pia stand.

»Was meinen Sie, Broders?« Gabler klang ungeduldig.

»Ich sage nur: John Allen Muhammad und Lee Boyd Malvo, 2002 in Washington. Oder Howard Unruh, 1949. Übrigens der erste Heckenschütze, der seine Opfer willkürlich aussuchte …«

»Wir sind hier aber nicht in den Vereinigten Staaten.«

»Trotzdem sollten wir die Möglichkeit in Erwägung ziehen. Hamburger und Coca-Cola sind schließlich auch hier angekommen.«

So wie Broders die Namen und Jahreszahlen herunterleierte, waren Sniper wohl sein heimliches Hobby, vermutete Pia. Vielleicht hatte er schon länger darauf gewartet, dieses Wissen mal vor versammelter Mannschaft anbringen zu können? Hatte es tatsächlich einmal einen bekannten Kriminellen namens Unruh gegeben – Unruh wie Marten Unruh, ein ehemaliger Kollege von ihnen beim K1, dessen Existenz Pia seit Wochen fast erfolgreich verdrängte? Oder hatte Broders nur die Gelegenheit ergriffen, die Namensgleichheit für einen Seitenhieb auf sie zu nutzen?

Unsinn!, ermahnte sie sich. Es fehlte nur noch, dass sie paranoid wurde!

Gabler zog es vor, nicht weiter auf Broders' Ausführungen einzugehen. »Wenn der Tod des Mannes kein Unfall war, dann hatte der Schütze hoffentlich ein Motiv, gerade diesen Läufer zu erschießen. Unsere Chancen stehen ausgesprochen gut, solange es sich bei dem Mord um eine Beziehungstat handelt.«

Und wenn es keine Beziehungstat war?, dachte Pia. Der Horror eines jeden Ermittlers: Jemand kam, suchte sich ein Versteck, zielte, erschoss den nächstbesten Menschen, der ihm vor die Flinte lief, und verschwand. Für den Kick, den Spaß, was auch immer. Niemand wusste, was in den Köpfen der Menschen so vor sich ging …

3. Kapitel

Helga und Gunnar waren nach dem schockierenden Vorfall auf dem Priwall mit zu Katja nach Hause gefahren. Sie hatten sie auf ihr Sofa gesetzt, in eine Wolldecke eingewickelt und ihr einen Becher mit heißem Kakao in die Hand gedrückt. Roxy, Katjas Golden-Retriever-Hündin, lag schwer auf ihren Füßen und döste. Hieß es nicht, dass Hunde ein Gespür für menschliche Stimmungen haben? Dieser wohl nicht.

Die hilfsbereite Helga war Mitglied in ihrem Verein. Katja traf sie oft auf OL-Veranstaltungen, und sie wechselten immer ein paar Worte, wenn sie sich sahen. Dass Gunnar mitgekommen war, war schon ungewöhnlicher. Irgendwie hatte es sich so ergeben, dass von den Leuten, die sie kannte, nur noch er und Helga auf dem Priwall gewesen waren, als die Polizei sie endlich aus ihren Fängen entlassen hatte. Katja beobachtete die beiden über ihren Becher hinweg: Rührend besorgt waren sie, aber auch aufreizend hilflos bei ihren Versuchen, die groteske Situation einigermaßen zu handeln. Helga hatte sie schon zum dritten Mal gefragt, ob sie jemanden für Katja anrufen sollte. Mit jeder Verneinung schien ihr Widerwille gegen die selbst auferlegte Aufgabe zu wachsen. In ihren Augen musste eine Frau, deren Mann gerade erschossen worden war, den Wunsch hegen, eine Batterie Freundinnen und Verwandte um sich zu scharen.

Alles nur das nicht!, dachte Katja. Und selbst wenn sie es gewollt hätte, wäre ihr niemand eingefallen, den sie hätte anrufen lassen können.

Gunnar, der ehrgeizige, sportliche Gunnar, beschränkte sich auf praktische Hilfeleistungen: Licht an- und ausknipsen, Heizungsthermostate kontrollieren, fragen, ob er eine Pizza bestellen oder Brote schmieren sollte … Als nichts mehr zu tun war, ließ er sich in einen der Sessel sinken und streckte die langen Beine von sich, die immer noch in Trainingshosen und Schienbeinschonern steckten.

Katja fand es ungewohnt, ihn in ihrer vertrauten privaten Umgebung zu sehen. Timo hätte es nicht gefallen. Sie stellte den noch unberührten Kakaobecher auf dem Beistelltisch ab und stupste den Hund etwas zur Seite. Ihr war klar, dass sie noch nicht richtig begriffen hatte, was heute passiert war. Es kam ihr irreal vor. Erwarteten die beiden jetzt, dass sie heulte und jammerte? Dann würde sie sie enttäuschen. Sie kannten sie nicht – die wahre Katja. Heimkinder weinen nicht so leicht, das zumindest hätte Timo verstanden. Der Schmerz über seinen Tod würde kommen, wahrscheinlich heute Nacht, wenn sie allein war.

Helga gab als Erste auf. Sie verabschiedete sich mit umständlichen Entschuldigungen und entschwand dann sichtlich erleichtert nach draußen.

Nachdem sie gegangen war, erhob sich Gunnar aus dem Sessel. »Soll ich noch mal mit dem Hund gehen?«, fragte er wie ein Lehrling, der endlich Feierabend machen wollte, aber nicht danach zu fragen wagte.

Katja winkte ab. »Das vorhin war genug. Du kannst auch fahren, Gunnar. Ich komm jetzt allein klar.«

»Wirklich? Ich habe ein Schlafsofa bei mir im Arbeitszimmer stehen. Du musst hier heute Nacht nicht allein bleiben, nachdem …« Er war sichtlich verlegen. Zum einen, weil er nicht wusste, wie er über Timos Tod sprechen sollte, zum anderen wegen des daraus resultierenden Übernachtungsangebotes.

Katjas Mund verzog sich zu einem schwachen Lächeln. »Es ist für mich in Ordnung, hier zu sein. Es ist unser … jetzt mein Haus. Alles bestens.« Das war ja wohl die unpassendste Bemerkung, die ihr hatte einfallen können! Trotzdem, sie war froh, gleich allein zu sein.

Als die Haustür endlich hinter Gunnar zugefallen war, stand sie einen Moment unschlüssig in der Diele. Sie drehte den Haustürschlüssel zweimal im Schloss und zog ihn ab. Nun war sie allein. Timo war … woanders. Nein, realistisch bleiben: Sein Körper war im Institut für Rechtsmedizin. Sie kannte die Metallbahren und die Kühlfächer noch aus ihrem Medizinstudium. Sein Geist, seine Seele … existierten nüchtern betrachtet nur noch in ihrer Erinnerung.

Unruhig wanderte sie durch das große Haus, das Timo und sie zusammen geplant und gebaut hatten. Ihre Schritte hallten von den glatten Oberflächen, den Granitböden, Fensterflächen, gespachtelten Wänden und lackierten Möbelfronten, wider. Sie hatten es sich alles so, *genauso,* ausgesucht. Was kümmerte es sie, dass anderen ihr Haus nicht gefiel? »Kalt wie der neue Berliner Hauptbahnhof«, hatte eine Nachbarin gelästert, nachdem ihr Zweijähriger erst gerannt, dann – welche Überraschung! – gestolpert und mit der Stirn auf den Granit aufgeschlagen war. Nachdem sie die Beule des Kindes mit einer Packung Mozzarella aus dem Kühlschrank gekühlt hatten – etwas Besseres hatte Katja nicht zur Hand gehabt, aber gefunden, dass das Zeug prima funktionierte –, war die Stimmung bei dem Antrittsbesuch auf den Nullpunkt gesunken. Katja hatte die Nachbarin seitdem nur noch aus der Ferne vor ihrem Häuschen im Friesenstil gesehen.

Nun war sie also ganz auf sich gestellt, in einer Nachbarschaft, die das neue Haus aus Glas und Beton mit einer Mischung aus Neid und Verachtung betrachtete. Aber eigentlich war das nichts Ungewohntes für sie. Sie kam mit dem Allein-sein gut klar. Freundinnen … Das letzte Mal, dass sie Freundin-nen gehabt hatte, war lange her. Und nur zu einer von ihnen hatte sie noch Kontakt: zu Solveigh Pahl, nun Solveigh Halby, ausgerechnet die, die sie von den drei Freundinnen ihrer Ju-gendzeit am wenigsten mochte. Aber eine Solveigh hatte wohl fast jeder im Leben: ein treues Anhängsel, loyal und anspruchs-los. Nur leider kein Mensch, auf den sie bauen wollte, wenn sie selbst in Schwierigkeiten steckte. Solveigh konnte sich nicht einmal selbst helfen.

War sie denn in ernsten Schwierigkeiten? War sie in Gefahr?

Zunächst war Katja von einem Unfall ausgegangen: Timo war von einer verirrten Kugel getroffen worden, hatte sie sich gesagt. Damals in Kargau war ein Jäger auch mal lebensge-fährlich verletzt worden … So etwas kam hin und wieder vor. Aber gleich zwei Kugeln? Es musste ein Irrer gewesen sein, der im Wald herumgeschossen hatte. Gruselig, makaber, aber auch das passierte.

Nur das eine, dass jemand absichtlich auf Timo geschossen hatte, konnte sie sich nicht vorstellen.

Katjas Wanderung durch das Haus endete oben im Schlaf-zimmer. Sie blieb vor der Fensterfront stehen, durch die man bei guter Sicht über eine Kuhweide bis hin zu einem entfern-ten Knick blicken konnte. Irgendwo dahinter lag die Ostsee. Es war Timos Wunsch gewesen, ein Schlafzimmer nach Osten heraus zu bauen, wegen des Sonnenaufgangs.

Ein schmerzhafter Schluchzer blieb Katja im Hals stecken, als sie daran dachte, wie sie darüber diskutiert hatten. Sie lehnte die Stirn gegen die kühle Fensterscheibe und starrte in die Nacht hinaus. Kein Stern war zu sehen, nicht mal der Mond, der heute Nacht fast voll war.

Die Lichter ihres Hauses warfen helle, verzerrte Rechtecke

auf die Rasenfläche. Sie konnte sogar ihren eigenen Schatten sehen. Gut sichtbar, wie eine Zielscheibe stand sie da, mit dieser Festbeleuchtung im ganzen Haus. Sie hatte mal gelesen, dass Soldaten im Krieg oft absichtlich danebenschossen, einfach weil sie die natürlichen Hemmungen, einen Schuss auf einen Menschen abzugeben, nicht überwinden konnten. Man hatte Abhilfe geschaffen, indem beim Schießtraining nicht auf runde Zielscheiben, sondern auf solche mit menschlichen Proportionen geschossen wurde – und voilà: Mit einiger Übung verloren sich die Hemmungen.

Der Schütze heute hatte auch keinerlei Hemmungen gekannt.

Katja zog die Vorhänge zu. Für sie ein drückendes Gefühl des Eingesperrtseins, aber immer noch besser, als sich beobachtet zu fühlen. Von wem? Von Holsteiner Kühen? Sie würde sich eine Flasche Rotwein mit nach oben nehmen und den Rest der Welt aussperren, dachte sie. Sie musste nur noch das Licht unten löschen.

Als Katja ins Wohnzimmer kam, erhob sich Roxy vom Sofa. Der Hund folgte ihr quer durch den Raum, wo sie hier eine Stehleuchte und dort eine Tischlampe ausschaltete. Gunnar hatte wirklich jeden auffindbaren Schalter betätigt. Da nahm sie aus dem Augenwinkel eine Bewegung hinter der Fensterfront wahr. War jemand in ihrem Garten? Kurz dachte sie an die Leute von der Presse, die heute auf dem Priwall aufgetaucht waren … Aber wenn jemand auf dem Grundstück wäre, würde der Hund doch bellen, oder? Katja war sich nicht sicher. Roxy war kein Wachhund, und ihr Revier beschränkte sich auf den Vorratskeller und den Kühlschrank.

Katja schaltete die letzte Lampe im Wohnbereich aus, doch der Lichtschein, der aus dem offenen Küchenbereich drang, verhinderte, dass sie mehr als die dunklen Umrisse der Büsche erkennen konnte. Bei der Gartengestaltung hatten sie und Timo absichtlich auf einen Zaun verzichtet, um den Eindruck von Weite und Großzügigkeit zu bewahren. Das jedenfalls war die offizielle Version. Timo hatte gewusst, dass Katja Zäune und Mauern verabscheute. Jeder konnte ihr Grundstück betreten. Wenn es Presseleute waren, hätte sie doch Autos kommen gehört? War das etwa ein Nachbar, der schon von Timos Tod erfahren hatte? Bloß das nicht! Wenn es klingelte oder klopfte, würde sie es ignorieren.

Sie löschte auch in der Küche das Licht. Roxy stand stocksteif neben ihr und hatte die Ohren gespitzt. Aus Richtung Diele und Hauswirtschaftsraum war ein leises Knacken zu hören. Das war nur die Gastherme – gleich würde ein monotones Rauschen zu hören sein, wenn die Pumpe wieder einsetzte. Aber es folgte nichts dergleichen. Stattdessen war aus Roxys Kehle ein leises Knurren zu vernehmen. Wieder dieses knackende Geräusch, undefinierbar, woher es kam. Der Gedanke, der nun folgte, verursachte Katja ein Gefühl wie bei einem kalten Schauer: Verdammt! Hatte sie beim Verlassen des Hauses heute Morgen überhaupt die Nebeneingangstür, die vom Hauswirtschaftsraum zum Carport führte, verschlossen? Katja war zurückgelaufen, um sich noch ein zweites Paar Laufschuhe zu holen. Sie hatten es eilig gehabt, und sie konnte sich jetzt nicht mehr erinnern, ob sie hinter sich abgeschlossen hatte. Vielleicht war jemand durch die Nebeneingangstür hereingekommen und stand nun, fünf Meter von ihr entfernt, im Hauswirtschaftsraum und wartete. Worauf? Dass sie nach oben ging und einschlief?

War es derjenige, der auf Timo geschossen hatte? War sie ebenfalls in Gefahr? Sie weigerte sich, weiter in diese Richtung zu denken. Sie musste sich auf das Praktische konzentrieren, wenn sie nicht den Verstand verlieren wollte: Was konnte sie tun? Aus dem Haus rennen und wegfahren oder im Nachbarhaus klingeln? Jemanden anrufen? Die Polizei? Katja konnte sich vorstellen, was die denken würden, wenn sie jetzt dort anrief: ein Nervenzusammenbruch! Kein Wunder, nachdem jemand ihren Mann heute Nachmittag quasi vor ihren Augen erschossen hatte. Und bis ein Streifenwagen hier wäre, hätte sich die Situation sowieso auf die eine oder andere Art und Weise entschieden.

Fast wünschte Katja sich, ein weiteres Geräusch aus dem Raum nebenan zu hören, einfach um sicher zu sein. Sollte sie den Hund dorthin schicken? Timo würde sich jetzt eine x-beliebige Waffe greifen und nachsehen. Vielleicht die Bronzeskulptur der nackten Frau im Esszimmer? Oder ein Messer? Es klopfte leise an der Haustür. Um einen Aufschrei zu unterdrücken, presste Katja ihre Hand vor den Mund.

4. Kapitel

Katja stand reglos in der Diele. Im Dämmerlicht sah sie, wie sich die Türklinke der Haustür langsam, ganz langsam, nach unten bewegte. Roxy knurrte kurz, dann bellte sie laut. Katja war sich sicher, dass sie abgeschlossen hatte. »Wer ist da?«, rief sie laut. Nichts. »Sagen Sie, wer Sie sind, oder verlassen Sie sofort mein Grundstück!«

»Katja, ich bin's nur. Solveigh …«

Die dumme Nuss! Vor Erleichterung leise fluchend, öffnete Katja ihrer Freundin die Tür. Vorhin hatte sie noch an sie gedacht, und nun war sie da.

»Ihr wart doch auf dem Priwall heute? Bei einem Orientierungslauf, das hast du mir neulich erzählt. Ich habe den ganzen Nachmittag versucht, dich anzurufen. Auf dem Handy ging keiner dran, und im Festnetz hat sich nur der Anrufbeantworter gemeldet. Euch ist doch nichts passiert, Katja, oder?«

»Es hat einen Unfall gegeben.« Katja fühlte sich wie erstarrt. Warum konnte sie es nicht sagen?

»Ich habe gehört, dass jemand erschossen wurde!«

Solveigh sah sie mit zusammengekniffenen Augen an. »Katja, du bist so anders. Und wo ist Timo?«

Katja schwieg.

»Sag mir bitte, dass Timo nichts passiert ist!«

»Er ist tot, Solveigh. Er wurde beim Laufen von zwei Kugeln getroffen.«

Katja musste ihre Freundin auffangen, der direkt vor ihr die Knie nachgaben. Solveigh schluchzte. »Oh Gott, nein! Wie schrecklich! Wie kann denn so etwas passieren?« Katja bugsierte sie ins Wohnzimmer aufs Sofa, knipste das Licht wieder an und wickelte sie in die Decke, wie es Helga und Gunnar vorhin mit ihr getan hatten. »Einen Moment«, sagte sie und ging noch mal zurück in die Diele. Jetzt, in Gesellschaft eines anderen Menschen, selbst so einer Memme wie Solveigh, kam ihr das Knacken, das sie gehört hatte, längst nicht mehr so unheimlich vor. Sie riss die Tür zum Hauswirtschaftsraum auf: leer, wie es zu erwarten gewesen war. Die Nebeneingangstür war verschlossen. »Werd bloß nicht hysterisch«, flüsterte sie sich zu und ging zurück in den Wohnbereich. Solveigh saß noch so da, wie sie sie zurückgelassen hatte.

»Möchtest du einen heißen Kakao, zur Beruhigung?«

Solveigh nickte.

Katja griff nach dem vollen Becher, den sie auf dem Beistelltisch abgestellt hatte, und trug ihn leicht humpelnd zur Mikrowelle. Aufwärmen, das war ihre Spezialität! Es machte »Ping«, und der Kakao war wieder so heiß, dass Katja den Becher nur mit einem Topflappen anfassen konnte. Bestimmt genau das, was Solveigh jetzt brauchte, so verfroren und schockiert wie sie aussah. Wie ich jetzt eigentlich aussehen müsste, dachte Katja. »Was genau haben sie im Radio gesagt, Solveigh?«, fragte sie eindringlich.

»Bei einer Sportveranstaltung auf dem Priwall ist ein Läufer mit einer tödlichen Schussverletzung zusammengebrochen. Die Polizei ermittelt in alle Richtungen. Etwas in der Art jedenfalls. Ich musste sofort an euch denken, aber ich hätte nie gedacht, dass Timo derjenige sein könnte, der …«

»Ich habe es auch noch nicht richtig begriffen.« Morgen vielleicht, dachte Katja, morgen oder irgendwann einmal.«

»Hat es … Warst du dabei, als es passiert ist?«

»Nein, ich war am Zieleinlauf. Ich hatte mir den Fuß vertreten und konnte nicht starten. Irgendwann kam die Läuferin, die nach Timo gestartet ist, ins Ziel gerannt. Weißt du, was ich in dem Moment gedacht habe? Mist, jetzt ist die schneller gewesen als Timo! Kannst du dir so was vorstellen?«

»Es ist nicht deine Schuld, Katja.«

»Die Frau hat erst nur geschrien. Dann haben wir langsam herausgekriegt, was sie gesehen hat. Sie muss fast über Timo gestolpert sein.«

»Das ist furchtbar, Katja. Hast du ihn … hast du Timo auch dort liegen sehen?«

»Natürlich. Ich musste ihn ja identifizieren.«

»War das … schlimm?«

»Ich bin Ärztin, Solveigh. Ich muss solche Dinge aushalten können. Es war halt nicht zu übersehen, dass er tot ist. Sein Auge, seine eine Gesichtshälfte – einfach weg.« Sie verstummte.

»Du musst nicht weitersprechen, wenn du nicht willst.«

»Doch – ich muss. Ich fühle mich schon die ganze Zeit wie betäubt. Das kann doch nicht gut sein.«

»Vielleicht ist es eine Schutzmaßnahme, bis du es verarbeiten kannst.«

»Du hattest schon immer ein Faible für Küchenpsychologie, oder?« Katja sah, wie ihre Freundin verletzt das Gesicht verzog, war aber nicht bereit, Rücksicht auf Solveighs Gefühle zu nehmen. Heute ging es ausnahmsweise mal nicht um sie. »Ich weiß nicht, ob man so etwas verarbeiten kann, Solveigh. Timo ist tot, und ich muss weiterleben. Die Umstände seines Todes wird die Polizei aufklären. Aber an der Tatsache, dass er niemals wiederkommt, ändert sich dadurch nichts.«

»Glaubst du, dass ihn jemand absichtlich erschossen hat?«

»Inzwischen schon. Ein Treffer ginge vielleicht noch als Unfall durch, aber zwei? Ich glaube, dass es jemand darauf angelegt hatte, einen der Läufer zu erschießen. Er hat den Moment abgewartet, als Timo seine Laufkarte gestempelt hat. Das war der Moment, in dem er still stand, verstehst du? Das war der Plan.«

Solveigh nickte. Sie sah ungewöhnlich bleich aus, und ihr sonst glattes Haar hing ihr in wirren Strähnen ums Gesicht. Katja drückte kurz Solveighs Arm, bevor sie aufstand. Nur so herumzusitzen war eine Qual für sie. Solveigh zuckte zusammen. Schweigend, mit einer Art grimmiger Entschlossenheit, drückte Katja noch einmal und etwas fester zu.

»Aua, was soll das denn?«

»Das ist nicht dein Ernst, oder?«, fragte Katja drohend. »Du hast es schon wieder zugelassen? Wir haben das doch schon bis zum Erbrechen durchgekaut, oder?«

»Du verstehst das nicht, Katja. Rainer meint es nicht so.«

»Was meint dein Ehemann nicht so? Dass ihm hin und wieder die Hand ausrutscht?«

»Es ist nicht so schlimm … Gar nicht schlimm, dieses Mal.«

»Du bist nicht meinetwegen hier, oder? Nicht aus Angst um mich und Timo, sondern weil dein Mann mal wieder ausgerastet ist?« Katja wusste nicht, worüber sie sich mehr ärgerte: dass Solveigh sich Rainers Handgreiflichkeiten immer wieder gefallen ließ oder dass sie vorgegeben hatte, aus Sorge um Katja hier zu sein, ohne zu erwähnen, vor allem ein paar Stunden aus ihrer Wohnung rauszumüssen. Wie oft hatte sie Solveigh schon zugeredet, diesen Kerl endlich zu verlassen! Einmal Opfer, immer Opfer? Es musste einen Weg geben, sich daraus zu lösen. »Ich hol mir jetzt was zu trinken«, sagte sie, »mit viel Alkohol. Willst du auch was?«

»Für mich nicht zu stark«, murmelte Solveigh beschämt.

Katja goss zwei Gläser Whisky ein – guter schottischer Dalwhinnie, fünfzehn Jahre alt, die Sorte, die Timo bevorzugt hatte. Seinen Schatz, einen zweiundzwanzig Jahre alten Glen Mhor für knapp hundertvierzig Euro tastete sie nicht an. Wahrscheinlich würde sie ihn nie trinken. »Auf Timo«, sagte sie und hob ihr Glas. »Er war der beste Ehemann, den eine Frau sich wünschen kann.«

»Ach, Katja!« Solveigh nippte unter Tränen.

»Wir finden eine Lösung für dich, Solveigh«, sagte sie milde. Der Whisky mit seinem honigsüßen Aroma wärmte ihr den Magen. »Heute Nacht bleibst du erst einmal hier. Ich habe Platz genug – auch für länger … Und dann sehen wir weiter.«

»Kann ich Rainer kurz anrufen und ihm Bescheid sagen, dass ich …«

»Untersteh dich!«

Nachdem Katja das Gästesofa ausgezogen und frisch bezogen und eine neue Zahnbürste und Handtücher bereitgelegt hatte, fand sie Solveigh im Wohnzimmer am Fenster stehend vor. »Solveigh, eines wollte ich dich noch fragen.«

»Ja?«

»Bevor du vorhin an die Tür geklopft hast, warst du da im Garten und hast zu mir hereingesehen?«

Solveigh schüttelte erstaunt den Kopf.

Sven Waskamp konnte die Menschenmenge im Saal hören. Ein Raunen und Rufen, es erinnerte ihn an die Laute eines erwartungsvollen, kaum zu bändigenden Tieres. Spannung lag in der Luft – und in jedem Muskel seines Körpers. Es hatten sich bestimmt zweihundert Menschen im Mehrzweckhaus der Gemeinde eingefunden, um seine Rede über das Thema »Bildungspolitik« zu hören und bei der anschließenden Diskussionsrunde dabei zu sein. Hoffentlich war genügend Presse da – die richtigen Zeitungen. Er brauchte noch gute PR, nicht auszudenken, wenn er heute die Rede seines Lebens hielt, vor einem begeisterten Publikum, und niemand war da, um das Ereignis festzuhalten!

Nun gut, es war gewissermaßen ein Heimspiel für ihn. Man kannte ihn, er war im Nachbarort zu Hause. Und doch … Diese Veranstaltung war wichtig für seine weitere Laufbahn als Mitglied des Schleswig-Holsteinischen Landtags und zukünftigem Bundestagskandidaten. Er murmelte noch einmal sein Mantra: »Ich bin der Beste und schaffe alles, was ich will!«, und ballte seine rechte Hand zu einer Faust. Dann nickte er dem Gemeindevorsteher des Ortes, der das alles organisiert hatte, kurz zu und stieß die Tür zum Saal auf.

Über drei wackelige Stufen erreichte er die improvisierte Bühne mit dem Rednerpult. Die Scheinwerfer, die ihn blendeten, die erwartungsvoll verstummende Menge, das Knacken in den Boxen, wenn er ins Mikrofon sprach, und seine eigene sonore Stimme, die verstärkt durch den ganzen Saal hallte – *das* war es, wofür er lebte. Die Aufregung vorweg, die Konzentration auf die Aufgabe und die Befriedigung, alles einzusetzen, seine Persönlichkeit, seine Kraft, seinen Fleiß, seine Intelligenz, um Einfluss auf die politischen Entscheidungen in seiner Region, seines Landes zu nehmen. Er wollte den Menschen hier GUTES tun – und damit tat es auch ihm selbst gut.

»Verehrtes Publikum … hallo, Leute! Es ist schön, hier bei euch zu sein!« Verhaltener Beifall, aufflammende Blitzlichter. Er ließ den Blick über die Menschenmenge wandern und war zufrieden, dass wirklich so viele an einem Sonntagabend hierhergekommen waren, um ihn zu hören. Er spürte die in ihn gesetzte Erwartung fast körperlich, und das Gefühl wirkte wie ein Aufputschmittel.

Einer seiner Parteifreunde hatte ihn eben noch vor einer Gruppe aufrührerisch aussehender Leute links vom Rednerpult gewarnt. Sven Waskamp ärgerte sich, dass solchen Leuten nicht der Eintritt verwehrt wurde, aber solange sie sich ruhig verhielten, war man machtlos. Er hoffte, dass alles gut ging. Ein paar kräftige Männer von der Freiwilligen Feuerwehr waren auch da. Im Zweifelsfall sollten die Leute, die sich nicht benehmen konnten, umgehend aus dem Saal geschafft werden können. Kein Grund zur Sorge also. Er musste sich auf das Wesentliche konzentrieren.

Sven Waskamp konnte die Gesichter der Menschen, die dicht vor ihm an der Bühne standen, gerade noch schemenhaft erkennen. Meistens suchte er sich bei einer Rede ein oder zwei aus, die er immer wieder ansah. Er probierte seine Wirkung gern an weniger erwartungsvollen, eher abwartenden Zuhörern aus, im Schnitt waren es ältere Leute … die nicht so leicht mitzureißen waren. Wenn er die hatte, dann hatte er sie alle.

Sven Waskamp warf einen Blick auf seine Notizen. Er hatte die Rede in groben Zügen geplant, nun galt es, den Stichworten Leben einzuhauchen. Ihm lag das Improvisieren. Meistens flossen die Worte nur so aus ihm heraus. Schade nur, dass Katja noch nicht hier war, um ihn so zu erleben!

»Als ich vorhin herfuhr, da sah ich Jugendliche, die an einem Bushaltestellenhäuschen herumlungerten, rauchten und Alkohol tranken. Sie waren … nicht älter als dreizehn oder vierzehn Jahre …«, begann er mit sorgfältig gewählten Worten. Er wusste, dass er auf diese Art und Weise spontan rüberkam, ehrlich besorgt. Er fühlte das aufkeimende Interesse. Es war ein Thema, das die Leute hier betraf, ein Thema, das Emotionen weckte. Er sah eine Armbewegung weit links, die ihn irritierte, hörte einen Zwischenruf, der auf »… du Sau!« endete. Dann klatschte etwas kurz vor dem Rednerpult zu Boden.

Er durfte nicht zeigen, dass er irritiert war. Ignorieren – weiter im Text! Sollten sich seine Parteifreunde darum kümmern! Eines Tages würde er richtige Security haben … oder gleich ein paar Leute vom BKA im Hintergrund. Er riss sich zusammen. »Es sind unsere Kinder, die die Zukunft unseres Landes in den Händen halten. Ihre Tochter, Ihr Enkelsohn! Unsere Zukunft wird leichtfertig …« Schon wieder sah er eine Bewegung links von sich an der Seite des Saals. Einer seiner Leute neben der Bühne bellte einen kurzen Befehl zu einem Kollegen im Hintergrund des Raumes. »Jawohl … leichtfertig und um ein paar Euro einzusparen, aufs Spiel gesetzt. Euro, die anderswo verplempert werden! Ich sage nur …«

Klatsch! Etwas spritzte zu seinen Füßen auf, doch er konnte nicht hinuntersehen, er musste weiterreden, die Leute mitreißen, ablenken von den Störenfrieden. »Ich frage Sie: Wofür arbeiten Sie, arbeite ich, arbeiten wir alle tagaus, tagein hart und bezahlen unsere Steuern, wenn nicht für …«

Klatsch! Einer seiner Leute war von einer Tomate getroffen worden. Der hellrote Saft und die weißlichen Kerne rannen seine Stirn und seinen kahl geschorenen Schädel hinunter bis auf den Kragen seines hellblauen Hemdes. Das ging zu weit! Sie hätten ja seinen Kopf treffen können – und das hatten sie sicherlich auch beabsichtigt. Das konnte er nicht ignorieren, wenn er authentisch rüberkommen wollte.

»Wie immer, wenn sich jemand für das Wohlergehen seiner Mitmenschen einsetzt, gibt es Neider und Störenfriede, die das nicht zulassen wollen!« Er wandte den Blick halb nach links, wo jetzt richtig Bewegung in der Menschenmenge war. Etwas flog hoch durch die Luft auf ihn zu, er duckte sich, hörte es hinter sich aufschlagen, und ekliger Gestank breitete sich aus. Ein faules Ei? Wut schwappte in ihm hoch, doch unkontrollierte Aggression war schlecht, ganz schlecht. Er ballte wieder seine Rechte zur Faust, sodass seine Fingernägel in die Handfläche schnitten, und entspannte sie bewusst wieder. Bevor er weitersprach, versuchte er, seine Stimme ein wenig tiefer zu drücken. »Wie auch hier! All diese Leute wollen hören, was ich zu sagen habe, aber du«, er zeigte in die Richtung, in der er den Eierwerfer vermutete, »kannst nur feige aus dem Hinterhalt agieren! Wenn du etwas zu sagen hast, dann komm hier rauf zu mir auf die Bühne. Komm hoch und stelle dich einer Diskussion! Von Mann zu Mann, hey, du!«

Wieder flog etwas durch die Luft und traf Waskamp hart am Oberarm. Sein wutschnaubendes »Au verdammt, verfluchte Sch… noch mal!« wurde vom Mikrofon kristallklar bis in die hinterste Ecke des Saals übertragen.

Ein paar Leute lachten, andere brachten sich kopfschüttelnd vor den vermehrt fliegenden Tomaten, Eiern und, ja … mit Wasser gefüllten Kondomen in Sicherheit. Dies war sein Auftritt, seine Rede, sein Tag, und die Leute lachten über ihn!

»Unternehmen Sie endlich was!«, schnauzte er den nächstbesten seiner Leute an, der an der Bühne stand.

»Die Situation gerät außer Kontrolle«, wurde er mit ätzender Stimme informiert. Fast so, als wäre das seine Schuld.

»Das sehe ich selbst! Tun Sie endlich was!«

»Es sind zu viele. Kommen Sie von der Bühne runter, Herr Waskamp. Die Veranstaltung ist zu Ende.«

»Ich bin hier, weil ich für meine Überzeugungen einstehe. Und Sie sollten das auch tun«, rief er ins Publikum. Zu spät merkte er, dass nun doch jemand sein Mikrofon ausgeschaltet hatte. Wütend hob er die Stimme: »Ich bitte Sie! Lassen Sie sich doch nicht von ein paar Randalierern und arbeitsscheuem Gesindel den Weg diktieren.« Seine Stimme schnappte über, aber es war ihm egal. »Das ist es doch, was die wollen: Chaos und Zerstörung, während ich für Wohlstand und Gerechtigkeit einstehe!« Seine Stimme war nur noch ein Krächzen, während die Rufe im Saal immer lauter wurden. Als ihn ein weiteres Kondom an der Schulter traf und er das Wasser kalt seine Brust hinunterlaufen fühlte, ließ er sich widerstrebend von der Bühne geleiten.

5. Kapitel

Die Lichter des Kargauer »Dorfkruges« leuchteten einladend. Sven Waskamp bremste abrupt und bog dann kurz entschlossen auf den Parkplatz ab. Warum nicht auf ein Bier einkehren, einfach um auf andere Gedanken zu kommen?, sagte er sich.

Es waren kaum Gäste da. Nur an einem der hinteren Tische saß ein ihm nicht bekanntes Paar bei einer Flasche Wein und wartete auf das Abendessen.

»Ein großes Pils bitte, Werner«, orderte Waskamp und nahm einen Barhocker am Tresen in Beschlag. Sein Blick glitt durch den Raum: dunkles Eichenholz und rustikale Lampen, die schummriges Licht verbreiteten. Nicht schick, nicht einmal schön, aber beruhigend vertraut.

Nach ein paar Minuten stellte ihm der Wirt kommentarlos das Bier auf den Tresen. Heute kein lockerer Spruch dazu? Auch gut. Wahrscheinlich sah man ihm an, dass er in Ruhe gelassen werden wollte. Es gab genügend Leute, die feixen würden, wenn sie von seinem Reinfall hörten. Seine Parteifreunde? Freunde, die schnell zu Konkurrenten wurden, wenn einer wie er, sechsunddreißig Jahre alt, Mitglied des Schleswig-Holsteinischen Landtages, auf dem besten Weg in den Bundestag war. Vielleicht war der neueste Klatsch über die geplatzte Veranstaltung längst hier angekommen? Er hatte nach seinem wenig glamourösen Abgang noch ein paar Gespräche und Telefonate führen müssen, bis er sich endlich hatte loseisen können.

Ich könnte jetzt gut ein wenig Ablenkung vertragen, dachte

er und hob sein Glas. Warum hatte sich Katja eigentlich noch nicht bei ihm gemeldet? Niemand verstand ihn so gut, wie sie es tat. Sie duldete kein Selbstmitleid und konnte mit ihren scharfen Bemerkungen von einer Sekunde zur anderen die Dinge ins richtige Licht rücken.

Seine Überlegungen wurden unterbrochen, als eine ihm vertraute Gestalt den »Krug« betrat. Waskamp straffte die Schultern – es war Martin Gregorian, sein Onkel. Ausgerechnet jetzt. Er fühlte sich von seiner Niederlage noch bis ins Mark getroffen und wollte nicht, dass Martin das mitbekam.

»Hey, Sven! Was hört man über dich?«, sagte Gregorian prompt und klopfte ihm auf den Rücken. Es hatte sich natürlich schon bis nach Kargau herumgesprochen.

»Grüß dich, Martin! Falls du auf meine Veranstaltung heute Abend anspielst – ich will nicht darüber reden.«

»Ach was. Rückschläge gehören dazu. Man darf sich nur nicht unterkriegen lassen.« Gregorians Augen blitzten. Er wirkte agiler und selbstbewusster denn je. Wie jemand, der von einer Welle des Erfolges getragen wird.

»Bist *du* schon mal mit faulen Eiern beworfen worden?«, fragte Waskamp grollend.

Gregorian lachte. »Vielleicht mit Schlimmerem … Du kennst ja meinen Beruf.«

Gas-Wasser-Scheiße sei sein Metier, hatte sein Onkel immer gesagt, wenn die Sprache auf seinen Betrieb gekommen war. Ich sollte vielleicht auch versuchen, das Leben mit mehr Humor zu nehmen, dachte Sven Waskamp. Schwäche in Stärke umwandeln. »Willst du dich zu mir setzen?«, fragte er. Seine Laune hatte sich durch die Gesellschaft des Onkels wider Erwarten um ein paar Grad gehoben. »Ich gebe dir ein Bier aus.«

Gregorian nickte, und Waskamp machte dem Wirt ein Zeichen, noch ein Pils zu zapfen. Sein Onkel nahm geschmeidig neben ihm auf einem Barhocker Platz. Er war Mitte sechzig, stattlich, mit dichtem, mittlerweile weißem Haar, und seit er im Ruhestand war, war seine Haut immer sonnengebräunt. Neuerdings spielte er Golf. So sehr Waskamp ihn schätzte, er war sich in Martins Gegenwart stets bewusst, wie viel er ihm verdankte, und das machte das Zusammensein anstrengend.

Martin Gregorian und seine Frau Eveline waren lange Zeit Elternersatz für ihn gewesen. Svens Eltern waren beruflich ständig auf Achse gewesen, sodass seine Schwester Julia und er die meiste Zeit bei den Gregorians zugebracht hatten. Sein Onkel und seine Tante lebten im selben Ort und hatten selbst nie Kinder bekommen. Sie hatten ihre Nichte und ihren Neffen zeitweise sogar bei sich wohnen lassen, bis sie auf eigenen Füßen standen. Als Sven Waskamp klein gewesen war, hatte er »Onkel Martin« gesagt und sich später, als sie einander auf Augenhöhe gegenüberstanden, die Anrede »Onkel« mühsam wieder abgewöhnen müssen.

»Aber von heute Abend mal abgesehen«, Gregorians Zähne blitzten, »läuft alles rund, oder?«

»Ich kann nicht klagen. Mit etwas Glück werde ich Mitglied des deutschen Bundestags sein, bevor ich vierzig bin.« Werner stellte das frisch gezapfte Pils vor Gregorian auf den Tresen.

»Ich weiß, du hast das Zeug dazu. Vorausgesetzt natürlich, du machst keine Dummheiten.«

Der Wirt hatte sich in die Küche zurückgezogen, sodass Waskamp seinem Onkel offener antwortete, als er es sonst an diesem Ort getan hätte. »Die geplatzte Veranstaltung heute Abend war nicht gerade hilfreich«, bekannte er.

Gregorian musterte ihn. »Denkst du, das hat jemand geplant? Die falschen Leute eingeladen und ihnen Freibier versprochen, wenn sie den Laden aufmischen?«

Ein erfrischend neuer Aspekt, wenn auch bei näherer Betrachtung haltlos, dachte Waskamp. Sein Onkel war trotz seines beachtlichen geschäftlichen Erfolges der gerissene Klempnermeister geblieben. »Ich denke, es war einfach Pech. Vergessen wir es.«

»Unterschätze die Macht der öffentlichen Meinung nicht, Sven! Es gibt immer Neider. Hast du eigentlich den Zeitungsartikel gelesen, den dein Schwager neulich verzapft hat?«

»Welchen meinst du?«, fragte Waskamp ausweichend.

»Dein Schwager Bernd hat sich mal wieder dazu berufen gefühlt, in einem Artikel im Lokalteil an die Uhlenburg und die Zeiten des Landeserziehungsheims zu erinnern.«

»Meinst du den Artikel, in dem es um die Konzertreise dieser griechischen Geigerin ging? Maria Barlou? Die Uhlenburg wurde nur am Rande erwähnt ...«

Waskamp hatte den Artikel von seiner Sekretärin einscannen und archivieren lassen. Erst hatte er überlegt, ob er seinen Schwager direkt darauf ansprechen sollte, aber seine Schwester Julia regte sich immer so schnell auf. Er hatte stattdessen den Chefredakteur angerufen. Im Nachhinein betrachtet, war das eine unüberlegte Reaktion gewesen. Es machte den Artikel nicht ungeschehen, und je mehr er sich aufregte, desto größer war die Aufmerksamkeit, die den alten Geschichten zuteil wurde. Es war wie verhext. Noch immer war er an diesem Punkt verwundbar.

Sven Waskamp trank einen großen Schluck Bier. Sein Blick fiel auf das Ölgemälde, das links neben ihm an der Wand hing. Es zeigte, in romantischer Manier gemalt, das Wahrzeichen seines Heimatortes Kargau: die Uhlenburg. Er erzählte Journalisten oft, er sei gewissermaßen im Schatten der Uhlenburg aufgewachsen. Das Haus der Gregorians grenzte direkt an den Wald, der die Uhlenburg umgab. Sven Waskamp fand, dass dieser regionale Bezug ihm etwas Bodenständiges gab. Früher war die Uhlenburg mit dem Park und zahlreichen Nebengebäuden ein Erziehungsheim für schwer erziehbare Mädchen gewesen, doch das Heim war Anfang der Neunzigerjahre geschlossen worden. Mittlerweile, nach Jahren des Leerstandes, gab es neue Pläne für die Nutzung der Anlage, doch Waskamp bezweifelte insgeheim, dass dieser Ort jemals etwas Positives hervorbringen würde. Zu schwer wogen die Erinnerungen. Er konnte die Uhlenburg nicht betrachten, ohne sie zugleich als Schandfleck zu empfinden, fast als Bedrohung.

Gregorian war seinem Blick gefolgt. »Zu dem Zeitungsartikel gehörte auch ein Foto der Uhlenburg. Und Bernd hat bei der Ankündigung der Konzerttournee natürlich auch Maria Barlous Lebensgefährtin erwähnt, die zufälligerweise früher mal in dem Heim gewesen ist.«

»Das weiß ich.«

»Sven! Bernd hat das doch nicht umsonst getan! Erst lenkt er die Aufmerksamkeit auf das Erziehungsheim, und wenn die Saat ausgebracht ist, legt er nach. Er wird die alte Geschichte genau zu dem Zeitpunkt hochkochen, wenn deine Aktien steigen.«

»Ich werde darauf vorbereitet sein, Martin. Ich habe noch mal mit dem zuständigen Staatsanwalt und dem Leiter der Rechtsmedizin gesprochen. Meine Chancen stehen recht gut.«

»Wird man nach der langen Zeit überhaupt noch beweisen können, dass du nicht der Vater des ungeborenen Kindes warst?«, fragte Gregorian.

»Unter Umständen. Ich will ja gar nicht an die Öffentlichkeit damit. Ich will nur gewappnet sein. Für den Fall, dass es wieder losgeht, werde ich mit dem Finger auf schlampig geführte Ermittlungen zeigen können.«

Gregorian schwieg. Ihm war anzusehen, dass seine Gedanken keine erfreulichen waren. Immerhin hatte er damals hautnah mitbekommen, wie es gewesen war, als sein Neffe in den Suizid einer Schülerin des Heims verwickelt gewesen war. Sven war vorgeworfen worden, das Mädchen geschwängert und dann im Stich gelassen zu haben. Man hatte ihm die Mitschuld an ihrer versuchten Abtreibung und dem Selbstmord gegeben. Sven stand am Beginn einer beachtlichen politischen Karriere, und noch immer lag dieser dunkle Schatten über seiner Vergangenheit.

»Angenommen, es existiert noch genügend DNA-Material des Fötus«, sagte Gregorian. »Wollen die etwa nach zwanzig Jahren eine Reihenuntersuchung aller Männer in der Umgebung durchführen?«

»Nein. Das werden sie nicht tun. Nicht bei einem Suizid. Wenn es Mord gewesen wäre ... Die einzige Chance, jemals den wahren Vater zu ermitteln, ist wohl, dass seine DNA schon bekannt ist.«

Gregorian musterte ihn besorgt. »So was kann schnell nach hinten losgehen.«

»Mir ist vollkommen egal, wer es war. Wichtig ist, dass ich nichts damit zu tun hatte.« Waskamp war des Themas überdrüssig. Er warf einen ungeduldigen Blick auf sein Mobiltelefon. Immer noch keine Nachricht von Katja.

Martin Gregorian beobachtete ihn und erriet seine Gedanken. »Bist du dir darüber im Klaren, dass deine Beziehung zu Katja Simon genau den Sprengstoff birgt, der dich zu Fall bringen kann?«

»Das ist jetzt nicht das Thema«, blockte Waskamp ab. Er bereute schon, dass er Katja neulich mit Martin und Eveline bekannt gemacht hatte. Katja hatte darauf bestanden, die beiden offiziell kennenzulernen, und sie waren in einem Restaurant auf Gut Panker gewesen. Hervorragendes Essen und höfliches

Blabla. Er wusste nicht, woran es gelegen hatte. Die Anerkennung, auf die Katja merkwürdigerweise so erpicht zu sein
schien, ließ sich eben nicht erzwingen.

»Die Frau ist verheiratet«, erinnerte ihn Gregorian.

»Nicht mehr lange. Als wir uns neulich auf dem Ärztekon-
gress getroffen haben, war ihre Ehe schon kaputt.«

»Du bist dort zu einer Podiumsdiskussion über das Gesundheitswesen eingeladen gewesen, nicht? Es war ein Leichtes
für sie, das herauszufinden. Sie musste dich nur noch ansprechen.«

»Was willst du damit andeuten?«, fragte Waskamp.

»Nichts. Ich will, dass du selbst nachdenkst.«

»Für Katja und mich spielt die Vergangenheit keine Rolle.«
Und seinen Onkel ging es schlicht und ergreifend nichts an.

»Ich weiß, wie schwierig es ist, wenn man auf seinen guten
Ruf angewiesen ist«, sagte Gregorian in vertraulichem Ton.

»Du bist doch inzwischen fein raus, Martin«, entgegnete
Waskamp. Das Gespräch ging ihm an die Nieren.

»Nur weil ich mich aus dem Geschäftsleben zurückgezogen
und meine Firma verkauft habe, heißt das nicht, dass ich tun
und lassen kann, was ich will.«

Da kam seine Frau ins Spiel. Evelines Erbe hatte es ihm er-
möglicht, seine Firma aufzubauen.

Martin Gregorian trank sein Glas leer und wischte sich den
Schaum von der Oberlippe. »Ich sage ja nicht, dass Katja es
auf dich abgesehen hat, Sven. Aber sei bei einer Frau wie ihr
auf alles gefasst.«

»Ich bin immer auf alles gefasst!«

»So *auf alles gefasst* wie damals?«, fragte Gregorian.

6. Kapitel

Pia war auf dem Weg nach Scharbeutz an der Ostsee, dem Wohnort von Katja Simon, der Witwe des Opfers. Äußerlich vollkommen ruhig, lenkte sie das Polizeifahrzeug, einen dunkelblauen Passat, über die A1 in Richtung Norden. In ihrem Inneren brodelte es jedoch. Schuld daran war der hochgewachsene, äußerst korrekt gekleidete Mann auf dem Beifahrersitz, der sie bei der Vernehmung unterstützen sollte. Olaf Maiwald. Er war Kriminaloberkommissar aus Kiel und zur Verstärkung des Teams im Fall Feldheim angereist. Es war ihm gelungen, Pia gegen sich einzunehmen, noch bevor sie überhaupt ein einziges Wort miteinander gewechselt hatten.

Maiwald musste sehr früh in Lübeck eingetroffen sein, denn er hatte schon vor der morgendlichen Einsatzbesprechung mit ihren Kollegen zusammen in Broders' und Gerlachs Büro gesessen. Als sie hinzugekommen war, war er in ein anregendes Gespräch mit den beiden vertieft gewesen. Er hatte aufgeblickt und sie scheel gemustert, so als wäre sie die Neue, nicht er. »Die Sonne geht auf. Ich bin geblendet«, hatte er deklamiert, nachdem Gerlach sie einander vorgestellt hatte.

Pias rechte Augenbraue war daraufhin höchstens einen Millimeter in die Höhe gerutscht – meinte sie. Ansonsten war sie ihm vollkommen neutral gegenübergetreten. Unvoreingenommen, und warum auch nicht? Sie kannte Olaf Maiwald ja gar nicht, auch wenn der Klang seines Namens etwas in ihr auslöste, eine verschüttete Erinnerung, die nicht greifbar war.

Er hingegen schien der Meinung zu sein, schon alles zu wissen, alles zu können und alles im Griff zu haben. Einschließlich ihres Chefs, Horst-Egon Gabler, denn angeblich war es Maiwalds Wunsch gewesen, dabei zu sein, wenn Katja Simon, die Witwe des Opfers, befragt wurde. Na klar, es war eine der entscheidenden Vernehmungen heute.

Sie hatte die Autobahn an der Ausfahrt Scharbeutz verlassen und fuhr nun die Strandallee hinunter in Richtung Süden. Links befand sich ein flacher Dünengürtel, hinter dem der Strand und die Ostsee lagen. »Ich hatte gestern schon die Gelegenheit, mit Katja Simon zu sprechen«, sagte Pia, als sie rechts in die Seestraße einbog. Sie war trotz des ungünstigen Starts entschlossen, Maiwald zu behandeln wie jeden anderen Kollegen auch. »Ich hatte den Eindruck, dass Frau Simon … nun ja, es zeichnete sich ab, dass sie der Polizei nicht gerade aufgeschlossen gegenübersteht. Ich werde daher zu Anfang die Gesprächsführung übernehmen.«

»Wohl schon mal mit dem Gesetz in Konflikt gekommen, die Gute«, mutmaßte Maiwald. »Keine Sorge. Mit denen kenne ich mich aus.« Sie fuhren den Kammerweg hinunter.

»Das wissen wir noch nicht«, sagte Pia und bezog sich auf Katja Simons vorhandenes oder nicht vorhandenes Vorstrafenregister. Ein Zusammenhang zu Maiwalds zweiter Behauptung war aber auch nicht von der Hand zu weisen. Der Satz hing unkommentiert in der Luft und sorgte für eine gespannte Stimmung, die anhielt, bis sie von der Lindenallee in den Weißdornweg einbogen.

Maiwald hielt nach der angegebenen Hausnummer Ausschau. Das gesamte Wohngebiet schien recht neu zu sein. Rechts lagen weiße Doppel- und Reihenhäuser, links rot verklinkerte Einfamilienhäuser. Pia hielt vor einem modernen Einfamilienhaus an, das sich durch seine großen Glasfronten und den Sichtbeton von allen anderen unterschied.

»Sie sind ganz schön früh!«, sagte Katja Simon statt einer Begrüßung und ließ Pia und ihren neuen Kollegen in ihr Haus. »Heute mit Verstärkung? Na, ist auch egal. Kommen Sie rein!«

Nachdem Pia ihren Kollegen Maiwald vorgestellt hatte, beobachtete sie, wie Katja Simon einen goldfarbenen Retriever, den sie beim Öffnen der Tür am Halsband gehalten hatte, in einen Hundekorb in der Diele schickte. Katja Simon schien heute in schlechterer Verfassung zu sein als am Vortag. Ihre Bewegungen waren ruckartig und die Stimme heiser. Sie hatte dunkle Augenringe und war blass, was durch das hellgrüne Sweatshirt mit dem neonfarbenen Werbeaufdruck, das sie trug, noch betont wurde.

Maiwald trat forsch auf sie zu. »Frau Simon, tut mir sehr leid, was da gestern passiert ist. Nun ja … ein schönes Häuschen haben Sie hier …«

»Danke.« Katja Simon wandte sich mit erstauntem Blick an Pia. »Dauert es länger? Sollen wir uns an den Esstisch setzen?«

Als sie den Wohnbereich betraten, sah Pia, dass noch jemand anwesend war. Eine dunkelblonde Frau, die etwa in Katja Simons Alter zu sein schien. Sie stand regungslos am Küchentresen und starrte zu ihnen herüber. Katja winkte sie heran und stellte vor: »Eine Freundin von mir, die mir gestern Abend ein wenig Gesellschaft geleistet hat. Solveigh Halby – Frau Korittki und Herr Maiwald von der Lübecker Kripo.«

Solveigh Halby nickte Pia und ihrem Kollegen zu, ohne ihnen richtig in die Augen zu sehen. »Entschuldigung. Ich muss jetzt zur Arbeit, Katja. Vorn an der Ecke fährt doch ein Bus in die Stadt, oder?«

»Keine Ahnung. Nimm dir lieber ein Taxi.«

Solveigh Halby verabschiedete sich hastig.

Katja seufzte, als ihre Freundin die Haustür hinter sich zugezogen hatte. »Ich hätte sie fahren sollen«, sagte sie. »Sie nimmt sich bestimmt kein Taxi, und ich habe keine Ahnung, ob hier überhaupt Busse fahren.«

»Sie ist eine erwachsene Frau«, sagte Maiwald gleichgültig.

Pia merkte sich den ungewöhnlichen Namen. Solveigh Halby – fast so bemerkenswert wie die Freundschaft zwischen Katja Simon und dieser unsicher auftretenden Person. Etwas war mit ihr, Pia konnte es nicht benennen, wusste aber, dass ihr das Verhalten der Frau bekannt vorkam. Schon das zweite Mal an diesem Vormittag, dass ihr Gehirn das Vorhandensein von Informationen andeutete, ohne sie ihr zur Verfügung zu stellen.

Katja Simon schlug vor, einen Kaffee für alle aufzusetzen, und Pia nahm das Angebot an. Sie wollte ihr Zeit geben, sich auf die Befragung einzustellen. Während Katja Simon die Kaffeemaschine in Betrieb nahm, trat Pia an ein bodentiefes Fensterelement und sah hinaus in den Garten. Vor ihr erstreckte sich eine Holzterrasse, die in ihren Dimensionen an das Vergnügungsdeck eines Kreuzfahrtschiffes erinnerte. Im Moment regnete es nicht, aber das Holz schimmerte dunkel vor Nässe.

»Ist Ihre Praxis heute geschlossen?«, fragte Pia.

»Ja. Vielleicht auch für länger. Ich brauche Bedenkzeit, wie es ohne Timo weitergehen soll.«

»Ich verstehe.« Pia nahm mit einem Anflug schlechten Gewissens den großen Becher Kaffee entgegen.

»Haben Sie schon etwas … einen Verdacht?«, wollte Katja Simon mit drängendem Unterton in der Stimme wissen.

»Wir ermitteln in verschiedene Richtungen«, sagte Pia.

»Werden Sie die Praxis ohne Ihren Mann überhaupt weiterführen können?«, fragte Maiwald.

»Warum nicht? Ich könnte jemanden einstellen oder mir einen Teilhaber suchen … Wenn ich das will.«

»Hatten Sie für den Fall, dass einer von Ihnen stirbt, Vorsorge getroffen? Gibt es ein Testament zu Ihren Gunsten? Eine Lebensversicherung?«, hakte Maiwald nach.

»Natürlich, aber … sind Sie deshalb hier? Glauben Sie etwa, dass ich etwas mit Timos Tod zu tun habe?« An Katja Simons Hals erschienen rote Flecken, ihre Augen funkelten.

Pia warf Maiwald einen warnenden Blick zu. War das seine Gesprächsstrategie? Konfrontation ohne Sinn und Verstand? Um diese Details würden sie sich zu einem späteren Zeitpunkt kümmern.

»Wir glauben gar nichts, Frau Simon. Ich würde gern hören, was sich gestern bei der Sportveranstaltung zugetragen hat.« Pia spürte, dass Maiwald ihr grollte, aber er hielt den Mund. Das erste Befragungsprotokoll, das gestern auf dem Priwall mit Katja Simon erstellt worden war, wies noch Lücken auf. Pia hoffte, dass der Frau nach Abklingen des ersten Schocks ein paar Details eingefallen waren, an die sie gestern nicht gedacht hatte.

»Es war ein ganz gewöhnlicher Orientierungslauf«, berichtet Katja Simon nach einem misstrauischen Blick auf Maiwald. »Eigentlich ein Trainingslauf mit Wettkampf-Charakter. Timo war von Haus aus eher ein Langstreckenläufer. Er ist schon mehrmals beim Hanse-Marathon mitgelaufen. Sein Traum war es, ein Mal in New York zu starten …« Sie sah einen Moment zum Fenster hinaus. Draußen hatte die nächste Regenwolke den Himmel verdunkelt. »Orientierungslauf war eine Möglichkeit für uns, zusammen etwas zu machen. Obwohl wir in derselben Praxis gearbeitet haben, ist gemeinsame Freizeit immer knapp bemessen gewesen.«

»Hat das gut funktioniert? Gemeinsam leben und arbeiten?«, fragte Maiwald.

»Ja, meistens schon.«

»Die Praxis lief gut?«

»Die Praxis lief von Anfang an hervorragend.«

»Deshalb konnten Sie es sich auch leisten, dieses Haus hier zu bauen«, sagte Maiwald. Hinter seiner Stirn schien er Baukosten und Grundstückspreis zu addieren.

»Das gehört doch alles noch der Bank«, antwortete Katja Simon kühl. »Genauso wie die Praxiseinrichtung.«

»Gestern Morgen ...«, lenkte Pia das Gespräch wieder in die geplante Richtung.

»Timo und ich kamen gegen elf Uhr auf dem Priwall an. Wir hatten uns beide für den Orientierungslauf angemeldet, allerdings für verschiedene Strecken. Timo war nicht ganz fit. Er hatte gerade eine Bronchitis überstanden, und ich fand es unvernünftig, dass er trotzdem die lange Distanz laufen wollte. Aber sagen Sie das mal einem Mann! Zunächst lief alles wie immer: Wir begrüßten die anderen und redeten ein bisschen. Man begegnet beim OL eigentlich immer denselben Leuten ...« Katja Simon stockte.

»Wollen Sie eine Pause machen?«, fragte Pia.

»Nein. Mir fiel nur gerade etwas ein. Die ersten Kinder kamen von der Kinderstrecke zurück. Ein Junge und ein Mädchen liefen ins Ziel. Der Junge ... oder war es das Mädchen? Egal. Sie erzählten, dass sie jemanden im Gelände gesehen hatten.«

»Erinnern Sie sich, was sie genau gesagt haben?«

»Nein – nicht wortwörtlich. Aber die anderen erinnern sich vielleicht: Birte kam extra herüber, Helga und Thomas waren auch dabei ... und Timo natürlich. Die Kinder behaupteten, sie hätten einen Mann im Gelände gesehen. Wahrscheinlich einen Spaziergänger, dachte ich.«

»Wie denken Sie jetzt darüber?«

»Ich frage mich, ob die Kinder *ihn* gesehen haben. Den Schützen ... Gestern war ich allerdings der Meinung, die anderen Erwachsenen schenken dem Gerede der Kinder zu viel Aufmerksamkeit. Einige machen sich ja neuerdings echt ins Hemd wegen der Kinder.«

»Warum das?«

»In jüngster Zeit hat es ein paar Mal Probleme mit Veranstaltungen gegeben. Es gibt ja immer jemanden, dem nicht gefällt, was andere tun. Angeblich schrecken wir das Wild auf und trampeln seltene Pflanzen nieder. Es gab anonyme Briefe ... Aber das hat bestimmt nichts mit Timos Tod zu tun. Das kann ich mir jedenfalls nicht vorstellen.«

»Trotzdem müssen wir dem nachgehen«, sagte Pia und machte sich eine Notiz. »Erzählen Sie bitte weiter.«

»Ich war mit meinem Lauf zuerst an der Reihe. Beim Warmlaufen bin ich im Wald in ein Loch, einen Kaninchenbau oder so, getreten und umgeknickt. Erst dachte ich, es tut nicht so weh, aber als ich wieder am Startplatz ankam, wurde es schlimmer. Timo hat mich humpeln sehen und kam zu mir herüber. Als klar war, dass ich nicht starten kann, beschlossen wir spontan, dass er die Strecke für mich läuft. Ich hoffte insgeheim, dass er dann auf die lange Bahn verzichtet. Er nahm meine Startnummer und meine Karte, und dann musste er auch schon los. Wenn er nicht zu dem Zeitpunkt gelaufen wäre ...« Sie schlug die Arme um ihren Körper, das Gesicht starr und blass.

»Weshalb entschloss sich Ihr Mann dazu, an Ihrer Stelle zu laufen?«, fragte Pia.

»Das ist meine Schuld …«, sagte Katja Simon. »Ich habe ihn angestachelt. Ich sagte Timo, Gunnar, ein anderer Läufer, hätte auf der kurzen Strecke eine wahnsinnig gute Zeit vorgelegt. Zwischen Gunnar und Timo bestand eine Art Konkurrenzkampf. Timo wollte Gunnars Zeit natürlich unterbieten …«

»Er lief also mit Ihrer Startnummer? Wie sah das aus?«

»Die Nummer hängt man sich nur über. Er bekam auch meine Karte vom Gelände. Das war bei einem Trainingslauf überhaupt kein Problem.«

»Woher weiß man, welcher Läufer mit welcher Nummer startet?«, fragte Pia. Sie sah, wie sich die Hände der Frau ineinander verkrampften.

Katja Simon sagte leise: »Ich weiß, was Sie jetzt denken, aber Sie irren sich. Die Schüsse galten weder mir noch Timo. Niemand Bestimmtem. Timo war nur zur falschen Zeit am falschen Ort.«

»Wieso denken Sie das?«

»Alles andere ergibt keinen Sinn.«

»Was ist mit den Startnummern?«, wiederholte Pia.

»Sie stehen auf der Startliste. Die hängt immer irgendwo aus.«

»Was für eine Kleidung haben Sie beide beim Lauf getragen?«, wollte Pia wissen.

»Unsere Trainingsanzüge in den Vereinsfarben: Blau und Orange mit etwas Weiß.«

»Wir müssen alles in Betracht ziehen«, erklärte Pia mit ruhiger Stimme. »Auch eine Verwechslung. Gibt es jemanden, der Ihnen oder Ihrem Mann schaden will? Haben Sie Feinde?«

»Nein, wir haben keine Feinde, weder mein Mann noch ich«, antwortete Katja Simon fast etwas zu schnell.

»Manchmal sind es Vorkommnisse, die einem selbst trivial erscheinen. Es könnte auch mit Ihrer Praxis zu tun haben: mit einem Angestellten oder einem Patienten.«

»Auf gar keinen Fall!«, sagte Katja entschieden.

Pia war irritiert. Sie hatte erwartet, dass jemand, der in Betracht ziehen muss, knapp einem Mordanschlag entgangen zu sein, ein Interesse daran hat, jeder Möglichkeit nachzugehen.

Katja schien ihre Verwunderung zu spüren. »Timo war beliebt«, sagte sie mit fester Stimme. »Die Menschen mochten ihn. Seine Freunde, seine Patienten, seine Kollegen, die Frauen … die sowieso! Sein einziger Fehler war, dass er fast perfekt war.«

Klang da ein Anflug von Neid durch?

»Auch große Anziehungskraft, zum Beispiel auf das andere Geschlecht, könnte ein Mordmotiv sein. Eine Liebe, die er nicht erwidert hat, bis sie in Hass umgeschlagen ist. Ein eifersüchtiger Freund oder Ehemann …«, hörte Pia ihren Kollegen Maiwald dozieren.

»Wenn Sie in diese Richtung ermitteln, verschwenden Sie Ihre Zeit.« Katjas Tonfall war fast zu überzeugend, um glaubhaft zu sein.

»Ihnen ist klar, dass wir auch mit anderen Leuten darüber reden werden? Zum Beispiel in Ihrer Praxis«, fragte Maiwald herausfordernd.

»Das ist mir klar.« Katja Simon rückte ein Stück vom Tisch ab, ging in Abwehrstellung.

»Haben Sie vielleicht irgendwelche Feinde, Frau Simon«, wiederholte Pia. Der Umstand, dass es sich bei der Tat um eine Verwechslung handeln könnte, schien noch nicht richtig zu Katja Simon vorgedrungen zu sein. »Sie haben in etwa die gleiche Größe und Statur wie Ihr Mann. Kurzes dunkles Haar, dieselbe Startnummer und Ihre Laufzeit …«

»Ich weiß niemanden, Frau Korittki. Mir stehen nur wenige Menschen so nahe, dass Emotionen ins Spiel kommen. Ich ziehe es vor, einen gewissen Abstand zu halten.«

»Und die Freundin, die eben noch hier war?«

»Solveigh?«

»Kennen Sie einander schon lange?«

»Seit unserer Schulzeit. Sie wohnt jetzt in Lübeck. Wir sehen uns nicht sehr oft. Ich ... rege mich immer auf, wenn ich sie länger um mich habe.«

»Weshalb?«

Katja Simon seufzte. »Sie ist meine Freundin, und sie meint es nur gut. Aber sie bemerkt nicht, dass die meisten Menschen ihre Gutmütigkeit ausnutzen. Und das regt mich auf. In diesem Fall ist es ihr Mann. So ein Arsch! Entschuldigung, aber anders kann man es nicht ausdrücken. Ich rede mit Engelszungen auf sie ein, doch sie hört nicht auf mich.«

»Sie vermuten, dass ihr Mann sie schlägt?«, fragte Pia, die nun wusste, woran Solveigh Halbys Verhalten sie erinnert hatte.

»Ich *weiß,* dass es so ist.«

»Hat Ihre Freundin Anzeige erstattet?«

»Nein. Sie will nicht wahrhaben, was läuft. Sie meint«, Katjas Stimme troff vor Widerwillen, »dass er sich ändert.«

»Und wie ist Ihr Verhältnis zu Herrn Halby, Frau Simon? Kennen Sie einander?«, fragte Pia.

»Nein, gerade mal vom Sehen. Wenn Sie vermuten, dass diese traurige kleine Geschichte etwas mit Timos Tod zu tun hat, dann verschwenden Sie nur Ihre Zeit.«

»Haben Sie Familie, Frau Simon?«

»Außer Timo? Ich habe keinen Kontakt mehr zu meinen Eltern, und ich besitze weder Geschwister noch Großeltern, keine Familie, abgesehen von meinem Sohn.«

»Sie haben einen Sohn?«, fragte Pia, die überrascht war, dass Katja Simon ihr Kind bei der Aufzählung der Familienangehörigen nur in einem Nebensatz anführte.

»Er lebt nicht bei mir, sondern bei seinem Vater. Alexander ist nur einmal im Monat für ein Wochenende bei mir. Er wohnt in Rosenheim.«

»Wie alt ist Ihr Sohn, und wer ist der Vater?«

»Er ist jetzt …«, sie krauste kurz die Stirn, »elf Jahre alt. Sein Vater heißt Sebastian Hahn. Er ist wieder verheiratet und hat mit seiner neuen Frau noch ein zweites Kind. Alles in bester Ordnung in Rosenheim, wie man so sagt. Reihenhaus, Geschwister zum Spielen, gesunde vollwertige Mahlzeiten – kein Fernsehen.«

»Kein Streit über das Sorgerecht, Unterhaltszahlungen *et cetera*?«, wollte Pia wissen.

»Nein. Nur … Alexander weiß es noch gar nicht. Er mochte Timo sehr gern.« Sie sah zum ersten Mal verunsichert aus.

Das Gespräch neigte sich dem Ende zu, aber Pia war unzufrieden. Normalerweise ergab sich bei Befragungen von Angehörigen eines Opfers irgendetwas. Hier gab es so wenig wie auf dem makellosen Granitfußboden, der sich über das gesamte Erdgeschoss erstreckte. Hatte Katja Simon alles gesagt, was sie über den Tod ihres Mannes wusste? Als Pia sich vom Tisch erhob, wurde ihr schwindelig. Lag es an der verbrauchten Luft, dem starken Kaffee oder ihrer permanenten Übelkeit? Sie hielt sich an der Rückenlehne des Stuhls fest und atmete tief durch. Maiwald, der schon auf dem Weg in die Diele war, bemerkte nichts. Katja Simon war aufmerksamer.

»Ist Ihnen nicht gut?«

»Ich würde gern noch kurz die Toilette benutzen, bevor wir

fahren.« Das war etwas, was sie sonst vermied, und sie ärgerte sich über diese Schwäche.

»Rechts den Flur hinunter, die erste Tür links«, erklärte Katja Simon und musterte Pia nachdenklich.

Pia war nicht so schlecht, dass sie sich hätte erbrechen müssen. Sie benutzte die Toilette und wusch sich die Hände, während sie ihr blasses Gesicht im Spiegel betrachtete. Viel besser als Katja Simon sah sie heute auch nicht aus. Einen Augenblick stand sie nur da und ließ sich kaltes Wasser über die Handgelenke laufen. Hauptsache, Maiwald hatte nichts davon mitgekriegt! Als sie wieder in den Flur kam, stand Katja an die Wand gelehnt da und sah sie nachdenklich an.

»Ihr Kollege hat sich schon verabschiedet und ist zum Auto gegangen.«

»Gut. Ich sage jetzt auch Auf Wiedersehen.«

»Er weiß es nicht, nicht wahr?«, hörte Pia sie zu ihrem Erstaunen fragen. Es war ganz offensichtlich, dass Katja erraten hatte, was mit ihr los war.

»Mein Kollege Maiwald? Nein. Geht ihn auch nichts an.«

»Hey. Lange können Sie das nicht verbergen. Ich weiß, wovon ich spreche. Ich war gerade Assistenzärztin, als es passiert ist. Ich habe die Schwangerschaft verschwiegen, weil ich nicht wollte, dass die anderen meine Nachtdienste übernehmen müssen. Sie sollten bloß nicht denken, ich nutze meinen Zustand aus. Ich wollte niemandem zur Last fallen. Ich war eine Idiotin.«

»Dann bin ich es auch«, sagte Pia.

»Wollen Sie wissen, was passiert ist?«

»Sie erzählen es mir bestimmt gleich.«

»Ich musste liegen: von der vierundzwanzigsten Woche an. Sechzehn lange Wochen habe ich nur gelegen, bis es endlich so weit war.«

»Und dann?«

»Ich bekam ein Kind in die Arme gelegt und wusste nicht, was ich damit anfangen sollte.«

7. Kapitel

Was denken Sie über Frau Simon?«, fragte Maiwald, als sie zurück in Richtung Lübeck fuhren. Sie siezten sich, obwohl es unter Kollegen üblich war, recht schnell zum Du überzugehen. »Wie eine trauernde Witwe kam mir Katja Simon eigentlich nicht vor. Eher ziemlich beherrscht und kühl.«

»Ja, sie wirkte gefasst. Das muss aber nicht bedeuten, dass sie nicht trauert. Es kann einfach ihrem Charakter entsprechen, anderen Menschen gegenüber so beherrscht zu reagieren. Sie sagte ja, dass sie es vorzieht, emotional Abstand zu halten.«

»Dann hat sie aber einen ungewöhnlichen Charakter. Und außerdem erwartet man etwas mehr Hilfsbereitschaft der Polizei gegenüber ...«, beklagte sich Maiwald.

»Hatten Sie auch das Gefühl, dass sie uns etwas verschweigt? Das fand ich merkwürdig. Meistens helfen die Leute in so einem Fall, so gut sie können. Aber vielleicht gibt es einen Grund für Katja Simons Zurückhaltung der Polizei gegenüber? Diese Freundin von ihr, die kann uns da eventuell mehr sagen«, meinte Pia nachdenklich.

»Die? Da wird nicht viel bei rauskommen. Die redet Katja Simon doch nach dem Mund.«

Pia bog auf die Autobahnzufahrt nach Lübeck ab und beschleunigte den Wagen. »Einen Versuch ist es wert. Außerdem werden die Angestellten der Arztpraxis uns einiges erzählen können.«

»Das hatte ich sowieso als Nächstes vor«, sagte Olaf Maiwald und sah auf seine Uhr. »Ich habe mir schon überlegt, wie wir vorgehen können: Die Praxis von Feldheim und Simon ist ja heute geschlossen. Ich werde trotzdem versuchen, die Adressen der Praxismitarbeiter herauszufinden, und sie einzeln aufzusuchen und zu befragen. Es ist besser, man fragt sie, bevor sie wieder an ihrem Arbeitsplatz auftauchen und sich untereinander und womöglich mit ihrer Chefin absprechen können. Ich bin mir sicher, die werden mir auf diese Art und Weise ein paar interessante Einzelheiten über ihre beiden Chefs berichten.«

»Klingt nach einem hervorragenden Plan«, sagte Pia. Sie wusste, dass sie sich sarkastisch anhörte, aber in ihrer Fantasie sah sie Maiwald, wie er das Praxispersonal mit Fragen triezte, auf der Suche nach einem möglichst pikanten Detail, das ein Motiv für Feldheims Tod ergab. Sie befürchtete, dass es ihm an Fingerspitzengefühl fehlte.

»Und was werden Sie tun?«, fragte er. Ihre Beteiligung war in seinem hervorragenden Plan gar nicht vorgesehen gewesen. Pia war das nur recht.

»Das, was ich eben gesagt habe: als Erstes mit der Freundin von Katja Simon sprechen.«

»Ach ja, und wo wollen Sie die so schnell finden?«

»Keine Sorge. Der Name ist ungewöhnlich genug.«

Ja, er konnte diese Korittki nicht leiden, dachte Maiwald, als er sich in das provisorische Büro zurückzog, das ihm für seine Zeit beim Lübecker K1 zur Verfügung gestellt worden war. Er hatte ihr jede Chance gegeben, es lag nicht an ihm. Er war ihr so unvoreingenommen gegenübergetreten, wie das in dieser Situation eben möglich war. Aber allein dieser Blick von ihr, wenn sich ihre eisblauen Augen in die seinen bohrten ... Sie war eine arrogante Ziege, er kannte den Typ. Übrigens genau wie Katja Simon. Kein Wunder, dass Pia Korittki sie bei der

Vernehmung nicht härter in die Zange genommen hatte! Eine Krähe hackt der anderen …

Er ließ sich auf den Bürostuhl fallen, den sie aus wer weiß was für einem Fundus für ihn hervorgezogen hatten. Der Stuhl knarrte verdächtig, und der Bezug war mit Flecken übersät. Er lenkte seine Gedanken in Richtung Hautarztpraxis Simon und Feldheim – die Spur erschien ihm Erfolg versprechend. Und das war es ja, was er hier wollte: einen schnellen Erfolg.

Solveigh Halbys Adresse herauszufinden war nicht schwer. Die einzigen Halbys in Lübeck wohnten im Stadtteil Marli. Mit dem Auto war die angegebene Straße in einer knappen Viertelstunde zu erreichen. Gegen Mittag fuhr Pia los, ohne vorher telefonisch einen Termin vereinbart zu haben. Sie wollte raus aus ihrem Büro, raus aus dem gesamten Gebäude. Manchmal dachte es sich außerhalb geschlossener Räume einfach besser nach, und auf dem Weg zurück bestand dann die Möglichkeit, etwas Warmes zu essen zu bekommen. Die Kantine des Behördenhochhauses war seit Längerem geschlossen, und Pia hatte festgestellt, dass gehaltvolles – um nicht zu sagen fettiges – Essen ihren Magen zeitweise beruhigte.

Solveigh Halby wohnte in einem gesichtslosen Mehrfamilienhaus, das in einer ruhigen Nebenstraße lag. Vielleicht hatte sie ja Glück, dachte Pia, als sie auf den Klingelknopf neben dem Namen Halby drückte.

Der automatische Türöffner summte, sie trat ins Treppenhaus. Bei den Halbys war also schon jemand zu Hause. Oder immer noch: Im zweiten Stock stand ein Mann in der geöffneten Wohnungstür und band sich gerade die Krawatte. Er trug eine hellgraue Anzughose und ein hellblaues Hemd ohne Jackett. Seine Augen blickten misstrauisch aus einem runden, leicht geröteten Gesicht, das von einem sorgfältig gestutzten Vollbart eingerahmt wurde. »Sie wünschen?«, fragte er.

»Ich möchte mit Solveigh Halby sprechen. Mein Name ist Korittki von der Kripo Lübeck.«

Die Röte in seinem Gesicht vertiefte sich, als er antwortete, dass seine Frau arbeite und er auch gleich wegmüsse. »Damit ist das Thema erledigt, oder?«, fragte er mit einem falschen Lächeln.

»Keineswegs. Wo arbeitet Ihre Frau? Kann ich sie dort erreichen?«

»Sie bei der Arbeit stören?«

»Es ist wichtig. Wenn Ihre Frau gerade nicht gestört werden will, wird sie es mir schon selbst sagen.«

»Hm ...« Er überlegte demonstrativ, sah dabei auf seine Armbanduhr. Ein schweres, teuer aussehendes Modell, wie es sich ihren Erfahrungen nach in Zuhälterkreisen einer gewissen Beliebtheit erfreute.

»Wenn Sie es eilig haben, sagen Sie mir am besten, wo Ihre Frau arbeitet, dann sind Sie mich schon wieder los.«

»Nichts für ungut. Ich war nur überrascht: Sie wissen ja gar nicht, wer hier alles so klingelt, wenn man tagsüber ausnahmsweise mal zu Hause ist. Darum sollte die Polizei sich kümmern ...«

»Ich werde es weitergeben«, antwortete Pia ironisch.

»Meine Frau arbeitet als Bibliothekarin, aber nur Teilzeit. Kommt dementsprechend auch nicht viel bei rum. Ich bin es, der sich von montags bis samstags den Arsch aufreißt. Arbeiten Sie auch Teilzeit?«

»Ich weiß nicht, was das mit dem Aufenthaltsort Ihrer Frau zu tun hat«, sagte Pia.

Er fuhr sich nervös mit der Hand am Kragen entlang, als bekäme er nicht genug Luft, und musterte sie irritiert. Pia stellte sich vor, wie die blond behaarten Finger des Mannes auf Solveigh Halbys Wangenknochen landeten. Ihr Gesicht sah wohl nicht gerade freundlich aus bei der Vorstellung, denn Halby sagte eilig: »Es ist die Stadtbücherei in der Hundestraße, Sie wissen schon …«

»Die Lübecker Stadtbücherei, danke sehr. Ich denke, wir hören noch voneinander«, verabschiedete sich Pia. Wieso eigentlich? Sie hatte nicht vor, sich in Solveigh Halbys Angelegenheiten zu mischen, es sei denn, sie hatten etwas mit Timo Feldheims Tod zu tun.

»Warten Sie!«, hörte sie ihn hinter sich herrufen.

»Ja?«, fragte sie, schon auf halber Treppe.

Er kam ihr ein paar Stufen hinterher, blickte nun, da er oben stand und sie weiter unten, auf sie herab. »Wenn es um den Mord an diesem Mann geht, dem Mann von Solveighs Freundin …«

»Was ist dann?«

»Dann verschwenden Sie Ihre Zeit, wenn Sie Solveigh befragen. Die weiß sowieso von nichts.«

»Aber Sie? Sie wissen etwas?«

»Nur, dass man Katja Simon nicht über den Weg trauen kann. Haben Sie sich schon ihre Akte vorgenommen? Wohl nicht. Ich sagen Ihnen: Die ist so dick!« Er deutete eine imaginäre Aktenstärke von bestimmt zehn Zentimetern an.

»Und was steht da drin?«

»Das weiß ich doch nicht! Ich weiß nur, wo die Simon herkommt, und das reicht mir!« Er warf Pia noch einen Blick zu, der seine Zufriedenheit darüber ausdrückte, doch noch das letzte Wort gehabt zu haben, und stieg die Stufen wieder hoch. Pia wollte erst hinterher, doch dann überlegte sie es sich anders. Solveigh Halby würde ihr mehr erzählen können. Von diesem Mann, der gerade die Wohnungstür hinter sich zugeknallt hatte, waren im Moment nichts als Phrasen zu erwarten. Später vielleicht …

Sie fuhr in die Altstadt und parkte in der Hundestraße schräg gegenüber der Stadtbibliothek. Ihr Blick streifte die lang gestreckte Backsteinfassade, die Bauten aus dem Mittelalter, dem neunzehnten wie auch dem frühen und späten zwanzigsten Jahrhundert in sich vereinigte. Pia kannte das Gebäude gut und mochte besonders den alten Teil, wo man sich auf den verschiedenen Ebenen leicht verirren konnte. Hier also arbeitete Solveigh Halby, die langjährige Freundin Katja Simons – in Teilzeit, wie ihr Ehemann sich mokiert hatte.

Es dauerte nicht lange, da war Solveigh Halby von einer Kollegin nach vorn an den Ausgabe-Tresen geholt worden, und Pia verabredete mit ihr, sich gleich in einem nahe gelegenen Bistro im Werkhof zu treffen.

In dem Bistro in der Kanalstraße herrschte um diese Uhrzeit reger Betrieb. Pia gelang es, einen der Bistrotische im Wintergarten mit Beschlag zu belegen, kurz nachdem ihre Vorgänger sich von den Stühlen erhoben hatten. Sie legte ihre Sachen ab und setzte sich auf den Stuhl, von dem sie das Bistro am besten übersehen konnte. Fünf Minuten später sah sie Solveigh Halby mit gesenktem Kopf das Lokal betreten.

Als sie Pia entdeckt hatte, bahnte sie sich einen Weg zum Tisch. »Wie haben Sie mich eigentlich so schnell ausfindig gemacht?«, fragte sie und zog ihre Jacke aus.

»Ihr Mann war zu Hause und hat mir gesagt, wo ich Sie finden kann.«

»Ah.« Sie ließ sich auf einen Stuhl fallen. »Sie haben mit Rainer gesprochen.«

»So kann man es auch nennen«, antwortete Pia.

Eine junge Frau kam an den Tisch und nahm ihre Bestellungen entgegen. Pia kam sich schäbig vor, als Solveigh Halby einen Rucola-Salat und ein Mineralwasser bestellte, während sie überbackenen Schafskäse mit Fladenbrot und einen Milchshake orderte. Danach würde sie sich für etwa zwanzig Minuten gut fühlen. Das waren ihr die einhunderttausend Kalorien wert, die sie sich damit zuführte.

»Es ist nicht so, wie Sie denken«, sagte Solveigh Halby.

»Was denke ich denn Ihrer Meinung nach?«

»Dass mein Mann ein gemeiner Schuft ist und ich ihn umgehend verlassen sollte.«

Das hatte Pia tatsächlich gedacht und stritt es deshalb augenblicklich ab. »Darüber kann ich mir kein Urteil erlauben. Tatsache ist, dass Ihre Freundin uns gegenüber angedeutet hat, Sie hätten ein paar Probleme zu Hause. Und ich wurde in meinem Job schon oft mit den Folgen häuslicher Gewalt konfrontiert, ich weiß, wovon die Rede ist.«

»Das glauben Sie! Jeder Mensch ist anders.«

»Sicher. Aber es gibt Situationen, die ähneln einander«, behauptete Pia. Der überbackene Schafskäse und der Salat wurden serviert. Pia atmete gierig den Geruch des gebackenen Käses ein. Kohlehydrate, Salz und Fett!

»Mein Mann ist Fremden gegenüber misstrauisch, besonders wenn …« Sie brachte den Satz nicht zu Ende.

»Besonders wenn es Polizisten sind?«

»Nein. Er hatte noch nie Ärger mit der Polizei. Ich meinte, dass er es nicht mag, wenn ich belästigt werde. Er hat einen übertriebenen Beschützerinstinkt. Und gerade jetzt ist er etwas aufgebracht, weil ich so viel Zeit mit meiner Freundin Katja verbringe. Er glaubt, dass sie mich in ihre Schwierigkeiten verwickelt.«

»Ah ja. Tut sie das?«

»Nein, natürlich nicht. Sie hat sich grundlegend geändert. Immerhin ist sie jetzt Ärztin mit einer eigenen Praxis. Man könnte behaupten, sie hat etwas aus sich gemacht, nicht wahr? Aber Rainer weiß, woher wir uns kennen, und das gefällt ihm nicht.«

Pia merkte auf. Ihre gut gefüllte Gabel verharrte auf dem Weg zu ihrem Mund in der Luft. »Bitte, Frau Halby. Lüften Sie das Geheimnis: Woher kennen Sie beide sich?«

»Aus einem Landeserziehungsheim für schwer erziehbare Mädchen.«

8. Kapitel

Pia legte ihre Gabel auf dem Tellerrand ab.

»Nicht wahr, das hatten Sie nicht erwartet«, sagte Solveigh Halby ein wenig spöttisch.

»Nein, hatte ich nicht«, räumte Pia ein. »Aber ich sehe auch das Problem nicht. Sie scheinen beide ein normales und solides Leben zu führen. Da sollte es doch heute kein Thema mehr sein, dass Sie als Kinder oder Jugendliche mal Probleme hatten. Und bei den meisten Kindern, die damals in staatliche Fürsorge genommen wurden, würde ich die Schuld daran auch eher in ihrem damaligen häuslichen Umfeld suchen.«

»Das haben aber viele Leute damals ganz anders gesehen. Wir waren ganz schön berüchtigt in Kargau und Umgebung.« Sie hatte den Kopf gesenkt und drehte verlegen ihr Glas hin und her. »Und es war auch nicht einfach, nach den Jahren im Heim draußen Fuß zu fassen. Das schaffen nicht alle!«

»Doch Sie haben es geschafft, genauso wie Katja Simon. Sie hat ein Medizinstudium erfolgreich abgeschlossen, und nun wollen Sie mir weismachen, dass Ihr Mann ein Problem mit Ihrer Freundschaft hat?«

»Er sieht nicht, was sie ist, sondern was sie mal war.«

»Und woher weiß er so genau, was sie mal war?«

Solveigh Halby errötete. »Keine Ahnung.«

»Warum waren Sie in dem Heim, Frau Halby?«

Solveigh zuckte mit den Schultern. »Ich hab mal einen riesengroßen Fehler gemacht. Aber ich habe dafür bezahlt.«

»Wollen Sie darüber reden, über diesen Fehler?«, fragte Pia. Ihr Essen schmeckte so gut, dass sie kurzzeitig keine Übelkeit verspürte. Sie war sich nicht sicher, ob sich das jetzt mit einer Geschichte über eine verkorkste Kindheit vertragen würde. Andererseits, es war zumindest ein Ansatzpunkt, etwas mehr über Solveigh Halbys und auch Katja Simons Vergangenheit zu erfahren.

Solveighs große, von dünnen Wimpern umrahmte Augen sahen sie prüfend an. »Warum nicht? Aber ich warne Sie: Es ist nicht sehr unterhaltsam.«

»Wir werden sehen …«

»Ich bin bei meiner Großmutter aufgewachsen, von der ich lange Zeit nicht wusste, dass sie meine Großmutter und nicht meine Mutter ist. Meine Mutter war meistens auf See. Sie hat viel auf Kreuzfahrtschiffen gearbeitet: die Kabinen geputzt. Damit ließ sich ganz gut Geld verdienen … Außerdem wollte sie wohl unbedingt was von der Welt sehen. Für meine Großmutter war ich nur eine Last. Sie hat es mir immer wieder vorgehalten: dass sie sich erst mit meiner Mutter, dem undankbaren Biest, und nun mit mir abquälen muss. Ihr ist schnell mal die Hand ausgerutscht. Aus lauter Angst vor ihr habe ich versucht, ihr nie Probleme zu machen. Ich war ein stilles Kind, schüchtern bis zum Erbrechen. Auch in der Schule habe ich mich nie getraut, den Mund aufzumachen. Mit den anderen Kindern kam ich auch nicht klar. Ich habe den Unterricht geschwänzt, vor allem, um den verhassten Pausen zu entgehen. Beinahe hätten sie mich während meiner Grundschulzeit schon auf die Sonderschule abgeschoben, aber aufgrund meiner schriftlichen Leistungen bin ich dann doch auf der Realschule gelandet. Die Freude darüber hielt nur so lange an, bis ich an Herrn Benning geraten bin. Er war mein Lehrer in Mathe, Biologie und Sport, und er konnte mich nicht leiden. Es war ein Albtraum.«

Sie schüttelte den Kopf. Ihr Gesichtsausdruck war gequält. »Immer wieder hat er mich in Mathe vor versammelter Klasse an die Tafel geholt und vorgeführt. Er nannte mich ›Sauveigh‹ oder ›Dickerchen‹, in Anspielung auf mein Übergewicht. Als wir in Biologie in der sechsten Klasse Sexualkunde hatten, hat er mich nach vorn gerufen und alle Kinder auf meine gut entwickelte Oberweite aufmerksam gemacht. Aber der Sportunterricht war am schlimmsten. Während wir um den Sportplatz liefen, stand er in der Mitte und hat ›Hopp, hopp, Sauveigh!‹ gerufen.«

»Hatten Sie niemanden, an den Sie sich wenden konnten? Einen Vertrauenslehrer oder so?«, fragte Pia. Sie legte ihre Gabel beiseite, weil ihr der Appetit vergangen war.

»Ich wusste nicht einmal, dass es einen gibt. Ich hatte noch nie die Erfahrung gemacht, dass sich jemand für mich einsetzt. Meine Großmutter sagte nur: ›Da musst du durch. Das Leben ist eben kein Zuckerschlecken.‹ Wahrscheinlich bin ich deshalb schon morgens vor der Schule zum Bäcker gegangen und habe mir massenweise Kuchenreste gekauft. Das Zeug habe ich dann den ganzen Tag lang gefuttert.« Wieder stockte sie kurz in ihrer Erzählung. »Irgendwann habe ich die Schikanen von Herrn Benning nicht mehr ausgehalten. Er war ein Angeber. Er erzählte uns Geschichten, wie er im Skiurlaub mal todesmutig aus dem Lift gesprungen ist, weil der defekt war. Von Heldentaten beim Windsurfen und beim Triathlon. Ich dachte: Dabei könnte er doch ertrinken, dann wäre ich ihn los. Das hat sich in meinem Kopf festgesetzt wie ein Geschwür …«

Sie sah Pia kurz an und fuhr dann fort: »Ich bin allergisch gegen Hausstaub und Pollen und bekam regelmäßig Allergietabletten verschrieben. Das waren zu der Zeit noch richtige Hammerteile, anders als heute. In der Gebrauchsanweisung stand, dass sie müde, benommen und schwindelig machen, wenn man zu viel davon nimmt. Müde machten die auch in normaler Dosierung. Ich fühlte mich oft wie benebelt, wenn ich was davon genommen hatte.« Solveigh Halby seufzte und sah eine Weile schweigend vor sich hin. »Dann hat Herr Benning mal wieder damit geprahlt, dass er freitags mittags, gleich nach der Schule, nach Fehmarn zum Surfen fahren würde. Ich war morgens mit einem Rezept in der Apotheke gewesen und hatte eine neue Packung Allergietabletten bekommen. An dem Tag hatte er mich im Matheunterricht wieder an der Tafel vor der ganzen Klasse blamiert, und das, obwohl ich zu Hause alles richtig gerechnet hatte. Ich konnte es nur nicht unter Stress!«

Die Erinnerung daran ließ Solveigh Halby noch im Nachhinein Tränen der Wut und Scham in die Augen steigen. Sie blinzelte, wischte sie weg. »Heute weiß ich, dass es falsch war. Aber damals: Ich war zwölf und wusste nicht mehr weiter. Wir hatten Benning freitags in Mathe und in der letzten Stunde in Sport. Beim Sport stand seine Trinkflasche unbeaufsichtigt herum. Ich habe alle Allergietabletten, die ich hatte, hineingebröselt und das Getränk gut durchgeschüttelt. Ich dachte, dann würde er beim Surfen vielleicht bewusstlos werden und ertrinken …«

»Das war in der Tat sehr dumm«, sagte Pia. »Sie müssen vollkommen verzweifelt gewesen sein. Ist Ihrem Lehrer etwas passiert?«

»Nein. Ihm ist nichts passiert. Er hat das krümelige Zeug in seiner Flasche entdeckt. Es kam alles heraus – war ja auch nicht schwierig: Die Apothekerin hat sich erinnert, dass ich morgens eine neue Packung abgeholt hatte, und ich konnte die Allergietabletten nicht mehr vorweisen. Sie sind sehr schnell dahintergekommen, was ich getan habe.«

»Ist auch herausgekommen, wie der Lehrer sich Ihnen gegenüber verhalten hat?«

»Für mich hat niemand ausgesagt, niemand aus der ganzen Klasse. Und mir hat keiner geglaubt. Meine Großmutter sah es wohl als eine gute Gelegenheit an, mich loszuwerden. Sie war damals noch recht jung, etwas über fünfzig erst, und hatte gerade eine neue ›Bekanntschaft‹ gemacht. Also kam ich in ein staatliches Erziehungsheim für schwer erziehbare Mädchen …«

»Wollten Sie, dass Ihr Lehrer stirbt, oder wollten Sie sich nur an ihm rächen?«

»Ich könnte jetzt natürlich behaupten, dass ich ihm nur etwas Bauchweh verursachen wollte. Aber so war es nicht. Ich wollte ihn loswerden, egal, wie.«

»Weiß Ihr Mann von dieser Geschichte?«

»Er weiß nur, dass ich in dem Heim war. Ich hab ihm nichts Genaues erzählt. Stellen Sie sich vor, sonst denkt er nach jedem Streit, ich hätte ihm etwas in den Kaffee geschüttet.«

»Streiten Sie sich oft?«

»Nein. Meistens … meistens lenke ich vorher ein. Ich hasse Streit. Rainer ist jähzornig. Er wird immer gleich heftig, auch wenn er es gar nicht so meint.«

»Kennt Katja Simon Ihre Geschichte?«

»Ich denke, schon. Damals lief in Kargau ganz viel mit Gruppengesprächen und so … Das war Teil der Erziehungsmaßnahmen. Wir hatten ja alle unsere Vorgeschichte.«

»Ich verstehe immer noch nicht, was Ihr Mann gegen Ihre Freundschaft mit Katja Simon hat. Wenn er Ihre Vergangenheit akzeptiert, wieso dann nicht die Ihrer Freundin?«

»Vielleicht mag er sie einfach nicht?«

»Weil Katja Simon selbstbewusst auftritt? Vielleicht deshalb, weil sie Sie dazu bewegen will, sich nichts mehr von ihm gefallen zu lassen?«

»So schlimm ist er gar nicht«, murmelte Solveigh Halby, die nun endlich dazu kam, selbst etwas zu essen. Sie kämpfte mit einem großen Salatblatt, das Dressing rann ihr den Mundwinkel hinunter und tropfte auf ihren Pullover. »Mist!«, sagte sie und rieb hastig mit einer roten Papierserviette darüber. Nun war der Fleck auf dem hellblauen Pullover lila.

»Falls es wider Erwarten schlimmer wird oder Sie es sich anders überlegen«, sagte Pia und schrieb eine Telefonnummer auf die Rückseite einer ihrer Visitenkarten, »dann rufen Sie diese Nummer an. Oder gegebenenfalls gleich die Eins-Eins-Null.«

Solveigh Halby zog es ganz offensichtlich nicht in Erwägung, wegen ihrer häuslichen Probleme jemals zum Telefon zu greifen. Zur selben Zeit riss Katja Simon ihr Telefon ungehalten aus der Ladestation, als sie erkannte, wessen Nummer das Display anzeigte.

»Sven, seit wann rufst du mich zu Hause an?!«

»Ich muss dich unbedingt sehen, Katja.«

»Das geht jetzt nicht. Ich will niemanden sehen. Weißt du überhaupt, was gestern passiert ist?«

»Ich habe davon gelesen. Stimmt es wirklich? Ist Timo ... ist er tot?«

»Ja ... Timo ist am Sonntag beim Orientierungslauf erschossen worden. Fast direkt vor meiner Nase!« Sie kniff die Augen zusammen, versuchte, die Fassung zu bewahren.

»Das tut mir sehr leid, Katja.«

Kein Mitleid! Nicht von ihm. Sie holte tief Luft. »Lass gut sein, Sven. Du glaubst nicht, was hier los ist. Die Polizei war eben hier und hat Fragen gestellt. Die haben offensichtlich keine Ahnung, wer geschossen hat, geschweige denn, warum. Ich könnte wahnsinnig werden!«

»Wir müssen uns treffen. Dann können wir in Ruhe über alles reden.«

»Das Letzte, das wirklich Allerletzte, wonach mir jetzt der Sinn steht, ist ein Intermezzo mit dir.« Es tat ihr gut, ihn anzufahren. Jedenfalls war es besser, als in Tränen auszubrechen.

»So siehst du das mit uns? Als Intermezzo?«, fragte Waskamp pikiert. Wo war der sonore Bariton geblieben, mit dem er sonst um die Gunst seiner Wähler buhlte? Was war los mit Sven Waskamp, dem Don Juan und Hoffnungsträger seiner Partei?

»Wir waren uns von Anfang an einig, dass das nichts Ernstes ist zwischen uns. Und jetzt ist bestimmt nicht der richtige Zeitpunkt für ein Treffen. Mein Mann ist tot.«

»Und wann ist der richtige Zeitpunkt?«

»Das weiß ich nicht. Ich hänge vollkommen in der Luft.«

»Warum lässt du dir nicht helfen, Katja?«

Sie verdrehte die Augen. »Weil ich es nicht will und weil es nicht gut für mich wäre. Timo ist noch nicht mal beerdigt …«

»Ich verstehe! Ich kann das einordnen, Katja.« Eine kurze Pause folgte, dann sagte er etwas beherrschter: »Hast du der Polizei von uns erzählt?«

»Natürlich nicht. Das hat nichts mit Timos Tod zu tun!«

»Sie könnten es trotzdem herausfinden.«

»Ist das deine einzige Sorge? Wenn wir uns einig sind, wird die Polizei gar nichts herausfinden, Sven«, sagte Katja bestimmt.

Einen Moment herrschte Stille am anderen Ende der Leitung. »Dann melde dich, falls du deine Meinung ändern solltest. Du weißt ja, wo du mich findest.« Seine Stimme klang kratzig, als ginge man über Glasscherben.

Unsicherheit und verletzte Eitelkeit, analysierte Katja. Ein gefährlicher Gefühls-Cocktail. Sie wollte noch etwas Beschwichtigendes sagen, doch sie kam nicht mehr dazu. Die Verbindung war unterbrochen.

9. Kapitel

Hey, wie macht sich das Dream-Team?«, witzelte Broders, als er Pia am nächsten Morgen im Gang vor ihrem Büro antraf.

»Du warst doch gestern dabei: Olaf Maiwald kennenzulernen und ihn zu lieben war eins. Wir haben uns nur widerstrebend dazu durchgerungen, die nächsten Befragungen jeder für sich in Angriff zu nehmen. Aus Gründen der Zeitersparnis selbstredend.«

»Selbstredend«, bestätigte Broders. »Ich wusste, ihr würdet euch mögen.«

»Wieso das?«

»Komm mit rein«, sagte er und zog sie am Ellenbogen in sein Büro.

»Gibt es etwas, das ich wissen sollte?«

»Es gibt viele Dinge, die du wissen solltest, Engelchen. Zum Beispiel, wer Maiwald ist.«

»Ein Kollege aus Kiel, der uns für die SoKo Feldheim als Unterstützung zugeteilt worden ist.« Aus Broders' Gesichtsausdruck – eine Mischung aus *Ich weiß was, was du nicht weißt …* und *Gleich gibt's 'ne Überraschung!* – schloss sie, dass sie sich lieber einen festen Stand verschaffen sollte.

»Erinnerst du dich an die Zeit, als du hier angefangen hast?«

»Ich leide nicht an Demenz.«

»Ein paar von uns waren … ich sage mal … etwas voreingenommen, was deinen Start hier im K1 betraf.«

»Ich erinnere mich.« Broders war derjenige gewesen, der sein Missfallen über ihr Erscheinen am deutlichsten gezeigt hatte. Ein Wunder fast, dass sie sich jetzt so gut verstanden. Doch gerade ging ihr sein Verhalten wieder auf die Nerven.

»Dass wir voreingenommen waren, lag unter anderem daran, dass sich Olaf Maiwald ebenfalls für deinen Job hier im K1 beworben hatte. Ein paar von uns kannten ihn. Gerlach zum Beispiel. Wir waren alle davon ausgegangen, dass er hier bei uns einsteigt …«

»Immer noch enttäuscht?«

»Unser Chef hat richtig entschieden. Aber bilde dir bloß nichts darauf ein!« Er sah sie lauernd an. »Was sollten wir denn darüber denken? Da kommt plötzlich eine, die mit einem Typen von der Kripo in Hamburg zusammen ist, einem, der angeblich Einfluss hat, und der zunächst anvisierte Kandidat guckt in die Röhre.«

»Mein Exfreund, Robert Voss, hatte nichts damit zu tun, dass ich den Job bekommen habe. Er war sogar dagegen, dass ich hier anfange. «

»Das wissen wir jetzt alle. Aber damals wussten wir es eben nicht. Ich war zu der Zeit übrigens nicht der Einzige, der seine Vorbehalte offen geäußert hat«, erinnerte er sie mit einem Augenzwinkern. Spielte er wieder auf Marten Unruh an? Pia zog es vor, nicht darauf einzugehen. Sie wollte auch nicht wieder über die alten Vorurteile und Gerüchte streiten. Das war Schnee von gestern. Allerdings … »Weiß Olaf Maiwald es auch?«

»Dass du ›seinen‹ Posten bekommen hast? Bestimmt, er ist ja nicht blöd.«

»Okay«, sagte Pia düster. »Es ist immer besser, wenn man vorbereitet ist.«

»Nicht wahr?« Broders grinste freudig, als wäre sein Tag gerade eben von einem Lichtstrahl erhellt worden. Dem Licht eines dramatischen Ereignisses, das Langeweile, Routine und eine grün-beige Siebzigerjahre-Behördeneinrichtung erhellen kann.

Da Olaf Maiwald ganz und gar in der Vernehmung sämtlicher Praxisangestellten der Hautarztpraxis Feldheim und Simon aufzugehen schien – lauter jungen Frauen in akkuraten weißen Kitteln, wie Pia es sich ausmalte –, würde sie auch die weiteren Nachforschungen zu Solveigh Halbys und Katja Simons Vergangenheit allein vornehmen. Nach ein paar Telefonaten hatte sie jemanden gefunden, der ihr mehr über Solveigh Halbys und Katja Simons Zeit in dem Erziehungsheim in Kargau erzählen konnte. Marianne Fierck, eine ehemalige Erzieherin, die immer noch in Kargau wohnte, erklärte sich kurzfristig bereit, sich mit Pia zu treffen.

Die Frau hatte damals die Wohngruppe geleitet, in der Simon und Halby untergebracht gewesen waren. Marianne Fierck gefunden zu haben war mehr oder weniger ein Glücksfall. Pias Nachforschungen hatten ergeben, dass der Direktor des Heims vor längerer Zeit verstorben war, und auch in Kiel in der Jugendabteilung des Landesministeriums, die für die Angelegenheiten des Landeserziehungsheims zuständig gewesen war, hatte sie niemanden erreicht, der sich an die Zeit, in der das Heim in Betrieb gewesen war, erinnern konnte. Immerhin existierten alte Personalakten, durch die Pia auf die Erzieherin Marianne Fierck gestoßen war.

Solveigh Halby, damals hatte sie Solveigh Pahl geheißen – ihre Geschichte irritierte Pia. Es bestand wenig Anlass zu der Vermutung, dass es einen Zusammenhang zu dem Mord an Timo Feldheim gab, aber sie fand, das Team sollte einen Überblick über Katja Simons und Solveigh Halbys Vergangenheit bekommen.

»Erinnern Sie sich an einzelne Mädchen? An Katja Simon zum Beispiel?«, fragte Pia Marianne Fierck, nachdem sie ein wenig über die Uhlenburg und ihren jetzigen Leerstand geredet hatten. Die ehemalige Erzieherin war in groben Zügen über den Grund für Pias Nachforschungen ins Bild gesetzt worden.

»Ich erinnere mich nicht an alle Mädchen, dazu waren es zu viele. Aber an einige schon. Es gibt ja Menschen, die bleiben einem mehr im Gedächtnis als andere. An Katja Simon werde ich mich wohl mein Leben lang erinnern. Sie ist meines Erachtens eine Ausnahmepersönlichkeit. Außerdem gehörte Katja mit zu einer der letzten Gruppen, die überhaupt auf der Uhlenburg waren.« Sie drehte nachdenklich ihre Tasse auf der Untertasse hin und her. »Katja Simon kam mit vierzehn Jahren zu uns. Sie hatte das hinter sich, was wir eine ›typische Heimkarriere‹ nannten. Ihre Mutter war Alkoholikerin, die sich nicht um sie kümmern konnte. Katja wurde schon im Alter von zwei oder drei Jahren weitergereicht: von der Tante zur Cousine der Mutter, dann zurück zur Mutter, danach war sie in zwei oder drei Pflegefamilien, dann wieder zurück zur Mutter, schließlich in einem Kinderheim. Nirgends kam sie zur Ruhe. Als sie zehn Jahre alt war, ist sie zum ersten Mal ausgerissen. Mit zwölf wurde sie dann auffällig. Sie war in eine Clique von Jugendlichen geraten, die Automaten geknackt haben, Autos klauten und Rentnern die Handtasche raubten ... Zunächst wurden Erziehungsmaßnahmen verhängt, aber Katja Simon wurde wieder auffällig. Sie ist dann erneut ausgerissen und hatte sich mit einem Freund bis Berlin durchgeschlagen, weil sie sich der Hausbesetzerszene anschließen wollte. Es hat mehrere Wochen gedauert, bis man sie gefunden hatte. Da gingen dann noch ein paar Eigentumsdelikte mehr auf ihr Konto. Sie musste ja von irgendetwas leben. Der Richter sah es als erwiesen an, dass sie in keiner Pflegefamilie mehr unterzubringen sei. Also staatliche Erziehung: Unterbringung in der geschlossenen Abteilung. Sie hätten das Kind erleben sollen, das bei uns ankam: verwirrt, vollkommen abgemagert, aber mit einem Temperament, das einem den Atem verschlagen hat. Als sie aus der geschlossenen Abteilung entlassen wurde und ausgerechnet in meine Gruppe im Möwenturmhaus kam, war ich skeptisch. Erzieherinnen sind auch nur Menschen. Mit dem einen Kind kommen wir gut zurecht, mit dem anderen weniger. Aber einige meiner Mädchen sind mir sehr ans Herz gewachsen. Dazu gehörte nach kurzer Zeit auch Katja Simon. Mit ein paar meiner Schützlinge habe ich heute noch Kontakt, mit Katja Simon allerdings nicht. Das war auch nicht zu erwarten, sie war immer sehr auf ihre Autonomie bedacht.« Marianne Fierck lächelte wehmütig.

»War auch Solveigh Pahl zu dieser Zeit in Ihrer Gruppe?«, fragte Pia.

»Ich meine, mich zu erinnern, dass es so war. Wenn Sie sichergehen wollen, könnte ich mir ein paar Tagebuchaufzeichnungen von damals ansehen. Aber ich tue das nicht gern, dieses ›Rumwühlen‹ in Erinnerungsstücken. Es bringt einem nichts. Nostalgie ist eine Mischung aus Trauer und Freude, finde ich, und die Trauer überwiegt.«

»Was wissen Sie über Solveigh Pahl?«

»Ich erinnere mich wieder: Solveigh war ein rundliches, stilles Mädchen mit dunkelblondem Haar. Sie hatte eine tragische Vorgeschichte. Die war selbst für das Heim ungewöhnlich: Solveigh Pahl sollte angeblich versucht haben, ihren Lehrer zu vergiften.«

»Das ist sie«, bestätigte Pia.

»Die Gruppe mit Katja Simon und Solveigh Pahl war nicht einfach. Es hatte sich eine Clique herausgebildet, und die anderen blieben außen vor, egal, was ich tat. Zu der Clique gehörten Katja Simon, ein Mädchen namens Tamara, eine Janet und merkwürdigerweise auch Solveigh Pahl. Die vier waren so eng miteinander befreundet, dass sich die anderen ausgeschlossen fühlten. Ich hielt viele Gruppensitzungen deswegen ab, aber letzten Endes hätte wohl nur eine räumliche Trennung der Mädchen die Freundschaft beeinträchtigen können.«

»Was war so schlimm daran? Die Mädchen mussten ohne familiäre Bindung auskommen. So hatten sie wenigstens Freundinnen.«

»Natürlich, natürlich. Aber es war zweischneidig, wissen Sie. Ich erinnere mich auch an Heimlichtuerei, Geheimnisse, Lästereien. Die vier heckten allerlei Blödsinn aus, was von einigen vom Heimpersonal nicht gut aufgenommen wurde. Es gab viele Beschwerden über die vier Mädchen, aber ich habe versucht, sie so weit wie möglich zu unterstützen. Doch wegen der engen Freundschaft, die zwischen ihnen bestand, hat sie der Tod von Tamara Kalinoff damals umso schwerer getroffen ...«

»Ein Todesfall im Heim?«

»Oh, es gab nicht nur einen! Aber die anderen waren Krankheitsfälle. In einem Winter starben gleich zwei Mädchen an Lungenentzündung. Das war schlimm. Es war allerdings weit vor der Zeit, nach der Sie gerade fragen.«

»Was ist mit dem Mädchen aus Katjas Gruppe passiert?«

»Ein Suizid. Ich habe heute noch manchmal Albträume deswegen.«

»Was ist geschehen?«

»Tamara Kalinoff war ein liebes, stilles Mädchen. Ihr fehlte der Wille, sich durchzubeißen, wie man ihn bei Katja oder auch Janet beobachten konnte. Sogar Solveigh hatte mehr von dem, was ich Überlebensinstinkt nennen würde. Und Tamara war sehr hübsch. Das ist etwas, was jungen Mädchen das Erwachsenwerden nicht unbedingt erleichtert, finde ich. Tamara nutzte die Zeiten ihres Ausgangs, um jemanden zu treffen. Wir wussten, dass sich einige der Mädchen mit Jungen aus dem Ort in der Remise auf dem Gelände trafen. Zur Uhlenburg gehörte ein riesiges Areal mit unzähligen Nebengebäuden und einem richtigen Wald drumherum. Das Heim war quasi eine Welt für sich. Wenn die Mädchen Ausgang hatten, konnten wir sie unmöglich kontrollieren. Es ging das Gerücht um, dass Tamara mit einem jungen Mann aus dem Ort befreundet wäre, aber die Mädchen haben mir immer wieder versichert, dass das alles vollkommen harmlos sei. Tamara Kalinoff war damals siebzehn Jahre alt und machte eine hauswirtschaftliche Lehre im Heim. Wir hatten eine Heimschule und die Möglichkeit, auch Ausbildungsplätze für unsere Mädchen zur Verfügung zu stellen.«

»Was geschah mit Tamara Kalinoff?«, fragte Pia noch einmal.

»Man hat sie eines Morgens tot im Schwimmbad gefunden. Die Schwimmhalle lag ein Stück vom Hauptgebäude des Heims entfernt, unterhalb des Möwenturmhauses, wo meine Gruppe untergebracht war. Das Hallenbad war für die Heimkinder erbaut worden, aber auch die Kinder aus dem Ort hatten dort Schwimmunterricht. Am frühen Morgen entdeckte eine Gruppe von Mädchen, die zum Frühschwimmen gekommen waren, Tamaras Leiche. Sie lag am Grund des Beckens, mit einem Seil, das sie sich um Hals und Körper gewickelt und mit einem Metallkorb beschwert hatte. Sie hatte sich ertränkt.«

»Eine seltsame Methode, sich umzubringen«, sagte Pia.

»Na ja. Wenn man schwimmen kann, wie soll man es anfangen? Aber das war noch nicht alles: In einer der Umkleidekabinen fand man Blutspuren, eher eine Blutlache. Tamaras Unterwäsche und … einen Kleiderbügel.«

»Was war passiert?«

»Sie hatte einen Drahtbügel mitgebracht, wie man ihn in der Reinigung bekommt. Er war verbogen, und es war Blut daran. Die Polizei hat den Fall gründlich untersucht, die Schwimmhalle war tagelang abgesperrt. Sie haben schließlich herausgefunden, dass Tamara versucht hatte … sie hat versucht, mit einem verbogenen Drahtbügel eine Abtreibung bei sich vorzunehmen. Sie war in der siebzehnten Woche.«

»Hat niemand gewusst, dass sie schwanger war?«

»Es mag Ihnen komisch vorkommen, aber wie es aussah, hat das tatsächlich niemand gewusst. Ich habe es mehrmals während meiner Berufstätigkeit erlebt: Es gibt junge Mädchen, die es schaffen, eine Schwangerschaft monatelang zu verheimlichen. Oft wollen sie es selbst nicht wahrhaben und ignorieren es einfach. Ein Mädchen, das ich kannte, hat es bis zur Geburt geschafft und ihr Kind allein in einer Badewanne zur Welt gebracht … Tamara war erst im fünften Monat, als sie gestorben ist.«

Pia rutschte unbehaglich auf ihrem Stuhl hin und her. Im fünften Monat sah man manchmal noch nicht viel. »Was hat die Polizei herausgefunden? Wie ist die Tat abgelaufen? Als Tamara bei ihrem Versuch, das Kind abzutreiben, gescheitert ist, hat sie sich ertränkt? Aber das alles war doch Ende der Achtzigerjahre …«, stellte Pia fast anklagend fest.

»Niemand hat es verstanden. Was meinen Sie, wie es mir danach ging? Ich habe mir lange Zeit Vorwürfe gemacht. Warum hat sie sich umgebracht? Der Abtreibungsversuch muss wahnsinnig schmerzhaft gewesen sein. Hat sie den Schmerz nicht mehr ausgehalten?«

»Aber sie hätte doch Hilfe holen können?«

»Vielleicht war sie dazu nach dem Blutverlust schon zu schwach? Ich musste mich fragen, warum sie sich mir nicht anvertraut hatte. Es hätte sich eine Lösung gefunden, sie hätte sich mir anvertrauen können!«

»Wussten ihre Freundinnen etwas darüber?«

»Nein, ich glaube nicht. Sie waren genauso fassungslos wie ich. Die Polizei hat sie alle befragt. Es war eine schlimme Zeit. Letzten Endes hat es die drei verbliebenen Mädchen – Katja, Solveigh und Janet – für kurze Zeit noch enger zusammengeschweißt. Aber die Leichtigkeit, die dummen Streiche und das Gelächter, das war vorbei.«

»Für kurze Zeit?«, fragte Pia.

»Sie waren ja alle schon sechzehn oder siebzehn Jahre alt, als es passiert ist. Janet ist kurz darauf volljährig geworden und aus dem Heim entlassen worden. Katja und Solveigh blieben übrig.«

»Wo zum Teufel kommst du jetzt erst her, Solveigh?«

Rainers Stimme schallte ihr aus seinem Arbeitszimmer entgegen, noch bevor sie das bärtige und wahrscheinlich griesgrämig verzogene Gesicht ihres Mannes überhaupt zu Gesicht bekommen hatte. Solveigh zog die Wohnungstür hinter sich zu, überlegte, welche Antwort die richtige wäre – sprich eine, die nicht sofort eine Katastrophe heraufbeschwor.

»Ich musste noch ein paar Besorgungen machen. Tut mir leid, dass es so spät geworden ist, Rainer.«

Die Tür zu seinem Arbeitszimmer stand offen. Er drehte sich auf dem Bürostuhl herum und sah seine im Flur stehende Frau herausfordernd an. »Kann mir nicht vorstellen, dass es dir leidtut. Macht dir ja wohl Spaß, mein Geld zum Fenster rauszuwerfen. Aber wenn ich spät abends hungrig von der Arbeit nach Hause komme, habe ich wohl mehr verdient als einen leeren Kühlschrank, oder?«

»Ich hatte dir doch eine Portion frisch gekochtes Hühnerfrikassee hingestellt, das du dir nur in die Mikro schieben musstest. Hast du es nicht gefunden?«

»Ich habe nicht danach gesucht! Ich will nicht suchen. Meine Frau soll zu Hause sein und mir mein Essen machen. Das ist nicht zu viel verlangt, oder?«

Solveigh war sich unsicher. Immer, wenn sie Zeit mit Katja verbracht hatte, neigte sie dazu, gewisse Grundwerte ihres Lebens infrage zu stellen. Hatte sie zu Hause zu sein, wenn er von der Arbeit kam? Wäre das nicht nur recht und billig, wenn er so lange arbeitete? Die beschwichtigenden Worte sprudelten aus ihr heraus, während sie gleichzeitig ahnte, dass sie so etwas nicht mehr sehr oft zu ihm sagen würde: »Ich mach dir dein Essen schnell warm. Möchtest du schon mal ein Bier, Rainer?«

Er murmelte etwas Unverständliches, das wie ein Fluchen klang, und Solveigh schloss schnell die Küchentür hinter sich. Vorerst war die Katastrophe abgewendet. Solange er an seiner Fossilien-Sammlung saß, war er zu beschäftigt, um groß Notiz von ihr zu nehmen. Sein Hunger war erst mal das Wichtigste: Hunger machte schlechte Laune, und die konnte sie so gar nicht gebrauchen.

Eigentlich hatte sie gehofft, Rainer wäre unterwegs und sie könnte sich heute Abend in Ruhe ihrem derzeitigen Lieblingsschmöker zuwenden. Stattdessen … er mochte es nicht, wenn sie las. Ein Hohn eigentlich – sie war Bibliothekarin! Sie füllte Reis und Frikassee in einen tiefen Teller, deckte ihn mit einer Plastikhaube ab und schob ihn in die Mikrowelle. Schon beim Einstellen der Wattzahl hatte sie ein schlechtes Gefühl. Kein geeignetes Essen für so einen Abend. Rainer bevorzugte klassische Braten und kräftige Eintöpfe. In den ersten Wochen ihrer

Ehe war sie abends statt mit dem obligatorischen Roman mit einem Kochbuch ins Bett gegangen.

Hatte sie nicht noch Rouladen im Gefrierschrank? Zu spät, Rainer hatte ja bereits einen Mordshunger. Mordshunger? Arme Katja! Sie stand hier und bemitleidete sich ... wegen nichts. Und Katja saß allein zu Hause und wusste, dass ihr Mann niemals wiederkommen würde – weil jemand ihn ERMORDET hatte.

Nachdem das Essen heiß war, musste Solveigh dreimal rufen, bevor Rainer reagierte und sich das Tablett mit seinem Abendbrot direkt in sein Arbeitszimmer bestellte. Es stand wohl schlecht um ihn, wenn er Essbares in die Nähe seiner wertvollen Fossilien ließ. Das Beste an ihrem Mann war seit geraumer Zeit sein Hobby, dachte Solveigh böse, als sie das Tablett vorsichtig auf einer Ecke des Arbeitstisches abstellte, ohne die aufgeschlagenen Fachbücher oder gar das versteinerte Irgendwas zu berühren, das im Lichtschein der Schreibtischleuchte lag.

»Das ist ein vollständiger Geschiebetrilobit, kristalliner Kalk aus der Ludibundus-Stufe, Ludibunduskalk, wie es aussieht«, murmelte ihr Mann. »Aber das interessiert dich ja sowieso nicht.« Er griff zur Gabel, spießte ein Stück Hühnerfleisch auf und führte es zum Mund. Die Erleichterung, dass er Hühnerfrikassee kommentarlos akzeptierte, wurde durch sein theatralisches Aufheulen zunichtegemacht. Er spuckte das Fleischstück neben seinem Teller auf das Tablett und fächelte sich demonstrativ Luft in den Mund. »Willst du mich umbringen! Das kocht ja noch! Wie kannst du mir das vorsetzen?«

»Tut mir leid. Hier ist ein Schluck Bier. Ich wusste nicht, dass es so heiß ist.«

Er trank in gierigen Zügen und betastete dann wehleidig seine Zunge. »Du wusstest es nicht? Du haust es mir von der

Mikrowelle direkt vor die Nase und weißt nicht, dass es noch kocht? Ich verstehe nicht, was in deinem Kopf vor sich geht, Solveigh!«

»War wirklich keine Absicht«, murmelte sie. Wie blöd war denn das? Natürlich war es keine Absicht von ihr gewesen. Sollte er doch selbst auf sich aufpassen! Beruhigt sah sie, dass er nun doch Gabel für Gabel in sich hineinschaufelte, auf jeden Bissen demonstrativ pustend, wie ein kleines Kind. Sie stand mit dem Rücken zur Tür und hielt wohlweislich Abstand zu den Vitrinen, in denen Hunderte Fossilien auf grünem Samt präsentiert wurden, ohne dass diese außer ihr und Rainer jemals ein Mensch zu Gesicht bekam. Ursprünglich hatte sie sein Hobby sympathisch, sogar interessant gefunden. Ein Mann, der abends nicht in die Kneipe ging, sondern Donnerkeile oder versteinerte Seeigel und Krabben begutachtete. Mittlerweile wünschte sie, sie hätte die kleine Wohnung mal einen Abend lang für sich.

»Das mit dem Klassentreffen kannst du dir übrigens gleich abschminken«, sagte er, nachdem sein erster Hunger gestillt war.

»Ich weiß von keinem Klassentreffen«, antwortete sie überrascht. »Wie kommst du darauf?«

»Irgendwer hat vorhin hier angerufen. Hat nach dir gefragt, ob du mit Mädchennamen Pahl heißt.«

»Aha. Und wer war das?«

»Bin ich deine Sekretärin? Ich will übrigens nicht, dass du zu so einer Veranstaltung gehst.«

»Warum denn nicht?«

»Bringt doch nichts, oder? Das habe ich auch am Telefon schon gesagt.«

Solveigh schwieg. Sie war neugierig. Ein unbekannter Anrufer. Etwas, das Abwechslung in ihren Alltag bringen könnte.

Allerdings verband sie mit ihrer Schulzeit keine sehr glücklichen Erinnerungen. Sie starrte auf das Stück blass aussehenden Hühnerfleisches, das Rainer auf das Tablett gespuckt hatte und in dem noch ein Zahnabdruck von ihm zu sehen war, und überlegte, ob sie das Thema »Klassentreffen« vertiefen sollte.

»Manchmal ergeben sich recht nützliche Kontakte auf solchen Treffen«, sagte sie.

»Ach ja? Für dich? Wofür das denn? *Ich* brauche Kontakte für meinen Beruf. Wir leben von meinen Kontakten und meiner Menschenkenntnis. Du brauchst nur deine Bücher.«

»Ich weiß nicht, warum du das immer so sagst …«, entgegnete sie verletzt.

»Wir kommen ja klar, Solveigh«, erklärte er gönnerhaft. »Machst du mir noch eine Portion Frikassee warm?« Er betonte das Wort »warm« und lächelte dabei scheinheilig.

»Sicher – auf dein eigenes Risiko …«, konterte sie. Solveigh fragte sich, wie sie es wagen konnte, ihm ironisch zu kommen. Katjas Einfluss! Rainer hatte wirklich eine gute Menschenkenntnis: Mit Katja zusammen zu sein machte sie mutiger.

10. Kapitel

Im Besprechungsraum des K1 im Polizeihochhaus, siebter Stock, war es kühl. Irgendjemand hatte mitgedacht und vor der Einsatzbesprechung die Fenster geöffnet, um den Büromief gegen kalte Herbstluft auszuwechseln. Horst Egon Gabler stand vor seiner neu gebildeten Mordkommission und schrieb mit einem quietschenden Faserstift ein paar Stichworte auf das Whiteboard. Er drehte sich um und musterte seine Leute: viele vertraute Gesichter sowie zwei neue, von denen sich zumindest einer gut in sein Team integrieren würde, wie er hoffte. Frau Korittki würde ja bald ausfallen ... Sehr ärgerlich. Er wusste doch, wie so etwas lief. Erst schrien sie, dass sie gleich wieder zurück in den Beruf wollten, aber wenn das Baby dann da war, spielten die Hormone verrückt, und aus ein paar Wochen wurden drei bis zwölf Jahre Erziehungszeit. Es konnte nicht schaden, wenn er sich die neuen Kollegen schon mal genauer ansah.

»Wie Sie alle wissen, sind seit Timo Feldheims Tod mehr als achtundvierzig Stunden vergangen«, sagte er einleitend. Er spürte, dass er die volle Aufmerksamkeit seiner Leute hatte. »Sie alle wissen, was das bedeutet: Wir haben noch kein Motiv und keinen Tatverdächtigen. Noch nicht einmal die Tatwaffe! Wir gehen jetzt noch einmal zusammen den Tatortbericht durch. Die Spurensicherung hat insgesamt einhundertdreiundsiebzig Spuren am Tatort gesichert.« Gablers Augen wanderten über die Anwesenden. »Und zwar in dem üblichen Verfahren: im Uhrzeigersinn, spiralförmig um den Tatort herum. Das Waldstück, in dem Timo Feldheim erschossen wurde, gehört zu einem beliebten Naherholungsgebiet auf dem Priwall. Da schmeißen alle möglichen Leute ihren Dreck hin. Die Herausforderung ist also, aus den hundertdreiundsiebzig Spuren die herauszufiltern, die etwas mit der Tat zu tun haben könnten. Und Fehler können wir uns dabei nicht erlauben.«

»Ich dachte, wir wissen zumindest schon, wo der Schütze gestanden hat«, warf Broders ein. »Dieser Holzschuppen stand doch genau in Schussrichtung. Außerdem wurde dort eine Patronenhülse gefunden, die ausgeworfen wurde, als der Schütze repetiert hat.«

»Möchten Sie übernehmen, Broders?«

»Schon gut.« Er winkte ab und lehnte sich zurück.

»Die Obduktion des Toten hat ergeben, dass es sich bei den Schüssen nicht um Nahschüsse gehandelt haben kann. Keine Stanzmarken, Pulverschmauch oder Pulvereinsprengungen am Körper des Opfers. Der Schusskanal und der Fundort der Geschosse weisen darauf hin, dass sich der Schütze in dem Holzschuppen verborgen gehalten hat, als er auf das Opfer schoss. Die Fensteröffnung liegt in Richtung des Postens, an dem Timo Feldheim sich befand, als er von den Kugeln getroffen wurde. Die Entfernung von unserem Opfer zu dem Holzschuppen beträgt siebenunddreißig Meter. Das Schloss des Schuppens, ein einfaches Vorhängeschloss, wurde aufgebrochen vorgefunden. Der Fußboden dort besteht aus fest getrampeltem Erdboden. Wir haben einen halben Schuhabdruck, der mit Gips ausgegossen wurde. Es ist der Abdruck eines rechten Gummistiefels Größe dreiundvierzig, eine Marke, die in jedem Landhandel tausendfach verkauft wird. Es wurden Faserspuren im Schuppen gesichert. Schwarze Baumwollfasern und Fasern aus einem olivenfarbenen Baumwoll-Synthetik-Gemisch. Sie sind an dem rauen Holz an der Fensteröffnung sichergestellt worden. Die genaue Analyse der Fasern ist aber noch nicht abgeschlossen ...«

So ging es weiter, Spur für Spur. Nachdem Gabler das letzte Foto mit der Spur Nummer 173 für alle sichtbar an die Rückseite des Raumes projiziert hatte, wurde es lauter im Zimmer. Die Frage war, welche der Spuren eine weitergehende Untersuchung rechtfertigten. Nachdem sie damit durch waren, wäre es eigentlich Zeit für eine kurze Pause gewesen. Er merkte wie die Konzentration, auch seine eigene, nachließ. Da er aber in einer Stunde den nächsten Termin hatte, entschloss er sich, die Besprechung durchzuziehen.

»Nun zu der mutmaßlichen Tatwaffe, die, wie Sie ja alle wissen, noch nicht gefunden wurde. Dazu aber später. Bei den drei am Tatort sichergestellten Projektilen handelt es sich um das Kaliber 9,3 x 62. Es wurde von einem Kolonialbeamten in Afrika zur Großwildjagd entwickelt und wird hier zur Jagd auf Schwarzwild eingesetzt.« Irgendjemand im Raum pfiff leise durch die Zähne. »Wir suchen also eine Langwaffe, einen Repetierer. Einen Repetierer deshalb, weil er eine schnellere Schussfolge zulässt als ein Einzellader. Vergessen Sie nicht, wir haben mehrere Zeugen, die drei schnell aufeinanderfolgende Schüsse gehört haben wollen, und zwar, als sie in einiger Entfernung am Zieleinlauf standen.«

»Warum keine halb- oder vollautomatische Büchse?«

»Vollautomatische Gewehre sind verbotene Waffen im Sinne des Waffengesetzes, wie Sie alle wissen. Die Wahrscheinlichkeit, dass so etwas zum Einsatz gekommen ist, ist eher gering. Unser Schütze ist nicht unerfahren, und er hat gute Nerven. Das Gebiet auf dem Priwall war zur Tatzeit nicht gerade einsam und verlassen. Immerhin haben sich fünfunddreißig Orientierungsläufer nebst Begleitung in der Nähe des Tatorts aufgehalten. Broders, fassen Sie für alle zusammen, was bei der Befragung der Teilnehmer der Sportveranstaltung herausgekommen ist.«

Broders erhob sich etwas steif und ging mit seinen Aufzeichnungen nach vorn zu Gabler. Er berichtete, er habe jeden einzelnen Teilnehmer befragt, mit besonderem Augenmerk auf den Organisator des Laufs, Thomas Landwehr, und den Starthelfer, der den Tausch der Laufkarte und Startnummer mitverfolgt hatte. Außerdem hatte er die Kinder befragt, die angeblich jemanden im Unterholz gesehen hatten.

»Die Aussagen der Kinder decken sich nicht vollständig«, erklärte Broders. »Beide behaupten, jemanden gesehen zu haben, und zwar am fünften Posten der Kinderstrecke – mit dem Symbol ›Tanne‹ markiert. Der lag etwa fünfzig Meter vom Tatort entfernt, in dem kleinen Waldgebiet nahe des Ufers der Pötenitzer Wiek.« Er ließ eine Karte der Tatortumgebung an das Board projizieren und deutete mit einem Zeigestab auf einen Punkt in dem grün markierten Gebiet. »Ziemlich genau hier. Thomas Landwehr hatte die Karten für die Läufer ausgearbeitet, auf der jeder Posten genau eingezeichnet ist. Der Junge hat einen großen, schweren Mann gesehen, der wie ein Jäger gekleidet war: graugrüner Parka, grüne Gummistiefel und etwas auf dem Kopf, das er nicht genau erkennen konnte. Der Junge hatte den Eindruck, dass der Mann nicht von ihm gesehen werden wollte. Er hat sich tiefer in das Unterholz geduckt, als er angelaufen kam. Das Mädchen hat die Gestalt als mittelgroß und schlank beschrieben und war unentschieden, ob weiblich oder männlich. Er oder sie trug angeblich eine braune Hose, eine dunkle Jacke und eine Art Schlapphut, sodass man das Gesicht nicht erkennen konnte. Die Kleine sagte aus, dass die Gestalt sie nicht weiter beachtet habe, sondern nur so durchs Unterholz gewandert sei … Die Beschreibungen variieren erheblich. Viel Fantasie im Spiel, würde ich sagen. So viel zu unseren Augenzeugen.«

»Die Kinder haben vielleicht zwei verschiedene Personen gesehen«, vermutete Pia.

»Unwahrscheinlich. In Bezug auf Zeitpunkt und Ort decken sich die Aussagen recht genau.«

»Gibt es schon Phantombilder?«, hakte Pia nach.

Gabler erinnerte sich, dass sie bei einer Ermittlung im Sommer durch ein Phantombild einen wichtigen Hinweis erhalten hatten.

»Äh, nein. Die Eltern sind gerade erst um ihre Einwilligung gebeten worden«, sagte Broders. »Ich befürchte auch, dass uns Phantombilder in eine falsche Richtung führen könnten. Vermutlich kommt eine Mischung aus Räuber Hotzenplotz und Freddy Krueger dabei heraus.«

»Wie alt sind die Kinder, Broders?«, fragte Gabler.

»Neun und elf.« Er lächelte nachsichtig.

»Was haben die Nachforschungen nach der Herkunft der Drohbriefe ergeben?«, hakte Gabler nach, bevor Broders und Pia zu diskutieren begannen. Die beiden waren gerade deshalb so wertvoll für sein Team, weil sie so unterschiedliche Ansichten hatten. Plötzlich zweifelte Gabler, ob einer der beiden Neuen, Maiwald oder ein eher ruhiger Mann namens Stöver, Pia Korittki würde ersetzen können. Vielleicht kam sie ja doch rechtzeitig aus dem Mutterschutzurlaub zurück?

Michael Gerlach ergriff das Wort: »Die zwei Drohbriefe, die beim Veranstalter des Wettkampfes eingegangen sind, haben einer ersten Analyse nach nichts mit dem Mord an Timo Feldheim zu tun. In den Briefen heißt es, dass die Auswirkungen des Sports auf Flora und Fauna publik gemacht werden würden. Orientierungslauf ist aber gar nicht deren Interessenschwerpunkt. Sie wenden sich hauptsächlich gegen Wassersportler: Segler, Paddler und Surfer, die sich unerlaubt in gesperrten Uferzonen bewegen und die Rohrdommeln und andere Wasservögel stören. Ich habe mit dem Vorsitzenden der Gruppe, die übrigens nur aus fünf Personen besteht, gesprochen. Er räumt ein, dass die Briefe keine gute Idee waren, und sagt, sie wollen sich in Zukunft wieder auf Transparente und Flugblätter konzentrieren.«

»Ich will trotzdem wissen, wer die Leute sind. Ob es Vorstrafen gibt, insbesondere in Bezug auf Schusswaffen. Ob einer von ihnen Jäger ist, in einem Schützenverein aktiv oder Reserveoffizier bei der Bundeswehr. Und ich will wissen, wo sich jeder Einzelne zur Tatzeit aufgehalten hat.« Gabler sah unruhig auf seine Armbanduhr. Warum war das nicht längst erledigt? Die Erkenntnis darüber, wie schnell die Zeit verrann und wie viel jeder einzelne Tag einer solchen Ermittlung kostete, verursachte ihm neuerdings Beklemmungen. Er wurde langsam zu alt für den Job, dachte er irritiert.

Nachdem Olaf Maiwald zu seinem eigenen Verdruss keine weiterführenden Ergebnisse aus den Befragungen der Praxisangestellten vorweisen konnte, war Pia an der Reihe. Sie berichtete über die Befragung von Katja Simon und informierte die Anwesenden auch über das Gespräch mit Solveigh Halby und Marianne Fierck. Gabler entging nicht, dass sich Maiwald und Korittki nach der ersten gemeinsamen Vernehmung getrennt hatten.

»Frau Simon ist also doch nicht ganz so unbescholten, wie es auf den ersten Blick aussieht«, resümierte Maiwald zufrieden.

»Katja Simon hat ein Alibi«, erinnerte Pia.

»Vielleicht hatte sie einen Helfer«, warf Broders ein.

»Wir haben noch keinen Hinweis auf ein Motiv, warum Katja Simon ihren Ehemann hätte loswerden wollen.«

Schon achtundvierzig Stunden vergangen, und wir wissen so gut wie nichts, dachte Gabler düster.

Pia zog gerade neue Leinwand auf einen Holzrahmen auf, als Hinnerk in ihrer Wohnung eintraf. Der Fall Feldheim und seine Begleitumstände verursachten genau die Art von Anspannung in ihr, die sie früher oder später dazu verleiten würde, zu Pinsel und Farbe zu greifen. Seit jeher malte sie Dinge und Situationen, die sie beschäftigten, in grellen Acrylfarben auf Karton oder Leinwand. Sie hatte keinen künstlerischen Anspruch, und ihre Bilder bekamen nur die wenigsten Leute zu sehen. Doch schon die intellektuell anspruchslose und trotzdem konzentrierte Arbeit, einen Malgrund aus Leinwand, Holzrahmen und Nägeln vorzubereiten, stellte einen Ausgleich zu der erforderlichen Kopfarbeit dar. Pia schlug einen der letzten Nägel ein, der das Gewebe provisorisch, aber möglichst fadengerade auf der Vorderseite des Rahmens fixierte.

»Das war vielleicht ein Tag«, sagte sie und ließ den Hammer sinken. »Schön, dass du da bist! Ich kann ein bisschen Ablenkung gebrauchen.« Bei seinem Anblick hatte sie das Gefühl, dass sich ihr Herz weitete.

»Genau das hatte ich vor.« Er zog sie an sich, seine Jacke war kühl von der frischen Herbstluft draußen, seine Lippen fühlten sich warm an. Am liebsten hätte sie ihn sofort auf das Sofa neben sich gezogen, aber sie hatte auch wahnsinnigen Hunger. Da roch sie es.

»Hey, hast du schon gegessen?«, fragte sie. »Du riechst nach Knoblauch. Du hast einen Döner gegessen, gib es zu!«

»Ja, ich gestehe. Ich dachte, die magst du nicht?«

»Wirklich? Gerade wäre mir danach«, sagte sie. Dieser ewige Appetit … auf alles.

»Ja?« Er sah sie lauernd an. »Was wiegst du jetzt?«

»Vergiss es!« Sie lachte. »Pass lieber auf, dass du keinen Rettungsring bekommst.«

»Hast du es deinen Kollegen denn endlich gesagt?«

Pia schüttelte den Kopf. Warum musste er jetzt danach fragen? Sie wandte sich wieder dem Holzrahmen zu, damit er nicht sehen konnte, was in ihr vorging. Die Leinwand musste um die Kante herumgezogen werden, um das Gewebe auf der Rückseite zu fixieren. »Es hat sich noch nicht die Gelegenheit ergeben, es ihnen zu erzählen. Und es würde ja ohnehin nichts ändern …«, sagte sie leichthin.

»Hey, du bist zehn bis zwölf Stunden jeden Tag mit deinen Kollegen zusammen, aber es hat sich noch keine Gelegenheit ergeben, ihnen mitzuteilen, dass du ein Kind erwartest? Gib ihnen doch fairerweise die Gelegenheit, sich seelisch und moralisch darauf einzustellen. Insbesondere auf die Tatsache, dass du im Frühjahr eine Zeit lang ausfallen wirst.«

»Mein Chef weiß Bescheid. Das ist die Hauptsache.«

»Weil er es rein rechtlich gesehen wissen muss, oder?«

»Genau.« Pia schlug die Nägel in das Holz, einen nach dem anderen.

Hinnerk beobachtete sie. »Warum sagst du es den anderen nicht?«

»Ich bin noch nicht dazu gekommen«, wich sie ihm aus.

»Pia, du bist jetzt in der fünfzehnten Woche. Deine Kollegen sollten es von dir erfahren, bevor dein Chef sich womöglich verquatscht.«

Oder, dachte Pia, bevor es ihr womöglich jemand anmerkte und einfach eine Mutmaßung losließ, nach dem Motto: Die Korittki ist ganz schön rundlich geworden in letzter Zeit. Wenn die mal nicht schwanger ist …

»Ist da etwas, das dir Sorgen macht?«, fragte Hinnerk. Pia legt den Hammer weg und griff nach dem bereitliegenden Elektrotacker.

»Ich brauche einfach noch etwas Zeit«, sagte sie. Routiniert schoss sie das straff gespannte Gewebe entlang der Nagelreihe an der Rückseite des Rahmens fest. Der Lärm enthob sie der Notwendigkeit weiterzureden, und der Rückstoß des Tackers gab ihr eine gewisse grimmige Befriedigung. Sicher, festzustellen, dass die Pille, diese verdammte Minipille, die man pünktlich einnehmen musste, versagt hatte und sie schwanger war, war eine Überraschung, nein ein Schock für sie gewesen. Doch sie hatte sich mit der veränderten Situation auseinandergesetzt und sich für das Kind, ihr Kind, entschieden. Sie hatte immer ein Kind haben wollen, sogar Kinder – irgendwann –, und nun hatte das Schicksal diesen Zeitpunkt dafür bestimmt. Vielleicht war es richtig, nicht zu lange zu warten. Sie selbst hatte es immer gut gefunden, eine junge Mutter zu haben. Jetzt war sie hoffentlich noch flexibel und belastbar genug, einen Weg zu finden, Mutterschaft und Berufstätigkeit miteinander zu vereinbaren. Und sie fühlte sich ihrem Freund Hinnerk sehr verbunden. Es war mehr als Freundschaft und sexuelle Anziehungskraft … obwohl Pia noch nicht bereit war, es näher zu benennen. Hinnerk war nach anfänglichem Erschrecken begeistert von der Aussicht darauf gewesen, Vater zu werden. Sicher – aber Vater zu werden war bestimmt einfacher, als Mutter zu werden, sogar wenn sie in Betracht zog, dass er die Elternzeit mit ihr zu teilen gedachte …

Aber da war noch das andere, fast undenkbare und deshalb auch unaussprechliche Problem: die unwahrscheinliche, jedoch nicht auszuschließende Möglichkeit, dass Hinnerk gar nicht Vater wurde.

11. Kapitel

Marianne Fierck lag im Bett und hörte dem Wind zu. Er pfiff durch die Ritzen ihres Hauses und drückte gegen die Dachziegel. Das Gebälk ächzte und knackte. Sie hasste Sturm. Im Wetterbericht im Radio hatten sie vor Sturmböen gewarnt, und an der Nordsee und auf den Inseln bestand die Gefahr einer Sturmflut. Die Wetterlagen wurden zunehmend extremer, das konnte man überall lesen. Eines Tages, so fürchtete sie, würde ihr das alte Haus einfach um die Ohren fliegen. Wenn ihr nicht vorher ein toter Ast der alten Kastanie, die im Nachbargarten stand, auf den Kopf gefallen war. Das zumindest waren die Gedanken, die ihr nachts um kurz nach zwei Uhr in den Sinn kamen.

Drüben im Wald würde der Sturm die toten Äste aus den Kronen der alten Eichen reißen. Bei ihrem nächsten Spaziergang würde es wieder aussehen wie nach einem Luftangriff. Sie erinnerte sich an den verheerenden Sturm von 1990, der einen Teil des Waldes umgelegt hatte, Bäume waren abgeknickt wie Strohhalme ... Einige Mädchen hatten Angst gehabt. Sie hatten sich in einem der Schlafzimmer auf der Uhlenburg zusammengesetzt und Musik angemacht, um das Geheul nicht hören zu müssen. Da waren die Regeln längst nicht mehr so streng gewesen – es gab Kassettenrekorder im Schlafzimmer. Das war kurz vor der endgültigen Schließung des Heims gewesen. Kurz nachdem Katja Simon, Janet Domhoff und Solveigh Pahl entlassen worden waren ... und auch Tamara Kalinoff war nicht mehr dabei gewesen. Wieso musste sie gerade jetzt daran denken? Den Anblick des toten Mädchens im Wasser würde sie nie vergessen. Und dann die traurige Pflicht, es den anderen mitteilen zu müssen. In die fassungslosen Gesichter zu blicken. Sie hatte versucht, die Gruppe zusammenzuhalten – aber mit der Trauer und den offenen Fragen war trotzdem jede für sich allein geblieben. Warum hatte Tamara sich niemandem anvertraut?

Für Janet, Tamaras beste Freundin, war es am schwersten gewesen. Auch Janets Mutter hatte Selbstmord begangen, als diese ein kleines Kind gewesen war. Seltsam, wie ihr plötzlich die alten Geschichten wieder einfielen! Daran war das Gespräch mit der Kommissarin aus Lübeck schuld. Warum hatte sie sich überhaupt an sie gewandt? Katja Simons Mann war ermordet worden – es erschien ihr irreal, so was passierte nicht hier, in Schleswig-Holstein.

Der Wind heulte auf, es krachte. Dann hörte sie ein Geräusch, als rollte etwas Schweres über die Steinplatten der Terrasse. Ein umgefallener Blumentopf? Sie hätte ihren Garten noch besser absichern sollen.

Schlafen konnte sie jetzt sowieso nicht mehr. Marianne Fierck schaltete die Nachttischlampe ein und setzte sich im Bett auf. Der vertraute Anblick ihres Dachzimmers beruhigte sie etwas. Sie schlüpfte in ihre Fellpantoffeln und zog sich einen Frotteebademantel über. Der Sturm hatte die kostbare Wärme, die tagsüber die kleinen Zimmer gemütlich machte, durch die Fugen und Ritzen hindurch in die Nacht hinausgeblasen. Marianne Fierck tastete sich die Treppe hinunter und ging in die Küche, um sich einen Becher Tee zu kochen.

Schuld an ihrer inneren Unruhe waren die Gedanken an die Uhlenburg. Sie musste loslassen. Die Mädchen waren fort und lebten ihr eigenes Leben. Bis auf Tamara, die hiergeblieben war – auf dem Kargauer Friedhof. Und Janet …

Warum hatte sie vergessen, der Kommissarin von Janets Unfall zu erzählen? Weil sie es selbst nicht wahrhaben wollte? Weil Janet immer ihr heimlicher Liebling gewesen war? Es war ihr tatsächlich gelungen, Schauspielerin zu werden. Marianne Fierck sah Janet noch immer vor sich, wie sie beim Krippenspiel im Heim mit glühenden Wangen die Jungfrau Maria gespielt und sich bitterlich beschwert hatte, dass sie zu wenig Text sprechen durfte … Später hatte sie eine Rolle in einer Fernsehserie bekommen. Doch Janet hatte sich nach ihrem Fortgang nie wieder bei ihr gemeldet, um zu berichten, dass sie es geschafft hatte. Irgendwer hatte ihr mal erzählt, dass Janet mit einer Frau zusammenlebte. Einer Griechin, die eine erfolgreiche Geigerin war. Es klang so, als hätte Janet es geschafft, sich von ihrer schwierigen Vergangenheit zu lösen.

Endlich kochte das Wasser. Marianne Fierck schüttete es über einen Beutel Melissentee, den sie in einen Steingutbecher gehängt hatte. Honig dazu? Dann würde sie anschließend ihre Zähne putzen müssen … also kein Honig. Sie setzte sich mit dem ziehenden Tee an ihren Sitzplatz am Küchenfenster und sah hinaus. Unheimlich, wie die Hauslaterne ihrer Nachbarn im Wind schwankte. Die Fenster im Haus der Gregorians waren alle dunkel. Kein Wunder, um diese Uhrzeit. Es wäre tröstlich gewesen, dort drüben ein Lebenszeichen zu sehen. Sie beförderte den tropfenden Beutel in ein Schälchen und probierte. Der Tee war noch zu heiß.

Sie musste der Kommissarin mitteilen, dass Janet Domhoff vor ein paar Wochen einen Unfall gehabt hatte und dabei ums Leben gekommen war. Auf Korfu, soweit sie sich erinnerte. Sie hatte einen Artikel darüber gelesen und es sofort verdrängt, weil es sie so traurig machte. Die Zeitung musste noch in der Altpapiertonne liegen. Sollte sie ihn der Polizistin nicht zeigen? Ging es sie überhaupt etwas an? War die Papiertonne in der Zwischenzeit geleert worden? Nein. Die kamen nur einmal im Monat, und die Tonne war erst halb voll. Marianne Fierck starrte in die Nacht hinaus. Wenn sie jetzt kurz raus zur Papiertonne ging, dann konnte sie gleich nachlesen, ob sie recht hatte. Sie erinnerte sich sogar, wie das Titelbild der Zeitung ausgesehen hatte: Es war ein Bild von einem neuen Löschfahrzeug der Freiwilligen Feuerwehr gewesen. Schlafen konnte sie jetzt ohnehin nicht.

Als sie im Bademantel durch den Garten zu den Mülltonnen ging, bereute Marianne Fierck ihren Entschluss. Sie bemühte sich, der leeren Straße, dem Wald und dem Wind, der an den Zweigen der Bäume zerrte, keine Beachtung zu schenken, aber sie fühlte sich einsam, nachts allein hier draußen – wie von aller Welt verlassen. Im Lichtkegel einer Taschenlampe fand sie endlich die richtige Zeitung. Sie lag unter Wurfsendungen und einer leeren Packung Filtertüten.

Zurück am Küchentisch, blätterte sie rasch, bis sie den Artikel gefunden hatte: Die Geigerin Maria Barlou kam auf Konzertreise nach Deutschland und spielte auch in der MUK in Lübeck. Unter dem Bericht stand das Kürzel *BvO*. Das musste Bernd von Ohlen sein, der Reporter war und in Kargau wohnte. Er hatte die Konzerttournee zum Anlass genommen, über Maria Barlous Lebensgefährtin Janet Domhoff zu berichten, die im September auf Korfu bei einem Autounfall ums Leben gekommen war. Es gab ein großes Foto der Geigerin bei einem ihrer Konzerte und eines von einem schlimm zugerichteten Autowrack. Der Bericht schloss mit der Feststellung, dass einigen Kargauern Janet Domhoff bekannt sein dürfte. Sie hatte einige Jahre ihrer Jugendzeit auf der Uhlenburg verbracht, bevor sie Schauspielerin geworden war und in der Vorabend-Serie *Ein Tag wie heute* mitgespielt hatte. Ein düsteres Foto der Uhlenburg illustrierte den Artikel zusätzlich. Sie trank einen Schluck Tee. Wie hatte sie die Tatsache, dass Janet tot war, verdrängen können? Marianne Fierck seufzte und faltete das Blatt zusammen. Erst Tamara, nun auch Janet …

»Unsere Nachbarin, die gute Marianne, wird langsam wunderlich«, sagte Eveline Gregorian zu ihrem Mann. Sie saß am Frühstückstisch, ein halbes, mit Marmelade beschmiertes Brötchen und eine Tasse Tee vor sich, wie jeden Morgen, wenn nicht Sonntag war und sie die erste Mahlzeit des Tages mit einem weich gekochten Ei krönte.

»Wieso das?«, fragte Martin Gregorian ergeben. Er lehnte am Küchenschrank und trank im Stehen seinen Becher Kaffee. Da er unter Zeitdruck stand, hoffte er, dass auf seine Nachfrage hin keine langatmige Erklärung folgen würde. Eveline und Marianne waren einander in den gut fünfundzwanzig Jahren, die sie nun nebeneinander wohnten, nie grün gewesen. Eine eigenwillige Person, diese Marianne Fierck. Es schien ihr nicht wichtig zu sein, was andere über sie dachten. Ganz anders als Eveline. Er fand aber, dass Marianne als Nachbarin durchaus annehmbar war. Er bemerkte sie so gut wie nie.

»Ich hab heute Nacht gegen halb drei zufällig aus dem Fenster gesehen, weil ich mal auf die Toilette musste. Und da lief doch Marianne, nur im Bademantel und mit Pantoffeln bekleidet, den Gartenweg hinunter zu ihren Mülltonnen und wühlte darin herum.«

»Tatsächlich? Na ja, sie wird nicht damit gerechnet haben, dass sie hier zu nächtlicher Stunde unter Beobachtung steht.«

»Das ist nicht lustig«, sagte Eveline. »Ich kümmere mich um die Sorgen und Nöte anderer Leute.«

»Vielleicht hat sie aus Versehen etwas weggeworfen, und in der Nacht fiel ihr ein, dass sie es doch noch brauchen würde. Du weißt, wie sparsam sie ist.«

»Aber im eigenen Müll wühlen, nachts um halb drei?« Eveline heuchelte Besorgnis, doch sie schien nicht unerfreut über dieses sonderbare Vorkommnis zu sein. Immerhin hatte sie dadurch auf ihrem Vorbereitungsnachmittag für den Kirchenbasar mal etwas zu erzählen.

Evelines Feind, ihr spezieller Feind, wurde zunehmend die Langeweile, das hatte Martin schon vor Jahren erkannt. Er selbst sorgte dafür, dass ihm Projekte, interessante Begegnungen und neue Herausforderungen nicht ausgingen, aber seine Frau handelte weniger vorausschauend. Sie hatte nur ein paar karitative Zirkel, wo sie immer auf dieselben Nasen traf. Kein Wunder, dass ihr eine Nachbarin im Morgenrock schon wie eine bemerkenswerte Neuigkeit erschien.

»Beobachte es einfach, Evi-Schatz. Vielleicht braucht sie ja Hilfe. Hier gibt es doch eine Gemeindeschwester, die regelmäßig zu solchen Leuten kommt, oder?«

»Das … würde bei der nun wirklich nicht helfen! Und außerdem – die ist nicht viel älter als ich!«, entgegnete Eveline empört.

Nun, dann eben nicht. Er stellte seinen leeren Becher in die Spüle. »Du wirst das schon machen«, sagte er. Er zog seinen noch locker um den Hals liegenden Schlips fester zu und wischte sich mit dem Handrücken über den Mund. »Frag sie doch mal, ob sie euch beim nächsten Basar hilft. Bestimmt ist sie nur zu oft allein.«

»Das ist wohl nicht das Problem«, deutete Eveline an.

Er hatte keine Zeit mehr, und es interessierte ihn auch nicht. »Ich muss wirklich los. Bin spät dran heute.«

Sie spielte mit ihrer Goldkette, mit dem Medaillon, das sie

wie immer um den Hals trug, und sah zu ihm auf. Von oben konnte er den grauen Nachwuchs an ihrem Scheitel sehen.

»Gestern saß Marianne Fierck mit einer fremden Frau im Krug«, sagte Eveline. Auch sie wusste, dass alles, was im »Dorfkrug«, dem Nachrichtenumschlagplatz des Ortes, passierte, ihn sehr wohl interessierte.

»Und wer war diese ›fremde Frau‹?«

»Niemand kannte sie! Marianne wollte übrigens nichts darüber sagen, als sie beiläufig danach gefragt wurde. Aber die Frau fuhr einen großen Wagen mit einem Lübecker Kennzeichen.«

»Wenn es irgendwie von Belang war, wirst du es schon noch herausfinden. Bis heute Abend dann. Ich esse auswärts, du musst nicht auf mich warten.«

»Martin!«

»Ja?« Er drehte sich auf der Schwelle noch einmal um.

»Der Wirt hat gesagt, die Frau könnte von der Polizei gewesen sein.«

An diesem Punkt, fand er, wurde es ein wenig interessanter.

12. Kapitel

Das Gebiet des Priwalls war Planquadrat für Planquadrat systematisch durchkämmt worden, doch die Hoffnung, die Tatwaffe im Unterholz versteckt aufzufinden, war vergeblich gewesen. Da der Priwall eine Halbinsel war, die zwischen der Pötenitzer Wiek, der Trave und der Ostsee lag, gab es noch eine andere Option, nämlich die, dass der Täter die Waffe nach vollbrachter Tat einfach ins Wasser geworfen hatte. Seit dem Morgen war eine Gruppe von Polizeitauchern dabei, die Trave und die Pötenitzer Wiek nach einem Repetierer vom Kaliber 9,3 x 62 abzusuchen.

»Das Wasser ist so aufgewühlt, du siehst die Hand vor Augen nicht«, sagte Henry Kühl, der nach seinem dritten Tauchgang eine Pause eingelegt hatte. »Die müssten den verdammten Fährbetrieb mindestens einen Tag lang lahmlegen, dann würde sich das Wasser beruhigen, und wir hätten zumindest die Chance, was zu finden.«

»Hey, du musst dich auf deinen Tastsinn verlassen, wie damals in dem brackigen Teich, als wir den Typen raufgezogen haben, der in einem versunkenen Autowrack stecken geblieben war und wochenlang vermisst wurde ...«

»Erinnere mich nicht daran!« Kühl griff zu einer Flasche Cola und nahm ein paar große Schlucke. »Da drüben bin ich übrigens quasi aufgewachsen«, sagte er zu seinem Kollegen Patrick Wilhelms und deutete mit dem Kopf in Richtung Travemünde. Gegenüber, am anderen Traveufer, lag der Fischereihafen, rechts davon begann die Vorderreihe mit ihren Geschäften und Restaurants für die Touristen, und weit dahinter streckte sich das »Maritim«-Hochhaus in die tief hängende, graue Wolkendecke.

»In Travemünde? Ich dachte, du kommst aus Hamburg-Horn?«

»Meine Großeltern wohnten in Travemünde. Ich war in den Sommerferien oft bei ihnen, hatte damals auch ein paar Freunde hier. Wir waren mal auf dem Priwall, zum Rumstromern, wie Kinder das halt so machen. Es war spannend, direkt an der ehemaligen Grenze. Die DDR war für mich damals Niemandsland, da hörte die Welt auf … Wir sind ganz nah an die Grenze gegangen; dort, wo die Ferienhäuser aufhören. Das Ufer der Pötenitzer Wiek gehörte gerade noch zur Bundesrepublik, das Land dahinter schon zur ehemaligen DDR. Ich bin wohl beim Spielen ein bisschen zu weit ins Gebüsch gekrochen. Auf einmal hörte ich eine Stimme aus dem Nichts: »Stehen bleiben oder ich schieße!« Du kannst dir nicht vorstellen, wie ich Muffensausen bekam …«

»Kam die Stimme aus einem Lautsprecher? Hatten die Kameras installiert?«

»Nein. Da muss ein Grenzsoldat ziemlich nah bei mir im Gebüsch gesessen haben. Ich konnte ihn aber nicht sehen, weil es mitten im Dickicht war. Wir wussten natürlich, dass die Grenzer da waren und, vor allem, dass wir dort nichts verloren hatten, aber es so hautnah mitzukriegen, das war schon was.«

»Tja, ich saß genau auf der anderen Seite«, sagte sein Kollege nachdenklich. »Ich komme nämlich aus Wismar an der Ostsee. Vor dem Mauerfall war ich noch bei der Volksarmee. Ihr hier drüben wart der Feind …«

»Nein, ihr. Als ich beim Bund war, hieß es bei einer Übung, die feindlichen Truppen hätten bei Lübeck die Trave überquert.«

»Verrückte Zeiten damals«, sagte Wilhelms.

»Nicht viel verrückter als heute«, bemerkte Kühl und griff wieder nach seiner Ausrüstung.

»Hey, schau mal, wer da kommt«, sagte Wilhelms und knuffte ihn in den Arm. Oben am Weg war ein Auto zum Stehen gekommen. Ein Mann und eine Frau stiegen aus und kamen durch das hohe Gras auf sie zu.

»Moin. Wir kommen vom K1 in Lübeck. Maiwald und Korittki«, stellte die Frau sich und den griesgrämig dreinschauenden Mann vor.

Die Taucher erwiderten den Gruß.

»Schon was entdeckt? Sie sehen nicht so aus, als wären Sie schon fündig geworden«, sagte sie.

»Einmal gehen wir noch runter heute, dann ist erst mal Schluss«, erwiderte Kühl. »Ich kann mir sowieso nicht so recht vorstellen, dass euer Täter seine Waffe ins Wasser geworfen hat. Wir sind schon einige Stunden hier, und mir ist aufgefallen, dass da laufend irgendwelche Menschen am Ufer auf der anderen Seite sind. Das Entsorgen einer auffälligen Waffe wäre hier viel zu gefährlich gewesen.«

»Vermutlich haben Sie recht«, sagte Pia und kniff die Augen zusammen, als sie über das Wasser sah. »Wir müssen allerdings berücksichtigen, dass es an einem Sonntag passiert ist. Da ist es erheblich ruhiger.«

»Ja, aber nicht dort hinten in der Vorderreihe.«

»Kann schon sein. Ist jedoch auch ziemlich weit weg. Man braucht schon ein Fernglas, um einen Menschen zu erkennen, der hier ein Gewehr ins Wasser wirft.«

Henry Kühl zuckte die Schultern.

»Und was ist mit dem Gewässer auf der anderen Seite der Insel?«, fragte Maiwald, »das liegt doch richtig schön abgeschieden. Warum haben Sie dort nicht zuerst gesucht?«

»Haben wir ja«, sagte Wilhelms. »Da war gar nichts. Und hier müssen wir uns ein bisschen nach den Fahrplänen der Fähren richten ... Die Riesenpötte wirbeln eine Menge Dreck auf.«

Pia nickte. Die Trave war ein schwieriges und auch gefährliches Tauchrevier.

»Vorhin waren wir jedenfalls schon an der Pötenitzer Wiek, morgen suchen wir vielleicht noch in der Ostsee«, erklärte Henry Kühl und setzte seine Sauerstoffflaschen wieder auf den Rücken.

»Das wird dann aber auch Zeit«, nörgelte Maiwald und trat von einem Fuß auf den anderen.

»Machen Sie sich keine großen Hoffnungen«, entgegnete Kühl. »Haben Sie schon mal versucht, ein Gewehr an einem Ostseestrand zu beseitigen?«

Maiwald reagierte mit einer gereizten Miene.

»Ich sag Ihnen, was ich denke.« Kühl musterte Pia nachdenklich, wie um abzuwägen, ob seine Worte an sie nicht verschwendet wären. »Der Täter hat seine wertvolle Waffe schön wieder mit nach Hause genommen.«

»Ein hohes Risiko. Wenn wir die Waffe bei ihm finden, können wir auch nachweisen, dass aus dieser Waffe die tödlichen Schüsse abgegeben wurden.«

»Ja, aber erst einmal müsst ihr sie finden, nicht wahr?

Und ich könnte mir denken, dass der Täter die Absicht hat, sie vielleicht noch einmal zu gebrauchen. Die Dinger sind wertvoll, nicht wahr?«

»Alles in allem, mit Zielfernrohr, mindestens viertausendfünfhundert Euro«, sagte Pia.

»In einfacher Ausführung ...«

»Ja, einfache Ausführung. Aber viertausendfünfhundert Euro versenken oder eine Anklage wegen Mordes riskieren?«

»Der Täter rechnet natürlich nicht damit, dass ihr seine schöne Waffe findet. Ich tauche hier, weil es mein Job ist, aber wahrscheinlich verschwenden wir nur unsere Zeit.«

»Wir müssen jeder noch so kleinen Möglichkeit nachgehen«, sagte Pia.

»Und was Zeitverschwendung ist und was nicht«, mischte sich Maiwald in das Gespräch, »das entscheiden ja sowieso andere.«

»Was Sie nicht sagen«, entgegnete Kühl. Pia sah wie unbeteiligt über das Wasser. Es war ungeschickt, jemandem mit schlauen Sprüchen zu kommen, auf dessen Kooperation man verdammt noch mal angewiesen war.

»Wir gehen dann mal wieder«, brummte Maiwald, an dem alles abzuperlen schien wie an einem Paar gut imprägnierter Schuhe.

Wenn er jetzt wieder so was wie »Tschüssikowsky« oder »See you later, Alligator« sagt, bring ich ihn um, dachte Pia, als sie sich verabschiedeten. Auf dem Weg zum Auto erfasste sie eine leichte Unruhe. Gut möglich, dass der Taucher richtig lag und der Täter seine Waffe für eine weitere Verwendung aufhob. War noch jemand aus Timo Feldheims Umfeld in Gefahr?

Katja Simon stand am Ostseeufer und sah den fast menschenleeren Strand hinunter. Um diese Jahreszeit, bei dicht bewölktem Himmel und Windstärke fünf bis sechs, war man in Scharbeutz unter sich. Die Touristen hatten längst das Feld geräumt. Katja sah über die Ostsee in Richtung Neustadt und verfolgte mit den Augen ein Segelboot, das bei der steifen Brise ordentlich Fahrt machte. Sie hatte die Hände tief in die Taschen ihrer leuchtend grünen Sportjacke versenkt. Der Wind zerzauste ihr Haar und trieb ihr mit dem feinen Sand, den er aufwirbelte,

Tränen in die Augen. Geduldig, fast gelangweilt, beobachtete sie die Gestalt, die aus Richtung Norden auf sie zukam.

Er war es, kein Zweifel, und er war mal wieder eine Viertelstunde zu spät. Wie sorgsam er sein Image als viel beschäftigter Politiker pflegte! Sie war sich sicher, dass er notfalls ein paar Minuten im Auto sitzen bleiben würde, nur um nicht pünktlich zu erscheinen und damit die Machtposition, die er seiner Meinung nach innehatte, zu gefährden. Lächerlich. Dabei bestand ihr Reiz für ihn augenscheinlich in der Tatsache, dass sie sich nicht von dem, was er darstellte, beeindrucken ließ. Anfangs schon … Doch je besser sie ihn kannte, desto langweiliger wurde er. Eigentlich schade.

Sie ging langsam auf ihn zu. Auf Höhe der Segelmasten in den Dünen, ihrem ausgemachten Treffpunkt, hatte er sie erreicht.

»Guten Tag, Herr Waskamp«, sagte sie mit einem ironischen Lächeln. Sie ließ sich von ihm mit kalten Lippen küssen. Seine Nase war gerötet, die Haut um seine Augen sah zerknittert aus. Sie vermutete, dass er unter Stress stand. Er sah jedenfalls um zehn Jahre älter aus, als in seinem Ausweis stand. Dabei war sie es, die schlecht aussehen müsste, nach allem, was in den letzten Tagen passiert war. Gut, sie hatte zwei Kilo Gewicht verloren, aber ansonsten? Sie fühlte sich bei dieser Feststellung fast wie eine Verräterin, aber es blickte ihr immer noch dieselbe Katja Simon im Spiegel entgegen wie noch vor einer Woche. Die Trauer würde kommen, wenn sie am wenigsten damit rechnete, hatte ihr Hausarzt prophezeit.

»Süße, wie geht es dir?«, fragte Waskamp. Äußerlich war er um Normalität bemüht, doch der unstete Blick seiner Augen verriet ihn. Er wusste überhaupt nicht, wie er sich ihr gegenüber verhalten sollte.

»Wie soll es mir schon gehen? Schlecht«, antwortete sie. »Ich denke die ganze Zeit über Timo nach. Es ist alles ein einziges Chaos.«

»Du musst dir Zeit geben«, sagte er und legte den Arm um sie. Sie schüttelte ihn ab. Er zog sich beleidigt zurück. Einen Augenblick standen sie nebeneinander im Sand, dort, wo eine größere Welle fast ihre Schuhe erreichen konnte, und starrten auf die Ostsee. Als wäre dort, wo das bleigraue Wasser unmerklich in einen ebenso grauen Himmel überging, die Lösung ihrer Probleme zu finden.

Warum sagt er nicht irgendetwas, das mir weiterhilft? Heute hat ihm wohl niemand eine passende Rede vorbereitet, dachte Katja böse.

»Lass uns ein Stück in Richtung Timmendorfer Strand gehen«, schlug er endlich vor. Meistens, wenn sie sich in den vergangenen Wochen getroffen hatten, hatten sie sich nach heißen Küssen und ungeduldigem Gefummel auf dem Autositz zu ihm nach Hause oder in das Appartement eines Freundes zurückgezogen, das Sven für sie organisiert hatte.

Sie nickte.

»Wollen wir danach noch nach Niendorf fahren?« Seine Stimme klang hoffnungsvoll. Sie hörte geradezu den Schlüsselbund mit dem Appartementschlüssel in seiner Tasche klimpern.

»Ich bin hier, weil ich dich etwas fragen wollte.«

Sein »Nur zu« klang mehr wie: »Wenn es denn unbedingt sein muss.«

»Wie steht es um deine Chancen auf einen Sitz im Bundestag?«, fragte sie, ihr Ziel auf einem taktischen Umweg ansteuernd.

»Nach den letzten internen Prognosen sieht es gut aus. Alle unterstützen mich, wo sie können. Wenn ich es entgegen allen Erwartungen nicht schaffe, dann lag es zumindest nicht an meinen Leuten.« Da schwang ein Vorwurf mit: Du unterstützt mich ja nicht. Du interessierst dich nicht für meine politische Karriere.

»Warum tun die das?«, wollte Katja wissen.

Er warf ihr einen misstrauischen Blick zu und zog seine Schultern fröstelnd hoch. Erst jetzt fiel Katja auf, dass er nur einen Anzug mit einem seiner obligatorischen bügelfreien Hemden darunter trug. Er war nicht auf einen Strandspaziergang im Oktober eingestellt. Damit, dass sie reden wollte, hatte er wohl nicht gerechnet. Die Ledersohlen seiner Sechshundert-Euro-Budapester würden hübsch durchweichen im nassen Sand. Seine teure, förmliche Kleidung und sein smartes Auftreten hatten sie gereizt. Nicht nur, weil es mit Timos lässiger bis nachlässiger Sportlichkeit kontrastiert hatte. Der Grund dafür lag tief in ihrer Persönlichkeit verborgen. Sie wusste, da war dieses Kind in ihr, das nach Anerkennung schrie. Anerkennung von Leuten wie ihm ... wer immer das sein mochte.

»Meine Leute glauben an mich. Wir sind ein Team«, erklärte er geduldig.

»Und warum tust du es?«

»Weil ich es will.« Sein wahres Gesicht.

»Man sollte doch meinen, dass Politiker zumindest ein Lippenbekenntnis in Richtung Interesse am Wohlergehen ihrer Region und ihrer Wähler ablegen.« Katja konnte der Versuchung, ihn zu ärgern, nicht widerstehen. Eine warnende Stimme sagte ihr, dass sie sich damit schaden könnte. Sie war hier, weil sie sich Sven Waskamps Unterstützung versichern wollte, falls die Polizei sie zu sehr bedrängte. Er hatte Einfluss. Wenn er nur halb so viele wichtige Leute kannte, wie er behauptete, konnte sie es sich jetzt nicht leisten, es sich mit ihm zu verscherzen. Aber seine selbstherrliche Art ging ihr gegen den Strich.

»Natürlich geht es uns in erster Linie um das Wohlergehen unserer Wähler und die Entwicklung der Region.«

»Du brauchst mir keine deiner Wahlreden zu halten, Sven! Ich weiß, dass du die nicht selbst schreibst.«

Der Griff, mit der seine Hand ihren Arm packte, war schmerzhaft. »Wenn ich nicht wüsste, dass du unter Schock stehst und blind um dich schlägst, dann würde ich dir das nicht durchgehen lassen, Katja. Glaub nicht, dass du dir alles erlauben kannst, nur weil wir miteinander ins Bett gehen!«

»Darauf bilde ich mir bestimmt nichts ein.«

Sven schien sie schütteln zu wollen, aber er beherrschte sich. Auch das hatte sie mal attraktiv an ihm gefunden. Die Herausforderung, ihm beim Sex ein Stöhnen, einen Laut des Kontrollverlustes zu entlocken. Jetzt, da er ihr fröstelnd und schlecht gelaunt gegenüberstand, konnte sie ihr Verlangen nach ihm nicht nachvollziehen. An seiner geröteten Nasenspitze hing ein glänzender Tropfen Nasensekret. Katja zog eine Packung Papiertaschentücher aus der Tasche und hielt sie ihm hin. Er griff danach, wütend und hilflos zugleich.

»Du hast am Telefon gesagt, dass du mich etwas fragen willst«, meinte er, nachdem er sich die Nase geputzt hatte.

»Das hat sich erledigt«, antwortete sie. Jetzt würde er sowieso nicht versprechen, etwas für sie zu tun. Es sei denn … sie appellierte an seinen Eigennutz. »Ich habe nachgedacht: Die Polizei ist nicht blöde. Die haben gerade erst angefangen, Fragen zu stellen. Immer eine nach der anderen. Ich muss höllisch aufpassen, was ich sage.«

»Wir hatten abgemacht, dass niemand von unseren Treffen erfährt. Wie du weißt, kann ich mir keinen Skandal leisten. Besonders jetzt nicht …«

Es funktionierte: Er dachte nur an sich selbst. »Besonders jetzt nicht, da der Mann deiner verheirateten Freundin ermordet wurde? Stimmt. Das macht sich schlecht. Vielleicht warst du ja eifersüchtig auf ihn?«

»Katja, lass das!«

»Pass auf, in welchem Ton du mit mir redest! Wie gesagt, die Polizei ist nicht blöd.«

»Was willst du, Katja? Alles kaputtmachen? *Mich* kaputtmachen?« Er breitete die Arme aus, wie um sich als Zielscheibe zu präsentieren, doch sie spürte, dass es weit mehr bedurfte, bis er aufgeben würde. Er war hinterhältig und hatte bestimmt noch den einen oder anderen Trumpf im Ärmel seines lächerlich teuren Anzugs.

»Warst du manchmal eifersüchtig?«

»Ich habe nichts mit dem Tod dieses Mannes – deines Mannes – zu tun.«

»Timo. Sein Name war Timo!«

»Reiß dich zusammen, Katja!«

Sie starrte ihn zornig an. Im ersten Moment war sie versucht, eine Drohung gegen ihn auszustoßen, die ihn nicht mehr nur vor Kälte zittern lassen würde, doch sie schluckte die Worte herunter. Es war klüger, einen Zug nach dem anderen zu machen, nichts zu übereilen. Während der Zeit, die sie in seiner Gesellschaft verbracht hatte, in der sie beobachtet und gelernt hatte, wie es nun mal ihre Natur war, hatte sie Verhaltensweisen und Techniken kennengelernt, an die ein Mensch wie Timo nicht einmal im Traum gedacht hätte.

Einer von Sven Waskamps Leitsätzen war: *Ohne einen guten Ruf geht nichts. Schütze ihn mit allen Mitteln.* Eine tadellose Reputation sei einer der Eckpfeiler der Macht, hatte er ihr erklärt, gleichzeitig gelte es, das Ansehen seiner Gegner zu untergraben. Ein anderer Leitsatz war: *Vernichte deine Feinde stets vollständig.* Auf halbem Weg aufzuhören brächte einem größere Verluste als die totale Auslöschung. Solange noch ein Funke glomm, könnte immer wieder ein Feuer ausbrechen. Katja hatte ihre Lektionen gelernt. Sie wusste zwar nicht, ob sie ihren Liebhaber schon als ihren Feind betrachten musste, aber die Option, ihn zu vernichten, würde sie sich offenhalten. Vollständig. Die richtigen Worte an die richtigen Personen, und seine politische Karriere stand zur Disposition.

»Wenn sich hier einer aufregt, dann bist du das, Sven«, sagte sie eisig. »Ich habe lediglich eine Frage gestellt. Eine berechtigte Frage, wenn man berücksichtigt, was gerade passiert ist.«

»Ich lass dir das nur durchgehen, weil ich weiß, dass du unter Schock stehst, Katja. Du bist nicht du selbst. Ich versichere dir, dass ich nichts mit Timos Tod zu tun habe. Mein Wort dafür sollte dir wohl reichen.«

»Du meinst, du gibst mir dein *Ehrenwort,* Sven?«, fragte Katja mit einem bösen Lächeln. »Nur zu: dein Ehrenwort! Das hat in Schleswig-Holstein eine so schöne Tradition.«

13. Kapitel

Solveigh Halby stellte die Mahnungen zusammen, die den Kunden zugeschickt werden sollten, die ihre Leihfrist zu sehr überzogen hatten. Eine junge Frau, die erst seit ein paar Tagen ein Berufspraktikum in der Stadtbücherei absolvierte, half ihr dabei. Es war neunzehn Uhr zehn, die anderen Kolleginnen waren schon nach Hause gegangen.

»Ach ja, bevor ich es vergesse ...«, sagte die Praktikantin, die langsam unruhig zu werden schien.

»Ja?«

»Vorhin war ein Mann hier, der nach Ihnen gefragt hat.«

»Wer war das denn?«

»Er hat seinen Namen nicht genannt. Ein älterer Herr. Und er hat nach Frau Pahl gefragt, Solveigh Pahl. Frau Freitag hat mir dann erklärt, dass Pahl Ihr Mädchenname ist, sonst hätte ich ihm glatt gesagt, dass hier niemand namens Pahl arbeitet.« Sie kicherte unangemessen.

Ein älterer Herr? Sie kannte keine »älteren Herren«. Dann wurde Solveigh sich darüber bewusst, dass für eine Frau wie die Praktikantin, gerade mal neunzehn Jahre alt, alle Menschen über dreißig, ach was, über fünfundzwanzig, steinalt aussahen. Sie selbst mit ihren achtunddreißig war in den Augen der Jüngeren wahrscheinlich eine Greisin. Sie seufzte. »Du hättest ihn nach seinem Namen fragen sollen. So kann ich nichts damit anfangen. Was wollte er überhaupt von mir?«, fragte sie streng. Wenn sie schon die Alte vom Dienst war, konnte sie auch ein bisschen Autorität verbreiten.

»Keine Ahnung! Ich hatte gerade eine Riesenschlange vor mir an der Buchausgabe stehen, und er hat sich einfach vorgedrängt. Was sollte ich denn da machen?«

»Schon gut. Er wird sich wieder melden, wenn es wichtig war.«

»War bestimmt nicht wichtig«, versicherte die Praktikantin rasch und schlüpfte in ihre Jacke. »Ich kann doch jetzt auch abhauen, oder? Die anderen sind schon alle weg. Einen schönen Feierabend!«

Solveigh, die ihre Arbeit noch beenden wollte, bevor sie nach Hause ging, begleitete die Praktikantin zur Tür und schloss hinter ihr wieder ab, ließ den Schlüssel aber schon mal stecken. Es fehlte ihr noch, dass ein verspäteter Kunde hereinschneite und sie unnötig aufhielt. Obwohl … besonders eilig hatte sie es heute nicht, nach Hause zu kommen.

Sie widmete sich wieder den Mahnungen und merkte, dass sie die Ruhe genoss, die sich nun in den Räumen der Stadtbibliothek ausbreitete. Sie und vierhunderttausend Bücher – es würde die angenehmste halbe Stunde werden, die ihr heute vergönnt war. Solveigh zog ihre geräumige Handtasche hervor und holte eine angebrochene Tüte Karamellbonbons heraus. Sie schob sich eins in den Mund und arbeitete weiter.

In den Heizkörpern tickerte und knackte es leise, weil die Heizung jetzt auf Nachtbetrieb umgeschaltet hatte und sich das Metall abkühlte, was zu thermischen Spannungen führte. In einer Stunde würde es schon ziemlich kalt hier drinnen sein. Also schneller arbeiten. Es war wichtig, dass sie vor Rainer zu Hause eintraf, damit sie das Abendbrot noch vorbereiten konnte, bevor er kam.

In seinem Job hatte er erst um zwanzig Uhr Feierabend, und oft kam er noch später, weil irgendwelche Kunden ihn aufhielten. Viele Kunden, die einen Neuwagen kaufen wollten, fühlten sich in den heutigen, wirtschaftlich schwachen Zeiten wie Könige und meinten, die Bedingungen diktieren und dem Verkaufspersonal ihren Willen aufzwingen zu können. Man darf unter keinen Umständen die Führung im Verkaufsgespräch verlieren, hatte Rainer ihr erklärt. Trotzdem, hatte ein Kunde erst nach acht Uhr Zeit, sein Auto zu kaufen, wäre Rainer der Letzte, der pünktlich Feierabend machte. Und nach einem erfolgreichen Abschluss musste der Erfolg dann noch begossen werden ... Das eine oder andere Mal hatte Solveigh ihn in der Firma abholen müssen, weil die Kollegen ihn nicht mehr Auto fahren lassen wollten.

Mist, was war denn das? Drüben, im Altbau, hörte sie ein dumpfes Dröhnen, als ginge jemand schweren Schrittes einen der Gänge entlang. Es hatte zwei Lautsprecher-Durchsagen gegeben, eine um achtzehn Uhr fünfundvierzig, die die Kunden informiert hatte, dass die Stadtbibliothek gleich geschlossen wurde und jetzt die letzte Gelegenheit war, Bücher zu entleihen. Dann, um kurz vor neunzehn Uhr, hatte es eine zweite, endgültige Durchsage gegeben. Man konnte in dem zum Teil sehr alten und verwinkelten Gebäude nicht jede Ecke kontrollieren, und es war auch schon vorgekommen, dass ein Kunde in einer uneinsehbaren Nische so sehr in ein Buch vertieft gewesen war, dass er nichts vom Schließen der Bibliothek mitbekommen hatte. Gewöhnlich fand der Hausmeister ihn dann bei seinem letzten abendlichen Rundgang, bevor er die Alarmanlage scharf stellte. Doch heute war der Hausmeister krank, und Solveigh hatte sich bereit erklärt abzuschließen, während eine andere Kollegin noch eine Runde durch das Haus gedreht hatte. Danach hatten sie das Licht ausgeschaltet. Inzwischen hätte es also jeder mitbekommen sollen, dass hier Feierabend war, es sei denn, er war über einem Buch eingeschlafen. Zum Glück war sie noch hier! Wenn erst jemand einen Alarm auslöste, beispielsweise weil er die falsche Innentür öffnete, war im Nu die Wach- und Schließgesellschaft hier, und es gab Ärger.

Solveigh schluckte das Bonbon herunter und überlegte, ob sie noch mal das gesamte Licht anmachen sollte. Man konnte das Licht aber auch Raum für Raum einzeln schalten, und für den Fall der Fälle, einen Stromausfall zum Beispiel, oder zum Suchen von Büchern in schlecht ausgeleuchteten Regalen, lag ein großer Handscheinwerfer unter dem Tresen bereit, den sich Solveigh jetzt griff. Es hatte sich so angehört, als liefe der verspätete Kunde im Altbau herum, wahrscheinlich in der Abteilung »Belletristik – Sonderausgaben« oder den »Literaturwissenschaften«, und das war im AE, quasi direkt neben der Ausleihe.

»Hallo!«, rief sie am Durchgang zum Altbau. »Hören Sie mich? Die Stadtbibliothek ist jetzt geschlossen. Ich kann Sie hinausbegleiten.«

Keine Antwort. Oder hatte sie sich getäuscht? Sie musste wohl oder übel nachsehen, dachte sie sich. Nicht dass ausgerechnet heute, wo der Hausmeister ausfiel, ein unnötiger Alarm ausgelöst wurde! Sie würde einmal durch Altbau und Neubau gehen, in jedem Stockwerk nachsehen und rufen. Wenn sich dann niemand meldete, konnte sie sich immer noch überlegen, wie sie weiter verfahren sollte. Es war jetzt zwanzig nach sieben. Was für ein blöder Mist!

»Hallo?« Solveigh ging durch das Erdgeschoss des Altbaus, rief ab und zu und leuchtete in jeden schmalen Gang. Dabei lauschte sie aufmerksam auf mögliche Geräusche.

Die Gummisohlen ihrer bequemen Halbschuhe verursachten schmatzende Geräusche auf dem Linoleumfußboden, und der Lichtkegel des Scheinwerfers tanzte über die Buchrücken und warf durch die Eisensprossen der Treppen bizarre Schatten auf Fußboden und Wände. Da war es wieder, das dumpfe Dröhnen, als benutzte jemand weit über ihr, auf einer der vier Ebenen, die in den Altbau integriert waren, eine Treppe. Die sonst so vertraute Bibliothek war ihr auf einmal fremd. Lange würde sie nicht mehr nach diesem Idioten suchen.

»Hallo?« Ihre Stimme hörte sich dünn und verängstigt an. Was war, wenn der verspätete Kunde schwerhörig oder gar gehörlos war? Sie stieg die Holzstufen zu den Bereichen »Volkskunde« und »Psychologie« hinauf und ging betont festen Schrittes den Gang entlang, der in Richtung Neubau führte. Die Metallkonstruktion der eingezogenen Ebenen vibrierte unter ihren Füßen und erzeugte dieses dröhnende Geräusch, das sie vorhin in der Ausleihe zu hören geglaubt hatte.

Wenn noch jemand hier im Altbau war, hätte er sich längst zu erkennen gegeben, dachte sie. Sie hatte jetzt den Durchgang zum Neubau erreicht, die Stelle, an der sich das Haupttreppenhaus und die Fahrstühle befanden. Die geringe Deckenhöhe der Ebenen im Altbau waren ihr im Dunkeln bedrückend erschienen, und sie atmete auf, als sie den Übergang zum Neubau betrat. Sollte sie jetzt wirklich noch den gesamten Neubau absuchen, der noch viel mehr Versteckmöglichkeiten bot? Hier hörte man auf dem Teppichboden auf Beton keine Schrittgeräusche. Und was war, wenn derjenige, den sie gehört hatte, gar nicht gefunden werden wollte, sondern sein Plan es vorsah, sich in der Bibliothek einschließen zu lassen? Um was zu tun? Etwas zu stehlen? Oder, schlimmer noch, um die Bibliothek zu zerstören? Vielleicht wusste er nicht um die Alarmanlage im Gebäude selbst? Das Unbehagen, das sie verspürte, steigerte sich langsam zu einer handfesten Beklemmung. Solveigh schwitzte und zitterte zugleich. Der Gedanke daran, dass jemand all diese Bücher, die mühsam zusammengetragenen Schätze aus Jahrhunderten, zerstören wollte, war schlimmer als alles andere. Säure-Attentate, blinde Zerstörungswut und Feuer kamen ihr in den Sinn.

Zum Glück wurden die wertvolleren Werke im Mantelsaal, im Scharbausaal und in weiteren, dem Publikum nicht zugänglichen Räumen aufbewahrt. Dort kam kein Unbefugter so ohne Weiteres hin. Der Gedanke an die stillen Säle unter dem Kreuzrippengewölbe und den strengen Augen der Honoratioren der Stadt Lübeck auf den Gemälden ließ Solveigh schaudern. Dort ging sie nach Anbruch der Dunkelheit bestimmt nicht allein hin! Sie würde jetzt zur Ausleihe zurückkehren und die Alarmanlage scharf stellen. Wenn dann jemand im Inneren Alarm auslöste, wenn sie das Gebäude verlassen hatte, dauerte es zwar eine Weile, aber letztendlich würden sich die Leute vom Wach- und Schließdienst um denjenigen kümmern. Mehr konnte sie als einfache Bibliotheksangestellte nicht tun. Doch ein Feuer legen oder ein Säureattentat auf Bücher ging schnell vonstatten. Und Menschen, die Bücher zerstören wollten, waren ihrem psychologischen Halbwissen nach Feiglinge. Sie hatte fast alle Werke der Psychologie-Abteilung zumindest gesichtet und überflogen. Und sie, Solveigh Halby, hatte heute die Verantwortung für all diese Bücher übernommen.

Unschlüssig stand sie im Treppenhaus zwischen Altbau und Neubau. Niemand konnte von ihr verlangen, hier Polizei zu spielen. Außerdem musste sie schnell nach Hause, bevor Rainer kam, der für Schilderungen einer nächtlichen Wanderung durch die Stadtbibliothek bestimmt kein Verständnis haben würde. Fast hätte sie ihren Vorsatz, augenblicklich zu gehen, in die Tat umgesetzt, als ein Klappern, wie von einem offenen Fensterflügel, gefolgt von einem kaum wahrnehmbaren Luftzug, ihre Aufmerksamkeit erregte. Das war des Rätsels Lösung! Hier war außer ihr kein Mensch! Viel wahrscheinlicher war, dass eines der Fenster im Altbau offen stand. Nicht auszudenken, wenn Regenwasser oder gar Tiere wie Ratten oder Mäuse in die Bibliothek eindrangen! Selbst ein verirrter Vogel konnte mit seinem Kot erheblichen Schaden anrichten.

Solveigh riss sich zusammen und ging wieder in den Altbau. Sie stieg die schmale Treppe hinauf, in Richtung des klappernden Geräusches, das anscheinend von ganz oben kam. Wahrscheinlich hatte der Wind gegen Abend aufgefrischt und einen der alten Fensterflügel aufgedrückt. Auf Radio RSH hatten sie vorhin vor Sturmtief Martha gewarnt, das in der Nacht Schleswig-Holstein erreichen sollte. War Martha vielleicht längst hier?

Als sie, ein wenig keuchend, die obere Ebene des Altbaus erreicht hatte, blieb Solveigh stehen und ließ den Lichtkegel des Scheinwerfers über Gänge und Regale der »Sozialwissenschaften« und »Politik« gleiten. Sie spürte ein Prickeln im Nacken, als würde jeden Moment eine kalte Hand nach ihr greifen.

»Hallo?«, rief sie leise, denn irgendwie gelang es ihr nicht mehr, in der dämmrigen Stille ihre Stimme zu erheben.

Durch die niedrigen Fenster am Ende der Gänge, die auf den Innenhof des Katharineums führten, fiel Mondlicht auf das Linoleum. Die Fenster, die sie sehen konnte, sahen geschlossen aus. Kein Fensterflügel klapperte. Hatte sie sich getäuscht? Dann fiel der Lichtstrahl des Scheinwerfers auf ein Buch oben in einem der Regale, das ein Leser aufgeschlagen auf die Reihen gelegt hatte. Es war ein dickes und augenscheinlich altes Buch. Solveigh hasste es, wenn Leute unachtsam mit Büchern umgingen, die noch nicht einmal ihre eigenen waren. Also ging sie wie ferngesteuert auf das Regal zu, um das Buch zu retten, bevor der Leim der Bindung endgültig brach.

Sie griff gerade nach oben, als sie ein Geräusch hörte, so, als ginge jemand in dem Gang hinter dem Regal entlang. Sehen konnte sie nichts, aber sie meinte, gepresstes Atmen zu hören. Als Solveigh abermals Schrittgeräusche hörte, rannte sie los. Bis zur nächsten Treppe war es nicht weit, doch als sie den Treppenabsatz erreichte, rutschte ihr der Scheinwerfer aus der Hand und fiel polternd zu Boden. Ohne sich weiter um den Verlust zu kümmern, hastete sie, sich am Handlauf entlangtastend, Absatz für Absatz nach unten. Sie kannte sich hier aus, der andere vielleicht nicht. Das Geräusch ihrer Schritte auf den Holzstufen der Treppe dröhnte in ihrem Kopf, und sie stoppte erst, als sie ganz unten war. Sie spürte das Vibrieren der metallenen Treppenkonstruktion und wusste, dass er oder sie, wer immer es war, ihr folgte, auch wenn er sich nach wie vor Mühe gab, seine Anwesenheit vor ihr zu verbergen. Fast unbemerkt hatten sich die Rollen verschoben, vom Jäger war sie zur Gejagten geworden.

Sie wollte sich in Richtung Ausleihe und damit zum Ausgang bewegen, doch sie scheute davor zurück, den offenen Raum zu durchqueren. Im Tresenbereich brannte noch ihr Arbeitslicht, und sie wäre dann hervorragend zu sehen. Um hinauszugelangen, musste sie sich lange mit dem hakeligen Türschloss auseinandersetzen, und dabei würde sie im Eingangsbereich wie auf dem Präsentierteller stehen.

Wie Timo an seinem Posten, so wie Katja es ihr beschreiben hatte, dachte sie und spürte eine Welle der Panik auf sich zurollen. Gleich wäre der Verfolger unten. Verstecken! Ihr war nicht klar, dass sie einem uralten Verhaltensmuster folgte, sondern sie eilte, ohne darüber nachzudenken, nach links, wo sie sich zwischen den Regalen der »Belletristik« verbergen konnte. Es war ein ihr vertrauter Zufluchtsort, meistens ein mentaler, heute jedoch ein physischer. Solveigh sah hastig über ihre Schulter und nahm einen Schatten an der Wand neben den Fahrstühlen wahr. Schnell duckte sie sich und drückte sich hinter einen Sessel, der nahe an der Außenwand stand. Hier war es eng und dunkel. Vertraut und bedrohlich zugleich. Solveigh zwang sich, ruhig zu atmen, merkte dabei, wie sich ihre Blase dringlich meldete und ihr Herz Trommelwirbel klopfte.

Was dann passierte, war … nichts. Da kein Verfolger zu sehen oder zu hören war, wurde ihr Herzschlag etwas ruhiger. Vielleicht war der Schatten nur das Scheinwerferlicht eines Autos gewesen, das durch die Hundestraße gefahren war und dessen Licht in die Fenster geleuchtet hatte und irgendwo reflektiert worden war. Sie war fast schon der Ansicht, sich alles nur eingebildet zu haben, da hörte sie gedämpfte Schritte auf dem mit Nadelfilz belegten Boden. Sie drückte sich tiefer in ihr Versteck, ihren Oberkörper hatte sie fest mit den Armen umschlossen, und sie kniff nun die Augen zu wie ein kleines Kind. Wie war sie nur in diese aberwitzige Situation gekommen?

14. Kapitel

Noch ein Franzbrötchen?«, fragte Broders amüsiert. »Ist das dein zweites oder drittes heute Abend, Pia?«

»Das ist mein ›Das geht dich gar nichts an‹-zweites!« Sie fuhr sich mit der Zunge über die Schneidezähne, um den Zuckerguss vom Zahnschmelz zu lösen, und trank, als ihr das nicht gleich vollständig gelang, einen großen Schluck Mineralwasser hinterher. Dann klopfte sie mit dem Stift auf den vor ihnen liegenden Aktenordner.

»Wie war das mit der einen Arzthelferin aus der Hautarztpraxis, die Sie gestern erst erreicht haben? Ist bei dem Gespräch noch etwas Neues herausgekommen?«, fragte sie Olaf Maiwald, unter anderem, um vom Thema ihrer überhöhten Kalorienzufuhr abzulenken.

Er räusperte sich und zog seine Notizen hervor. »Ja. War aufschlussreich. Moment, hier hab ich es: Ihr Name ist Hilke Reimers. Sie arbeitet seit drei Jahren in der Praxis von Timo Feldheim und Katja Simon. Sie war ziemlich schockiert über das, was ihrem Chef passiert ist. Es dauerte seine Zeit, bis ich sie zielführend befragen konnte.«

»Und was kam dabei heraus – nach dem obligatorischen Tränchentrocknen und Händchenhalten?«, fragte Broders.

Maiwald sah ihn irritiert an. Ganz offensichtlich hatte er nicht so schnell die Erwiderung parat, die den Kollegen lockerflockig in seine Schranken weisen und ihn selbst als schlagfertig und amüsant dastehen lassen würde. Pia konnte das gut nachvollziehen und fühlte zum ersten Mal so etwas wie Sympa-

127

thie für den Kollegen in sich aufsteigen, der sich von heute auf morgen in das ihm fremde Team integrieren musste. Einfach hatte er es hier gewiss nicht. Aber musste er unbedingt einen auf oberlässig machen?

»Hilke Reimers hat ausgesagt, dass sie mit Herrn Feldheim wesentlich besser zurechtgekommen ist als mit Katja Simon. Der Doktor, sie nannte ihn tatsächlich ›den Doktor‹, war ihrer Meinung nach geduldig und gerecht, sowohl seinen Angestellten als auch den Patienten gegenüber. Ihr, Katja Simon oder der Chefin, konnte es laut Hilke Reimers niemand recht machen. Nicht einmal ihr Mann. Die beiden haben sich manchmal sogar in der Praxis gestritten, behauptet die Reimers, zumindest wenn sie der Meinung waren, es würde niemand hören.«

»Bei der letzten Besprechung war noch nichts über Differenzen zwischen Feldheim und Simon in der Praxis bekannt gewesen?«

»Nein. Die anderen beiden Arzthelferinnen waren diskreter. Ich hatte bei denen schon das Gefühl, dass sie mir nicht alles sagen, aber es hatte sich kein konkreter Anhaltspunkt gezeigt, an dem ich hätte nachhaken können.«

»Hat Frau Reimers gehört, worüber sich Simon und Feldheim gestritten haben?«, fragte Gerlach von seinem Platz auf der Fensterbank her. Außer ihnen waren auch Conrad Wohlert und Wilfried Kürschner anwesend. Die anderen waren noch unterwegs, Gablers Aufträge abzuarbeiten. Pia mochte die Arbeit in einer Gruppe dieser Größenordnung. Man unterstützte sich gegenseitig, ohne auf zu viele unterschiedliche Wortmeldungen eingehen zu müssen – ihrer Meinung nach die effektivste Form der Teamarbeit.

»Sie sagte, durch die schallgedämmte Tür zum Sprechzimmer könne man nichts verstehen, nur laute Stimmen hören.«

»Sie hatte nicht mal eine Idee?«, hakte Broders nach.

Maiwald blätterte ein paar Seiten zurück. »Doch. Sie hat etwas gehört, auch wenn sie nicht direkt zugeben will, dass sie gelauscht hat: Timo Feldheim hat angeblich seine Frau beschuldigt, die Praxis im Stich lassen zu wollen. Er soll richtig wütend geworden sein, sodass sich Frau Reimers sofort Sorgen um ihren Job gemacht hat.«

»Sagte sie noch mehr darüber?«

»Ja. Aber sie war sich nicht sicher, ob sie das richtig verstanden hatte. Sie meinte, gehört zu haben, dass Katja Simon wieder studieren wollte …«

»Ein Studium? Nachdem sie schon Medizin studiert hatte?«, fragte Conrad Wohlert perplex.

»Frau Reimers glaubte deshalb auch, sie müsse sich verhört haben. Aber es waren die Worte, die sie verstanden hat.«

Pia stand auf und ging zum Fenster hinüber. Die zwei Franzbrötchen auf einmal waren doch keine so gute Idee gewesen. »Wer weiß? Vielleicht wollte Katja Simon wirklich noch mal studieren«, sagte sie. »Wir werden sie einfach nach ihren Zukunftsplänen fragen. Wenn die Simon aus der gemeinsamen Praxis aussteigen wollte, wäre das zumindest ein existenzieller Grund für einen Streit.«

»Aber wohl kein Grund, der Katja Simon dazu hätte veranlassen können, ihren Ehemann ermorden zu lassen. Da würde doch eher andersherum ein Schuh daraus!«, sagte Broders grimmig. Pia spürte, dass er sie musterte, wie sie vor dem Fenster im Gegenlicht stand. Er legt den Kopf schief und blinzelte. »Kann es sein, dass du um die Hüfte herum ganz schön zugelegt hast?«, fragte er sie unvermittelt.

Pia reagierte nach einer Schrecksekunde recht schnell. »Man soll nicht von sich auf andere schließen, Broders. Du gehörst doch zu den Kandidaten, die jeden Winter drei bis vier Kilo zunehmen.« Erst mal den Spieß umdrehen.

»Ja, aber bei mir weiß ich, woran es liegt«, entgegnete er. Er hatte die Fährte aufgenommen.

Pia sah von einem zum anderen. Sie merkte, dass Broders' Bemerkung nun doch zu den anderen durchgedrungen war und alle sie aufmerksam ansahen. Jetzt oder nie! Sie holte tief Luft. »Okay, irgendwann müsst ihr es sowieso erfahren. Warum also nicht heute. Ich bekomme ein Kind … Aber erst im April. Klapp den Mund wieder zu, Broders! So ungewöhnlich ist es ja nun auch wieder nicht.«

Die Kollegen schwiegen verblüfft. Maiwald rutschte unruhig auf seinem Stuhl hin und her und äußerte sich als Erster dazu. »Na dann … herzlichen Glühstrumpf!«, sagte er.

»Na ja, gratulieren kann man doch erst, wenn es da ist«, erwiderte Pia und hoffte, dass zumindest Broders jetzt aus seiner Erstarrung erwachte und mit einem seiner Sprüche – ja, sie wünschte tatsächlich, er würde irgendetwas Blödes sagen – die peinliche Anspannung im Raum auflöste.

»Wann im April?«, fragte Kürschner. Wollte er schon den Dienstplan entsprechend umorganisieren?

»Der errechnete Termin ist der dreizehnte April«, sagte Pia widerstrebend.

»Dann gehen Sie voraussichtlich Anfang März in den Mutterschutz«, stellte Maiwald fest, und Pia meinte herauszuhören, dass seine Stimme hoffnungsvoll klang.

»Wenn nichts dazwischenkommt«, ergänzte Gerlach. »Eine Freundin meiner Meike hat neun Monate lang gespuckt. Das muss man sich mal vorstellen …«

»Mir geht es bestens«, sagte Pia ungeduldig. »Können wir jetzt wieder auf Frau Reimers' Aussage zurückkommen?«

Solveigh lauschte angestrengt. In der Hundestraße fuhr hin und wieder ein Auto vorbei. Die Glocken der nahe gelegenen Kirchen St. Katharinen und St. Jakobi schlugen je einmal. Es war also schon nach halb acht. Wie lange hockte sie bereits hier, eingequetscht zwischen einem Sessel und der kalten Außenwand? Sie spürte, dass sie einen Krampf im Fuß bekam. Und sie musste dringend auf die Toilette. Ob sie es wagen konnte? Sie hatte seit einer Weile nichts mehr von ihrem unheimlichen Verfolger gehört. Nichts, das überhaupt auf die Anwesenheit eines anderen Menschen in den Räumen der Bibliothek hindeuten würde.

Der Schmerz in ihrem Fuß und der Drang, Wasser zu lassen, waren nicht länger zu ignorieren. Solveigh kroch aus ihrem Versteck hervor und sah sich vorsichtig um. Wenn wirklich jemand hier gewesen war, so war er doch jetzt bestimmt längst weg. Es kam ihr unwirklich vor. Sie musste so sehr, dass es ihr fast egal war, ob noch jemand da war oder nicht. Auf wackeligen Beinen hastete sie zu der Tür, die zu den Personaltoiletten führte.

Als sie ein paar Minuten später das Arbeitslicht in der Ausleihe gelöscht, ihre Jacke und Tasche gegriffen und die Alarmanlage scharf gestellt hatte, fühlte sie sich schon wie eine Idiotin. Ihr Verhalten heute Abend war nicht gerade kompetent und souverän gewesen. Wahrscheinlich hatte ihre lebhafte Fantasie ihr einen Streich gespielt. Es war aber auch unheimlich hier, so ganz allein. Sie sollte nicht so viele Krimis lesen …

Solveigh wollte die Außentür aufschließen, aber die Tür war nur zugezogen und nicht zweimal umgeschlossen, so wie sie sie ihrer Meinung nach hinterlassen hatte. Verdammt, was bedeutete das? Fantasierte sie, oder hatte der Unbekannte, den sie gehört hatte, durch genau diesen Ausgang vor ihr die Bibliothek verlassen? War es doch wahr? Die Angst kroch ihr das Rückgrat hinauf bis zum Scheitel. Sie fühlte geradezu, wie sich ihre Haarwurzeln aufrichteten, in dem atavistischen und völlig lächerlichen Bestreben, für einen etwaigen Feind bedrohlicher auszusehen. Hastig und ohne sich noch einmal umzusehen, zog sie die schwere Glastür auf und eilte hinaus.

Der Eingang zur Stadtbibliothek sprang etwas zurück. Sie trat aus der Nische hervor und wandte sich eilig nach rechts in Richtung Königstraße. Dort gab es Geschäfte, Restaurants und Kneipen – dort waren Menschen. Eine dunkle Gestalt schoss hinter dem Mauervorsprung hervor und packte sie am Arm.

Solveigh schrie. Sie fühlte, wie sie unsanft gegen die Mauer gedrückt wurde, doch auch als sie das vor Wut verzerrte Gesicht ihres Mannes erkannte, konnte sie nicht aufhören zu schreien. Erst als sie den Schlag seiner Hand auf ihrer Wange fühlte, verstummte sie schockiert. Er hatte es schon wieder getan.

»Werd jetzt bloß nicht hysterisch!«, sagte er grob.

Solveigh fühlte, wie ihr die Tränen in die Augen traten. »Was machst du hier, Rainer? Du hast mir einen wahnsinnigen Schrecken eingejagt. Ich wäre beinahe an einem Herzschlag gestorben. Und mich dann auch noch ins Gesicht zu schlagen!«

»Schlechtes Gewissen? Ich wollte einfach mal sehen, wo du steckst. Ich wusste ja, dass du um neunzehn Uhr Feierabend hast, und als du nicht zu Hause ankamst, da dachte ich mir, ich sehe lieber mal nach.«

»Du wolltest mich abholen?«

»So kann man es auch nennen. Aber die verdammte Tür war zu, und drinnen war alles dunkel, bis auf so eine kleine Funzel hinten am Tresen.«

»Das ist mein Arbeitslicht, das du gesehen hast. Ich war heute die Letzte und habe noch die Post vorbereitet.« Warum sagte sie ihm nicht, was wirklich passiert war? Weil es sich lächerlich anhören würde, selbst in ihren eigenen Ohren?

»So nennt man das heute: Post vorbereiten … Erzähl keinen Mist! Da war niemand zu sehen. Wo, verdammt noch mal, warst du die ganze Zeit?«

»Ich habe noch einen Rundgang gemacht, um zu kontrollieren, ob alles in Ordnung ist, bevor ich die Alarmanlage scharf stelle. Ich dachte, ich hätte einen Vogel oder eine Maus gehört, was bedeutet hätte, dass verbotenerweise eines der Fenster offen steht.«

»So pflichtbewusst? Wissen die eigentlich, was die an dir haben?«

»Lass uns bitte jetzt nach Hause fahren, Rainer. Du bist doch mit dem Auto da, oder?«

»Was denkst du denn? Ich fahre doch nicht Proletencontainer! Vorher allerdings … er näherte sich mit dem Gesicht dem ihren. »Vorher möchte ich wissen, wer der Typ war, der kurz vor dir hier herausgekommen ist!«

»Was?«

»Das hättest du nicht gedacht, oder? Du hast geglaubt, ich wäre ganz einfach hinters Licht zu führen mit dieser Dummchen-Masche.«

»Rainer, ich war da mit niemandem zusammen. Ich hatte den Eindruck, dass sich jemand unerlaubterweise in der Bibliothek aufhielt. Deshalb war ich auch so schreckhaft, als ich hier rauskam. Ich dachte schon, ich hätte mich getäuscht, aber wenn du ihn auch gesehen hast …«

»Schöne Geschichte. Hast du dir fein zurechtgelegt, Solveigh, aber ich glaube dir kein Wort.«

Sie konnte es ihm fast nicht verdenken, so spät, wie sie damit herausgerückt war. Trotzdem, sie musste es wissen! »Rainer, bitte! Wie hat er ausgesehen?«

»Wie irgendjemand. Es ist dunkel hier, und er hatte es wohl sehr eilig, von dir wegzukommen, Schatz.«

Dabei beließ es Rainer zunächst. Schweigend chauffierte er sie nach Hause; er hielt ihr vor dem Haus sogar die Wagen- und die Haustür auf. Dieses für ihn untypische Verhalten, zusammen mit den beängstigenden Vorkommnissen in der Stadtbibliothek, versetzte Solveigh in eine höchst angespannte Erwartungshaltung. Das konnte noch nicht alles gewesen sein für heute.

In der Wohnung angekommen, suchte sie als Erstes das Badezimmer auf, schloss sich ein, ging noch einmal auf die Toilette und versuchte anschließend, sich mit kaltem Wasser ein wenig frisch zu machen. Den penetranten Geruch nach Angstschweiß würde nur ein Vierzig-Grad-Waschgang mit Vollwaschmittel und eine ausgiebige Dusche beseitigen können, doch das gerade jetzt zu tun, wagte sie nicht. Rainer würde eine körperliche Reinigung zu diesem Zeitpunkt geradezu als Schuldeingeständnis auffassen. Dann sollte er eben ihren Geruch ertragen! Wie konnte ihr Mann nur annehmen, dass sie ihn betrog? Noch dazu an ihrem Arbeitsplatz? Na ja, so unwahrscheinlich war das bestimmt nicht, zumindest dann, wenn es sich um eine andere Person und nicht um sie, Solveigh Halby, gehandelt hätte.

Als sie in die Küche trat, saß er mit gebeugtem Rücken am Küchentisch, ein Wasserglas mit einer gelben Flüssigkeit in der Hand. Korn mit Limo? Das war schlecht. Im Aschenbecher glimmte eine Zigarette, und das, obwohl er seit Längerem versuchte, mit dem Rauchen aufzuhören – ziemlich genau seit dem Tag, an dem bei ihm im Büro ein strenges Rauchverbot erlassen worden war. Solveigh hasste dieses Verbot, bescherte es ihr doch seit Wochen einen über das normale Maß hinaus gereizten, unleidlichen Ehemann.

»Ich denke, ich werde den Vorfall von heute Abend in der Bibliothek melden müssen«, sagte Solveigh so ruhig wie möglich. Sie wollte das Thema sofort auf den Tisch bringen und nicht den ganzen Abend verunsichert warten, wann er es endlich anschneiden würde. Das konnte er nämlich gut, er war ein Meister darin, irgendwelche Psychospielchen zu spielen.

»Welchen Vorfall?«, fragte er, griff nach seiner Zigarette, zog daran und kniff die Augen gegen den aufsteigenden Rauch zusammen.

»Dass sich jemand unbefugt in der Stadtbibliothek aufgehalten und dann heimlich das Gebäude verlassen hat. Vielleicht ist etwas gestohlen worden.«

»Was soll man bei euch schon stehlen? Liebesromane?«

»Im Ernst, Rainer! Wenn du mir sagst, wann genau dieser Mann herausgekommen ist und wie er in etwa ausgesehen hat, würde mir das schon helfen.«

»Warum sollte ich dir helfen?«

»Ich habe Todesängste da drinnen ausgestanden! Ich will mir sicher sein, dass ich mir das alles nicht nur eingebildet habe.«

»So, so …« Er wandte sich von ihr ab und trank aufreizend langsam aus seinem Glas.

»Bitte, Rainer!«

»Bitte, Rainer!«, äffte er sie wütend nach. »Meine Frau macht dubiose Überstunden, ich erwische sie quasi in flagranti mit einem anderen Kerl, und was sagt sie? Bitte, Rainer!«

»Da war nichts, ich würde nie …«

»Seit du dich mit dieser Katja rumtreibst, kann ich dir nicht mehr über den Weg trauen, Solveigh. Sie hat dich verdorben, in den alten Sumpf zurückgezogen. Früher hättest du es nicht gewagt, mir frech ins Gesicht zu lügen und dann zu sagen ›Bitte, Rainer‹. Oder siehst du das anders?«

»Ganz anders. Ich lüge nicht!«, beharrte Solveigh. Sie war auf alles gefasst, gleichzeitig aber nicht bereit, dieses Mal wieder klein beizugeben. So ging es nicht weiter zwischen ihr und Rainer, er sollte sie nicht länger mit seinen Launen quälen und mit der bloßen Androhung möglicher Wutanfälle seinen Willen durchsetzen!

Er trank mit einem Zug sein Glas leer und füllte es umgehend wieder auf. »Ich habe Hunger«, sagte er unvermittelt.

Sie war überrascht, fast erleichtert, obwohl diese Anwandlung eigentlich nur einen Aufschub bedeuten konnte. »Dann mach dir selbst was«, hörte sie sich zu ihrem eigenen Erstaunen sagen. »Mir zittern nach der Angstpartie in der Bibliothek nämlich immer noch die Knie. Ich lege mich einen Augenblick im Wohnzimmer auf die Couch.« Sollte er sie nicht eigentlich in den Arm nehmen und trösten, nach allem, was ihr heute widerfahren war? Sie wartete nicht ab, wie er die Aufforderung aufnehmen würde, sondern ging nach nebenan, setzte sich auf das Sofa und legte die Füße hoch. Hier war noch nicht einmal die Heizung an.

Solveigh zog fröstelnd eine Wolldecke über ihre Beine und stellte, um sich von ihren unerfreulichen Gedanken abzulenken, den Fernseher an. Sie zappte durch die Programme, bis sie auf eine Quizshow stieß – das war beruhigend normal und anspruchslos. In der Küche hörte sie den Wasserkocher gehen. Ein paar Minuten später trat Rainer ins Zimmer, in der Hand ihren Lieblings-Sissi-Becher, aus dem das Schildchen eines Teebeutels hing.

»Ist der für mich?«, fragte sie, bemüht, nicht zu erstaunt zu klingen.

»Tut mir leid. Ich war wohl etwas neben der Spur. Du trinkst doch immer diesen Melissentee zur Beruhigung, oder?«

Solveigh nahm den Becher entgegen, war gerührt. »Oh, das ist jetzt genau das Richtige. Danke schön. Wenn du was Warmes essen möchtest: Da ist noch eine Portion Geschnetzeltes mit Reis im Kühlschrank, das kannst du dir eben in der Mikrowelle aufwärmen.«

Er reagierte nicht auf dieses Angebot, sondern hockte sich neben dem Sofa zu ihr hin und sah sie forschend an. »Eine Sache noch«, sagte er in verändertem Tonfall.

»Ja?« Sein Atem roch nach Fanta und Oldesloer Korn.

»Das in der Bibliothek vergessen wir. Aber ich will, dass du dich nicht mehr mit Katja Simon triffst. Ich weiß, ihr kennt euch von früher, alte Mädchenfreundschaft und so weiter, aber heute müsst ihr euch nicht mehr kennen. Die ist kein Umgang für uns.«

»Wie meinst du das?«

»So, wie ich es sage«, schrie er sie plötzlich an, und seine Hand griff wieder in das weiche, empfindliche Fleisch ihres linken Oberarms. Der Tee, den sie mit ihrer rechten Hand gerade zum Mund führen wollte, verharrte in der Luft. Verdammt, war der Becher heiß! Sissis ebenmäßiges Gesicht mit dem dichten, braunen Haar – war das eigentlich echt gewesen? – starrte sie gleichgültig, fast spöttisch an.

»Du brauchst dich gar nicht so aufzuregen. Ich treffe Katja ja wirklich nur ganz selten. Aber ich sehe nicht ein, warum sie nicht meine Freundin bleiben sollte.« Eine der vielen, dachte Solveigh ironisch, denn seit sie mit Rainer zusammen war, hatten sich die wenigen Freundinnen, die sie je besessen hatte, klammheimlich und eine nach der anderen, aus ihrem Leben verabschiedet.

»Du verstehst es nicht: Ich will mit solchen Leuten überhaupt nichts zu tun haben. Alles redet über den Mord. Hast du vergessen, dass der Mann von der Simon von jemandem abgeschossen wurde wie ein verdammtes Karnickel?«

»Das ist nicht Katjas Schuld. Sie braucht mich jetzt.«

»Ich meine es ernst, Solveigh!« Der Druck seiner Finger verstärkte sich.

Es tat verdammt weh, aber sie versuchte, nicht einmal das Gesicht zu verziehen. »Ich auch. Lass mich los!«

»Ach, ist der andere etwa ein Weichei? Packt der vielleicht weniger fest zu?«, fuhr er sie böse an.

Das ging zu weit. Sie versuchte, ihren Arm wegzuziehen; dabei schwappte der Tee im Becher, und etwas von der siedend heißen Flüssigkeit tropfte auf ihren Bauch. Sie biss sich auf die Lippe, weil jeder Schmerzenslaut Rainer zu weiteren Übergriffen animieren würde, und versuchte stattdessen, den Becher auf dem Couchtisch abzustellen. Er riss sie grob zurück, und ehe Solveigh ganz begriffen hatte, was geschah, ergoss sich ein Schwall brühend heißen Tees über Rainers Brust. Er starrte sie schockiert an, versuchte, sich das nasse Hemd von der Haut zu ziehen. Dann, ehe Solveigh es recht begriff, landete seine Faust auf ihrer Augenbraue.

15. Kapitel

Pia schreckte auf, als das Telefon klingelte. Sie stieß gegen die Wasserflasche auf ihrem Schreibtisch, die wegrollte und polternd zu Boden fiel. Zum Glück war es eine aus Plastik ... und sie war richtig zugedreht. Pia rieb sich die Augen und angelte nach der Flasche. Peinlich, am Arbeitsplatz einzuschlafen. Zugegeben, der Bericht, den sie gerade las, war trocken und langatmig. Trotzdem war ihr das noch nie passiert, und schon gar nicht mitten in einer aktuellen Ermittlung. Sie warf einen Blick auf die Uhr: kurz nach acht. Ihre Müdigkeit war lächerlich ... und machte sie verletzlich. Es klingelte wieder. Eigentlich hätte längst die Zentrale den Anruf annehmen müssen. Als es zum vierten Mal läutete, siegten Pias Neugierde und ihr schlechtes Gewissen.

Marianne Fierck, die ehemalige Erzieherin von Katja Simon, war am Apparat. »Frau Korittki? Ich weiß, es ist schon spät«, sagte sie. »Ich habe den ganzen Tag hin und her überlegt, ob ich Sie damit belästigen soll, und jetzt bin ich mir auf einmal sicher.«

»Worum geht es?«

»Sie haben mich doch nach Katja Simon gefragt, einer meiner früheren Heimschülerinnen ...«

»Ja, genau. Ich war im Zuge unserer Ermittlungen im Mordfall Feldheim bei Ihnen.«

»Zuerst habe ich gar nicht daran gedacht, und dann meinte ich, es spielt keine Rolle. Ich bin keine Klatschtante, wissen Sie, und ich möchte die Privatsphäre meiner ehemaligen Zöglinge auch heute noch gewahrt wissen. Aber da ist etwas, das lässt mir keine Ruhe.«

»Was lässt Ihnen keine Ruhe?«

»Ich würde es Ihnen gern zeigen. Können Sie nicht bei Gelegenheit noch mal vorbeikommen?«

»Worum handelt es sich, Frau Fierck?« Pia versuchte, ihre Ungeduld in Zaum zu halten, aber sie wollte schon gern wissen, um was es überhaupt ging, bevor sie sich auf den Weg machte.

»Es ist wirklich besser, wenn Sie sich vor Ort ein Bild machen«, sagte die Frau am Telefon in drängendem Tonfall.

»Aber es geht im weitesten Sinne um die Ermittlungen im Mordfall Feldheim?«, vergewisserte Pia sich.

»Irgendwie schon. Ich weiß es nicht«, antwortete Marianne Fierck. »Doch es ist so merkwürdig ...«

»Okay, morgen Nachmittag«, sagte Pia, die inzwischen wieder wach war. Marianne Fierck war ihr nicht als der Typ Mensch erschienen, der sich in Gegenwart der Polizei wichtig machen will. Wenn die Möglichkeit bestand, etwas Neues im Mordfall Feldheim zu erfahren, wollte sie es als Erste wissen. »Wenn Sie nichts mehr von mir hören, bin ich morgen gegen sechzehn Uhr bei Ihnen«, sagte sie abschließend.

Sie hatte am nächsten Vormittag eine Besprechung und reichlich Schreibtischarbeit zu erledigen, aber am Nachmittag sollte es möglich sein, das Polizeihochhaus für ein oder zwei Stunden zu verlassen. Außerdem ... die Aussicht darauf, aus dem Büro rauszukommen, weg von den Kollegen, die sie, wenn sie sich unbeobachtet glaubten, verunsichert von der Seite ansahen, war gar nicht übel. Und sie würde allein fahren. Ohne Maiwald. Wenn es wirklich etwas Wichtiges war, das die Fierck ihr zeigen wollte, dann wollte sie die Ermittlungen damit vorantreiben. Sie allein.

War das vernünftig, oder hatte sie sich von Maiwald in einen kindischen Konkurrenzkampf verwickeln lassen, angeheizt durch Broders' stichelnde Bemerkungen? Ehrgeizig war sie schon immer gewesen, aber nicht so sehr um ihres persönlichen Erfolges willen. Die Motivation, die sie dazu getrieben hatte, stets an ihre Grenzen und manchmal darüber hinaus zu gehen, war immer die Lösung eines Falls gewesen und der Wunsch, Beweise zu erlangen, die vor Gericht verwertbar sein würden. Fühlte sie sich durch ihre Schwangerschaft so verletzlich, so schwach, dass sie auf Teufel komm raus die persönliche Bestätigung suchte? Sie versicherte sich, dass es allein an Maiwald lag, an seiner Haltung ihr gegenüber und an ihrer gemeinsamen Vorgeschichte. Beim Verlassen ihres Büros dachte Pia an den Stand der Ermittlungen und an Timo Feldheim, dessen Leben abrupt beendet worden war.

Als sie zu Hause eintraf, war sie fast überzeugt davon, allein im Dienste der Sache zu handeln.

»Das ist ein tiefer Riss. Der muss genäht werden, Solveigh.«

»Kannst du das nicht machen, Katja? Ich will jetzt nirgendwohin, wo ich Fragen beantworten muss.«

Katjas dünne, dunkle Augenbrauen hoben sich. »Da wirst du aber nicht drumherum kommen. Ich kann dir nur zu einem Besuch in der Ambulanz des nächsten Krankenhauses raten und dazu, den Vorfall der Polizei zu melden.«

»Bitte, Katja! Ich will nirgendwohin.«

Katja erwog ihre Möglichkeiten. Nicht dass ihr Solveigh leidgetan hätte. Eher reizte es sie, mal wieder handwerklich zu arbeiten. »Ich sollte es wirklich nicht machen. Wir sind hier nicht in meiner Praxis …«, entgegnete sie.

»Du kannst doch alles, was du brauchst, aus der Praxis holen. Katja, du bist eine hervorragende Ärztin – ich weiß, dass du das kannst.«

»Ich bin Hautärztin, keine plastische Chirurgin«, wandte sie ein, ärgerlich über Solveighs plumpen Versuch, ihr zu schmeicheln. »Und überhaupt, was weißt du schon davon? Du schaffst es ja nicht einmal, dir die eigene Platzwunde im Spiegel anzusehen. Das muss fachgerecht versorgt und geklammert, wenn nicht genäht werden, sonst siehst du irgendwann aus wie Frankensteins Monster.«

Katja begutachtete noch einmal den circa zwei Komma fünf Zentimeter langen, klaffenden Hautriss unterhalb der Augenbraue, durch den man gelblich das Unterhautfettgewebe schimmern sehen konnte. Im Moment war die Blutung gestillt, aber sobald sie mit Kodan-Spray desinfizierte, würde es wieder zu bluten anfangen. Immerhin war die Wunde relativ sauber, und die Wundränder waren glatt. Sie musste nicht unbedingt schneiden. Statt unsichtbar von unten zu nähen, könnte sie es mit Klammerpflastern versuchen. Sie hatte noch genügend Steri-Strips.

»Ich weiß, dass du das kannst«, beharrte Solveigh.

Katja fühlte, wie ihr Widerstand schmolz. Sie hatte auch keine Lust, stundenlang in irgendeiner Notaufnahme herumzusitzen. Timo hätte Solveigh geholfen. Er hatte darauf bestanden, stets medizinisches Material im Haus zu haben, seit ihr Sohn Alexander mal nach einem Sturz mit dem Roller hatte versorgt werden müssen. Er, nicht sie, hatte darauf geachtet, dass sie auf kleinere bis mittlere Verletzungen, wie Kinder sie sich von Zeit zu Zeit zuzogen, vorbereitet waren.

»Hast du irgendwelche Allergien, Solveigh?«

»Das weißt du doch. Hausstaub, Schimmelpilze, ein paar Pollen … Aber nicht mehr so schlimm wie früher.«

»Ich frage das wegen der Betäubung. Bist du allergisch gegen Lokalanästhetika?«

»Ich weiß es nicht.«

»Dann muss es ohne gehen.« Katja fühlte eine grimmige Befriedigung. Vielleicht würde der Schmerz ihre Freundin lehren, in Zukunft achtsamer mit sich umzugehen. Solveigh nickte schwach. »Aber ich tue es nur unter einer Bedingung: Du versprichst mir, dich sofort von Rainer zu trennen. Bevor er nicht in Therapie war und du sicher sein kannst, dass so was nicht wieder vorkommt, gehst du nicht zu ihm zurück.«

»Wie soll das gehen?«

»Du kannst erst mal hierbleiben. Das Haus ist groß genug. Jetzt allemal … Von hier aus kannst du dir eine eigene Wohnung in Lübeck suchen.«

»Aber ich habe doch nicht mal ein Auto …«

»Ich diskutiere das nicht mir dir. Wenn ich dir helfen soll, dann versprichst du mir, dass du ihn verlässt.«

Solveigh zögerte. »Ich werde es versuchen, ehrlich, Katja.«

»Versuchen reicht nicht. Siehst du nicht, was er aus dir macht? Sieh den Tatsachen doch endlich mal ins Gesicht!«

»Das ist nicht dein Problem, Katja«, sagte Solveigh fest.

Katja staunte, welch mentale Kraft Solveigh ihr entgegensetzte, wenn es darum ging, an ihrem Unglück festzuhalten. So, wie sie es gesagt hatte, implizierte sie, dass sie, Katja, ebenfalls gravierende Probleme hatte. Und damit lag sie richtig.

»Du bleibst hier sitzen und rührst dich nicht. Ich hole ein paar Sachen. Und es tut weh, verlass dich drauf!«

»Alles, was du willst«, sagte Solveigh unterwürfig, aber auch zufrieden.

Katja verspürte eine gewisse Vorfreude bei dem Gedanken daran, dass sie Solveigh gleich Schmerzen zufügen würde. Ja, in diesem Moment konnte sie Rainer Halbys Hang zu Handgreiflichkeiten seiner Frau gegenüber fast nachvollziehen.

»Warum zeigen Sie mir das alles?«, fragte Pia.

»Damit Sie besser verstehen, was damals passiert ist«, sagte Marianne Fierck. Sie führte Pia auf einem gewundenen Weg immer tiefer in den Wald hinein. Das Gelände der Uhlenburg schien riesig zu sein. Unzählige Gebäude in verschiedenen Stadien des Verfalls waren links und rechts des Weges zu sehen.

»Wie viele Menschen waren hier früher beschäftigt?«

»Ich schätze, zu meiner Zeit waren es bis zu sechzig oder siebzig Personen. Nicht alle haben auch hier gewohnt. Viele kamen aus der näheren Umgebung. Es gab diverse Werkstätten: eine Schlosserei, Tischlerei, Gärtnerei, Wäscherei, die Küche, eine Schmiede, eine eigene Krankenstation. Viele der Mädchen, die ihre Schulausbildung beendet hatten, haben im Anschluss daran ihre Ausbildung bei uns gemacht.«

Sie überquerten eine geteerte Straße, die Uhlenburger Allee, und das Gelände stieg leicht an. Mit einem Mal erblickte Pia durch die Baumkronen hindurch kalkweiße Zinnen. Die neogotischen Formen der Uhlenburg ließen entfernt an ein Märchenschloss denken, aber die Atmosphäre unter den hohen Bäumen war bedrückend.

»Da vorn sehen Sie das Hauptgebäude«, erklärte Marianne Fierck. »Zwei der Flügel waren Gruppenhäuser. Das Kavaliershaus und das Möwenturmhaus hier vorn, benannt nach dem kleinen Turm, den Sie da vorne sehen. Dort waren meine Gruppen untergebracht.« Sie deutete nach rechts: »Neben dem Torhaus befand sich das Verwaltungsgebäude. Zu Heimzeiten gab es hinter dem Kavalierhaus noch einen Anbau, in dem drei weitere Gruppen untergebracht waren, unter anderem auch die geschlossene Abteilung.«

»Die Mädchen waren eingesperrt?«

»So war das damals.«

»Warum zeigen Sie mir das alles? Was soll ich verstehen?«, beharrte Pia, die Zweifel an Sinn und Zweck ihres Ausflugs bekam. In ihrem Büro türmte sich die Arbeit.

»Die Gruppen waren, wenn es gut lief, eine Art Familienersatz für die Mädchen. Ich habe Ihnen doch von den vieren erzählt, die so eng befreundet waren: Katja Simon, Janet Domhoff, Tamara Kalinoff und Solveigh Pahl.«

»Das haben Sie.«

»Und ich habe Ihnen doch von Tamaras Selbstmord erzählt? Es gibt aber noch mehr Tote.«

»Wovon sprechen Sie?«, fragte Pia atemlos. Nicht nur weil sie hoffte, endlich etwas Wichtiges zu erfahren, sondern auch weil der Marsch bergauf und bergab sie in ungewohnter Weise anstrengte.

»Von einem Autounfall auf Korfu. Einem tödlichen ...«

»Aha. Wer ist gestorben?«, hakte Pia ernüchtert nach.

»Janet Domhoff. Eine der Freundinnen.«

»Und warum erzählen Sie mir das erst jetzt?«

»Ich habe nicht daran gedacht, als wir das erste Mal miteinander gesprochen haben. Aber es stand neulich in der Zeitung. Hier ... das ist die Ausgabe.«

Pia nahm eine zusammengefaltete Zeitung entgegen, schlug sie auf und überflog den Artikel. »Traurig. Aber was hat das mit den Ermittlungen zu tun?«

»Na ja. Jetzt bleiben nur noch Solveigh Pahl und Katja Simon ...«, sagte Marianne Fierck in düsterem Tonfall.

»Ja, und?«

»Nur zwei der vier Mädchen sind noch am Leben, und der Ehemann von Katja Simon ist ebenfalls tot – ermordet. Sie sind Polizistin. Finden Sie nicht, dass das ein paar Todesfälle zu viel sind?«

»Nicht unbedingt«, antwortete Pia und starrte zu den leeren

Fensteröffnungen des Möwenturms hinauf. »Oder vielmehr, ich sehe keinen Zusammenhang.«

»Möchten Sie sich anschauen, wo Tamara ums Leben gekommen ist?«

Pia machte eine vage Kopfbewegung. Marianne Fierck würde nicht eher Ruhe geben, bis sie gezeigt hatte, was sie ihr zeigen wollte. Und der Arbeitstag war sowieso fast gelaufen. Hier im Wald dämmerte es schon.

»Die Schwimmhalle lag unterhalb des Hauptgebäudes im Wald. Sie wurde vor ein paar Jahren abgerissen, obwohl sie erst in den Siebzigern erbaut worden ist. Zwischen der Burg und der Schwimmhalle befanden sich auch noch die Wäscherei und das Magazin. Das ist alles schon länger weg.«

»Ein Magazin?«

»Ein Haus mit offenen Spinden, in denen die Kleidung der Mädchen aufbewahrt wurde.«

Pia fröstelte. »Glauben Sie, eines der anderen drei Mädchen hatte etwas mit Tamara Kalinoffs Tod zu tun?«, fragte sie.

»Vielleicht wusste ja eine, wer der Kindsvater war? Manchmal denke ich, es war doch jemand aus dem Heim.« Marianne Fierck ging weiter, ohne sich nach Pia umzusehen. Sie führte sie eine rutschige, mit Kopfsteinpflaster belegte Straße hinunter.

»Sie sagten mir neulich, dass Tamara mit einem jungen Mann aus dem Dorf befreundet war.«

»Ja. Er war sofort verdächtig, aber er hat geleugnet, sie geschwängert zu haben. Und er hatte ein Alibi für die Nacht, in der Tamara starb. Ein Problem damals war, dass die Mädchen in Kargau einen so schlechten Ruf hatten. Bei dem, was einige von ihnen schon durchgemacht hatten: Gewalt, Missbrauch, Prostitution ... Tamaras Freund hat sich das zunutze gemacht und behauptet, nicht der Einzige gewesen zu sein, mit dem Ta-

146

mara geschlafen hat. Aber es ließ sich nicht beweisen. Hier stand übrigens die Schwimmhalle.«

»Tamaras Freundinnen müssen doch etwas gewusst haben!«, sagte Pia mit Blick auf die mit Unkraut überwucherte Fläche. Der Wald hatte die Narbe, die das Gebäude hinterlassen hatte, fast schon wieder geschlossen. Im Gegensatz zu der seelischen Narbe, die Marianne Fierck ganz offensichtlich mit sich herumtrug.

»Müssen sie? Tatsache ist, dass die drei Mädchen, selbst wenn sie es wussten, nie etwas verraten haben. Ich sage das nur ungern, aber einige Mädchen im Heim konnten einem ins Gesicht lügen, ohne sich weiter darüber Gedanken zu machen. Und wie gut sie das konnten! Das habe ich auch erst lernen müssen. Man konnte es ihnen nicht mal übel nehmen. Es war ... Überlebensinstinkt.«

»Wissen Sie, wer Tamara Kalinoffs Freund war?«

»Sicher. Er lebt immer noch hier in Kargau.«

»Wie heißt er?«

»Sein Name ist Sven Waskamp.«

Als Pia im Auto saß und das Waldgelände hinter sich ließ, atmete sie erleichtert durch. Sie folgte Marianne Fiercks Wegbeschreibung und überquerte die Hauptstraße. Dann bog sie in eine neu angelegte Wohnstraße ein, die sie zu Sven Waskamps Haus führen sollte. Vor einem rot geklinkerten Gebäude mit Walmdach und weißen Sprossenfenstern hielt sie an. Das Haus stand auf einem gärtnerisch angelegten Grundstück, das im Hintergrund von einem Knick begrenzt wurde. Eine begehrte Feldrandlage. Marianne Fierck hatte sie darüber informiert, dass Sven Waskamp allein lebte, sodass der silberne Audi im Carport Pia zuversichtlich stimmte, was ihr

Vorhaben anging, ihn ohne Voranmeldung zu Hause anzutreffen.

Sven Waskamp war mittelgroß, mit einer noch erkennbar sportlichen Figur, doch jetzt, da er schätzungsweise Ende dreißig war, schien er Gewichtsprobleme zu bekommen. Noch war er nicht dick, aber in ein paar Jahren würde er sich über ein Doppelkinn und Rettungsringe in der Taille ärgern. Sein dichtes rotblondes Haar war sorgfältig zurückgekämmt, er war glatt rasiert und trug eine Brille mit dünnem goldenem Rand. Vielleicht hatte er das Gestell ausgewählt, weil es ihn reifer und erfahrener aussehen ließ.

Pia stellte sich vor und erklärte, dass sie im Mordfall Timo Feldheim ermittele und ein paar Fragen an ihn habe.

»Aha.« Er schien nicht sehr verwundert zu sein. »Kommen Sie rein. Ich habe allerdings Besuch. Wir trinken gerade Tee. Was habe ich denn Ihrer Meinung nach mit der Sache zu tun?«

»Es geht um die Uhlenburg«, sagte Pia knapp. Sie erkannte an der Art, wie sein Rücken sich straffte, dass das Thema ihm nicht behagte. Sie folgte ihm durch die Diele in ein bieder eingerichtetes Wohnzimmer. Zwei wuchtige Sofas und ein Sessel in dunklem Leder gruppierten sich um einen ovalen Couchtisch aus Kirschbaumholz, und ein bunter Persianer bedeckte die hellgrauen Fliesen, die sich durch das gesamte Erdgeschoss zu ziehen schienen. Nicht gerade das, was sie bei jemandem in Waskamps Alter erwartet hätte. Ein weiterer Mann erhob sich, als sie eintrat. Er war gut zwanzig Jahre älter als Waskamp und lächelte einnehmend, als sie ihn begrüßte.

»Martin Gregorian«, stellte er sich vor. »Ich wusste nicht, dass du noch Damenbesuch erwartest, Sven.«

»Kein Damenbesuch. Polizei«, sagte Waskamp.

Gregorian neigte den Kopf. »Ich wollte sowieso gerade gehen. Leider … Meine Frau wartet auf mich. Wir sind heute Abend zum Essen eingeladen.«

»Nun trink noch in Ruhe deinen Tee aus, Martin«, forderte Waskamp ihn auf. An Pia gewandt, sagte er: »Martin Gregorian ist mein Onkel. Er lebt seit Ewigkeiten in Kargau und kennt Gott und die Welt. Nicht wahr, Martin? Wenn Sie Fragen zur Uhlenburg haben, ist er eigentlich der ideale Gesprächspartner.«

»Aber die Zeiten, als die Polizei noch regelmäßig auf der Uhlenburg nach dem Rechten sehen musste, sind doch Gott sei Dank vorbei«, bemerkte dieser. Er leerte seine zierliche Teetasse mit einem Schluck. »Ich bedaure, aber ich muss jetzt wirklich aufbrechen. Kommen Sie gern bei mir vorbei, wenn Sie Näheres über Kargau oder die Uhlenburg wissen wollen. Sven kann Ihnen sagen, wo Sie mich finden.«

Pia gab eine unverbindliche Antwort und wartete, bis sich Gregorian von seinem Neffen verabschiedet hatte.

»Was wollen Sie? Warum interessiert sich die Kripo für die Uhlenburg?«, fragte Waskamp, nachdem er sich wieder ihr gegenüber in den Sessel hatte fallen lassen. Er schlug ein Bein über, sein Fuß wippte ungeduldig.

Pia zögerte einen Moment. Sie war dieser Spur von der Uhlenburg zu Waskamp gefolgt wie bei einer Schnitzeljagd und wusste einen Moment lang nicht, wie sie den Bogen zu den Mordermittlungen im Fall Feldheim schlagen sollte. So lässig Sven Waskamp sich gab – sein Unterkiefer schob sich unentwegt vor und zurück, und seine Augen wanderten immer wieder zur Tür. Pia entschied sich dafür, die Informationen, die Waskamp von ihr erhalten musste, so knapp wie möglich zu halten. Sie berichtete von dem Mord an Timo Feldheim und erklärte, dass über die Witwe des Opfers eine Verbindung zur Uhlenburg bestand. »Ich habe gehört, dass Sie damals schon hier in der Umgebung gelebt haben. Sie hatten Kontakt zu einem der Mädchen im Heim. Zu Tamara Kalinoff.«

»Wegen der alten Geschichte sind Sie hier?«

»Genau. Es besteht die Möglichkeit, dass ein Zusammenhang zu unserer aktuellen Ermittlung besteht. Können Sie mir sagen, wie ihr Verhältnis zu Tamara Kalinoff ausgesehen hat?«

»Das ist lange her. Ich war damals neunzehn Jahre alt, und Tamara war sechzehn oder so. Sie ist mir aufgefallen, weil sie ausgesprochen hübsch war, und außerdem schien sie mir schon recht reif für ihr Alter zu sein, während ich in der Beziehung wohl eher ein Spätzünder war. Nach ein paar unauffällig ausgetauschten Briefchen und verlegenen Treffen sind wir miteinander gegangen – so sagte man doch damals? Im Klartext hieß das, dass wir uns ein paar Mal heimlich in der Remise oder auf dem Dachboden des Torhauses getroffen haben, um miteinander zu knutschen. Ich habe damals bei meinem Onkel und meiner Tante gewohnt, Tamara im Heim, sodass wir keinen Platz hatten, wo wir hinkonnten. Es war Winter, wissen Sie, viel zu kalt, um lange draußen herumzuhängen, geschweige denn miteinander zu schlafen …«

»Hatten Sie und Tamara Kalinoff sexuellen Kontakt miteinander?«, fragte Pia. Als sie Sven Waskamps gequälten Gesichtsausdruck sah, fühlte sie sich unwohl. Normalerweise war sie vom Sinn und Zweck ihres Tuns überzeugt. Es machte ihr nichts aus, die Leute nach den erfreulichen und weniger erfreulichen Details ihres Lebens zu befragen, wenn damit die Chance bestand, ein Verbrechen aufzuklären. Doch dieses Mal hatte sie sich etliche Meter vom Kern ihrer Ermittlungen entfernt. Gut möglich, dass sie Waskamp völlig umsonst auf die Pelle rückte.

»Ich war jedenfalls nicht der Vater des Kindes, mit dem sie schwanger war, als sie starb«, sagte er fest.

»Wieso sind Sie sich da sicher?«

»Sie können das alles in den alten Polizeiakten nachlesen, wenn es Sie interessiert. Um es kurz zu machen: Wir hatten nur ein einziges Mal Verkehr, und da habe ich ein Kondom benutzt. Ich kann sie also nicht geschwängert haben. Das war jemand anders.«

»Und wer kam Ihrer Meinung nach als Kindsvater in Betracht?«

»Keine Ahnung. Wenn man den Hintergrund des Mädchens berücksichtigt, kann es wohl jeder gewesen sein.«

»Was meinen Sie damit?«

»Schlechtes Blut«, sagte er gleichgültig.

Pia bereute, dass er ihr eben leidgetan hatte. Sie runzelte die Stirn, versuchte, sich auf die Fragen zu konzentrieren. »Wer wusste von Ihrer Beziehung zu Tamara Kalinoff?«

»Ich hab es nicht herumerzählt. Unser Verhältnis wäre weder von der Heimleitung noch von meiner Familie toleriert worden.«

»Wieso kam es trotzdem heraus?«

»Ihre Freundinnen«, sagte er düster. »Da waren drei Mädchen, mit denen sie immer zusammensteckte. Vermutlich hat sie damit angegeben, und als sie tot war, haben ihre Freundinnen es brühwarm der Polizei erzählt. Es hat nur ein paar Stunden gedauert, bis die Kripo nach Tamaras Tod bei mir vor der Tür stand.«

»Wie hießen Tamaras Freundinnen?«

»Das weiß ich nicht mehr. Das ist zwanzig Jahre her!«

»Nicht ganz«, korrigierte Pia.

»Na gut, dann eben etwas weniger. Katja Simon war wohl eine der Freundinnen, nicht wahr? Ansonsten wären Sie nicht hier.«

»Wie meinen Sie das?«

»Sie sagten doch … Sind Sie nicht wegen des Mordes auf dem Priwall …« Er stockte.

»Ich ermittle in dem Mordfall Timo Feldheim. Den Namen Katja Simon hatte ich nicht erwähnt. Kennen Sie sie?«

Einen Moment schien er nicht zu wissen, was er antworten sollte. Dann sagte er fast trotzig: »Ich kenne sie. Wir sind uns neulich bei einer beruflichen Veranstaltung über den Weg gelaufen. Ich war nicht sehr erfreut, als sie mich auf die alten Zeiten angesprochen hat, aber was soll man machen? Die Welt ist klein.«

Das klang verdächtig beiläufig, die Anmerkung platt.

»Wie ist Ihr Verhältnis zu Katja Simon?«

Seine graugrünen Augen fixierten sie einen Moment. Dann sagte er: »Wenn wir uns begegnen, wechseln wir ein paar Worte, aber ansonsten gibt es wenig Berührungspunkte.«

Es klang arrogant, und das war wohl auch seine Absicht, dachte Pia. »Kennen Sie Solveigh Pahl?«

»Nein.«

»Janet Domhoff?«

»Sind das die Freundinnen, nach denen Sie mich gefragt haben? Der letzte Name sagt mir was, aber aus einem anderen Zusammenhang heraus. Ist die nicht Sängerin oder so?«

»Schauspielerin«, sagte Pia. »Wissen Sie sonst noch etwas über sie?«

»Ich interessiere mich nicht für Klatsch und Tratsch.«

»Janet Domhoff ist ebenfalls tot.«

Sven Waskamp schüttelte ratlos den Kopf. »Sie war doch höchstens Mitte dreißig – jedenfalls jünger als ich. Aber Sie verschwenden Ihre Zeit, Frau Korittki. Was dieser Schauspielerin zugestoßen ist, interessiert mich nicht. Und Tamara hat Selbstmord begangen! Die Polizei hatte das damals zweifelsfrei festgestellt. Sie war eine labile Persönlichkeit und hatte auch eine entsprechende familiäre Vorgeschichte, soweit ich weiß.«

»Trotzdem hat man Sie damals ziemlich unter Druck gesetzt, nicht wahr?«

»Nur anfangs … Ich hatte nichts damit zu tun.«

Ich war es nicht, ich kann nichts dafür, ich bin unschuldig, hörte Pia in ihrem Kopf das Echo unzähliger Entschuldigungen, die ihr im Laufe ihrer Polizeiarbeit aufgetischt worden waren. »Die Methoden der DNA-Analyse waren Ende der Achtziger noch nicht ausgereift genug, um den Vater des ungeborenen Kindes sicher bestimmen zu können, oder?«, fragte Pia.

»Nein. Ich wünschte, ich hätte meine Unschuld beweisen können«, antwortete Waskamp bitter.

Auf dem Weg zurück nach Lübeck sann Pia über Sven Waskamps Gesichtsausdruck nach, mit dem er sie verabschiedet hatte. Eine mühsam beherrschte Erregung – ob aus Erleichterung oder Panik, war schwer zu beurteilen.

16. Kapitel

Am nächsten Morgen fuhr Pia nach der Dienstbesprechung in die Landeshauptstadt, wo sie einen Termin in der Bezirkskriminalinspektion Kiel vereinbart hatte. Sie benötigten nähere Informationen über den Selbstmord von Tamara Kalinoff. Nach der Begrüßung durch eine Kieler Kollegin erfuhr Pia zu ihrer Enttäuschung, dass niemand mehr im Haus arbeitete, der an den Ermittlungen zu Tamara Kalinoffs Tod beteiligt gewesen war.

Auf ihren Wunsch hin fand sie sich eine halbe Stunde und eine Tasse Kaffee später mit der Akte Kalinoff in einem Raum am Ende des Flures wieder. Die Bezirkskriminalinspektion Kiel war in einem Altbau in der Blumenstraße untergebracht. Das Erziehungsheim, in dem sich der Todesfall ereignet hatte, gehörte zum Kreis Plön, und somit waren Ermittler aus Kiel für den Fall Kalinoff zuständig gewesen. Dass sie jetzt an dieser Sache noch mal dran war, lag nur daran, dass der Mord an Timo Feldheim sie hierhergeführt hatte. Es galt das Tatortprinzip, und der Mord auf dem Priwall war im Bereich der BKI Lübeck geschehen.

Durch die hohen Altbau-Fenster sah Pia über den gegenüberliegenden Häusern ein kleines Stück blauen Himmels. Das November-Hoch hielt noch ein wenig an. Sie schlug die dicke Akte auf und versuchte, sich einen Überblick zu verschaffen.

Als Erstes nahm sie den Leichen- und Ermittlungsbericht zur Hand. Es war ein verblasster, einzeilig geschriebener Text, noch mit einer Schreibmaschine getippt und etliche Male mit Tipp-Ex korrigiert und überschrieben.

Allgemeines

Heute, am 17. Februar um 9.55 Uhr, wurde mir von der Polizeistation Kargau fernmündlich mitgeteilt, dass in der Schwimmhalle des Landeserziehungsheims in Kargau ein jugendliches Mädchen tot im Wasser liegend aufgefunden wurde. Beamte der Funkstreife erwarteten die Kriminalpolizei vor Ort. Die anwesenden Polizeibeamten aus Kargau berichteten mir, fernmündlich von einer Erzieherin des Heims, Gertrud Winsen, über den Leichenfund informiert worden zu sein. Ein Rettungswagen war ebenfalls verständigt worden und war noch vor Ort, als wir eintrafen. Der Notarzt hatte nur noch den Tod des Mädchens feststellen können. Aufgefunden hat die Leiche eine sechzehnjährige Heimschülerin namens Solveigh Pahl, die mit ihrer Gruppe zum Frühschwimmen erschienen war. Die Schülerin war als Erste am Rand des Schwimmbeckens gewesen und hatte die Tote am Boden des tiefen Beckens entdeckt. Die Erzieherin und andere Schülerinnen waren dann durch die Schreie von Solveigh Pahl auf die Tote aufmerksam geworden.

Solveigh Pahl, heute Solveigh Halby, die Bibliothekarin und Freundin von Katja Simon. Wie in einem Theaterstück mit einem zu kleinen Ensemble, dachte Pia und las weiter.

Fundort

Die Schwimmhalle befindet sich auf dem Gelände des staatlichen Landeserziehungsheims für schwer erziehbare Mädchen in Kargau. Die Halle liegt in Alleinlage im Wald und ist nur über einen Fußweg und einen schmalen Fahrweg, der von der Uhlenburger Allee abgeht, zugänglich. Vor dem Gebäude befanden sich bei Ankunft der Kriminalpolizei eine Gruppe von Heimschülerinnen (21 Personen, aufgeführt in Anlage 1) sowie die Erzieherin Gertrud Winsen, die mit einem in der Halle befindlichen Telefon die örtliche Polizeidienststelle verständigt hatte. Der Direktor des Heims und eine weitere Erzieherin waren bei Ankunft der Kriminalpolizei ebenfalls anwesend. Die Türschlösser der Schwimmhalle waren nach Angaben von Gertrud Winsen bei ihrer Ankunft am Morgen unversehrt. Sie hatte den Mädchen geöffnet und war dann noch mal in die Verwaltung gegangen, um eine Anwesenheitsliste zu holen.

Um zum Schwimmbecken zu gelangen, durchquert man einen Vorraum und geht einen Gang entlang, von wo durch verschiedene Umkleidekabinen ein weiterer Gang erreicht wird (Barfußgang), der durch die Duschen zum Schwimmbecken führt. Das Schwimmbecken ist der eigentliche Fundort der Leiche.

Die Leiche

wurde im tiefen Wasser, nah am Rand der kurzen Seite des Schwimmbeckens, wo sich die Startblöcke befinden, aufgefunden. Laut Beschreibung der Erzieherin und des Rettungsteams war die Leiche des Mädchens mehrfach von einem Seil umwickelt gewesen, welches um Hals und Brust geschlungen und mit einem Achterknoten befestigt war. Das Seilende war an einen Metallkorb geknotet gewesen, der sich neben der Toten im Wasser befunden hatte. Der Metallkorb wird laut Winsen sonst zur Aufbewahrung von Schwimmwesten und Tauchringen benutzt und befindet sich normalerweise am Beckenrand in der Nichtschwimmerzone. Der Metallkorb hatte den Körper am Auftreiben gehindert.

Bei unserem Eintreffen liegt die Leiche am Beckenrand auf den Fliesen. Der Notarzt hatte nach Bergung des Körpers festgestellt, dass eine Wiederbelebung zwecklos sei, da das Mädchen seit mehreren Stunden tot sein musste. Zur Bergung der Leiche war das Seil von dem Metallkorb im Wasser mit einem Messer durchtrennt worden. Der Metallkorb befindet sich noch am Beckengrund.

Die Augen der Toten sind geöffnet, der Mund steht offen.
Sie ist mit einem für die Jahreszeit zu leichten, hellen Sommerkleid bekleidet. Unterleib, Beine und Füße der Leiche sind unbekleidet. Das Kleid weist vom Wasser stark ausgewaschene Flecken auf; dem Augenschein nach handelt es sich um Blut. Äußere Verletzungen, insbesondere solche, die auf Gewalteinwirkung schließen lassen, die zum Tod des Mädchens hätten führen können, werden bei der ersten, äußeren Leichenschau nicht gefunden.

Ermittlungen

Bei der Durchsuchung der Schwimmhalle finden sich in der hintersten Umkleidekabine, die laut Erziehern und dem Direktor des Heims nur sehr selten genutzt wird, da es sich um eine Herren-Einzelumkleidekabine handelt, auf einem Plastiksitz liegend, ein dunkelblauer Wintermantel und auf dem Fußboden ein Paar dunkelblaue Halbschuhe sowie eine geblümte Baumwollunterhose mit Blutflecken. Den Auszeichnungsetiketten nach handelt es sich dabei um Kleidungsstücke der Toten. In den Taschen des Wintermantels befinden sich eine getragene, beige Nylonstrumpfhose der Größe 40 bis 42 sowie ein einzelner Schlüssel mit Ring, der zur Halleneingangstür des Schwimmbades passt. Die Herkunft des Schlüssels konnte nicht eindeutig geklärt werden, da im Heim kein Schlüssel vermisst wird. Es scheint sich um einen nachträglich angefertigten Schlüssel zu handeln. Im Fußbodenbereich der Umkleidekabine ist ein eingetrockneter dunkelroter Fleck, dem Augenschein nach Blut, von ca. einem halben Quadratmeter Ausmaß zu sehen. Ferner liegen am Boden der Umkleidekabine ein aufgebogener Kleiderbügel aus Draht, wie man ihn in Reinigungen erhält, an dem sich ebenfalls dunkle Flecken, wahrscheinlich Blutspuren, befinden und ein ebenso verschmutztes Baumwoll-Geschirrtuch, das angeblich nicht zum Inventar des Erziehungsheims gehört.

Pia schob den Bericht ein Stück von sich weg. Ohne es recht zu merken, legte sie eine Hand auf ihren leicht gewölbten Bauch. Marianne Fierck hatte ihr ja schon gesagt, was passiert war: eine versuchte Abtreibung im fünften Schwangerschaftsmonat. Da war der Fötus schon achtzehn Zentimeter groß und wog fünfhundert Gramm. Mit einem Drahtbügel ...

Ihre allgegenwärtige Übelkeit verstärkte sich, und kurz befürchtete sie, den Papierkorb zu Hilfe nehmen zu müssen. Pia atmete tief ein und aus, löste leicht befremdet die Hand von ihrem Bauch und las weiter.

Die Untersuchung des Schwimmbades und die Befragung der Heimschülerinnen und Erzieherinnen ergaben keinerlei Hinweise darauf, dass sich zur Tatzeit außer Tamara Kalinoff noch eine oder mehrere andere Personen im Schwimmbad aufgehalten haben. Laut Aussagen der Mädchen in ihrer Wohngruppe hatte sich Tamara Kalinoff am Vortag nach dem Zubettgehen um 22 Uhr ohne Erlaubnis der Gruppenleiterin aus ihrem Schlafraum entfernt, um eine Verabredung außerhalb des Heimgeländes wahrzunehmen, wie sie ihrer Zimmergenossin Janet Domhoff erzählt hatte. Wo oder mit wem sie verabredet war, weiß Janet Domhoff nicht. Das Verlassen des Heimgeländes nach der offiziellen Nachtruhe scheint jedoch nicht zum ersten Mal von Tamara Kalinoff so praktiziert worden zu sein. Als das Mädchen am nächsten Morgen nicht in ihrem Bett lag, verständigte Janet Domhoff zunächst eine weitere Heimschülerin, Katja Simon, und die beiden Mädchen machten sich innerhalb des Heimgeländes auf die Suche nach Tamara, jedoch ohne Erfolg.

Erst Solveigh Pahl hatte sie im Becken gefunden – tot. Der Stärke der Akte nach zu urteilen, war die kriminalpolizeiliche Untersuchung trotz des augenscheinlichen Verdachtes auf Selbstmord mit großer Gründlichkeit betrieben worden. Hatten die Ermittler Zweifel am Tatbestand des Suizids gehabt? Pia versuchte, aus den diversen Vernehmungsprotokollen, Tatortfotos, Spurenanalysen und dem Obduktionsbericht etwas in dieser Richtung herauszulesen. Besonders dem Protokoll der Vernehmung von Sven Waskamp widmete sie einige Aufmerksamkeit, aber sie konnte keinen Punkt finden, an dem ihr ein Nachhaken sinnvoll erschienen wäre. Sven Waskamp war 1989 wohl durchaus als tatverdächtig eingestuft worden, wäre er nicht just in der Nacht, als Tamara zu Tode gekommen war, mit seiner Tante Eveline Gregorian zu einem Verwandtenbesuch in Husum gewesen, von wo sie erst nachts um ein Uhr zurückgekehrt waren. Eveline und Martin Gregorian bezeugten, dass ihr Neffe das Haus nicht noch einmal verlassen hatte, weil sie nach ihrer Ankunft noch einige Zeit im Wohnzimmer gesessen und sich unterhalten hatten, während Sven Waskamp hoch in sein Zimmer gegangen war. Gut – vielleicht hätte er das Haus trotzdem heimlich verlassen können –, das Alibi war schwach, aber es war nicht wahrscheinlich, dass er etwas mit dem Tod Tamaras zu tun hatte. Denn wo sollte das Mädchen in der Zwischenzeit gewesen sein? Sie hatte um zehn ihren Schlafraum im Heim verlassen, um sich mit jemandem zu treffen. Mit wem? Wo sie zwischen kurz nach zweiundzwanzig Uhr und ihrem Tod gewesen war und mit wem sie sich getroffen hatte, hatten die Ermittler nicht herausfinden können. Sicher war: Spätestens gegen ein Uhr, laut Obduktionsbericht aber eher etwas früher, war Tamara Kalinoff tot gewesen. Im Schwimmbecken ertrunken, mit einem Seil um Hals und Körper gewickelt, das sie am Beckengrund festgehalten hatte. Die Berichte schlossen mit der Vermutung, dass Tamara den Schlüssel zur Schwimmhalle im Verwaltungstrakt bei einer günstigen Gelegenheit an sich genommen hatte, sich einen Zweitschlüssel hatte anfertigen lassen und dann an dem Abend ihres Todes allein in die Schwimmhalle gegangen war, um heimlich ihr Kind abzutreiben. Als das misslang – laut Obduktionsbericht hatte sie mit dem Draht ihre Gebärmutter perforiert, aber den Fötus nicht abtreiben können – hatte sie zunehmend stärkere Schmerzen sowie eine heftige Blutung bekommen. Während bei einer normalen Geburt die Hormone dafür sorgten, dass sich die Gefäße in der Gebärmutter zusammenzogen, war das bei einer Abtreibung nicht der Fall, und es führte bei Tamara Kalinoff zu schweren Blutverlusten. Des Weiteren bekam sie nach dem misslungenen Eingriff wahrscheinlich Schocksymptome wie Schwindel, Frieren, Muskelzittern bis hin zur Ohnmacht ... Hatte sie da beschlossen, ihrem Leben ein Ende zu setzen, indem sie sich selbst ertränkte? Möglich zumindest war es.

Interessant war, dass die Blutgruppen des Fötus und Sven Waskamps insofern übereinstimmten, als er als Vater ihres ungeborenen Kindes in Betracht kam. Mit ihm allerdings, statistisch betrachtet, auch Millionen anderer Männer, dachte Pia zynisch. Eine moderne DNA-Untersuchung, wie sie heute beinahe gang und gäbe war, war noch nicht möglich gewesen. Man hatte allerdings, und das war interessant, Gewebeproben des Fötus asserviert, in der Annahme, dass eine Untersuchung zu einem späteren Zeitpunkt vielleicht erwünscht wäre. War das in einem Stadium der Ermittlungen geschehen, als man noch nicht von Suizid, sondern eher von Mord ausgegangen war?

Katja wusste, dass man von ihr erwartete, am offenen Grab auszuharren, bis alle an ihr vorbeigekommen wären und ihr kondoliert hätten. Doch das war mehr, als sie zu ertragen bereit war. Besonders dem Kriminalbeamten, diesem Maiwald, hätte sie am liebsten in seine scheinheilige Visage geschlagen. Sie hatte gehofft, die Trauerfeier wäre eine Gelegenheit, einen Schlusspunkt zu setzen und Abschied von Timo zu nehmen, doch es war wie ein Theaterspiel.

Nach der Beisetzung trafen sich alle im Restaurant »Strandblick«. Timos Bruder Michael hatte es nicht vorgeschlagen, sondern ihr geradezu aufgezwungen. Viele Trauergäste würden von weit her anreisen, da konnte man sie doch nicht einfach so wieder nach Hause schicken, hatte er ihr erklärt wie einem unterbelichteten Kind. Na ja, bestimmt ein Berufsschaden von ihm. Ihre Schwägerin Chrissie hatte Katja seit der Hochzeit nicht mehr gesehen. Dick war sie geworden. Und noch selbstzufriedener ... Sie war nicht mit in die Kapelle gekommen, sondern hatte draußen ihre drei kleinen Kinder beaufsichtigt. Am schlimmsten war, dass auch Katjas Sohn Alexander darauf bestanden hatte, an Timos Trauerfeier teilzunehmen. Er hatte in der Kapelle am heftigsten geweint, zusammen mit Solveigh, deren laute Schluchzer die Anwesenden bestimmt zu der Annahme verleitet hatten, *sie* sei Timos Witwe. Ein Graus, das Ganze. Sie, Katja, würde von dem sorgfältig ausgewählten Essen sowieso keinen Bissen herunterbringen.

Aus dem Augenwinkel sah sie, wie der Kriminalbeamte mit einem Glas in der Hand auf sie zukam. Insgesamt hatte sich die angespannte Stimmung spürbar gelöst, seit sie das Restaurant betreten hatten. Katja sah, wie sich die eben noch todernste Gesellschaft zu plaudernden Grüppchen zusammenfügte. Es würde nicht lange dauern, bis erste Witze gerissen wurden.

»Das wäre überstanden«, sagte Maiwald mit einem forschenden Blick in ihr gefasstes, von Tränenspuren unbehelligtes Gesicht. »Ich mag Trauerfeiern nicht. Zu viele aufgesetzte Gefühle. Sie doch auch nicht, oder?« Das war immerhin hellsichtig von ihm, wenn auch nicht gerade taktvoll.

»Wem wollen Sie hier unterstellen, seine Trauer sei nur aufgesetzt?«, fragte Katja mit einem Blick in die Runde.

»Niemandem. Aber Trauer ist doch etwas sehr Privates; das kann man nicht durch eine formelhafte Zeremonie abarbeiten.«

»Eine erfrischende Ansicht. Aber da ich das alles bezahle …«, sie sah ihn missbilligend an, »erwarte ich auch ein wenig zeremonielles Benehmen.«

»Nichts für ungut, Frau Simon. Ich bin beruflich hier. Ist Ihnen vorhin irgendetwas aufgefallen?«

»Die Rede war belanglos und hatte nichts mit Timo zu tun.«

»Ich meinte, ob jemand auf dem Friedhof oder in der Kapelle war, der dort Ihrer Meinung nach nichts zu suchen hatte?«

»Nein. Bis auf die Kirchenlerchen natürlich.«

»Kirchenlerchen?«

»Die Damen und Herren, die gern zu jeder Trauerfeier kommen und als Einzige die Texte der Lieder kennen. Manchmal haben sie hinterher auch Hunger oder Durst …«

»Ich meinte ungewöhnliche Leute.«

»Verdächtige?« Sie lächelte schwach. Ihre Schwägerin sah neugierig zu ihr herüber. War es ihr als Witwe nicht erlaubt, mit einem ihr unbekannten Mann so lange zu reden?

»Ihr Spott ist fehl am Platz, Frau Simon.«

»Ach ja? Wo haben Sie eigentlich Ihre nette Kollegin gelassen?«

»Die ist verhindert«, versetzte er und trat den Rückzug an.

»War das etwa ein Polizist?«, fragte Chrissie, die sich an sie herangeschlichen hatte.

»Nein. Mein Liebhaber.«

»Was?« Chrissie starrte sie empört an, doch dann huschte ein Grinsen über ihr Gesicht, und sie drohte Katja spielerisch mit dem Finger. »Fast hättest du es geschafft, Katja. Micha hat mich ja gewarnt ...«

»Wie bitte?«

»Ach, du weißt doch, wie er ist ...«

»Nein.«

»Er weiß alles besser. Typisch Mann«, buhlte sie um Katjas Zustimmung.

»Und was glaubt er, über mich zu wissen?«

Katja sah, wie sie zwischen ihrem Wunsch nach Diskretion und dem Verlangen schwankte, etwas Bedeutendes preiszugeben. »Er glaubt, eure Ehe war nicht besonders gut. Aber das hat natürlich nichts damit zu tun, dass jemand denken könnte, dass du nicht furchtbar traurig bist ...«

»Wie kommt dein Mann auf so etwas?«

»Stimmt es nicht?«

»Nein.« Kurz fragte sich Katja, ob Timo a) etwas von Sven gewusst hatte und b) sich ausgerechnet seinem Bruder anvertraut haben könnte.

»Dann ist es ja gut. Er meinte nur ... Na ja, nach allem, was du durchgemacht hast, wäre es nur natürlich, wenn du vielleicht Bindungsängste gehabt hättest.«

»Bindungsängste?«

»Du darfst da nichts drauf geben«, sagte Chrissie und legte eine weiche kleine Hand auf Katjas Oberarm. Ihre Augen brannten vor Neugierde. Dann sah sie beunruhigt zu ihrem Mann, der gerade von Maiwald befragt wurde.

»Entschuldige mich«, meinte Katja und riss sich los. Sie stolperte in Richtung Garderobe und suchte einen Winkel, wo sie niemanden mehr sehen musste. *Nach allem, was du durchgemacht hast* ... Was hatte Timo über sie erzählt? Das war *ihr* Leben und ging niemanden etwas an! Sie wollte nicht weiter darüber nachdenken. Nicht so wütend werden, dass ihr vielleicht noch vor Wut die Tränen kamen. Vor allem sollte ihr Sohn sie nicht so aufgelöst sehen. Sie musste sich beruhigen.

Katja zog ihr Telefon hervor und wählte Svens Nummer.

Er meldete sich nach dem zweiten Klingeln. »Hey, Katja. Ich habe gerade an dich gedacht. Alles überstanden?« Er schien ihr nichts nachzutragen. Was immer er an ihr mochte, was immer er in ihr sah, es war noch da.

»Es tut gut, dich zu hören, Sven«, sagte sie. »Lenk mich bitte einen Moment ab.«

Da ging die Tür auf, und Solveigh trat in den Garderobenraum. Sie schaute Katja ins Gesicht, dann sah sie das Telefon in ihrer Hand, und sie drehte sich auf dem Absatz um und ging hinaus.

Nach dem Mittag fuhr Pia auf direktem Weg die B 202 hinunter in Richtung Kargau. Sie wollte sich mit dem Verfasser des Zeitungsberichtes unterhalten, der über Janet Domhoff, ihren tödlichen Autounfall und ihre Lebensgefährtin, die Geigerin, berichtet hatte. Den Namen und die Adresse des Journalisten hatte man ihr in der Zeitungsredaktion bereitwillig mitgeteilt. *BvO* stand für Bernd von Ohlen, und seine Adresse verriet Pia, dass auch von Ohlen im Dunstkreis der Uhlenburg lebte.

Die von Ohlens wohnten in einem gelben Holzhaus im schwedischen Stil. Auf der Veranda türmten sich Kinderspielzeug, kleine Fahrräder, Cityroller und ein paar gelbe Säcke für die nächste Abholung. Auf ihr Klingeln hin öffnete ein schmaler Mann mit beginnender Glatze. Er war schätzungsweise Anfang vierzig und strahlte eine ungesunde Energie aus, als würde in seinem Inneren ein Motor auf zu hoher Betriebstemperatur brennen. Nachdem Pia ihr Anliegen erklärt hatte, führte er sie in eine dunkle Wohnküche.

»Die Kinder sind noch nicht da, noch haben wir hier Ruhe«, sagte er und schob Malblöcke, Spielzeugautos und benutzte Kakaobecher zur Seite, bevor er Pia einen Platz auf der Eckbank anbot. Einen Kaffee lehnte Pia ab. Der Verzicht auf zu viel Koffein fiel ihr schwer, aber die medizinischen Berichte, die sie gerade gelesen hatte, hatten ihr zumindest für heute den Appetit verdorben.

»Am Telefon sagten Sie, Sie hätten ein paar Fragen wegen meines Artikels über die Konzerte von Maria Barlou«, sagte er. »Warum interessiert sich die Polizei dafür?«

Das war nur die halbe Wahrheit, damit du dir nicht zu viel zurechtlegen kannst, dachte Pia. Sie setzte ihn kurz über die Ermittlung im Mordfall Feldheim ins Bild. »Während der polizeilichen Untersuchungen hat sich eine Verbindung zum ehemaligen Landeserziehungsheim in Kargau und zu Janet Domhoff ergeben. Kannten Sie Janet Domhoff oder andere Mädchen, die zu dieser Zeit im Heim gelebt haben?«

»Nein. Ich habe eben noch ein wenig recherchiert. Zu der Zeit, als die besagten Mädchen hier lebten, war ich bei der Bundeswehr. Außerdem hatte ich, wie die meisten im Ort, nie viel mit den Heimkindern zu tun. Die Uhlenburg war eine Welt für sich. Man hat zwar ab und zu Mädchen von dort oben im Ort getroffen, aber im Grunde …«, er zuckte mit den Schultern, »waren da wenig Berührungspunkte.«

»Nur der Vollständigkeit halber: Kennen Sie Katja Simon oder Solveigh Pahl?«

»Nein, nie von ihnen gehört.«

»Aber Tamara Kalinoff?«

»War das die, die sich im Schwimmbad ertränkt hat?«

»Genau die.« Mit Leugnen wäre er auch nicht durchgekommen. Einem Journalisten musste so ein Vorkommnis im Gedächtnis bleiben.

»Ich hab sie nie persönlich kennengelernt.«

»Aber Sie wussten, dass Janet Domhoff eine enge Freundin des Mädchens war, die ums Leben gekommen ist?«

»Äh … nein.«

»Nicht gut recherchiert?«

»Hören Sie! Das ist doch alles kalter Kaffee. Aber nun weiß ich auch, warum mich mein Chefredakteur auf diesen Artikel angesprochen hat. Angeblich, weil es mal wieder dem Image der Uhlenburg geschadet hat. So ein Quatsch, als würde das mögliche Investoren abschrecken! Wenn Janet Domhoff und das tote Mädchen etwas miteinander zu tun hatten, dann war Sven Waskamp derjenige, dem der Artikel nicht gefallen hat.«

»Kennen Sie ihn?«

Er spielte gedankenverloren mit einem kleinen Spielzeugauto. »Ich bin mit seiner Schwester Julia verheiratet. Sven ist mein Schwager.«

»Also kennen Sie ihn gut«, sagte Pia.

Von Ohlen verzog das Gesicht. »Wissen Sie, Sven Waskamp zieht immer wieder dieselbe Art von Problemen an. Mit Frauen … Er kann sich nicht festlegen. Wird ihn bei seiner politischen Karriere irgendwann den Kopf kosten.«

Tatsächlich?, dachte Pia. Drehten sich die Uhren in den Köpfen der Leute wirklich zurück, wenn die Zeiten schlechter wurden? »Weshalb haben Sie über den Autounfall von Janet Domhoff berichtet?«

»Das gab meinem Artikel Lokalkolorit.«

»War das notwendig? Für die Ankündigung eines Konzertes?«

»Ich hatte herausgefunden, dass die Lebensgefährtin der Geigerin eine deutsche Schauspielerin war. Und dann dieser Zufall: dass sie in ihrer Jugend hier im Heim gelebt hat und vor

Kurzem bei einem Autounfall ums Leben gekommen ist. Prominent und aus Kargau. Perfekt.«

»So wie bei Tamara Kalinoff und Sven Waskamp: Liebe und Tod. Klassischer Stoff sozusagen.«

»Ja. Was meinen Sie, was damals über ihn geredet wurde! Da konnte er einem fast leidtun. Nach dem Tod des Mädchens hat sich Sven eine Zeit lang zurückgezogen. Sein Onkel hatte ein Wochenendhaus irgendwo am Kargauer See.«

»Er konnte einem *fast* leidtun?«

»Sven war an der ganzen Situation ja wohl nicht ganz unschuldig. Ich sollte das vielleicht nicht so sagen, aber ich halte meinen Schwager für einen extrem rücksichtslosen Menschen. Meine Frau ist da allerdings anderer Meinung als ich.«

Pia stellte sich Sven Waskamp in jungen Jahren vor. In einem einsamen Wochenendhaus, wo er ausharrte, bis Gras über den Selbstmord seiner schwangeren Freundin gewachsen war. Was mochte er in dieser Zeit gedacht haben? Eines Tages werde ich es euch allen zeigen? Ich werde bekannt sein und am längeren Hebel sitzen – als Politiker?

17. Kapitel

Die Frau mit dem langen dunklen Haar war von Fans umringt. Sie war eine Schönheit und umgeben von einer Art Aura, wie sie nur Menschen besitzen, die genau wissen, wer sie sind und was sie können. Pia, die, etwas entfernt an einen Pfeiler gelehnt, in der Lobby des »Radisson SAS Senator Hotels« stand, beobachtete die Szene. Maria Barlou war gerade erst in Lübeck eingetroffen. Ihr Gepäck stand vor der Rezeption. Der Geigenkasten mit der angeblich einhundertzwanzigtausend Euro teuren Geige der Künstlerin, die sie als Handgepäck mit sich führte, wurde von einem Mann im grauen Anzug und blonden Locken, die ihm bis auf die breiten Schultern fielen, bewacht. Pia hatte gelesen, dass es sich bei der Geige um eine Jean Baptiste Vuillaume handelte, Baujahr 1865. Um sich die Wartezeit zu verkürzen, spekulierte sie darüber, woher Musiker wohl das Geld für so teure Instrumente nahmen?

Maria Barlous Agent versuchte, die Fans in Zaum zu halten, die um Autogramme baten oder mit der Musikerin fotografiert werden wollten. Mit ihm hatte Pia auch telefoniert und den Termin für ein Gespräch mit der Künstlerin vereinbart. Maria Barlou würde heute Abend ein Konzert in der Lübecker Musik- und Kongresshalle geben, das augenscheinlich schon sehnsüchtig erwartet wurde. Der Agent hatte den Gesprächstermin nur mit Mühe in den Terminkalender der Künstlerin quetschen können und Pia gewarnt, dass sie sich auf eine gewisse Wartezeit würde einstellen müssen. Anfänglich hatte sie ungeduldig reagiert. Nun war sie froh, sich nicht mit den stürmischen Fans auseinandersetzen zu müssen. Es war einfacher, einen Moment abzuwarten.

Als sie eine Viertelstunde später mit Maria Barlou in einem kleinen Besprechungsraum des Hotels saß, sah die Künstlerin erschöpft aus. Sie trank ein Glas Wasser und benötigte offensichtlich einen Moment, um sich zu sammeln. Pia beobachtete sie. Neben der Frau kam sie sich plump und reizlos vor.

»Sie wollen mich wegen Janet sprechen?«, fragte Maria Barlou in fast akzentfreiem Deutsch.

»Genau, Janet Domhoff. Sie haben mit ihr zusammengelebt?«

»Ja. Wir waren sieben Jahren zusammen. Bis zu ihrem Tod im September.«

»Es tut mir leid, dass sie tot ist. Wo haben Sie und Janet Domhoff sich kennengelernt?«

»Ich habe ein paar Semester an der Lübecker Musikhochschule studiert. Danach war ich in Hamburg, um als Coach an einem Fernsehspiel mitzuwirken und auch die Musik dafür einzuspielen. Janet hatte eine Rolle als Tochter eines Fabrikanten, die Geige spielt, und ich musste ihr zeigen, wie sie das Instrument hält und den Bogen führt, damit es später im Film realistisch aussieht.«

»Sie waren also Janet Domhoffs Coach?«

»Ja. Es hat sofort zwischen uns gefunkt. Wir haben eine Weile zusammen in Hamburg gelebt, und später ist sie mit mir nach Griechenland gekommen. Zunächst haben wir in Athen gewohnt und uns dann ein Haus auf Korfu gekauft. Dorthin haben wir uns zwischen unseren Arbeitsterminen immer wieder zurückgezogen. Janet hatte wenig private Verbindungen nach Deutschland. Aber wieso interessiert sich die deutsche Polizei überhaupt für sie?«

»Es geht um einen Mord. Ein Mann wurde während einer

Sportveranstaltung an der Ostseeküste erschossen. Sein Name war Timo Feldheim, und seine Witwe heißt Katja Simon.«

Maria Barlou sah verwirrt aus. »Was hat das mit Janet und mir zu tun?«

»Wir wissen es noch nicht. Aber die Witwe des Ermordeten, Katja Simon, war eine Freundin von Janet. Die beiden waren zur selben Zeit in einem Landeserziehungsheim in Kargau. Ich habe herausgefunden, dass es damals eine Gruppe Heimschülerinnen gab, die eng miteinander befreundet waren: Janet, Katja Simon, Tamara Kalinoff und Solveigh Pahl.«

»Janet war eine Zeit lang in dem Heim, das stimmt. Sie hat diese Freundinnen mal erwähnt, doch sie hatte keinen Kontakt mehr zu ihnen.«

»Hat sie Ihnen auch etwas über einen Todesfall im Heim erzählt? Den Selbstmord von Tamara Kalinoff?«

»Ich erinnere mich, dass sie gesagt hat, eines der Mädchen habe sich umgebracht, aber ich hatte den Eindruck, dass Janet nicht darüber reden wollte.« Maria Barlou neigte den Kopf, sodass ihr das Haar ins Gesicht fiel. Sie spielte mit einer Kette, die sie um den Hals trug.

»Hat sie etwas von den anderen erzählt? Katja oder Solveigh?«

»Manchmal. Es muss mal eine Unstimmigkeit oder einen Streit zwischen ihnen gegeben haben. Ich habe gemerkt, dass Janet das bedauert hat, doch ich habe nicht nachgefragt.«

»Was wissen Sie noch aus dieser Zeit?«

»Ich vermutete, dass Janet enttäuscht darüber war, dass ihre Freundin, die, die sich nachher umgebracht hat, sich ihr nicht anvertraut hatte. Das Mädchen war schwanger gewesen, aber sie hatte es niemandem erzählt. Ihr Tod erscheint einem grausam und unnötig. Ein Vertrauensbruch. Und dann hat Janet noch etwas gesagt, das ich nicht verstanden habe.«

»Ja?«

»Der Tod dieses Mädchens sei auch eine Chance für sie gewesen.«

»Haben Sie eine Vermutung, was sie damit gemeint haben könnte?«

»Der Selbstmord hat Janet wohl irgendwie die Augen geöffnet. Die Konfrontation mit dem Tod kann uns wichtige Erkenntnisse über uns selbst geben, sagt man doch?« Sie lächelte traurig und drehte an einem Ring an ihrer rechten Hand.

Pia zögerte. »Janet ist bei einem Autounfall auf Korfu ums Leben gekommen, nicht wahr? Können Sie mir sagen, was genau passiert ist?«

»Unser Haus auf Korfu liegt in Sokraki, einem kleinen Dorf in den Bergen. Als wir es kauften, war es völlig heruntergekommen, aber mit einem tollen Blick über die bewaldeten Hänge bis zum Meer. Korfu ist eine sehr grüne Insel, ganz anders als das Festland Griechenlands. Wir haben uns sofort in das Haus verliebt und es nach und nach wieder hergerichtet. Im September waren wir auch dort. Freunde in Ano Korakiana, das ist ein Ort unterhalb von Sokraki, hatten uns abends zum Essen zu sich eingeladen. Ich war krank und konnte nicht mitkommen. Nach einigem Hin und Her fuhr Janet ohne mich los. Sie war spät dran, weil sie mich eigentlich nicht allein lassen wollte. Ich schätze, sie war in Eile. Es ist nicht höflich, einen Gastgeber mit einem warmen Abendessen warten zu lassen. Hinzu kam, dass es auf Korfu nach einer langen Periode der Trockenheit den ganzen Tag über stark geregnet hatte. Die Straßen waren rutschig. Janet fuhr wahrscheinlich so rasant wie immer. Sie muss in einer Haarnadelkurve auf dem Weg von Sokraki runter nach Ano Korakiana ins Schleudern geraten sein. Sie kam jedenfalls von der Straße ab und stürzte den Hang hinunter. Wäre sie angeschnallt gewesen … aber sie war es nicht. Janet wurde schwer verletzt. Wäre sie eher gefunden worden … doch es dauerte zu lange, bis ihr Wagen von einem vorbeifahrenden Fahrzeug im Gebüsch entdeckt worden ist. Sie war im Autowrack eingeklemmt. Die Leute, die uns eingeladen hatten – sie hätten eigentlich bei mir anrufen müssen, als Janet nicht in Ano Korakiana angekommen ist … Wissen Sie, man hat mir gesagt, dass Janet nach dem Sturz noch eine Weile gelebt hat. Wenn sie früher gefunden worden wäre … Ich kann mir nicht verzeihen, dass ich sie an dem Abend nicht begleitet habe. Dann wäre sie vorsichtiger gefahren.«

»Das kann man im Nachhinein nicht wissen«, sagte Pia. »Gab es eine Untersuchung? Irgendwelche Zweifel am Verlauf des Unfalls?«

»Natürlich wurde ihr Tod untersucht. Die Serpentinen von Ano Korakiana nach Sokraki sind als gefährlich bekannt. Aber Janets Auto war okay. Keine Probleme mit den Bremsen oder der Lenkung. Sie hatte auch nichts getrunken, keine Drogen genommen, keine Medikamente … Es war Schicksal.«

»Ich nehme an, dass Sie sich um ihren Nachlass gekümmert haben«, sagte Pia. »Gab es Erinnerungsstücke aus ihrer Zeit im Heim? Briefe, Tagebücher, Fotos oder so?«

»Ich habe noch ein paar Kisten mit alten Sachen von Janet, aber ich hatte bisher noch nicht den Nerv dazu, sie durchzusehen. Sie befinden sich auf Korfu.«

»Könnten Sie die Sachen durchsehen, wenn Sie wieder zu Hause sind? Alles, was ihre Zeit im Heim betrifft, kann für die Ermittlungen wichtig sein.«

»Es dauert noch eine Weile, bis ich wieder in Sokraki bin. Falls ich etwas finde, werde ich mich aber bei Ihnen melden.«

Tamara Kalinoffs Selbstmord war für Janet Domhoff eine Chance gewesen? Was hatte sie damit gemeint? Die Chance, ein »neues Leben« zu beginnen, ein Leben als Schauspielerin? Oder die Chance, sich dazu bekennen zu können, lesbisch zu sein und mit einer Frau zusammenleben zu wollen? Aber selbst wenn die Konfrontation mit dem Tod das bei Janet Domhoff bewirkt hatte – was hatte es mit dem Mord an Timo Feldheim zu tun? Oder möglicherweise mit einem Mordanschlag auf ihre damalige Freundin Katja Simon? Es ergab noch keinen Sinn, und wenn doch, war sie, Pia, zu vernagelt, es zu kapieren. Neunzig Prozent der Arbeit bestand eben darin, Möglichkeiten auszuschließen, dachte sie, als sie sich in der Rushhour über die Kreuzung nahe dem Holstentor quälte, um zurück zum Polizeihochhaus zu gelangen. Vermutlich war die These, dass Katja Simons Vergangenheit etwas mit dem Mord an ihrem Ehemann zu tun hatte oder dass gar sie selbst das vorgesehene Opfer gewesen war, schlichtweg falsch. Wenn sie wenigstens die Tatwaffe hätten! Oder ein plausibles Motiv dafür, Timo Feldheim während des Orientierungslaufs mit gezielten Schüssen ins Jenseits zu befördern! Und was war, wenn ihre Bemühungen ins Leere liefen, weil es gar kein Motiv gab? Wenn Broders' Heckenschützen-Theorie zutraf und der Täter nur irgendjemanden hatte erschießen wollen?

Zwischen dem Termin mit Maria Barlou und der nächsten Einsatzbesprechung hatte Pia noch etwas Zeit. In ihrem Büro angekommen, gab sie den Namen *Howard Unruh,* den Broders im Zusammenhang mit Heckenschützen erwähnt hatte, in eine Suchmaschine im Internet ein. Sie wurde fündig:

Howard Unruh: geboren am 21. Januar 1921 in Camden, New Jersey. Er galt als tapferer Panzersoldat, der sich während des Krieges über jeden Soldaten, den er getötet hatte, genaue Aufzeichnungen machte, bis

hin zu Details über die Leichen. Howard Unruh wurde 1945 ehrenhaft
entlassen und zog zu seiner Mutter. Unruh dekorierte sein Schlafzim-
mer mit militärischen Erinnerungsstücken und richtete sich im Keller ei-
nen Schießstand ein. Er war arbeitslos, verbrachte seine Zeit zu Hause
und ging jeden Tag in die Kirche. In der Nachbarschaft erregte sein Ver-
halten Argwohn, und man verspottete ihn als Muttersöhnchen. Am 6.
September 1949 erschoss Howard Unruh dreizehn Menschen. Er zog
an diesem Morgen seinen besten Anzug an und frühstückte mit seiner
Mutter. Danach verließ er, mit einer Pistole bewaffnet, das Haus und
hielt nach seinem ersten Opfer Ausschau. An diesem Tag traf er sechs-
undzwanzig Menschen, von denen er dreizehn tötete und viele schwer
verletzte. Nach der Tat ging er zurück ins Haus und ergab sich später
der Polizei. Er gilt als der erste Heckenschützenmörder, der seine Opfer
wahllos aussuchte. Unruhs Amoklauf war einer der schlimmsten in ei-
ner Reihe von Morden und Selbstmorden von Kriegsveteranen.

Der Erste, der seine Opfer wahllos aussuchte … Pia saß einen
Moment bewegungslos vor dem Bildschirm. Das war der Unruh, den Broders erwähnt hatte. Doch die Vorgehensweise
zeigte kaum Übereinstimmungen mit der Tat auf dem Priwall.
Sie las noch ein paar Berichte über andere Heckenschützen,
aber auch hier war offensichtlich, dass der Tathergang nicht
mit dem Mord an Feldheim vergleichbar war.

Und sie konnte nicht glauben, dass Broders das nicht auch
bewusst war. War es eines seiner kleinen Spielchen? Zum Beispiel, weil er testen wollte, ob der Name *Unruh* ihr Kopfzerbre-
chen bereitete?

»Solveigh! Ich habe dir schon hundert Mal gesagt, dass du
die Fenster im Obergeschoss nicht offen stehen lassen darfst,
wenn niemand oben ist.« Katja sprang die Treppe herunter

und stellte sich ihrer Freundin, die sich gerade ihre Jacke anzog, in den Weg.

»Da wird ja wohl keiner hochklettern«, entgegnete Solveigh mürrisch. Sie wohnte jetzt seit drei Tagen bei Katja, und die Bevormundungen und Katjas Launen gingen ihr auf die Nerven. »Oder glaubst du, jemand turnt an der Fassade deines Hauses hoch wie Spiderman?«

»Es gibt Leitern. Außerdem habe ich dir schon mal erklärt, dass es effektiver ist, die Fenster zweimal am Tag ganz zu öffnen, anstatt sie stundenlang auf Kipp zu stellen. Das kostet nämlich nur unnütz Energie.«

Solveigh sah, wie Katja sie mit einer Mischung aus Ungeduld und Widerwillen betrachtete. Einer Freundin Asyl im eigenen Haus anzubieten und ihre Gegenwart dann rund um die Uhr zu ertragen, das waren eben zweierlei Paar Schuhe. »Entschuldige, Katja. Ich wollte nur etwas frische Luft reinlassen.«

»Und deshalb willst du jetzt auch mit dem Hund gehen? Weil du frische Luft brauchst? Ich finde es nicht gut, wenn du allein im Dunkeln draußen rumrennst.«

»Bitte, Katja! Es ist noch fast hell. Ich gehe nur durch die Siedlung.«

»Okay.« Sie machte eine ungeduldige Geste. »Wenn du unbedingt willst. Es wird schon in Ordnung sein, geh nur.«

Mit einem unguten Gefühl, mehr, was ihre Beziehung zu Katja betraf, als die Tatsache, dass sie das schützende Haus ein paar Minuten verließ, trat Solveigh ins Freie. Was Rainer wohl gerade machte? War er bei der Arbeit? Oder hatte er frei und saß zu Hause über seiner Sammlung? Nach der anfänglichen Funkstille, die seinem Übergriff auf sie gefolgt war, hatte er vorgestern Nacht begonnen, sie anzurufen. Erst auf ihrem Handy, dann unter Katjas Festnetznummer, und als ihm diese Möglichkeit auch verwehrt worden war, war er vor Katjas Haus aufgetaucht. Solveigh hatte ihn beobachtet, wie er auf der anderen Straßenseite unter der Laterne geparkt und gewartet hatte. Doch jetzt war die Straße leer.

Solveigh vermisste ihren Mann nicht. Nach allem, was er ihr in letzter Zeit angetan hatte, vermisste sie vor allem die erwartungsvolle Angst nicht, die sie in seiner Gegenwart fast ständig begleitet hatte. Trotzdem fühlte sie sich ohne ihn, nun ja ... unvollständig. Warum konnte er denn nicht wieder so sein, wie er ganz am Anfang gewesen war? Sie mussten eben noch einmal von vorn anfangen, dachte Solveigh. Ohne Angst, ohne Vorwürfe, ohne Gewalt. Immerhin ... sie konnte ihre Beziehung retten, Katja nicht. Das war der Grund dafür, weshalb Solveigh versuchte, das despotische Verhalten ihrer Freundin zu tolerieren.

Roxy zog an der Leine. Solveigh hatte keine Ahnung, wie sie dem großen Hund ihren Willen aufzwingen sollte. Sie ließ sich quer über den Weißdornweg bis zu dem Fußweg ziehen, der zwischen zwei Häuserblocks hindurchführte. Dahinter lag ein parkartiges Gelände, in dem Katja ihren Hund immer frei laufen ließ. Hier hörten die Straßenlaternen auf. Solveigh zögerte. Katja hatte recht, es war schon fast dunkel. Aber sie hatte ja einen Hund bei sich. Als sie das offene Gelände erreicht hatte, zog Roxy so kraftvoll an der Leine, dass Solveigh laufen musste. Einen Augenblick überlegte sie, ob sie dem leisen Fiepen nachgeben und die Hündin von der Leine lassen sollte, aber sie traute sich nicht. Was, wenn Roxy nicht zu ihr zurückkam? Sollte sie allein im Dunkeln nach einem stromernden Hund suchen? Sie glaubte zwar nicht, dass Rainer ihr hier irgendwo auflauerte, trotzdem war ihr die ungewohnte Umgebung unheimlich. Auf den vereinzelten Bänken am Wegrand saßen manchmal die seltsamsten Gestalten. Betrunkene zum Beispiel konnte Solveigh gar nicht leiden.

»Tut mir leid, Roxy«, murmelte sie. »Heute nicht. Wenn du dein Geschäft verrichtet hast, drehen wir um.«

Der Hund entdeckte einen Stock im hohen Gras, zerrte ihn heraus und hielt ihn ihr im Maul entgegen. Die spitzen, weißen Hundezähne leuchteten im Zwielicht. Solveigh ignorierte die Aufforderung. Sie blickte zurück zu den Häusern, in denen fast überall Licht brannte. Neue Häuser, weiß, mit Erkern, die Tonnendächer hatten. Es sah ein bisschen wie eine romantische Festungsanlage aus. Solveigh stellte sich Familien vor, die hinter den erleuchteten Fenstern zusammen beim Abendbrot saßen, miteinander redeten, spielten und lachten. Sogar sich zu streiten erschien ihr besser, als allein zu sein. Ob sich Katja und Timo viel gestritten hatten?

Solveigh vermutete inzwischen, dass Katja eine Affäre hatte. Sie sprach nicht darüber, doch die Art und Weise, wie sie sich zurückzog, wenn ihr Mobiltelefon klingelte, war aufschlussreich. In der Garderobe des Restaurants mit dem Telefon in der Hand, neulich, nach Timos Beerdigung, hatte Katja geradezu schuldbewusst ausgesehen. Als wäre sie bei etwas wirklich Schäbigem überrascht worden. Alle, mit denen sie normalerweise in dieser Situation hätte sprechen können, waren ja im Restaurant gewesen. Und Katja besaß sowieso weniger Freunde und Bekannte, als Solveigh vermutet hatte. Sie war unbedarft davon ausgegangen, dass nur sie allein wäre. Eine Frau wie Katja, erfolgreich, selbstbewusst … Die Erkenntnis, dass Katja nicht viele Menschen hatte, die ihr nahestanden, hatte sie, gelinde gesagt, überrascht.

Roxy hatte den Stock inzwischen aufgegeben. Auf dem Kinderspielplatz zu ihrer Linken schien etwas weitaus Interessanteres vor sich zu gehen. Kaninchen, vermutete Solveigh, die jetzt, in der Dämmerung, herauskamen. Es gelang ihr, die übliche Hunde-Runde abzukürzen und vor dem Bolzplatz rechts abzubiegen. Roxy hatte offenbar begriffen, dass Solveigh sie nicht von der Leine lassen würde, und ließ sich ohne Gegenwehr den rot gepflasterten Weg zurück zu den Häusern führen. Sie kamen so dicht daran vorbei, dass Solveigh die Essensgerüche riechen konnte, die durch die Dunstabzüge nach draußen befördert wurden.

Ich hätte lieber einen Altbau, dachte sie träumerisch, als sie den Weißdornweg entlangging. Wenn ich die Wahl hätte, so wie Katja, dann würde ich mir ein altes Haus kaufen. Gemütlich und mit viel Atmosphäre. Nicht so nüchtern und kühl und modern.

Als sie sich Katjas nüchterner, kühler Behausung näherte, sah sie Rainers roten Mercedes, der still unter einer Laterne stand.

18. Kapitel

Was sollte sie tun? Sie konnte nicht erkennen, ob ihr Mann im Auto saß oder ob er ausgestiegen war. Sie vermutete, dass er sich gestern Abend in Katjas Garten herumgetrieben hatte. Roxy war im gesamten Erdgeschoss herumgerannt, hatte vor den Wohnzimmerfenstern geknurrt und an der Haustür gebellt. Katja hätte beinahe die Polizei angerufen. Sie hatte Solveigh aufgefordert, ihren Mann endlich anzuzeigen und eine einstweilige Verfügung gegen ihn zu erwirken, damit er ihr in Zukunft fernblieb. Doch so weit war Solveigh noch nicht.

Ihr war unwohl bei dem Gedanken an eine Konfrontation mit ihm, und so drehte sie auf dem Absatz um und zog den verblüfften Hund hinter sich her. Von hier aus konnte man auch zum Konsulweg gehen und dann über die Lindenallee von der anderen Seite zu Katjas Haus gelangen. Doch was sollte sie tun, wenn er in zehn Minuten immer noch auf sie wartete? Warum hatte sie auf diesem Spaziergang bestanden? Sollte Katja doch ihren Hund ausführen!, dachte Solveigh, deren Arm und Schulter vom Reißen an Roxys Leine schmerzten. Immerhin: Rainer würde es nicht wagen, sie anzufassen, solange Roxy in ihrer Nähe war. Er hatte Angst vor großen Hunden, seitdem er einmal von einem Schäferhund gebissen worden war. Sie würde gleich ganz normal auf das Haus zugehen, aufschließen und eintreten. Den Wagen unter der Laterne würde sie ignorieren.

Als sie um die letzte Ecke vor Katjas Haus bog, verlangsamte Solveigh ihren Schritt. Roxy, von Wärme und dem heimischen Futternapf angelockt, strebte enthusiastisch vorwärts.

»Ruhig, Roxy«, flüsterte Solveigh. Wie menschenleer es hier war! In dem Lübecker Stadtteil, in dem sie wohnte, war um diese Uhrzeit noch was los auf den Straßen. Sie warf einen verstohlenen Blick zum Wagen: Bewegte sich im Inneren etwas? Solveigh ging weiter. Wovor hast du eigentlich Angst?, fragte sie sich. Vor deinem eigenen Mann?

Katja hatte die Außenbeleuchtung angeschaltet, die den Eingangsbereich in gleißendes Licht tauchte. Der Vorgarten lag bis auf die ins Pflaster eingelassenen Leuchtsteine in völliger Dunkelheit. Sie umschloss den Haustürschlüssel so mit den Fingern, dass der Bart des Schlüssels spitz aus ihrer Faust ragte. Eine Waffe, nur für den äußersten Notfall. Roxy, die eben noch eilig auf die Tür zugelaufen war, blieb abrupt stehen. Solveigh wollte sich gerade an dem Hundeleib vorbeischieben, als sie ein leises Knurren hörte. Es schien tief aus Roxys Kehle zu kommen, und im Gegenlicht sah es so aus, als hätte sich das Fell des Hundes aufgerichtet.

»Komm weiter«, sagte sie. Der Hund rührte sich nicht. Sie schaute zur Haustür hinüber. Nur noch wenige Meter. Und dann sah sie ihn: einen Mann, der auf dem Rasen im Schatten der großen Kiefer stand.

»Rainer?«

»Da bist du ja endlich, Solveigh.«

»Geh weg, Rainer, oder ich lass den Hund los.«

»Das wagst du nicht.«

Er kam ein paar Schritte auf sie zu, hielt aber einen gewissen Abstand zu Roxy. »Komm nach Hause«, sagte er fast schmeichelnd. »Du bist meine Frau und gehörst zu mir.«

»Ist dir überhaupt klar, was du angerichtet hast?«, stieß Solveigh hervor. Ein zugeschwollenes Auge, eine rasierte Augenbraue und vier Klammerpflaster, die ihr Gesicht verunstalteten.

»Es kommt nicht wieder vor. Komm nach Hause! Ohne dich weiß ich nicht, was ich tun soll. Ich vermisse dich.« Er klang bemitleidenswert.

Solveighs Widerstand schmolz. Auch Roxy hatte zu knurren aufgehört. »Vielleicht morgen, Rainer. Mir ist kalt. Ich will jetzt reingehen.«

»Geh nicht zu der da zurück!«, forderte er mit veränderter Stimme. »Sie ist nicht gut für dich. Sie hasst mich und will uns auseinanderbringen.«

»Das stimmt nicht. Du kennst Katja doch gar nicht richtig«, sagte Solveigh. Dass Rainer ihre Freundin nicht mochte, war ihr seit Langem klar. Aber seine Gefühle schienen weit darüber hinauszugehen.

»Ich weiß über Frauen wie sie Bescheid«, erwiderte er. »Sie verachten Männer insgeheim und können es nicht ertragen, wenn andere Frauen mit ihnen glücklich sind.«

»Glücklich?« Solveigh merkte, dass sie laut wurde. »Meinst du etwa, wenn du mir ins Gesicht schlägst, macht mich das glücklich?«

»Es war ein Reflex. Du hast mich mit siedendem Wasser verbrüht. Ich war erschrocken, und entschuldigt habe ich mich auch. Was soll ich denn tun, verdammt noch mal?«

»Du brauchst eine Therapie, Rainer.«

»Das hat *sie* gesagt, oder? Du würdest das nie von mir verlangen. Ich brauche keine Therapie. Ich brauche meine Frau!«

Solveigh wollte antworten, dass die Therapie ihre eigene Idee war und zu ihrer beider Besten, aber sie konnte ihn nicht anlügen. Sie fühlte sich von den Forderungen zweier Menschen hin- und hergerissen, die über weit mehr Selbstbewusstsein und Durchsetzungsvermögen verfügten als sie. »Fahr jetzt nach Hause, Rainer«, sagte sie müde. »Wir können morgen reden.« Sie drehte ihrem Ehemann den Rücken zu und ließ ihn allein auf dem Rasen im Vorgarten stehen.

Sie zögerte einen Moment, bevor sie den Schlüssel ins Schloss steckte. War Rainer schon zu seinem Auto gegangen? Wenn Katja ihn auf ihrem Grundstück sah, würde sie ausrasten. In was für ein Chaos war sie hier hineingeraten?

Die Stimmung im Besprechungsraum schien eine Mischung aus gereizter Erwartung und langsam um sich greifender Ermüdung zu sein. Ein paar Kollegen, allen voran Heinz Broders, sahen zu Pia hinüber, als sie den Raum betrat, und grüßten kurz. Sie war eine der Letzten und suchte sich einen freien Platz im hinteren Teil des Raumes. Zufällig sah sie, wie Olaf Maiwald den Kopf abwandte, bevor sich ihre Blicke treffen konnten. Stattdessen zog er einen Stapel Unterlagen aus seiner Tasche und ließ sie mit einem satten Knall auf den Tisch fallen.

Horst-Egon Gabler eröffnete die Besprechung. Es folgte eine Erörterung der verschiedenen Aktivitäten des heutigen Tages, die aber allesamt keine sehr aufschlussreichen Hinweise zutage gefördert hatten. Inzwischen waren alle Angestellten der Hautarztpraxis von Simon und Feldheim befragt worden, einschließlich des Raumpflegeteams und der Mitarbeiter eines Labors, und sogar einige Patienten. Der Grundtenor war, dass Simon und Feldheim ein eingespieltes Team gewesen seien. Er war angeblich bei den Patienten beliebter gewesen, weil er über mehr Einfühlungsvermögen verfügt und sich viel Zeit für Gespräche genommen hatte. Mitarbeiter sagten, Katja Simon habe sich manchmal bei ihrem Mann über seine mangelnde Effizienz beklagt, aber seine Arbeitsweise schien dem wirtschaftlichen Erfolg der Praxis keinen Abbruch getan zu haben. Auch die Freunde und die Familie des Ermordeten lieferten keinerlei Hinweise auf ein Mordmotiv. In Timos Familie war man sich einig, dass Katja eine sehr »selbstständige und eigenwillige« Person sei, die sich aber ihrem Mann und der Praxis gegenüber stets loyal verhalten habe. Einzig Timos Bruder hatte ein paar kritische Bemerkungen über Katjas Charakter fallen lassen, doch seine Abneigung schien rein persönlicher Natur zu sein. Kein Hinweis weit und breit, dass es in der Ehe zwischen Katja und Timo Probleme gegeben hatte. Inzwischen waren auch die Filme mit den Passagieren der Priwall-Fähren, die Überwachungskameras am Sonntag aufgenommen hatten, gesichtet worden, ohne dass sich daraus ein Hinweis auf die Identität des Mörders ergeben hätte. Pia informierte die anderen über ihre Recherchen, den Suizid Tamara Kalinoffs betreffend.

»In der Bezirkskriminalinspektion in Kiel ist einiges in Bewegung gekommen, seitdem Sie da waren, Frau Korittki«, sagte Gabler. »Ich bin vorhin darüber informiert worden, dass Sven Waskamp kürzlich eine inoffizielle Anfrage an die Kollegen in Kiel gestellt hat. Er will, dass der Fall Kalinoff noch mal untersucht wird, um feststellen zu lassen, dass er nicht der Vater des ungeborenen Kindes der Toten war. Die Blutgruppenuntersuchung damals hatte ihn als möglichen Kindsvater zugelassen. Er hofft, sich durch einen nachträglichen DNA-Test von jedem Verdacht reinwaschen zu können.«

»Und? Wird so ein Test durchgeführt?«, fragte Pia.

»Sie sind dabei, es zu prüfen. Der zuständige Rechtsmediziner hat allerdings wenig Hoffnung. Die DNA der noch vorhandenen Proben ist nach so langer Zeit in einem zu schlechten Zustand.«

Ein leises Gemurmel hob an. Die Kollegen, allen voran Olaf Maiwald, sahen interessiert zu Pia hinüber. Maiwald meldete sich zu Wort.

»Ich habe auch Neuigkeiten. Und zwar Rainer Halby betreffend«, sagte er. War er es nicht gewesen, der Solveigh Halby bei ihrer ersten Begegnung als unwichtig eingestuft hatte? »Er ist der Ehemann von Solveigh Halby, einer Freundin Katja Simons«, erläuterte er mit Seitenblick auf Pia. »Ich habe Frau Halby bei meiner ersten Befragung von Katja Simon kennengelernt. Die beiden kennen einander schon seit ihrer Jugend.« Pia knirschte mit den Zähnen. »Nun, ich habe mir so meine Gedanken gemacht und etwas Interessantes herausgefunden, und zwar dass Rainer Halby in einem Schützenverein aktiv ist.«

»Haben Sie herausgefunden, in welchem Verein?«

»Ich war dort. Ich habe auch schon mit dem Ersten Vorsitzenden gesprochen. Er kennt Rainer Halby. Es war … aufschlussreich.«

»Spuck es aus, Maiwald«, war leise von Broders zu hören. Pia merkte, dass sie stocksteif auf ihrem Stuhl saß, und bemühte sich, wieder lockerzulassen.

»Rainer Halby ist seit über einem Jahr dort aktiv. Er hat in letzter Zeit intensiv trainiert und auch schon an Wettbewerben teilgenommen. Er schießt hauptsächlich mit Langwaffen.«

»Wäre er in der Lage gewesen, Timo Feldheim auf die festgestellte Distanz zu erschießen?«

»Null problemo«, sagte Maiwald und erlaubte sich ein kurzes Grinsen. »Aber das Beste kommt zum Schluss: Rainer Halby hat seine Waffenbesitzkarte erst seit ein paar Wochen. Der Vorsitzende des Schützenvereins hat mir anvertraut, dass er das lange hinausgezögert hat. Er muss einschätzen können, wem das Besitzen und Aufbewahren von Waffen zuzutrauen ist, ohne dass es zu Zwischenfällen kommt. Er hat mir erklärt, dass er normalerweise Waffenfetischisten von Sportschützen gut unterscheiden kann und Ersteren niemals eine Waffenbesitzkarte ausstellen würde. Bei Halby gab es da ein Problem.«

Inzwischen konnte sich Maiwald der vollen Aufmerksamkeit aller Kollegen erfreuen. Sogar Pia war gegen ihren Willen gespannt. »Der Vorsitzende des Schützenvereins hatte lange Zeit den Eindruck, dass Halby zwar kein Waffenfetischist ist, aber er hielt ihn auch nicht für einen richtigen Sportschützen. Er sagte wortwörtlich: ›Halby wollte sich meines Erachtens für etwas anderes eine Waffe kaufen.‹ Er hatte den Eindruck, dass er sich vor etwas schützen wollte. Später schien sein Interesse an der Geselligkeit im Schützenverein und dem sportlichen Schießen zuzunehmen. Da sah der Vorsitzende keine Notwendigkeit mehr, ihm die Waffenbesitzkarte zu verweigern.«

»Was für eine Waffe hat sich Halby zugelegt, nachdem er seine Waffenbesitzkarte erhalten hatte?«, fragte Gabler.

»Eine Repetierflinte Benelli, Kaliber 12/70 FLG.«

»Die hat das falsche Kaliber«, sagte Pia. »Mit so einer Waffe wurde Feldheim nicht erschossen.«

Maiwald starrte sie aus schmalen Augen an. »Vielleicht ist es nicht seine einzige Waffe«, wandte er ein.

19. Kapitel

Wo warst du denn so lange?«, fragte Katja, als Solveigh zu ihr in die Küche kam. Ihre Freundin stand am Herd und briet Fleisch in der Pfanne an. Sie rührte ungeduldig, und das Fett spritzte gegen die Edelstahlrückwand hinter dem Kochfeld.

»Roxy hat mich dazu überredet, noch eine kleine Runde über den Konsulweg zu drehen«, antwortete Solveigh und holte sich eine Flasche Mineralwasser aus dem Kühlschrank.

»Roxy … hat dich überredet? Sag mal: Lässt du dir jetzt schon von einem Hund sagen, was du zu tun hast?«

Solveigh versteifte sich. Katjas Ton war beißend. »Es war ein Scherz: Dein Hund brauchte Auslauf, und mir hat es auch gut getan, noch ein Stückchen zu gehen.«

»Ich sperre dich hier nicht ein, Solveigh. Du bist ein freier Mensch, du kannst gehen, wohin du willst.«

»Das weiß ich.« Solveigh versuchte, einen versöhnlichen Ton anzuschlagen, denn Katjas Stimme klang schrill. So kannte sie sie gar nicht. Sie hätte bis eben schwören mögen, dass ausgerechnet Katja gar keine Nerven besaß. Die Rollen, die sie bisher füreinander gespielt hatten, schienen sich plötzlich umzukehren.

Katja gab einen Schwall Olivenöl in die Pfanne und knallte die Flasche auf die Arbeitsfläche. »Das scheint mir aber nicht so! Denkst du vielleicht auch mal daran, dass ich mir Sorgen mache, wenn du einfach eine halbe Stunde wegbleibst, jetzt, da uns dein verrückter Ehemann terrorisiert?«

»Er ist nicht verrückt. Und er terrorisiert uns auch nicht«, sagte Solveigh.

Katja fuhr zu ihr herum. Ihr Gesichtsausdruck erschreckte Solveigh, und zum ersten Mal fragte sie sich, ob in Rainers Einschätzung nicht auch ein Körnchen Wahrheit steckte.

»Dieser Kerl ruft jede Nacht mehrmals hier an. Er schleicht um mein Haus herum. Er lauert darauf, dass wir einen Moment nicht aufpassen, um weiß Gott was zu tun!«

»Er wollte nur mit mir reden«, sagte Solveigh leise.

»Ich habe also recht!«, fuhr Katja sie an.

Unwillkürlich trat Solveigh einen Schritt zurück. »Womit?«, fragte sie, mehr um Zeit zu gewinnen und zu entscheiden, was sie tun, was sie sagen sollte.

»Er war hier. Du hast mit ihm geredet, nicht wahr? Hast zugelassen, dass er dich wieder unterdrückt und manipuliert? Hast du ihn angerufen, als du im Park warst, oder hat er dir da draußen aufgelauert?«

»Er stand vor der Tür, als ich zurückkam. Wir haben kurz miteinander geredet, und er war ganz ruhig dabei.«

»Was wollte er?«, fragte sie eindringlich. Das Fleisch in der Pfanne roch angebrannt.

»Er will, dass ich wieder nach Hause komme.«

»Und?«

»Katja, das Essen brennt an.«

Ohne richtig hinzusehen, zog Katja die Pfanne vom Kochfeld. »Was hast du ihm geantwortet?«

Solveigh fühlte sich von allen Seiten unter Druck gesetzt, und unter Druck gesetzt macht man Fehler, dachte sie. »Ich habe ihm gesagt, dass ich darüber nachdenke«, bekannte sie.

»Nein, Solveigh. Ganz falsch. Du denkst nicht darüber nach, zu ihm zurückzugehen, damit er dir beim nächsten Mal vielleicht den Kiefer zertrümmert. Wer weiß, er könnte dich auch umbringen. Du denkst darüber nach, eine einstweilige Verfügung gegen ihn zu erwirken, damit er endlich damit aufhört, uns zu terrorisieren.«

»Wenn es dich so sehr belastet, kann ich gehen, Katja. Du hast viel durchgemacht in letzter Zeit. Jetzt auch noch mich und meine Eheprobleme am Hals zu haben ist wahrscheinlich zu viel für dich.«

Katja schnappte sich die Flasche mit Olivenöl und schleuderte sie auf den Fußboden. »Du bleibst hier und stehst es durch, Solveigh! Ich lass nicht zu, dass er dich kaputtmacht! Hier bei mir bist du vor ihm sicher, das schwöre ich dir.«

Solveigh starrte auf die Glasscherben, die in einer sich schnell ausbreitenden Lache Öl lagen. Katja ignorierte die Bescherung zu ihren Füßen. Sie stützte sich schwer auf die Arbeitsplatte. »Tut mir leid, doch dass er diese Macht über dich hat, bringt mich einfach zur Weißglut«, sagte sie matt.

»Bevor er nicht eine Therapie macht, gehe ich nicht zu ihm zurück«, beschwichtigte Solveigh ihre Freundin.

»Hier bist du sicher«, wiederholte Katja, als betete sie ein Mantra herunter. Doch das war es gerade, was Solveigh Beklemmungen verursachte. Katjas Haus kam ihr wie ein Bunker vor. Sie fühlte sich durch die komplizierte Alarmanlage, die Fensterschlösser und die Gegensprechanlage nicht sicherer, sondern verletzlicher als sonst. Solveigh bückte sich und begann, die größeren Scherben mit der Hand aufzulesen. Die Öllache würde nicht so einfach zu entfernen sein, und das Zeug drang schon jetzt in die Fugen der Fliesen ein.

Katja schien sich keine Gedanken darüber zu machen. »Lass das!«, sagte sie, griff nach Solveighs Arm und zog sie zu sich hoch. Ihr Gesicht war ganz dicht vor dem ihren. Solveigh konnte den intensiven Geruch nach heißem Öl und Fleisch auf Katjas Haut und in ihren Haaren riechen. Sie blickte ihrer Freundin direkt in die Augen und sah zum ersten Mal in ihrem Leben, dass Katja Angst hatte.

Inzwischen war Hinnerks Mitbewohner, Moritz Barkau, aus der Vier-Zimmer-Wohnung ausgezogen. Hinnerk war gerade in der Küche mit der Herstellung von Tomate-Mozzarella-Baguettes beschäftigt. Pia reagierte auf Essensgerüche immer noch mit Übelkeit, und hin und wieder fand sie, dass diese Macke ganz praktisch war. So ging sie den langen Flur hinunter zu den leer stehenden Räumen und trat ein.

Ohne Moritz' Chaos und im Licht zweier nackter Glühbirnen, die von der Decke hingen, sahen die Zimmer ganz anders aus, als Pia sie in Erinnerung gehabt hatte. Das größere hatte zwei hohe Fenster und Parkettfußboden, das kleinere war mit einem braunbeigen Teppich ausgelegt. Mit frischer Farbe an den Wänden und einem neuen Bodenbelag konnte sie sich mit einem Mal vorstellen, diese Räume ohne allzu große Verlustschmerzen gegen ihr Dachrefugium im Rohwedders Gang einzutauschen. Das Badezimmer in Hinnerks Wohnung war fensterlos und schmal. Allerdings hatte sie bisher auch mit einer nachträglich eingebauten Dusche vorliebnehmen müssen … und die Küche hier war hell, geräumig und gut ausgestattet.

Pia und Hinnerk waren vor dem Essen noch einmal die Immobilienexposés durchgegangen, die ihnen diverse Makler zugeschickt hatten, aber die angebotenen Wohnungen waren entweder zu spießig, zu abgelegen oder zu teuer, und meistens traf sogar alles auf einmal zu. Vielleicht war die ursprüngliche Idee, zusammen mit ihrem Kind in dieser Wohnung zu leben, doch die beste.

Pia ging zum Fenster und sah in den Hinterhof hinaus. In vielen der Wohnungen gegenüber brannte Licht, man konnte den Leuten teilweise direkt auf den Herd oder Esstisch blicken. Die Sicht über die Dächer Lübecks bis hinauf zum Dom würde sie vermissen, genauso wie das große Atelierfenster in ihrem Wohnzimmer. Licht zum Malen ...

Seit Nele ihr den Vorschlag unterbreitet hatte, ihre Bilder in einer Galerie auszustellen, und vor allem, seit sie versucht hatte, Hinnerk für diesen Plan mit einzuspannen, hatte Pia ihre Pinsel kaum noch angerührt. Die zuletzt bespannte Leinwand war weiß geblieben. Demnächst würde sie sowieso keine Zeit mehr zum Malen haben. Und wenn sie und Hinnerk sich gemeinsam um ihr Kind kümmern wollten, dann sollten sie auch zusammen wohnen, fand Pia. Rund um Hinnerks Wohnung gab es Einkaufsmöglichkeiten, Ärzte, Kindergärten, alles schnell zu erreichen. Und auch zur Arbeit war es nicht weit.

Unser Kind, dachte sie, und die Unsicherheit, die mit diesem Gedanken verbunden war, verstärkte ihre Übelkeit. Sie wollte gern mit offenen Karten spielen, hatte aber auch Angst davor. Ging es ihr nur darum, ihr Gewissen zu erleichtern, ohne Rücksicht auf Hinnerks Gefühle und die Interessen des Kindes? Allen ihren Berechnungen nach war er wahrscheinlich der Vater ... aber eben nicht zu hundert Prozent. Verdammt!, dachte sie und lehnte ihren Kopf gegen die kalte Scheibe.

Ihre Zweifel verfolgten sie während des gemeinsamen Abendbrotes, sodass Hinnerk schließlich aufmerksam wurde und sie darauf ansprach.

»Hast du Lampenfieber?«, fragte er.

»Ein wenig«, bekannte Pia. »Ich war eben noch mal in Moritz' Räumen. Die Idee, gemeinsam hier zu wohnen, ist vielleicht doch nicht so schlecht.«

Ein erleichtertes Lächeln flog über Hinnerks Gesicht. Pia wusste, dass ihn die erfolglose Suche genauso nervte wie sie. Er stand auf und schloss sie von hinten in die Arme. »Wirklich? Sagst du das jetzt nicht nur, weil du keine Lust mehr hast zu suchen?«

»Lust zu suchen habe ich schon lange nicht mehr. Aber ich würde das nicht sagen, wenn ich es nicht auch so meinen würde. Jetzt, wo alles leer ist, finde ich, dass man aus den beiden Räumen durchaus etwas machen kann.«

»Es muss ja auch nicht bei dieser Einteilung bleiben«, räumte Hinnerk bereitwillig ein. »Aber die Wohnung ist groß. Eigentlich ist hier Platz genug für uns. Ich weiß jedoch auch, dass du deine Dachwohnung im Gängeviertel nur ungern aufgibst.«

Das stimmte. Er fuhr ihr durchs Haar, streichelte ihren Hals. Dann fühlte sie seine warmen, großen Hände auf ihren Schultern. »Du bist ja völlig verspannt, Pia.«

»Der Fall, den wir gerade am Wickel haben, ist kompliziert. Ich weiß nicht, ob ich auf der richtigen Spur bin. Der Spur eines ehrgeizigen Politikers, der seine Karriere durch eine Jugendsünde gefährdet sieht.«

»Was hat er denn getan?«

»Angeblich hat er vor Jahren eine siebzehnjährige Heimschülerin geschwängert. Sie hat daraufhin versucht, selbst einen Abort herbeizuführen, und sich dann das Leben genommen.«

»Klingt nach einer hässlichen Geschichte«, sagte Hinnerk, »aber interessiert das heute noch jemanden?«

»Er befürchtet, dass es seine Wähler interessiert, und uns interessiert es, weil die Geschichte vielleicht mit dem Mordfall auf dem Priwall zusammenhängt.«

»Ach so.« Er fing an, mit langsamen, kreisenden Bewegungen ihre Schultern zu massieren.

Pia schloss die Augen. Sie war wirklich vollkommen verspannt. »Er will über eine nachträgliche DNA-Untersuchung feststellen lassen, dass er gar nicht der Kindsvater gewesen sein kann.«

»Ist das möglich?«

»Manchmal schon. Es gelingt immer mal wieder, alte Fälle mithilfe der heutigen technischen Möglichkeiten zu lösen. Mordfälle, Sexualdelikte … Menschen, die jahrelang unschuldig im Gefängnis gesessen haben, wurden deswegen schon freigesprochen. In diesem Fall stehen die Chancen aber schlecht. Die Polizei hatte damals Proben aufgehoben, weil wohl Zweifel am Tatbestand des Suizids bestanden, aber das Material ist inzwischen wahrscheinlich unbrauchbar geworden.«

»Ich glaube, die heutigen Möglichkeiten, den biologischen Vater eines Kindes festzustellen, sind nicht nur ein Segen«, sagte Hinnerk.

Pia wurde heiß. Gut, dass er ihr Gesicht nicht sehen konnte! »Warum?«, fragte sie.

»Was verbindet die Eltern mit ihrem Kind? Die Gene oder ihre emotionale und soziale Beziehung?«

»Beides. Würdest du es denn wissen wollen?« Die Worte waren ausgesprochen, bevor Pia über die Konsequenzen nachgedacht hatte. Hinnerks Hände hielten in der Bewegung inne.

»Ob ich der Vater deines Kindes bin?«

Jedes Ausweichen käme einer Lüge gleich, die in Zukunft alles noch schlimmer machen würde.

»Ich bin mir ziemlich sicher, dass du der Vater bist, aber …«, sagte sie.

»Was heißt das, Pia?«

Es hieß, was es hieß. »Ziemlich sicher« ist nicht »vollkommen sicher«. Jetzt musste sie da durch.

»Hattest du was mit diesem Andrej, der unter dir wohnt? An dem Abend vor deinem Abflug nach Italien? Es kam mir gleich so merkwürdig vor …«, fragte er, bevor sie sich eine Antwort überlegt hatte.

»Nein«, sagte sie fest. »Ich hatte nichts mit Andrej. Nicht vor Italien und auch sonst nie.« Doch das war nur die halbe Wahrheit, und Hinnerk hatte mehr verdient. Pia stand auf und drehte sich zu ihm um, um ihm in die Augen zu sehen. Sie hasste es, ihm wehtun zu müssen. »Es war ein ehemaliger Kollege von mir, ein einmaliger Ausrutscher … während meiner Ermittlungen in Italien. Es ist ganz unwahrscheinlich, dass er der Vater ist.«

»Aber nicht unmöglich?«

»Nein.«

Hinnerk starrte sie an. Sein Schweigen war schlimmer, als wütende Anschuldigungen es gewesen wären. »Und das sagst du mir erst jetzt?«, fragte er endlich.

»Ändert es etwas?«

»Alles. Im Moment ändert es alles«, sagte er.

Nach den Wochen permanenter Übelkeit passierte es ihr jetzt zum ersten Mal, dass sie sich übergeben musste. Sie rannte ins Badezimmer, und als ihr Magen seinen wütenden Protest endlich aufgegeben hatte, stellte Pia fest, dass sie allein in der großen Wohnung war.

20. Kapitel

Hallöchen, einen wunderschönen ...«, grüßte Maiwald, als er sich neben Pia auf den Beifahrersitz fallen ließ. Er hatte sich offensichtlich vorgenommen, bester Laune zu sein.

Gabler hatte vorgeschlagen, dass er und Pia heute zusammen nach Kargau fahren sollten, um die anstehenden Befragungen durchzuführen. Der Plan behagte ihr nicht. Sie hätte heute gern mit jedem anderen Kollegen zusammengearbeitet, nur nicht mit Olaf Maiwald. Dazu fühlte sie sich nach der letzten Nacht nicht widerstandsfähig genug. Pia nickte ihm zu und ordnete sich in den fließenden Verkehr vor Maiwalds Haus ein.

»Alles in Dortmund?«, fragte er, nachdem sie vor der ersten roten Ampel zum Stehen gekommen war.

Alles Roger in Kambodscha, dachte sie, nickte nochmals und beschleunigte den Wagen. »Ich habe heute Nacht schlecht geschlafen. Geben Sie mir eine halbe Stunde Zeit, um richtig wach zu werden.«

»Alles Klärchen!« Er lehnte sich, offensichtlich zufrieden mit dieser Erklärung, in seinem Sitz zurück.

Die Tage des »goldenen Herbstes« waren vorbei. Der frühe November zeigte sich von seiner ungemütlichen Seite. Feiner Nieselregen verwandelte Schmutz und verrottete Blätter auf Gehwegen und Straßen in einen Schmierfilm. Fußgänger hasteten mit eingezogenen Köpfen und unter Schirmen dem nächsten Dach entgegen oder standen dicht gedrängt an den Haltestellen zusammen. Als Pia auf die Autobahn fuhr, musste sie schon auf dem Beschleunigungsstreifen den Takt ihres Scheibenwischers höher einstellen. Entfernte Bäume, Höfe und Wälder zeigten sich als milchige Silhouetten am Horizont.

»Sie lernen Kargau heute nicht gerade von seiner besten Seite kennen«, sagte Pia, als sie endlich in das Waldstück einfuhren, in dem die Uhlenburg lag. »Eigentlich ist es ganz idyllisch hier – wenn man es ländlich und beschaulich mag.« Wie zur Untermalung pladderten dicke Wassertropfen aus den Bäumen auf das Autodach, und ein Greifvogel flog im Tiefflug vor ihnen über die schmale Straße.

»Wo wohnt denn unsere Erzieherin, diese Marianne Fierck?«, fragte Maiwald und reckte den Hals, um die Straßennamen lesen können.

»Hier rechts. Sie wohnt immer noch in der Nähe der Uhlenburg. Es ist nicht mehr weit.«

Pia und Maiwald trafen Marianne Fierck beim Bügeln an. Sie war umgeben von mit Textilien gefüllten Wäschekörben und akkuraten Stapeln frisch gebügelter Kleidungsstücke. In ihrer Küche roch es so, wie sich Chemiker wohl den Duft einer Blumenwiese vorstellen. Die Scheibe des Küchenfensters war beschlagen, und Marianne Fiercks Gesicht sah erhitzt aus.

»Ich fürchte, wir müssen uns hier in der Küche aufhalten«, sagte sie, nachdem sie eingetreten waren. »In der Stube ist es zwar aufgeräumt, aber kalt. Meine Heizung ist ausgefallen, und ich kann nur mit meinem Gasherd für etwas Wärme sorgen. Bis heutzutage ein Installateur vorbeikommt, das dauert. Die warten erst mal, bis man tiefgefroren ist. Möchten Sie Tee oder ein Glas Wasser?«

»Nein, danke, wir kommen gerade aus Lübeck ... direkt vom Frühstückstisch«, sagte Pia, um das Eis zu brechen. Es war, zumindest was sie betraf, eine glatte Lüge.

»Stört es Sie, wenn ich weiterbügele, während wir reden?«, fragte Marianne Fierck. »Ich habe versprochen, dass das alles hier heute Mittag fertig ist. Ich erledige die Bügelarbeiten für ein paar Frauen aus der Nachbarschaft. Es macht mir nichts aus, ich habe ja Zeit genug, und ein bisschen Taschengeld zusätzlich bringt es auch.«

»Kein Problem. Wir sind hier, um noch mal über die vier Mädchen zu sprechen, von denen Sie mir erzählt haben: Katja Simon, Janet Domhoff, Solveigh Pahl und Tamara Kalinoff.«

Marianne Fierck schaltete das Bügeleisen ein und zog ein hellblaues Oberhemd aus einem der Körbe. Sie seufzte leise. »Seit Sie mich danach gefragt haben, muss ich ständig an Tamara denken … An die Nacht, in der sie sich umgebracht hat. Was wollen Sie denn noch darüber wissen?«

»Ich habe die alten Ermittlungsberichte gelesen«, sagte Pia, »aber eines habe ich nicht richtig verstanden: Wieso hatte Tamara einen Schlüssel zur Schwimmhalle?«

Die orangefarbene Leuchte am Bügeleisen erlosch, und das Gerät stieß zischend Dampf aus. Marianne Fierck zog den Kragen glatt und bügelte ihn. Sie sah nicht auf, als sie antwortete:

»Sie hatten einen Schlüssel in Tamaras Sachen gefunden, richtig. Es gab meines Wissens nach zwei Schlüssel zur Schwimmhalle, die im Verwaltungsgebäude aufbewahrt wurden. Dort hingen alle Schlüssel, die gerade nicht in Gebrauch waren. Der Hausmeister hatte noch einen eigenen Schlüsselsatz, den er immer bei sich trug.« Sie hielt einen Augenblick inne und zog sich einen Ärmel zurecht, um ihn zu bügeln.

»Wie konnte Tamara an einen Schlüssel zum Schwimmbad kommen?«

»Das war wahrscheinlich nicht schwierig. Im Verwaltungsgebäude, vor den Büros, da war ein Gang, in dem eine große

Truhe stand. Darauf saßen die Mädchen oft. Zum Beispiel, wenn sie telefonieren wollten. Das einzige Telefon für die Heimschülerinnen befand sich in einem der Büros. Tamara hätte sich einen Schlüssel zum Schwimmbad vom Haken nehmen können, wenn die Sekretärin zwischendurch auf die Toilette musste.«

»Wäre nicht aufgefallen, dass ein Schlüssel fehlt?«, fragte Maiwald, dessen Stirn vor Wärme und Feuchtigkeit glänzte.

»Nicht unbedingt. Es hätte ja auch ein Handwerker sein können, der sich den Schlüssel ausgeliehen hat, um im Schwimmbad was zu reparieren. Abends hätte er allerdings wieder an seinem Platz hängen müssen.«

»Wurden die Reparaturen nicht intern erledigt?«

»Nicht alle. Gerade für das Schwimmbad mussten ab und zu Handwerker aus der Umgebung engagiert werden.« Sie hatte ein Vorderteil des Hemdes ausgebreitet und fuhr routiniert mit dem Bügeleisen darüber.

»Was war das für ein Schlüssel, der bei Tamaras Sachen in der Umkleidekabine gefunden wurde?«, fragte Pia.

»Man hat festgestellt, dass es ein nachgemachter Schlüssel war«, sagte Marianne Fierck. »Keine Ahnung, wo sie das hat machen lassen. Es war jedenfalls kein Original-Schlüssel. Die waren an dem Morgen, als sie gefunden wurde, beide an Ort und Stelle.«

»Und die Tür der Schwimmhalle war abgeschlossen, als Frau Winsen zum Frühschwimmen kam«, ergänzte Pia.

»Ach ja, die arme Gertrud Winsen war zuerst da!«

Marianne Fierck blickte von ihrer Arbeit auf. »So genau habe ich mich damals nicht damit befasst. Das war Sache der Polizei. Meine Gedanken haben sich darum gedreht, warum Tamara es getan hat …«

»Haben Sie für sich eine Antwort darauf gefunden?«, fragte

Pia. Marianne Fierck stellte das Bügeleisen in die Halterung, und eine Wolke von Dampf stieg daraus auf.

»Nein, nicht wirklich. Tamara war ein in sich gekehrtes, eigenwilliges Mädchen. Offen gestanden habe ich sie nicht für herausragend intelligent gehalten. Aber trotzdem konnte man von ihr erwarten, dass sie sich in einer Notlage jemandem anvertraut. Zu versuchen, nachts allein in einer Umkleidekabine des Schwimmbades einen Schwangerschaftsabbruch herbeizuführen, noch dazu in diesem späten Stadium ...« Marianne Fierck schüttelte ratlos den Kopf. »Der reine Irrsinn. Und sich dann auch noch umzubringen ... so unnötig! Das war für uns alle keine einfache Zeit, verstehen Sie?«

»Vielleicht hat sie sich ja jemandem anvertraut. Zum Beispiel dem Vater des Kindes. Er könnte ihr sogar gesagt haben, was sie tun soll, um die Schwangerschaft zu beenden.«

Pia sah überrascht zu Maiwald hinüber. Warum hatte sie noch nicht daran gedacht? Und woher hätte Tamara wissen sollen, wie sie bei einem Abbruch vorgehen soll? Allein bei der Vorstellung, mit einem Drahtbügel den eigenen Unterleib zu traktieren, graute es Pia.

»Mir hat sie sich jedenfalls nicht anvertraut«, sagte Marianne Fierck heiser. »Sie hätte zu einem früheren Zeitpunkt über die soziale Indikation ganz legal abtreiben können. Oder sie hätte das Kind nach der Geburt zur Adoption freigeben können ... Sie hätte es einfach bekommen können. Sie hätte jedenfalls nicht sterben müssen.«

»Wissen Sie, ob es zu der Zeit jemanden in Kargau gab, der illegale Abtreibungen durchgeführt hat?«, fragte Pia. Sie war sich mit einem Mal sicher, dass das Mädchen nicht aus eigenem Antrieb zum Drahtbügel gegriffen hatte. Irgendwer musste sie auf die Idee gebracht haben.

»Wir sprechen hier über das Ende der Achtzigerjahre. Wenn

es nicht anders ging, fuhren die Frauen eher nach Holland, als ihr Leben in die Hände irgendeines Quacksalbers zu legen«, sagte Maiwald.

»Aber Tamara hatte nicht die Möglichkeit, mal eben nach Holland zu fahren«, entgegnete Marianne Fierck. »Außerdem war es auch die Zeit der Prozesse in Memmingen gegen diesen Abtreibungsarzt ... Aber wenn ich mich richtig erinnere, gab es mal eine Frau in der Umgebung ... Die Adresse wurde nur hinter vorgehaltener Hand weitergegeben. Ich habe mich nicht für diese Dinge interessiert. Es hat mich Gott sei Dank nie betroffen.«

»Wer könnte etwas darüber wissen?«, fragte Pia. Sie versuchte, ihre mittlerweile gefühllosen Zehen in den Stiefeln zu bewegen. Die Luft war in Kopfhöhe feucht und warm, am Boden eiskalt.

»Die ältere Generation, die Frauen, die es wussten – die meisten von ihnen sind längst tot und begraben, denke ich.«

Ein energisches Klopfen an der Haustür unterbrach sie. Marianne eilte zur Tür und brachte mit einem kühlen Luftschwall eine distinguiert aussehende Frau mit herein, auf deren Kopf ein lodengrüner Hut mit Feder saß.

»Die Kriminalpolizei aus Lübeck – meine Nachbarin, Eveline Gregorian«, stellte Marianne Fierck vor.

Frau Gregorian streckte Pia eine kleine Hand in einem weichen schwarzen Lederhandschuh entgegen. Martin Gregorians Frau, wie Pia vermutete. Sven Waskamps Tante. Sein Alibi.

»Erfreut. Ich hoffe, Sie sind nicht hier, um unsere liebe Marianne zu verhaften?« Sie lachte künstlich.

Maiwald und Pia verneinten etwas gequält, während Marianne Fierck Stapel von gebügelter Wäsche in einen großen Korb sortierte und auf dem Tisch bereitstellte.

»Ich bin noch nicht ganz fertig geworden, Eveline. Aber das

hier kannst du schon mitnehmen. Den Rest bringe ich dir nachher rüber.«

»Ich wohne nebenan in dem Reetdachhaus mit den grünen Fensterläden«, sagte Eveline Gregorian. »Wenn Sie mich also auch noch befragen wollen …« Sie schien nicht abgeneigt, sich ausfragen zu lassen. Wahrscheinlich langweilte sie sich zu Hause und brannte vor Neugierde, was ihre Nachbarin mit der Polizei zu schaffen hatte.

»Leben Sie schon lange in Kargau?«, fragte Maiwald. Bei seinem schroffen Ton errötete Eveline Gregorian. Pia sah, dass Marianne Fierck über ihrem Bügelbrett verstohlen lächelte. Die Nachbarinnen schienen nicht gerade die besten Freundinnen zu sein, was dem Arrangement, Bügelwäsche wegzugeben, eine pikante Note gab.

»Oh … Mein Mann und ich wohnen seit unserer Hochzeit im Mai neunzehnhundertzweiundsechzig hier. Ich bin gebürtige Kielerin, aber mein lieber Mann stammt von hier. Er ist eine Art wandelndes Lexikon, was Kargau betrifft.«

»Das trifft sich gut. Wir kommen dann gleich noch zu Ihnen hinüber«, kündigte Maiwald an.

Eveline Gregorian nickte erfreut. Sie klemmte sich den Korb mit der frisch gebügelten Wäsche unter den Arm und verabschiedete sich.

Im Kontrast zu der gemütlichen Unordnung nebenan war das Haus der Gregorians staubfrei, fast steril. Jeder Gegenstand schien einen festen Platz zu haben. Antiquitäten, ergänzt durch moderne Klassiker, standen, effektvoll arrangiert, vor Natursteinwänden auf honigfarbenen Holzdielen. Etliche Zwischenwände schienen entfernt worden zu sein, um in der alten Kate diese Art von Weite zu erzeugen. Keine Spur mehr von einem gefüllten Wäschekorb; Hut und Mantel der Hausherrin hingen einsam an der Garderobe neben dem Eingang. Eveline Gregorian schien bereit zu sein.

Maiwald überließ es Pia, den Hintergrund ihrer Ermittlungen zu erläutern, die Frau Gregorian einige »Ohs« und »Ahs« entlockte, bevor sie, mit den Fingern an ihrer Halskette spielend, über die Existenz einer Art Engelmacherin in Kargau oder Umgebung nachdachte.

»Schon die Vorstellung, dass Frauen so etwas tun! Ich habe mir immer Kinder gewünscht, aber unser lieber Vater in seiner großen Weisheit hat es für richtig gehalten, mir andere Aufgaben anzuvertrauen.«

Pia überging die Anspielung auf die anvertrauten Aufgaben, die ihr sicher gern ausführlich erläutert worden wären, und wartete ab. Auch Maiwald konnte schweigen.

»Ich habe da niemals wirklich hingehört, wissen Sie«, fuhr Eveline Gregorian nach einer Weile fort. »Aber ich meine, mich zu erinnern, dass es in einem Nachbarort mal so eine Frau gegeben hat. Früher hätte man sie wohl als Hexe bezeichnet.« Sie lachte nervös. »Sie war dafür bekannt, sich mit Heilkräutern auszukennen. Überall auf den Dörfern gab es früher Menschen, die dieses Wissen hatten. Zu denen gingen die Leute, um Warzen, eine Gürtelrose oder anderes besprechen zu lassen. Die Frau, die ich meine, hat hauptsächlich Kräuter verkauft, die eine Schwangerschaft verhindern sollten. Oder eben auch vorzeitig beenden konnten. Ich weiß das, weil man mir damals geraten hatte, mich wegen meiner Kinderlosigkeit an sie zu wenden, nachdem die Ärzte mir nicht helfen konnten. Aber das habe ich selbstverständlich nicht getan.«

»Wie hieß die Frau?«

»Das weiß ich nicht. Ich wollte es nicht wissen, verstehen Sie?«

»Über welche Zeit sprechen wir hier? Hat die Frau Ende der Achtziger noch … praktiziert?«

»Das kann ich mir nicht vorstellen«, sagte Eveline Gregorian zögerlich.

»Hatte sie etwas mit dem Mädchenerziehungsheim zu tun?«

»Nein, bestimmt nicht. Ein Arzt aus Kargau hat die Heimschülerinnen betreut.«

»Fällt Ihnen jemand ein, der uns den Namen und die Adresse der Frau nennen könnte?«

»Nein.« Sie presste die Lippen aufeinander.

»Es geht hier nicht um ein bisschen Dorfklatsch, Frau Gregorian. Es geht um die Aufklärung eines Mordfalls«, sagte Maiwald.

Eveline sah von einem zum anderen. Sie rieb sich verlegen die Hände. »Tut mir leid. Ich kann Ihnen wirklich nicht weiterhelfen.«

Als sie draußen vor dem Haus standen, meinte Pia grimmig lächelnd: »Nicht schlecht. Es hätte ja klappen können. Aber wir finden den Namen der Frau heraus. Wenn pflanzliche Mittel versagt haben, wer weiß, vielleicht hatte sie für Frauen in Not noch weitere Tipps parat. Und ich habe eine Idee, wo wir das vielleicht in Erfahrung bringen.«

21. Kapitel

*M*aispoularde *mit Pilznudeln an Marktgemüse. Zanderfilet auf Wirsing mit Linsenschaum ...«, las Pia vor. Die Speisekarte hing neben dem Eingang des Kargauer »Dorfkrugs« aus. »Ganz schön schick für einen ›Dorfkrug‹. Aber ich vermute, dass wir hier richtig sind.«*

»Sehen Sie die Preise? Um diese Uhrzeit bekomme ich immer Hunger«, klagte Maiwald.

Pia stieß die Tür auf. Um die Mittagszeit mitten in der Woche waren nur wenige Tische besetzt. Ein Bartresen aus dunklem Holz erstreckte sich über die gesamte Länge des Raumes. Pia stellte sich in die Nähe der Zapfanlage.

Kurz darauf kam ein etwa fünfzigjähriger Mann mit nach hinten gekämmtem, dunklem Haar aus dem Hintergrund auf sie zu. »Moin. Möchten Sie speisen oder nur etwas trinken?«

»Guten Tag. In erster Linie sind wir hier, weil wir ein paar Fragen an Sie haben«, sagte Maiwald und zog seinen Polizeiausweis hervor.

Der Wirt sah von Maiwald zu Pia. »Fragen? Gibt es Probleme in Kargau, die unser Dorfsheriff nicht auch lösen kann?«

»Wir ermitteln in einem Mordfall, der auf dem Priwall verübt wurde. Am letzten Sonntag. Sie haben vielleicht davon gehört oder gelesen?«

»Schon möglich. Der ›Heckenschützen-Mord‹. Ich kannte den Mann nicht, den es erwischt hat. Oder war er zufällig mal Gast in meinem Restaurant?«

»Das wissen wir nicht«, sagte Pia. »Unsere Fragen zielen

eher in eine andere Richtung. Leben Sie schon lange in der Gegend hier?«

»Mein ganzes Leben. Was woll'n Sie denn wissen, junge Frau?«, gab sich der Mann jovial. Wenn man zu zweit unterwegs war, stellte sich meistens recht schnell heraus, wer der bevorzugte Ansprechpartner bei einer Befragung war. In diesem Fall hatte Pia gewonnen, während Eveline Gregorian eindeutig Maiwald den Vorzug gegeben hatte.

»Wir interessieren uns dafür, ob es hier früher jemanden gab, der illegale Abtreibungen vorgenommen hat. Es geht uns dabei nicht um Strafverfolgung. Wir suchen einen Zeugen für einen Todesfall, der sich hier Ende der Achtzigerjahre zugetragen hat.«

Der Wirt kratzte sich am Kopf. »Wissen Sie, irgendwo auf den Dörfern gab es immer so jemanden. Solche Dinge sind nun mal passiert. Vielleicht sogar noch in den Achtzigern, obwohl ich das für unwahrscheinlich halte. Aber einen konkreten Namen …« Er schüttelte nachdenklich den Kopf.

»Nicht einmal eine Idee? Es würde uns sehr weiterhelfen«, sagte Pia einschmeichelnd. Maiwald warf ihr einen überraschten Blick zu. Sie konnte auch anders, was dachte er denn?

Der Wirt grinste plötzlich. »Warten Sie mal!« Er verschwand in der Küche und kam kurz darauf mit einer dünnen, rotgesichtigen Frau zurück, die er als »Ilse Kreutzer, meine Köchin« vorstellte. Sie musterte die Polizisten und entschied sich ganz offensichtlich, dass es amüsanter war, mit ihnen zu reden, als ununterbrochen Sauce Hollandaise anzurühren oder Gemüse zu schnippeln. Wenn ein Großteil dieser Dinge nicht sowieso aus der Tüte kam – Pia hatte keine Ahnung. Maiwald erklärte ihr, was sie wissen wollten.

»In einem der Nachbardörfer gab es mal jemanden, ja«, sagte sie prompt: »Marthe Vorhusen hat sie geheißen. Die dülle Marthe. Ihre Adresse durfte man nur hinter vorgehaltener Hand weitergeben. Ihre Mutter soll nach dem Krieg 'ner Menge Frauen aus der Verlegenheit geholfen haben, wie man so sagt. Für Geld, für 'n Huhn oder einen Sack Kartoffeln … Damals hatte das Geschäft der Engelmacher Hochkonjunktur. Irgendwann hat ihre Tochter Marthe übernommen, aber da war es nicht mehr so arg. Sie hat sich auf Kräuter spezialisiert. Doch gekonnt hat sie es wohl auch: Abtreibungen durchführen, meine ich. Heute kräht kein Hahn mehr danach. Die Tochter, also Marthe, ist auch schon lange tot.«

»Wissen Sie, wo die Frau gewohnt hat?«

»In Niederseedorf, direkt am Ortsende. Das Haus steht nicht mehr. Da haben sie stattdessen einen Getränkemarkt hingebaut.«

»Wissen Sie, wann Marthe Vorhusen gestorben ist und ob sie Kinder hatte?«

»Kinder hatte sie keine. Ich weiß nur, dass sie nicht friedlich in ihrem Bett gestorben ist. Sie wurde vom Blitz erschlagen oder so. Einige fanden, sie hätte ihre gerechte Strafe erhalten, aber ich denke, da soll ein anderer drüber urteilen. Sie hat auch vielen Menschen geholfen. Meine Tante hat sie von 'nem schlimmen Ausschlag geheilt, als kein Arzt ihr helfen konnte. Meine Tante Gretje, die ließ nichts auf die Vorhusen kommen.«

Maiwald machte sich Notizen.

Der Wirt schien entweder das Gesprächsthema oder aber Pia recht interessant zu finden. Fast widerstrebend wandte er sich einem neuen Gast zu. »Moin, Martin. Das Übliche um diese Uhrzeit?«

»Wie immer … Aber heute ein Mettbrötchen mit weniger Zwiebeln, wenn das möglich ist.«

»Haste gehört, Ilse? Der Gregorian verträgt deine Zwiebeln nicht mehr«, sagte der Wirt an seine Köchin gewandt. Die murmelte etwas, das verdächtig nach »alter Tattergreis« klang, und verschwand wieder in der Küche.

»Erinnerst du dich an eine Frau, die in Niederseedorf gelebt hat? Und zwar dort, wo heute der Getränkemarkt steht?«, fragte der Wirt Gregorian, als er ihm einen Becher Kaffee hinstellte. Es roch verlockend. Pia, die sich Koffein-Entzug auferlegt hatte, hätte sich den Becher am liebsten geschnappt und das schwarze Gebräu hinuntergestürzt.

Der Mann schien zu bemerken, dass sie zu ihm hinübersah, denn er drehte den Kopf und sah sie aufmerksam an. »Kennen wir uns nicht?«

»Wir sind uns neulich im Haus von Herrn Waskamp begegnet.«

»Richtig, Sie sind die Kommissarin aus Lübeck. Frau Korittke, nicht wahr?«

»Korittki, nicht wie der Schauspieler«, verbesserte Pia, erstaunt, dass er ihren Namen überhaupt im Gedächtnis behalten hatte.

»Frau Korittki – gut. Interessieren Sie sich etwa für die alte Vorhusen aus Niederseedorf?«

»Nicht für die Ältere, sondern für ihre Tochter. Wir haben uns gerade nach ihr erkundigt«, mischte sich Maiwald ein.

Gregorian sah Pia fragend an.

»Mein Kollege, Olaf Maiwald«, stellte sie vor. Der Kaffee duftete aufdringlich gut. Sie musste schlucken. »Kannten Sie Marthe Vorhusen persönlich?«

»Nein. Nicht persönlich. Aber gehört hatte wohl jeder hier von ihr. Ihre Mutter galt als die Probsteier Hexe … Und sie selbst war als dülle Marthe bekannt. Etwas verrückt, wissen Sie.«

»Hat Marthe Vorhusen illegale Abtreibungen vorgenommen?«

»Möglich. Das waren andere Zeiten damals ...«

»Ende der Achtziger?«, fragte Pia, die zu der Zeit mit der Schule fertig gewesen war.

Gregorian zuckte mit den Schultern.

»Ist die Frau denn wirklich an einem Blitzschlag gestorben, Martin?«, mischte sich der Wirt ein. Er stellte einen Teller mit Mettbrötchen vor Gregorian ab. Das war zu viel für Pia. Kaffeeduft und der Geruch des frischen Metts. Rohes Fleisch war ihr ebenfalls nicht erlaubt.

»Ich hätte auch gern einen Kaffee, aber nur eine Tasse. Und ein Käsebrötchen?«, sagte sie.

»Aber gern doch.«

Maiwald sah erheitert aus.

»Es war kein Blitz, der das Haus der alten Vorhusen zerstört hat, sondern eine Gasexplosion«, berichtigte Gregorian. »Es war eine undichte Gasleitung. Da muss ziemlich dran herumgepfuscht worden sein. Die Vorhusen wollte wohl das Geld für richtige Handwerker sparen und hat jemanden schwarz bei sich arbeiten lassen. Am falschen Ende gespart, wie man so sagt. Eine traurige Geschichte. Die Frau ist in ihrem Bett gestorben, erstickt und dann verbrannt ... Ich war froh, nichts damit zu tun zu haben.«

»Martin hatte zu der Zeit noch seine Installationsfirma. Er hat die halbe Probstei unter Vertrag gehabt, nicht wahr, Martin?«

»Und noch weit darüber hinaus«, bestätigte Gregorian. »Ich habe die Firma vor fünf Jahren verkauft, und seitdem mache ich nur noch, wozu ich Lust habe.«

Segeln, Tennis, vielleicht auch Golf spielen, vermutete Pia, dem gebräunten Teint und muskulösen Körper nach zu urteilen. Die Firma musste einträglich gewesen sein. Kaffee und Brötchen wurden vor ihr abgestellt, und sie trank einen

Schluck. Das war gut. Sie hätte Koffein zur Not auch intravenös zu sich genommen. Mit neuem Elan konzentrierte sie sich auf ihr Anliegen. »Wenn Sie eine Installationsfirma hatten, kennen Sie bestimmt eine Menge Leute in Kargau und sind in vielen Häusern gewesen«, sagte sie. »Waren Sie auch für die Uhlenburg zuständig?«

»Nein, die haben das meiste selbst erledigt. Hatten 'ne eigene Schlosserei und so weiter. Ich war mit einem der Handwerksmeister gut befreundet. Erinnerst du dich noch an Kurt, Werner?«

»Na klar«, sagte der Wirt. »Der Kurt, das war so ein Unikum, ganz vom alten Schrot und Korn. Nur mit der Schwimmhalle hat er es nicht so gehabt. Hat immer auf die empfindliche Technik geschimpft.«

»Stimmt. Meine Leute haben manchmal Wartungsarbeiten in der Schwimmhalle erledigt. Die Pumpe war ständig defekt. Das war ein verdammt teures Vergnügen für ein Erziehungsheim – oder, besser gesagt, für uns Steuerzahler.«

»Sie haben Wartungsarbeiten in der Schwimmhalle durchgeführt?«, hakte Pia nach.

»Nicht ich. Meine Leute«, entgegnete Gregorian. »Ich musste immer gut überlegen, wen von meinen Männern ich da hinschicken konnte. Bei all den Mädchen, die dort herumliefen.«

»Hat es in dieser Hinsicht mal Probleme gegeben?«

»Wenn Sie mich so fragen: Es hat einmal einen Zwischenfall gegeben. Ich hatte einen jungen Mann, der einfache Handlangerarbeiten erledigt hat. Er war … na ja, ein wenig einfach gestrickt, könnte man sagen. Wilbur … Wilbur Asmussen hieß er. Früher hätte so einer als Knecht auf einem der Höfe sein Auskommen gehabt. Aber die Zeiten waren andere geworden, und auch solche Männer wollten beschäftigt sein und etwas Geld verdienen. Ich hab Wilbur für mich arbeiten lassen.

Sein Vater war gerade gestorben, er saß quasi auf der Straße. Wilbur hat eine Weile in einem Raum auf meinem Betriebsgelände gewohnt. Wenn er frei hatte, ist er mit seinem Fahrrad durchs Dorf gefahren und hat versucht, Anschluss zu finden. Er galt als harmlos, aber auch so einer hat Hormone, hat Bedürfnisse, wenn Sie verstehen, was ich meine.«

Pia nickte, etwas genervt von seiner umständlichen Ausdrucksweise.

»Es stellte sich heraus, dass er sich viel auf dem Heimgelände herumdrückte und die Mädchen beobachtete. Mit Vorliebe dort, wo sie nicht ganz korrekt bekleidet waren. Beim Sport, im Sommer auf der Wiese, in ihren Schlafräumen.«

»Ein Spanner?«, fragte Maiwald. »Hat er sich den Mädchen genähert, versucht, Kontakt zu Ihnen aufzunehmen?«

»Es gab ein paar Beschwerden, aber ich war überzeugt davon, dass der arme Bursche vollkommen harmlos war. Letzten Endes musste ich ihn irgendwann trotzdem entlassen. Die Technik schritt immer weiter voran, alles wurde komplizierter. Mir ist schlicht die Arbeit für ihn ausgegangen.«

»Was ist aus ihm geworden?«, wollte Pia wissen.

Gregorian zuckte die Schultern. »Manchmal sehe ich ihn. Er lebt noch in der Gegend hier ...«

»Wilbur soll in einem alten Bauwagen wohnen«, ergänzte der Wirt. »Es hält ihn nie lange an einem Ort. Fragen Sie nach ›Streng-Geheim‹, unter dem Namen ist er bekannt.«

»Streng-Geheim?«

»Er wollte andauernd irgendwelche Geschäfte anleiern, vermutlich krumme Touren. Und er hat den verdutzten Leuten immer wieder versichert, alles sei ›streng geheim‹«, erklärte Gregorian mit nachsichtigem Lächeln.

»Könnte er etwas mit der Heimschülerin zu tun gehabt haben, die sich damals im Schwimmbad umgebracht hat?«

»Wer weiß? Beschäftigen Sie sich immer noch mit dem Tod dieser Kalinoff?«

»Wir ermitteln wegen des Priwall-Mordes. Der Tod der Heimschülerin ist nur eine der Spuren, die wir dabei verfolgen«, sagte Maiwald.

Endlich kam auch Pias Essen aus der Küche. Sie biss gierig in ihr Käsebrötchen. Dieser blöde Hunger …

»Haben Sie schon neue Erkenntnisse, den Priwall-Mord betreffend?«, wollte Gregorian wissen. Er sah von Maiwald zu Pia. »Oder dürfen Sie nicht darüber reden?«

»So ist es«, sagte Pia, nachdem sie geschluckt hatte.

22. Kapitel

Wilbur Asmussen?« Katja Simons Stimme am Telefon klang misstrauisch. »Ich erinnere mich nicht. Sie sagen, er hätte in Kargau gewohnt und sich oft in der Nähe des Heims herumgetrieben?«

»Er war damals bei einer Installationsfirma angestellt und hat einfache Handlangerarbeiten ausgeführt. Angeblich ist er ein Spanner gewesen. Kann es sein, dass er sich besonders für Tamara Kalinoff interessiert hat? Hat Ihre Freundin mal etwas in der Richtung erwähnt?«

»Nein, ich kann mich nicht daran erinnern, Frau Korittki. Aber alle haben für Tamara geschwärmt. Sie war kurz vor ihrem Tod mit Sven Waskamp befreundet, das weiß ich noch, aber ansonsten ...«

Die Erwähnung des Namens ließ Pia aufmerken. »Wie gut kennen Sie Sven Waskamp, Frau Simon?«

»Äh ... na ja. Er ist mir neulich wieder über den Weg gelaufen. Als ehemalige Kargauer kennt man sich natürlich.«

»Tatsächlich?«

»Er kandidiert für den Bundestag, und er hat gute Chancen ... Er liegt zwar politisch nicht ganz auf meiner Wellenlänge, doch es sieht so aus, als hätte er Potenzial. Wir hatten damals nach einer Veranstaltung eine kleine, kontroverse Diskussion über das Gesundheitswesen.«

»Also gut: Sven Waskamp kennen Sie, aber an Wilbur Asmussen erinnern sie sich nicht. Oder kannten Sie ihn vielleicht unter seinem Spitznamen ›Streng Geheim‹?«

Katja lachte auf. »An ›Streng Geheim‹ erinnere ich mich natürlich! Ich fürchte, wir waren damals nicht sehr nett zu ihm. Mädchen in einem gewissen Alter können solche Zicken sein! Was ist aus ihm geworden?«

»Wir wissen es nicht. Deshalb suchen wir ihn.«

»Lassen Sie den armen Kerl doch einfach in Ruhe. Wenn die Polizei bei ihm aufkreuzt, wird ihn das schrecklich aufregen. Das ist nicht sehr nett.«

»Warum sagen Sie das?«

»Nichts gegen Sie persönlich. Aber so ein Typ, der hat doch keine Chance, wenn Sie ihn in die Zange nehmen. Und Sie glauben doch nicht, dass er etwas mit Tamaras Tod zu tun hat oder gar mit dem meines Mannes!«

»Was macht Sie da so sicher?«

»Er ist nicht schlau genug. Mädchen nachzuspionieren und sie heimlich zu beobachten ist eine Sache. Vielleicht war er sogar verknallt in Tamara. Aber ich kann mir nicht vorstellen, dass sie sich mit ihm eingelassen hätte und von ihm schwanger war. No way! Und warum sollte er sonst etwas mit ihrem Tod zu tun haben?«

»Er könnte eifersüchtig gewesen sein, weil sie eine sexuelle Beziehung mit einem anderen hatte? Vielleicht hat er Tamara und ihren Liebhaber zusammen gesehen? Außerdem kann er sich leicht Zugang zur Schwimmhalle beschafft haben.«

»Sie kennen ihn nicht, Frau Korittki. Er könnte keiner Fliege was zuleide tun.«

»Dafür, dass er angeblich nicht sehr intelligent und vollkommen harmlos ist, hält er sich ziemlich gut versteckt.«

»Meinen Sie? Er weiß bestimmt gar nicht, dass Sie nach ihm suchen.«

Damit hatte Katja Simon wahrscheinlich recht.

Nachdem Pia auch Solveigh Halby nach Wilbur Asmussen gefragt hatte, ohne etwas Neues erfahren zu haben, stand sie von ihrem Schreibtischstuhl auf und reckte sich. Ihre Nachforschungen nach Asmussens Aufenthaltsort hatten rein gar nichts ergeben. Den alten Bauwagen hatte sie zwar gefunden. Er stand auf einem Bauernhof in der Nähe von Kargau und war in einen Hühnerstall umfunktioniert worden. Doch was aus seinem ehemaligen Bewohner geworden war, wusste dort niemand. Eines Tages war er angeblich einfach verschwunden. Wilbur Asmussens Spur verlor sich, als hätte sich der Mann in Luft aufgelöst. Und die naturwissenschaftlich fundierte Alternative dazu war auch nicht besonders erhebend, dachte Pia.

Pia sah Hinnerk in dem Moment, als sie durch die Glastür des Polizeihochhauses nach draußen trat. Sie hatte ihn seit dem Vorabend nicht mehr gesprochen, weil sie, nachdem sie eine halbe Stunde in seiner Wohnung auf ihn gewartet hatte, nach Hause gefahren war. Er stand mit in den Jackentaschen versenkten Händen da und blickte ungeduldig an der Fassade des Hochhauses hinauf. Pias Herz machte einen Satz, freudig und beklommen zugleich, weil sie nicht wusste, wie sie sich ihm gegenüber verhalten sollte. Sie hatte ihre Karten auf den Tisch gelegt. Es war an ihm, irgendwie darauf zu reagieren. Ein Windstoß zerzauste sein dunkles Haar, Hinnerks Haltung verriet Entschlossenheit.

»Hey.« Sie trat auf ihn zu, spielte verlegen mit dem Reißverschluss ihrer Jacke, bemerkte es und hielt in der Bewegung inne. Sein Gesicht war regungslos – er würde einen guten Pokerspieler abgeben oder einen Kriminellen. So etwas fiel ihr immer dann ein, wenn sie nervös war.

»Ich dachte, ich hol dich direkt von der Arbeit ab. Wie geht es dir, Pia?«, fragte er ruhig.

»Gut. Ich bin mit dem Fahrrad da. Wollen wir uns gleich bei mir zu Hause treffen?«

»Nein.«

»Was dann?«

»Lass uns ein Stück am Kanal entlanggehen«, schlug er vor.

Neutraler Boden, dachte Pia – das war schlecht. Sie wollte nicht mit ihm am Wasser herumspazieren, zwischen Joggern, Leuten, die ihren Hund Gassi führten und, vielleicht, glücklichen Eltern mit Kinderwagen. »Es wird gleich dunkel«, sagte sie widerstrebend.

»Hast du Angst?« Er klang nicht spöttisch und heiter wie sonst, sondern sein Ton war provokativ.

»Höchstens davor, irgendwo reinzutreten«, erwiderte sie und wickelte sich demonstrativ ihren Schal fester um den Hals. Für eine Herbstwanderung war sie nicht passend angezogen, und eine Erkältung konnte sie erst recht nicht gebrauchen. Aber wenn er mit ihr Schluss machen wollte, dann wollte sie es schnell hinter sich bringen.

»Ich habe über alles nachgedacht«, begann er, als sie am Uferweg angekommen waren. Sie gingen nebeneinander her, berührten sich nicht. Aus Hinnerks Nase und Mund stieg kondensierte Atemluft auf. »Das war ein ganz schöner Schock für mich, Pia. Ich weiß, dass es vorher ein paar Probleme zwischen uns gab, dass ich nicht da war, als du nach Italien weggeflogen bist. Aber dass du mich sofort mit irgendeinem Kollegen betrügst ...«

Nicht irgendeinem, dachte Pia, doch dieser Einwurf würde wohl kaum zur Klärung beitragen. Sie hatte Mist gebaut, und Hinnerk würde es nicht einfach so hinnehmen. »Ich kann es nicht rückgängig machen. Es war eine Ausnahmesituation: Ich bin nach Italien abgereist in dem Glauben, dass du etwas mit meiner Schwester angefangen hast«, sagte sie. Wie du mir, so ich dir? Aber so war es nicht gewesen. Es war einfach passiert, und sie würde jetzt nicht klein beigeben.

Er schwieg. Sein Blick ging stur geradeaus, dorthin, wo der Kanal von der Dämmerung verschluckt wurde. Die Umgebung passte perfekt zu ihrer Stimmung. Der Nebel ließ die Luft milchig trüb aussehen, wie eine Öl-in-Wasser-Emulsion. »Ich hatte so viel geplant für uns und unser Kind!«, sagte er endlich. »Weißt du, ich will nicht ewig als Rettungsassistent arbeiten. Ich wollte immer Medizin studieren, und ein Kind, jemand, der mich braucht, würde mir die Motivation geben, es endlich anzupacken.«

»Was? Jetzt noch?«

»Ich bin achtundzwanzig. Genug Wartesemester habe ich inzwischen …«

»Wie stellst du dir das vor? Studieren, nebenbei arbeiten, um finanziell über die Runden zu kommen, und dann auch noch ein Kind?«

»Das Geld ist nicht das Problem«, sagte er zu ihrer Überraschung. »Meine Eltern haben mir etwas hinterlassen. Bisher habe ich es nicht angetastet, es sollte für meine Zukunft sein. Ein Studium und das Kind sind meine Zukunft.«

»Davon hast du mir noch nie was erzählt«, erwiderte Pia.

»Nein, bisher bestand keine Notwendigkeit dazu. Und jetzt, wo ich weiß, was ich will, da erfahre ich von dir so nebenbei, dass alles doch ganz anders ist.«

Sie schwieg schockiert. Es war alles noch schlimmer, als sie befürchtet hatte. Mit wütenden Anklagen, mit durchaus verständlicher Eifersucht und verletzter Eitelkeit hätte sie umgehen können, aber das?

»Es ist nicht alles ganz anders«, sagte sie endlich. »Ich liebe dich. Ich will mit dir zusammenleben. Sonst hätte ich mich nicht für uns und für unser Kind entschieden …«

»Aber du bist dir nicht sicher, in Bezug auf das ›unser‹, meine ich.«

Da war sie wieder, die Frage nach den Genen. »Was ist schon sicher, Hinnerk? Kann ich mir sicher sein, dass du mich in ein paar Jahren noch liebst? Dass wir tatsächlich zusammenbleiben? Das ist Lebensrisiko.«

Er blieb abrupt stehen und drehte sich zu ihr um. »Das ist noch nicht alles, Pia.«

»Ja?« Ging es noch schlimmer? Seinem Gesicht nach zu urteilen, schon.

»Ich kann dir nicht mal einen richtigen Vorwurf machen. Ich würde gern die gesamte Schuld für unsere momentanen Probleme auf dich schieben, doch so funktioniert das nicht. Wir sitzen beide im selben Boot.«

»Ich verstehe nicht …«

»Das mit deiner Schwester, mit Nele … Ich wollte es dir eigentlich niemals sagen. Ich sollte ihr schwören, es nicht zu tun. Da war tatsächlich etwas zwischen uns.«

»Du und Nele? Das ist nicht dein Ernst!«

»Doch, das ist die Wahrheit. Und ich kann es auch nicht rückgängig machen.«

23. Kapitel

In der Bar des »Radisson SAS Senator Hotels« herrschte lebhafter Betrieb. Nach dem Konzert von Maria Barlou waren offenbar noch mehr Konzertbesucher auf die Idee gekommen, den Abend mit einem Absacker in der nahe gelegenen »WunderBar« abzurunden.

Die Geigerin nahm den Trubel rundherum und um ihre Person gelassen hin. Sie saß mit Solveigh Halby und Katja Simon zusammen an einem der Tische an der Fensterfront, von wo aus man über die Trave blicken konnte. Die drei Frauen hatten Cocktails bestellt, und Solveigh fühlte sich, nachdem sie ihren »Swimmingpool« fast ausgetrunken hatte, leicht und lustig, wie schon seit Jahren nicht mehr. Obwohl sie nichts von klassischer Musik verstand, hatte ihr das Konzert gefallen, besonders das letzte Stück von Antonin Dvorak ... Und nun durfte sie mit der Musikerin persönlich in einer Bar zusammensitzen, während die anderen Besucher sich die Hälse nach ihr verdrehten! Wenn es nach ihr ginge, sollte dieser Abend nie zu Ende gehen. Halt, stopp, dann wäre es ja nichts mit dem neuen Leben ... Solveigh fühlte, wie ein wahrscheinlich dümmlich aussehendes Grinsen ihr Gesicht verzog. Sie konnte es nicht länger für sich behalten.

»Ich habe eine eigene Wohnung gefunden«, verkündete sie. »Morgen unterzeichne ich meinen ersten eigenen Mietvertrag.«

»Herzlichen Glückwunsch«, sagte die Musikerin höflich.

Katjas Augenbrauen schnellten in die Höhe. »Du verlässt

Rainer also endlich? Warum hast du mir nicht erzählt, dass du dir eine Wohnung suchst? Du hättest ohne Weiteres noch eine Weile bei mir bleiben können.«

»Ich will dir nicht länger auf die Nerven fallen, Katja. Außerdem brauche ich meine eigenen vier Wände. Ich bin so glücklich … Die Wohnung ist zwar klein, aber so niedlich, und ich kann zu Fuß zur Arbeit gehen!«

»Weiß Rainer es schon?«, fragte Katja.

»Nein.« Das war der Haken an der Sache. Sie wusste nicht, wie ihr Mann das aufnehmen würde. Genauer gesagt: Sie ahnte, dass er es nicht gut aufnehmen würde.

»Na dann, auf die Zukunft«, meinte Maria, die weder Solveighs Mann noch dessen Eigenarten kannte.

Die Frauen hoben noch einmal ihre Gläser. Solveigh sah an Katjas steifen Bewegungen, wie sehr ihr die Ankündigung missfiel. Machte sie sich etwa Gedanken darüber, was Rainer tun könnte, wenn er davon erfuhr? Heute war ein Abend zum Feiern, nicht um besorgt zu sein, fand Solveigh. Sie wollte sich amüsieren. Wann war sie das letzte Mal ausgegangen, und dann noch in ein Konzert und in eine Bar wie diese? Sie hatte ein solches Glück, dass Maria Barlou bei Katja angerufen und sie eingeladen hatte! Sie hatte zwei Konzertkarten für sie zurücklegen lassen.

Katja stellte ihr leeres Glas ab und winkte dem Barmixer zu. Nachdem er ein paar Getränke am Nebentisch abgestellt hatte, kam er zu ihnen. Der Mann grinste in die Runde am Tisch. Solveigh ließ sich nicht täuschen: Der junge Mann mit der langen schwarzen Schürze und dem schwarzen Hemd hatte nur Augen für die Griechin, neben der sie wie ein Bauerntrampel und selbst Katja ein wenig gewöhnlich aussah. »Was darf ich euch bringen?«

»Wie wäre es zur Feier des Tages mit einer Runde Ostseeblut?« Solveigh richtete die Frage an Katja, nicht an den Barkeeper. Obwohl sie sich heute geradezu euphorisch fühlte, litt sie nach wie vor unter ihrer Schüchternheit.

»Das ist jetzt *die* Idee, Solveigh«, sprang Katja darauf an. »Auf die alten Zeiten!« Sie legte dem Kellner vertraulich die Hand auf den Arm und zog ihn ein Stück zu sich hinunter, um ihm die Bestellung ins Ohr zu flüstern. Katja schien fast verzweifelt bemüht zu sein, ihre momentane Situation für ein paar Stunden zu vergessen. Soweit Solveigh wusste, hatte sie während und auch nach Timos Beerdigung noch nicht eine Träne vergossen. Irgendwann würde der Damm brechen, dachte Solveigh. Bis es so weit war, benahm sich Katja weiterhin launisch und gereizt oder ungewöhnlich aufgekratzt, so wie jetzt gerade. »Das wird großartig«, sagte Katja, nachdem sie den Barkeeper ins Bild gesetzt hatte. »Du wirst sehen, Maria. Es ist ein ganz spezielles Rezept. Janet hat Ostseeblut geliebt.«

»Ich bin froh, dass wir uns endlich treffen können. Janet hat mir viel von euch erzählt«, sagte die Musikerin.

»Wirklich? Ich verstehe nur nicht, warum sie sich dann nie wieder bei uns gemeldet hat«, erwiderte Katja mit einem falschen Lächeln. Solveigh hielt die Luft an.

»Zuerst war sie zu beschäftigt. Und nachdem eine gewisse Zeit vergangen war, fand sie es vermutlich schwierig, sich einfach so wieder zu melden.«

»Wir haben nur noch in der Zeitung über sie gelesen … oder sie im Fernsehen gesehen«, sagte Solveigh.

»Ich weiß, dass ihr ihr wichtig gewesen seid. Ohne euch hätte Janet die Zeit in dem Heim wohl nicht überstanden.«

»Es war für keinen von uns leicht«, sagte Katja. »Und nicht alle haben es überstanden.«

»Du meinst eure Freundin, die Selbstmord begangen hat?

Janet hat es mir erzählt. Es hat sie nie richtig losgelassen. Wie vieles, was in dem Heim passiert ist. Das ist auch der Grund, weshalb ich euch endlich kennenlernen wollte.«

Der Barmixer kam mit einem Tablett zurück an den Tisch, auf dem sich drei Stiel-Gläser mit einer leuchtend roten Flüssigkeit befanden. »Alles recht so?«, fragte er, als er die Cocktails vor ihnen abstellte.

»Wunderbar«, bestätigte Katja. »Das Getränk, das nicht auf der Karte steht: Ostseeblut. Früher haben wir das nur heimlich getrunken. Da war es natürlich noch besser!«

»Es sieht genau aus wie damals«, sagte Solveigh. Sie hatten sich zu viert immerwährende Freundschaft damit gelobt. Und was war nun? Sie waren nur noch zu zweit.

»Warum heißt es Ostseeblut?«, fragte Maria Barlou.

»Wir kommen alle von der Ostsee«, erklärte Katja. »Wir haben gewissermaßen Ostseeblut. Das verbindet. Und das Zeug ist rot wie Blut, oder etwa nicht?«

»Gib Maria den ersten, ich will wissen, ob es ihr schmeckt.«

»Wir stoßen zusammen an«, sagte Katja und reichte die Gläser weiter.

»Auf Janet – und darauf, dass es ihr gelungen ist, ihre Träume zu verwirklichen«, meinte Solveigh. Sie hatte Janets Karriere als Schauspielerin stets ein wenig neidisch verfolgt. Nicht dass sie sich selbst gewünscht hätte, im Rampenlicht zu stehen. Und Janet hatte auch nie große Rollen gespielt. Aber sie war das geworden, was sie hatte werden wollen. Und was ihr im Heim wohl niemand zugetraut hatte.

»Das Stipendium für die Schauspielschule war ein Riesenglück für sie. Und Janet hatte es wirklich verdient«, sagte Katja. Solveigh hörte wieder den falschen Ton heraus, der in dieser scheinbar harmlosen Bemerkung mitschwang. In Katjas Augen waren es immer die anderen, die gefördert wurden oder etwas gewannen. Sie selbst kannte dieses Gefühl, stets in der zweiten Reihe zu stehen, ebenfalls. Doch Katja hatte sich dazu entschieden, für ihre Ziele zu kämpfen.

Maria schien nichts von Neid und Missgunst zu bemerken. Sie trank vorsichtig einen Schluck aus ihrem Glas. »Sehr lecker«, sagte sie. »Janet hatte übrigens gar kein Stipendium. Sie war eine ganz normale Studentin.«

»Aber die Schauspiel-Schule, auf die sie gegangen ist, das war doch eine Privatschule! Da musste man monatliche Studiengebühren bezahlen, vom eigenen Lebensunterhalt ganz zu schweigen.« Katja hatte ihr Glas schon ausgetrunken und wischte sich mit dem Handrücken den Mund ab. »Und Janet war talentiert. Warum also kein Stipendium? Wir haben oft über ihre Zukunftspläne gesprochen. Ohne Unterstützung hätte Janet sich die Ausbildung gar nicht leisten können.« Katja wusste, wovon sie sprach. Sie zahlte immer noch einen Studien-Kredit ab, dachte Solveigh.

»Ich bin mir sicher, dass es nicht so war«, beharrte Maria. »Ich habe Janet kennengelernt, als sie kurz vor dem Abschluss stand. Nicht lange danach hat sie ihre Rolle in *Ein Tag wie heute* bekommen. Sie sagte, das sei eine göttliche Fügung, weil ihre Ersparnisse komplett aufgebraucht seien.«

»Janet hatte kein Geld«, erklärte Katja streitsüchtig.

Ostseeblut war ein Teufelszeug. Es hatte schon immer diese Wirkung auf Katja gehabt, erinnerte sich Solveigh mit einem Schaudern. Sie würde nie nachgeben, nicht einen Millimeter, und wenn es sie den Kopf kosten würde. Wie hatte sie nur vorschlagen können, dieses alte Rezept wieder auszugraben?

»Sie hatte auch kein Stipendium«, sagte Maria bestimmt.

»Vielleicht hatte sie einen Gönner«, schlug Solveigh vor.

»Gönner!« Katja schnaubte verächtlich. »Sol, du hörst dich schon an wie deine verstaubten viktorianischen Liebesromane!

Außerdem war Janet nicht auf Männer fixiert, wie wir heute erfahren haben, sondern sie liebte Frauen.«

»Dann eine Gönnerin – eine …«

»Ich war es nicht«, versetzte Maria trocken.

»Janet hat sich nach ihrer Entlassung überhaupt nicht mehr bei uns gemeldet. Das passte nicht zu ihr. Vielleicht besteht da ein Zusammenhang: Janets plötzliche finanzielle Unabhängigkeit und dass sie den Kontakt zu uns abgebrochen hat.« Katja reckte streitlustig das Kinn.

»Was willst du damit andeuten?«, fragte Maria drohend.

Solveigh sah wie unbeteiligt zum Fenster hinaus. Hinter dem gläsernen Halbrund der Bar konnte sie die Lübecker Altstadt sehen. Die Lichter der Häuser spiegelten sich im leicht bewegten Wasser der Trave. Ein traumhaft schöner Abend. Wollte Katja ihn mit Gewalt verderben?

»Nichts. Ich will nichts andeuten«, hörte sie Katja sagen. »Trotzdem wirft die ganze Geschichte ein paar Fragen auf. Ich erinnere mich genau daran, dass Janet kurz nach Tamaras Selbstmord entlassen worden ist. Woher hatte sie mit einem Mal Geld?«

»Katja, du weißt doch gar nicht, ob es so war. Hör auf damit!«, flehte Solveigh. Die Richtung, die das Gespräch nahm, der wütende Gesichtsausdruck der Griechin, alles schien mit einem Mal geradewegs auf eine Katastrophe zuzusteuern.

»Was genau meinst du?«, fragte Maria Barlou mit kalter Stimme.

»Vielleicht bekam Janet ja Geld dafür, dass sie verschwindet?«

»Sie wurde offiziell aus dem Heim entlassen. Janet ist nicht einfach abgehauen«, warf Solveigh ein.

»Dann hat sie vielleicht Geld dafür bekommen, dass sie den Mund hält und geht.«

»Und ich dachte, ihr wärt Janets Freundinnen gewesen«, sagte Maria und rückte ein Stück vom Tisch ab.

»Das sind wir auch. Es ist nur merkwürdig«, ritt sich Katja immer tiefer in den Sumpf hinein.

»Mir gefällt nicht, was ihr da andeutet.«

»Wir deuten doch gar nichts an«, sagte Solveigh.

Maria beachtete sie nicht, sondern starrte Katja an. »Janet hat übrigens immer nur gut von euch geredet. Besonders über dich, Katja. Ich hatte den Eindruck, dass sie euch vor allem vor irgendetwas beschützen will. Das wollte ich euch noch sagen. Aber was soll's!« Maria Barlou erhob sich graziös. Katja und Solveigh sahen wortlos zu, wie sie einen Geldschein auf den Tresen legte und die Bar verließ.

»Südländisches Temperament«, bemerkte Katja spöttisch.

»Das hast du ja toll hingekriegt, Katja«, klagte Solveigh, die nun wieder nüchtern war.

»Interessant ist es trotzdem.« Katja zuckte mit den Schultern und trank den Rest aus Marias Glas auch noch.

Das mit dem Ostseeblut war wirklich keine so gute Idee gewesen, dachte Solveigh.

»Das hast du aber mal wieder schön hinbekommen«, lästerte auch Heinz Broders, als er am nächsten Morgen neben Pia auf dem Beifahrersitz saß und die graue Landschaft an sich vorbeiziehen sah. Die Hügelketten der Holsteinischen Schweiz lagen in nebligem Dunst, und die fast entlaubten Knicks sahen aus wie zerfaserte Schattenrisse.

»Was meinst du damit? Wie schnell ich Wilbur Asmussens Aufenthaltsort herausgefunden habe oder das mit Rainer Halby?«, fragte Pia in gleichgültigem Tonfall.

Doch Broders kannte sie zu gut. Etwas war passiert. Pias

Energie und Entschlossenheit, den Fall Feldheim betreffend, hatte etwas ausgesprochen Ungesundes, wenn nicht gar Fieberhaftes angenommen. Er kannte sich mit schwangeren Frauen nicht aus, aber diese Aktivität und Entschlossenheit erschienen ihm sogar für Pia übertrieben. Er würde es schon noch herausfinden. Vorerst beschränkte er sich auf das Berufliche, um sie in Sicherheit zu wiegen: »Nun, die Tatsache, dass heute Nacht zwei Uniformierte Rainer Halby vor dem Haus der Simon aufgelesen haben, war fast ein Selbstgänger. Ab und zu mal eine Streife dort vorbeischicken ... das hätte jedem von uns einfallen können. Schade nur, dass seine Frau noch keine einstweilige Verfügung gegen ihn erwirkt hat! Aber dass wir beide jetzt im Auto sitzen, um einen Obdachlosen zu befragen, der sich in Jugendtagen mal in unmittelbarer Nähe eines Heimes mit schwer erziehbaren Mädchen herumgetrieben hat ...« Broders schnalzte geringschätzig mit der Zunge.

»Wenn ich mich recht erinnere, warst du es, der mich unbedingt nach Plön begleiten wollte, Broders. Du hast sogar unseren lieben Maiwald in hohem Bogen aus dem Rennen katapultiert.«

»Jemand muss ja ein Auge auf dich haben«, sagte er und wischte mit dem Ärmel über die beschlagene Scheibe des Beifahrerfensters.

»Wilbur Asmussens Aufenthaltsort herauszufinden war übrigens ein Kinderspiel«, erklärte Pia. »Ich musste nur einen früheren Kollegen aus dem Kreis Plön anrufen. Der wusste, wo er suchen muss. Es gibt nämlich immer mal wieder Beschwerden über Asmussen, weil er mit einem alten Wohnmobil, einem Mercedes-Bus, auf Privatgrundstücken campiert. Er steht seit ein paar Wochen auf dem Gelände einer Kieskuhle, was von den Betreibern mehr oder weniger geduldet wird. Die Polizei ist heute Morgen dort hingefahren und hat Herrn Asmussen gebeten, mit aufs Revier zu kommen, um ein paar Fragen zu beantworten.«

»Was versprichst du dir von diesem Asmussen, Pia?«

»Antworten. Ich will wissen, was damals in dem Heim passiert ist. Ob der Tod der Heimschülerin etwas mit dem Mord an Timo Feldheim zu tun hat.«

»Ich halte das für abwegig.«

»Auch, dass der Mordanschlag nicht Timo Feldheim, sondern seiner Frau Katja Simon gegolten haben kann?«

»Ich denke immer noch, der Anschlag hat niemandem im Speziellen gegolten.«

»Deine Unruh-Theorie«, stellte Pia fest.

»Wenn du so willst.«

Der Name hing noch ein paar Sekunden in der Luft, doch keiner sagte noch etwas dazu. Pia bremste und bog auf den Parkplatz des Polizeireviers ab. Die Kollegen aus Plön und auch Wilbur Asmussen erwarteten sie.

24. Kapitel

Wilbur Asmussen war laut seinen Papieren sechsundvierzig Jahre alt, sah aber aus wie mindestens sechzig. Er war hager, mit ledriger Haut und langen dünnen Haaren, die, zu einem Zopf gebunden, unter einer olivgrünen Wollmütze herausguckten. Seine Augen waren blank wie Knöpfe, und wenn er grinste, zeigte sich, dass er Probleme mit der Zahnhygiene hatte. Es würde eine langwierige Befragung werden, dachte Broders, denn Asmussens Haltung sagte ihm, dass dieser etwas vor ihnen zu verbergen trachtete, und sei es ein gestohlenes Huhn oder ein paar Cannabis-Pflanzen, die er in seinem Wohnbus züchtete. Trotz der warmen Heizungsluft trug Asmussen mehrere Pullover und Jacken übereinander und weigerte sich, auch nur eine davon abzulegen. Obwohl die Fenster gekippt waren, roch es schon jetzt nach Schweiß und anderen Körperausdünstungen. Geschah der Korittki recht, wenn sie solchen Phantomen hinterherjagte, dachte er, als er ihr blasses Gesicht sah.

Nach Erledigung der Formalitäten überließen es die Plöner Kollegen Pia, die Vernehmung durchzuführen. Sie war die Einzige im Raum, die wusste, worauf das alles überhaupt hinauslaufen sollte.

»Herr Asmussen, wir ermitteln in einem Fall, der sich im Februar neunzehnhundertneunundachtzig zugetragen hat. Können Sie uns sagen, wo Sie neunundachtzig gewohnt und gearbeitet haben?«

Er schien verwirrt, dass die einzige Frau im Raum ihn ansprach, und grinste verunsichert. »Das weiß ich doch nicht mehr, Lady. Die Jahre, die gewesen sind, sehen mir alle gleich aus.«

»Erinnern Sie sich daran, in Kargau gewohnt zu haben, in der Nähe der Uhlenburg?«

»Uhlenburg, das sacht mir was! Die wilden Mädchen von Kargau, wie? Gibt's die noch?«

»Nein. Das Heim wurde Anfang der Neunzigerjahre geschlossen. Wo haben Sie in Kargau gewohnt, und womit haben Sie zu dieser Zeit Ihren Lebensunterhalt verdient?«

»Ich war bei so 'ner Klempnerfirma und hab da auch gewohnt. Der Gregorian, dem die Firma gehört hat, war schwer in Ordnung. Hat mich oben über der Werkstatt pennen lassen … War schwer in Ordnung, der.«

Pia zögerte einen Moment und trommelte mit den Fingerspitzen auf ihre Aufzeichnungen. Die Morgensonne schien durch die breite Fensterfront direkt auf ihr Gesicht und ließ ihr helles Haar aufleuchten. Broders sah, dass Asmussen jede ihrer Bewegungen genau beobachtete. »Was war das für eine Arbeit, die Sie für Herrn Gregorian erledigt haben?«

»Na, alles, wofür man Kraft braucht. Gregorian sagte immer, wenn er mich nicht hätt'. Die anderen ham' doch alle immer nur gelinst, wann endlich Feierabend is'. Aber ich nicht. Hab geschuftet bis in die Nacht, wenn's mal wieder pressiert hat, Lady.«

»Und was haben Sie in Ihrer Freizeit unternommen?«

Er guckte irritiert. »Nichts, wofür sich die Polizei hatt' interessieren könn'. Geschäfte, alles völlig legal. Und mit dem Fahrrad rumgefahr'n bin ich. Tue ich heute noch. Nichts Besseres als das …«

»Und wenn Sie so herumgefahren sind, haben Sie bestimmt einiges gesehen, oder? Ich kann mir vorstellen, Ihnen entgeht nichts, wenn Sie mit Ihrem Fahrrad unterwegs sind?«

»Natürlich nicht.«

»Erzählen Sie mir von dem Erziehungsheim.«

»Ich hab auch die Mädchen aus dem Erziehungsheim ab und zu gesehen, das ist nicht verboten.« Er wirkte alarmiert, fummelte mit den Händen an den Knöpfen seiner Jacke herum.

»Kannten Sie auch einige der Mädchen mit Namen?«

»Mädchen aus dem Heim, meinen Sie?«

»Genau.«

»Hab mich immer ferngehalten von denen.«

»Warum denn das?«

»War besser so. Ich hab nur geguckt.«

»Wo haben Sie denn geguckt?«

Asmussen zupfte unruhig an einem losen Faden seiner Jacke. Pia lehnte sich zurück und wartete ab. Broders sah ihre Anspannung, war sich aber sicher, dass der Befragte zu sehr mit seinen eigenen Ängsten und Befürchtungen beschäftigt war, als dass er etwas davon mitbekommen hätte.

»Nun, ich … War alles vollkommen harmlos, Lady. Is' so lang her … ich erinner mich kaum noch. Die Mädchen haben sich manchmal im Wagenschuppen versteckt und geraucht und Jungs getroffen auch …« Sein Gesicht rötete sich.

»Hatten Sie eines der Mädchen … besonders gern?«

»War'n alle hübsch, die Mädchen. Aber gefährlich!«

»Gefährlich?«

»Zu gefährlich … War'n doch nich' ohne Grund da im Heim, oder? Alle haben das gesagt: Halt dich fern von die Mädchen, Wilbur, haben sie gesagt.«

»War Ihnen nicht egal, was die anderen gesagt haben?«

Pia hatte ihn vollkommen verwirrt. Asmussen schwitzte und zerrte an seiner Wollmütze. »Die war'n nich' alle schlecht, die Mädchen. Eine hatte langes schwarzes Haar … Sie war schön.

Sie hat mich mal angesehen, als ich sie getroffen hab, und auch mit mir geredet.«

»Worüber hat sie mit Ihnen geredet?«

»Weiß nicht mehr. Sie war schön.«

»Und ihr Name?«

»Weiß ich doch nich' mehr!«

Pia stand auf und blätterte in den Papieren auf dem Tisch. Als sie gefunden hatte, was sie suchte, zögerte sie kurz.

Asmussens Blick klebte an ihren Rundungen. Sie hatte inzwischen etwas zugelegt, dachte Broders. Wurde das nicht auch langsam Zeit?

»Hier, sehen Sie mal«, sagte Pia und legte ein Foto vor Wilbur Asmussen auf den Tisch.

»Is' sie das?«, wollte Asmussen wissen.

»Das frage ich Sie.«

»Sie ist tot, nich' wahr?«

»Das Mädchen auf dem Foto starb im Februar neunundachtzig in der Schwimmhalle des Heims. Ihr Name war Tamara Kalinoff.«

Asmussen schob das Foto von sich weg. »Hören Sie auf damit«, jammerte er. »Ist nich' gut, davon zu reden.«

»Warum ist es nicht gut, von Tamara Kalinoff zu reden? Sie mochten Sie doch?«

»Ja, aber ist nich' gut. Alle haben das gesagt. Is' nicht gut, Wilbur, davon red' nie nich' …«

»Wer hat Ihnen das gesagt, Herr Asmussen? Wer hat Ihnen Redeverbot erteilt?«

»Niemand. Weiß doch jeder, dass die Toten zurückkehren. Ich kann Sie hören, nachts … aber nie sehen.«

Pia seufzte. »Sie haben dieses Mädchen, Tamara Kalinoff, doch gemocht. Wissen Sie, ob noch andere Männer sie mochten?«

Asmussen schüttelte stumm den Kopf. Er wirkte aufgebracht, wollte sich aber nicht äußern. Sie kamen zum heiklen
Teil der Befragung, und Broders war sich nicht sicher, ob Pia einen kühlen Kopf behalten würde.

»Sie können es mir sagen, Herr Asmussen, nach der langen
Zeit. Wer außer mir interessiert sich noch dafür?«

»Wirklich, Lady?« Er sah sich misstrauisch um, als erwartete
er, gleich einen Feind hinter dem nächsten Aktenschrank her-
vorspringen zu sehen. Broders sah Pia ihr schlechtes Gewissen
an, als sie sagte:

»Wir brauchen Ihre Hilfe. Jede noch so kleine Beobachtung,
die Sie damals gemacht haben, kann uns sehr nützlich sein.«

»Es war der Mann, der jetzt immer von all den Plakaten run-
terglotzt.«

»Was meinen Sie?«

»Das war ihr Freund. Hab gesehen, wie er … wie er seine
Hand zwischen ihre Beine gesteckt hat … In dem alten Schuppen war's.«

»Wie heißt der Mann auf den Plakaten?«

»Waskamp«, nuschelte Asmussen.

»Sie haben Sven Waskamp also auf seinen Plakaten wiederer-
kannt.« Sie sah nachdenklich auf den Befragten, riss sich dann
zusammen. »Vorhin haben Sie mir erzählt, dass Sie in Kargau
Geschäfte gemacht haben. Worum ging es dabei?«

»Oh! War vollkommen nach dem Gesetz, Lady.«

»Haben Sie etwas gekauft, verkauft?«

»Dazu sag ich nichts. Streng geheim.«

»Es interessiert mich nur, Herr Asmussen. Wir wollen Ihnen
da nichts anhängen.«

»Wirklich? Na gut. Irgendwovon muss unsereins ja leben,
oder? Ich leb hiervon …« Er tippte sich gegen die Stirn. »Muss
nicht mehr malochen, hab mein eigenes Reich, wo die Bullen

mich heute weggeholt haben!« Einen Moment sah er zornig aus, doch der Blick auf die Frau, die sich so intensiv mit ihm beschäftigte, ließ seine Züge wieder weicher werden. »Alles immer nach dem Gesetz. Ich tue niemand übers Ohr hauen. Mal läuft's gut, mal schlecht … so ist das Leben, nich' wahr?«

»Ja, so ist es«, bestätigte Pia mit einem ironischen Lächeln. »Wie läuft es denn gerade bei Ihnen?«

»Gut … sogar sehr gut. Bei Ihnen nich', was?«

»Sie haben eine gute Menschenkenntnis, Herr Asmussen.«

Das Lächeln, das er ihr daraufhin schenkte, schien das triste Vernehmungszimmer zu erhellen. »Ich habe eine Bitte an Sie.«

»Was Sie woll'n …«

»Wenn Ihnen in den nächsten Tagen irgendetwas seltsam vorkommt oder Ihnen jemand ein Geschäft vorschlägt, sagen Sie uns bitte Bescheid.«

»Das geht nich', Lady«, murmelte er störrisch.

»Tun Sie es trotzdem! Es ist zu Ihrer eigenen Sicherheit«, betonte Pia.

Asmussens Blick wanderte im Raum umher. Er schien mit seinen Gedanken mit einem Mal ganz woanders zu sein. An einem Ort, an dem Pia ihn nicht mehr erreichen konnte.

»Ich will einen Durchsuchungsbeschluss für sein Wohnmobil oder wo immer Wilbur Asmussen gerade lebt«, sagte Pia, als der Befragte den Raum verlassen hatte.

»Auf welcher Grundlage?«, fragte Broders.

»Durchsuchung bei einem Verdächtigen, laut Paragraf einhundertzwei.«

»Weil er hin und wieder ein paar dubiose Geschäfte macht und es zurzeit angeblich ganz gut läuft? Das erzähl mal einem Richter! Du hast nichts, meine Liebe, gar nichts.«

»Dann eben Paragraf einhundertdrei, Durchsuchung bei anderen Personen.«

»Das ist nur dann zulässig, wenn Fakten vorliegen, aus denen zu schließen ist, dass eine gesuchte Spur, Person oder Sache sich in den zu durchsuchenden Räumen befindet«, wandte Broders ein.

»Wir verfolgen die Spuren einer Straftat, oder etwa nicht?«

»Welcher denn?«

»Der Todesfall ›Tamara Kalinoff‹, der mit dem Mord an Timo Feldheim zusammenhängt. Dieser Asmussen hat sie gekannt. Er war damals an ihr interessiert und hat sie mit einem anderen rummachen sehen. Möglicherweise hat er sie in einer Art Kurzschlusshandlung umgebracht, und nun versucht er, auch ihre Freundinnen, die vielleicht etwas darüber wissen könnten, zum Schweigen zu bringen.«

»Pia … nicht Asmussen. Er ist nicht in der Lage dazu, geplant vorzugehen und sich zu verstellen.«

»Früher war er vielleicht … anders. Es gibt Krankheiten, die langsam fortschreiten.«

»Sagtest du nicht, er galt damals schon als zurückgeblieben?«

»Ja, aber was heißt das schon? Ich habe das Gefühl, dass er … Ich weiß nicht … Er spielt uns seine Naivität vielleicht nur vor?«

»Dann spielt er seit über siebzehn Jahren den Einfaltspinsel, macht Handlangerarbeiten und lebt ohne jeden Luxus. Wofür?«

»Aus Überzeugung? Aus Bequemlichkeit? Aus Angst?«

»Okay, Pia. Nehmen wir mal an, dass Asmussen etwas mit Tamaras Tod zu tun hatte. Gebongt. Aber der Mord an Timo Feldheim, der war nahezu perfekt geplant und ausgeführt. Das hätte er sich niemals so ausdenken und durchziehen können.«

»Nennst du das perfekt geplant und ausgeführt, wenn wir davon ausgehen, dass Katja Simon das beabsichtigte Opfer war, nicht Timo Feldheim?«

»Trotzdem. Asmussen ist zu so einer Tat nicht fähig.«

Pia stützte ihren Kopf auf die Hände und sah zum Fenster hinaus. »Du hast recht. Wilbur Asmussen ist kein Planer. Doch er steckt da mit drin. Er weiß etwas. Ich will einen Durchsuchungsbeschluss, und sei es auch nur, damit er weiß, dass wir es ernst meinen.«

Broders schwieg.

»Also gut. So einfach ist es nicht«, räumte Pia nach einem Moment ein. »Es frustriert mich nur, dass wir nicht weiterkommen.«

»Ich helfe dir, den Beschluss zu bekommen«, sagte Broders nach kurzem Nachdenken. »Und ich glaube, ich weiß auch schon, wie.«

Sven Waskamp verließ um Viertel nach eins sein Büro. Seiner Schreibkraft gegenüber hatte er wie nebenbei erwähnt, er treffe sich mit einem Parteifreund zum Mittagessen. Während er die Tür zu seinem Haus aufschloss, überlegte er, dass er nicht ins Stocken geraten durfte, wenn sie ihn morgen »zufälligerweise« danach fragen würde. Und das würde sie. Er überlegte, dass er erzählen würde, er habe sich mit Stefan Rudolph getroffen. Das konnte sie schlecht nachprüfen. Irgendwo beim Italiener in der Galerie Luise ... bei dem ganz vorn am Anfang, keine Ahnung, wie der hieß ... Er würde Lasagne gegessen haben, mit einem Glas Weißwein dazu ... Waskamp lächelte in sich hinein, während er die kleine Lüge in Gedanken ausschmückte. Lügen war eine Kunst: Wenn man alles genau visualisierte, sich die Geschichte erzählte, glaubte man am Ende selbst daran. An die Frau, die er belügen wollte und die seit Monaten versuchte, seine Aufmerksamkeit zu erregen, verschwendete er keinen Gedanken. Seine Affäre mit Katja Simon ging niemanden etwas an.

Im Grunde ahnte Waskamp, dass sein unstillbares Verlangen nach attraktiven Frauen ihm eines Tages Schwierigkeiten einbringen würde. Er versicherte sich manchmal, dass er es einfach sein lassen konnte, wenn er sich politisch etabliert hatte. Aber wenn er ehrlich zu sich war, dann wusste er, dass ihm sein Verhalten früher oder später den Kopf kosten würde. Schütze deinen guten Ruf um jeden Preis!, rief er sich einen seiner Leitsätze ins Gedächtnis.

Er strich die Gardine ein Stück zur Seite und sah, wie Katja ihren Wagen auf dem Parkplatz vor seinem Haus abstellte. Er hatte ihr gesagt, sie solle in einer Nebenstraße parken, aber sie scherte sich nicht darum. Sie ging schwungvoll und offenbar mit sich und der Welt im Reinen den gepflasterten Weg zu seiner Haustür. Katja hatte mit den Jahren an Ausstrahlung und Sexappeal gewonnen, dachte er. Während er damals nur Augen für Mädchen wie die wohlgerundete, langhaarige Tamara gehabt hatte, fand er nun eigenwillige, sportliche Frauen wie Katja reizvoller.

Ihr selbstbewusster, fast spöttischer Ton forderte ihn heraus, und da sie ebenso unkonventionell zu denken schien wie er, hatte er alles auf eine Karte gesetzt, sie zu erobern. Für eine langfristige Beziehung war Katja in seinen Augen nicht die Richtige, denn für eine im Hintergrund agierende Politikerfrau war sie zu dominant. Außerdem war da ihre unrühmliche Vergangenheit … Aber gegen gelegentliche Treffen mit ihr war nichts einzuwenden. Es machte ihm Spaß, dass sie sich in Machtspielchen mit ihm messen konnte. Nein, »Spaß« traf es nicht. Es war nicht spaßig. Das Zusammensein mit ihr war aufregend, nervtötend, eine Herausforderung, auf die er nicht verzichten konnte.

Sie klopfte energisch, und er zählte langsam bis zehn, bevor er ihr öffnete. »Wie ich sehe, parkst du mal wieder direkt vor der Tür?«, sagte er kühl.

»Mach dir nicht ins Hemd, Sven. Die meisten Leute sind viel zu sehr mit sich selbst beschäftigt, um sich dafür zu interessieren, was für Autos vor deinem Haus stehen.«

»Meinst du? Du wohnst nicht mehr auf dem Land, oder?«

»Nein, an der Ostsee. Das ist ein Unterschied. Und ich bin nicht hier, um zu reden, oder?«

»Hattest du etwa Sehnsucht?«

Sie lachte leise auf, doch ihre Augen sahen aus, als schmerzten sie. »Bild dir bloß nichts ein, Waskamp. Was ich brauche, ist ein bisschen Ablenkung.«

»Immer zu Diensten.« Sie drehte den Spieß um, stellte er erstaunt fest. Katja – sie dachte wie ein Mann.

»Weißt du, wen ich getroffen habe?«, fragte sie, während sie ganz beiläufig ihren Mantel samt Gürtel und Gürtelschnalle auf seine auf Hochglanz polierte Nussbaumkommode warf.

»Keine Ahnung.«

»Erinnerst du dich noch an Janet Domhoff? Die Kleine, die unbedingt Schauspielerin werden wollte?« Mit ihren hochhackigen Stiefeln verursachte Katja ein klackerndes Geräusch auf den Fliesen. Sie ging ihm voraus zur Treppe.

»Eine Freundin von dir?«, fragte er scheinheilig.

»Ja, aus dem Heim. Sie ist bei einem Verkehrsunfall ums Leben gekommen, aber ihre Lebensgefährtin hat mich vorgestern angerufen. Sie ist Musikerin und gerade auf Tournee in Norddeutschland. Wir haben uns getroffen und in der ›WunderBar‹ im ›Radisson‹ was zusammen getrunken – Ostseeblut.«

»Was?« Er folgte ihr die Treppe hinauf. Ihre spitzen Absätze würden Druckstellen auf den Stufen der Holztreppe hinterlassen. Aber die Aussicht auf ihre schlanken Beine ließ ihn darüber hinwegsehen.

»Erinnerst du dich nicht mehr an unser Getränk? Tamara muss dir davon erzählt haben, Sven.«

»Dieser rote Cocktail, von dem man tagelang einen Schädel hatte? Tamara war vollkommen verrückt danach.« Und auch sie war ziemlich verrückt gewesen, nachdem sie zu viel Ostseeblut getrunken hatte, setzte er im Geiste hinzu.

»Denkst du manchmal noch an Tamara?«

»Eigentlich versuche ich das zu vermeiden.«

Sie lachte hell auf und stieß die Tür zu seinem Schlafzimmer auf. Katja zog sich schwungvoll ihr Oberteil über den Kopf. »Wie traurig für Tamara!«, sagte sie und trat auf ihn zu. »Du warst bestimmt ihre erste große Liebe – und ihre letzte.«

Er konnte ihren typischen Geruch riechen und die Wärme ihrer Haut durch den Stoff seines Hemdes spüren, doch er widerstand der Versuchung, sie jetzt anzufassen. »Das glaube ich kaum«, sagte er verächtlich.

»Weil sie ein Heimkind war? Weil angeblich jeder sie haben konnte?«, fragte Katja böse. Aus dem Necken war Ernst geworden. Er war auf der Hut.

»Ich weiß, dass Tamara nicht von mir schwanger gewesen ist. Ergo muss es noch einen anderen gegeben haben.«

»Stört es dich nicht, dass die Polizei sich wieder für Tamaras Tod interessiert?«

»Nein. Ich bin unschuldig.«

»Sven, du und unschuldig?« Sie zog ihn in Richtung Bett.

»Genau das bin ich.«

»Ich verstehe das.«

»Was, Katja?«

»Es ist dir ungeheuer wichtig, was die Leute über dich denken, nicht wahr? Du würdest alles, wirklich alles, für deine Karriere tun.«

Ihm wurde klar, dass sie ihn tatsächlich verstand. Bei ihr spürte er nicht den Druck, seine Wünsche und Sehnsüchte verbergen zu müssen. Er fühlte sich frei.

Riesentrichterlinge! Werner aus dem »Krug« hatte ihr erzählt, dass er gestern in der Nähe des alten Bunkers ein paar wunderschöne Exemplare gefunden hatte. Der Gedanke daran ließ Marianne Fierck keine Ruhe. Es zog sie unwiderstehlich in den Wald.

Sie war erst spät dazu gekommen, sich für Pilze zu interessieren. Eigentlich erst nach ihrer Pensionierung, und heute verstand sie nicht, wieso sie so lange so ignorant gewesen war. Sie fand Pilze ungeheuer faszinierend. Man konnte Jahre mit ihrem Studium zubringen, ohne annähernd alles zu wissen. Zum Essen beschränkte sie sich noch auf die einfacher bestimmbaren Röhrlinge, aber sie nahm zur Pilzsuche immer eine Kamera mit und fotografierte die unterschiedlichen Pilze, um sie später mithilfe einiger Pilzbücher zu bestimmen. In den letzten Tagen war das Wetter feucht und auch ungewöhnlich warm für die Jahreszeit gewesen, sodass Marianne zuversichtlich, ja erwartungsvoll gestimmt war, als sie vom Waldweg abbog und sich querfeldein den Resten des alten Bunkers näherte. Von den Mädchen im Heim war dieser Ort seiner Lage wegen für heimliche Treffen genutzt worden. Er war quasi uneinsehbar, weil er weit entfernt von allen Wohnhäusern und Wegen lag. Sie vermutete, dass viele Kargauer diese Stelle im Wald überhaupt nicht kannten.

Die Betonreste des gesprengten Bunkers, die aus dem Waldboden ragten wie weggeworfene Bauklötze, waren von Flechten und Moosen bedeckt. Der Boden war hier sehr sauer. Vielleicht fand sie auch noch ein paar Maronenröhrlinge für ihr Abendessen. Sie umrundete die feuchtgrauen Steine, und da waren sie: in Hexenringen wachsende, cremefarbene Riesentrichterlinge. Sie waren wunderschön. Eigentlich sollten die essbar sein, aber Marianne Fierck war sich ihrer Unerfahrenheit wohl bewusst. Es gab viele Trichterlinge mit gewölbter Hutform, und nur wenige der hundert Arten waren für Speisezwecke zu empfehlen, einige galten als ausgesprochen giftig.

Sie legte Regenschirm und Pilzkorb ab, zog ihre Kamera hervor und ging in die Hocke. Das Licht war schon schwach. Rasch dahinziehende graue Wolken bedeckten den Abendhimmel. Gleich würde es wieder regnen. Sie schaltete den Blitz ein und bedauerte gleichzeitig, dass die feinen Farbunterschiede der Pilze damit zu sehr aufgehellt werden würden. Sie hörte den Wind in den Baumkronen rauschen, und dann hörte sie Schritte. Ganz in ihrer Nähe.

»Hallo?«, rief sie und kam sich blöd dabei vor. Sie erhob sich und griff nach dem Griff ihres Regenschirms. »Hallo, wer ist da?«

Hinter den Betonbrocken tauchte ein Kopf auf. Im ersten Moment dachte sie an eine Art Waldgeist, eine Halluzination. Doch die Halluzination öffnete den Mund, zeigte ihre verfärbten Zähne und sprach: »Frau Fierck, sind Sie es?«

»Oh, Gott!« Sie fasste sich an die Brust. Sie spürte ihr Herz rasen. Gerade hatte es ein paar Takte ausgesetzt, und nun klopfte es heftig in dem Bestreben, die Aussetzer schnellstmöglich nachzuholen. Sie erkannte nun, wen sie vor sich hatte. »Du hast mich ganz schön erschreckt, Wilbur. Was machst du denn hier mitten im Wald?«

Sie hatte ihn seit Jahren nicht mehr gesehen und war entsetzt darüber, wie alt und verwahrlost er aussah. Sie wurden ja alle nicht jünger, aber Wilburs Leben schien seit seinem Verschwinden im Zeitraffer fortgeschritten zu sein. Wie lang war es her, dass sie ihn zuletzt gesehen hatte? Zehn Jahre oder schon fünfzehn?«

»Sie ham mich aber auch erschreckt. Alles gut bei Ihnen, Frau Fierck?«

»Oh, danke, Wilbur. Danke der Nachfrage.« Wieso duzte sie ihn, und er siezte sie? Das waren die alten Zeiten gewesen: Sie die Erzieherin auf der Uhlenburg, er der debile junge Mann, der bei Gregorian im Betrieb aushalf. Er kam langsam, einen weiten Bogen um die Pilze schlagend, auf sie zu. »Was führt dich denn nach Kargau? Geschäfte?«, versuchte sie, den Anschein eines normalen Wiedersehens zu wahren. Sie erinnerte sich an seine Leidenschaft für »Geschäfte«, wie immer die auch ausgesehen hatten. Jeder hatte ihn übers Ohr hauen können, selbst ein fünfjähriges Kind.

Er schüttelte den Kopf, sodass ein paar seiner langen grauen Haarsträhnen flogen. Dann sah er demonstrativ über seine Schulter, als fürchtete er, verfolgt oder belauscht zu werden. »Nein. Ich muss unbedingt mit Gregorians sprechen. Aber sie sind nich' da!«

»Die Gregorians sind nach Plön zum Einkaufen gefahren«, sagte Marianne Fierck. Sie hatte sie beide vor einer Viertelstunde, mit zwei leeren Gitterboxen bepackt, in ihren Golf steigen sehen, Evelines »Einkaufskörbchen«. Martin fuhr einen martialisch aussehenden Geländewagen, dessen Namen Marianne es nicht für wert befand, ihn sich zu merken.

»Ich warte«, sagte Wilbur. Seine Stimme klang zittrig.

»Ist etwas passiert? Kann ich dir irgendwie helfen?«

»Der Platz, wo ich wohn, der ist nicht mehr sicher für mich«, erklärte er. »Da war jemand an meinem Bus. Ich mag es nicht, wenn sie schnüffeln.«

»Wer schnüffelt?«

»Weiß ich doch nicht!« Er funkelte sie entrüstet an.

Mariannes sah sich unauffällig um. Sie war ganz allein hier mit Wilbur. Früher hätte sie das nicht weiter beunruhigt, aber er benahm sich anders als sonst. Nicht mehr wie der liebe, zurückgebliebene junge Mann, um den Gregorians sich ein wenig kümmerten, sondern er wirkte bedrohlich. Fast … sie weigerte sich, es zu denken, aber es setzte sich hartnäckig in ihren Gehirnwindungen fest … *bösartig*. »Wo wohnst du denn jetzt, Wilbur?«

»Is' geheim«, sagte er abweisend.

Marianne fing an, sich zu ärgern. Sie hatte keine Lust, sich von ihm einschüchtern zu lassen. Wenn er ihre Hilfe brauchte – bitte. Aber er sollte selbst auf die Idee kommen zu sagen, was sie für ihn tun konnte. Ansonsten musste er eben warten. Sie wandte sich zum Gehen.

»Frau Fierck!«

»Ich hab noch einiges zu tun, Wilbur. Außerdem wird es allmählich dunkel. Der Uhlenburger Wald war noch nie ein gemütlicher Ort, wenn es dunkel wird, findest du nicht?«

»Ich hab keine Angst. Wissen Sie, was ich mache, wenn ich Angst bekomme? Ich stelle mir vor, dass ich selbst der Böse bin.«

Böse, da war es, dieses Wort. »Auf Wiedersehen, Wilbur. War schön, dich mal wieder zu treffen.«

»Aber ich hab was gesehen. Deshalb muss ich auch mit Gregorians sprechen.«

»Wen hast du gesehen?« Keine kluge Frage, jedenfalls nicht hier und nicht jetzt. Sie ahnte, worauf das alles hinauslief. Die Ermittlungen der Polizei hatten ganz Kargau auf den Kopf gestellt. Alle redeten von dem Mord auf dem Priwall und von Tamaras Selbstmord. Wahrscheinlich hatte die Polizei auch

Wilbur ausfindig gemacht, um ihn über die alten Zeiten zu befragen. Die ließen nichts und niemanden aus.

»Is' geheim! Hab der Polizei auch nichts gesagt.«

»Die Polizei ist unser Freund und Helfer. Gregorian kann dir auch nicht weiterhelfen.« Ein beunruhigender Verdacht wurde in ihr wach. Eveline und Martin, die sich immer Kinder gewünscht, die sich aufopfernd um Nichte und Neffen gekümmert hatten. Was erhoffte Wilbur sich von ihnen? Ein »Geschäft«?

»Ich warte hier«, sagte er und verschränkte demonstrativ die Arme vor der Brust.

»Soll ich den Gregorians sagen, dass du hier bist?«

Er schüttelte den Kopf. »Nich' nötig. Ich warte.«

Marianne winkte ihm noch einmal zu und machte sich mit leerem Körbchen und ohne Fotos auf den Rückweg. Sie sah sich nicht nach Wilbur Asmussen um, aber sie spürte seinen Blick im Nacken, bis sie auf die Uhlenburger Allee abbog.

25. Kapitel

Die Korittki ist mir was schuldig, dachte Broders, als sie am nächsten Tag im Konvoi mit drei Streifenwagen von Plön aus die Bundesstraße 430 zum Betriebsgelände einer Kieskuhle fuhren. Zumindest, falls wir nichts finden. Das hohe Gittertor des Werks stand noch offen. Man erwartete sie. Die vier Wagen hielten vor dem Verwaltungsgebäude am Rande einer großen Kieskuhle an. Einen richterlichen Durchsuchungsbeschluss für Asmussens Wohnmobil zu bekommen, war ein Kinderspiel für Broders gewesen. Der einzige Haken an der Sache war, dass sie nicht die Erlaubnis für eine nächtliche Hausdurchsuchung hatten. Dafür galten Sonderregelungen. Es war jetzt halb acht Uhr abends, und bis neun Uhr mussten sie mit der Aktion durch sein.

Der Mercedes-Bus, der Wilbur Asmussen als Wohnsitz diente, stand auf einer Wiese am Rande des weitläufigen Geländes. Verdeckt von einem hochgewachsenen Knick, war der Bus von der Straße aus nicht zu sehen. Sie mussten ihre Fahrzeuge stehen lassen, denn der Weg war vom Regen aufgeweicht und zugewachsen. Broders merkte, wie seine Schuhe und Hosenbeine im hohen Gras feucht wurden und seine Laune sank. Er bedauerte schon jetzt, dass er sich von Pia hierzu hatte beschwatzen lassen. Als sie näher kamen, sah er, dass der Wohnbus verlassen aussah. Kein Licht, keine Geräusche, Ödnis. Die Szenerie strahlte etwas Boshaftes aus.

»Können Sie meinen Männern erläutern, wonach wir hier Ausschau halten sollen?«, fragte der sie begleitende Kriminalhauptkommissar aus Plön. »Für ein bisschen Hehlerware betreiben wir hier doch wohl kaum diesen Aufwand.«

Pia nickte. Sie wartete ab, bis alle sie umringt hatten. »Wir suchen nach Hinweisen in einem Mordfall. Alles, was mit dem Heim für schwer erziehbare Mädchen, überhaupt mit Mädchen, und mit dem Politiker Sven Waskamp in Verbindung steht, könnte wichtig sein. Außerdem Dinge, die mit Orientierungslauf, dem Priwall oder einer Frau namens Katja Simon zusammenhängen ... Wenn wir bei der Durchsuchung auf Hehlerware oder andere Hinweise auf illegale Geschäfte stoßen – auch gut. Aber gehen Sie behutsam vor. Ich will nicht, dass Asmussens Bus oder seine Besitztümer beschädigt werden. Mein Kollege Broders und ich werden die ganze Zeit hier sein. Wenn Sie etwas Auffälliges entdecken oder es Fragen gibt ...«

Die Männer nickten. »Alle Unklarheiten beseitigt«, murmelte ein stämmiger Rothaariger.

Pia ging zu dem Bus hinüber und klopfte mit den Fingerknöcheln gegen die Schiebetür auf der Beifahrerseite. Es war ein ausrangierter alter Postbus, vermutete Broders. Den platten Reifen, dem Unkraut rundherum und dem Moosbewuchs in den Dichtungen nach zu urteilen, schon lange nicht mehr fahrbereit. Sie lauschten. Wie er es erwartete, rührte sich nichts. Irgendwo im Dickicht kraschpelte es. Pia hob die Faust, klopfte noch einmal. »Okay«, sagte sie. »Es ist niemand da. Wir müssen den Wagen öffnen.«

Broders hörte ihr Unbehagen darüber heraus, dass Wilbur Asmussen nicht da war. Sie trat ein paar Schritte zurück und beobachtete kritisch, wie der Wagen geöffnet wurde. Die Schiebetür glitt quietschend zur Seite, und der Strahl einer starken Taschenlampe erfasste Sitze mit aufgerissenen Polstern, aus denen krümeliger gelber Schaumstoff quoll. Dann fiel das Licht auf den Müll im Fußraum: zerknüllte Bierdosen, schmutzige Verpackungen und kleine Tierknochen.

»Schöne Bescherung«, murmelte Broders, »da können wir gleich noch das Gesundheitsamt informieren.«

»Wieso, sieht's bei dir zu Hause anders aus?«, fragte Pia und trat an den Wagen heran. Broders bemerkte, dass sie versuchte, nicht durch die Nase zu atmen. Der Geruch, der ihn mit geringer Verzögerung aus dem Inneren des Fahrzeugs erreichte, war im besten Fall gewöhnungsbedürftig. Kein Leichengeruch – zumindest das nicht. Die Polizisten breiteten eine Plastikplane auf dem Boden vor dem Wohnmobil aus, leuchteten sie taghell aus, und zwei Beamte räumten systematisch den gesamten Wagen leer, während andere die Dinge, die dabei zutage traten, sichteten und sortierten.

»Gleich könnte mal einer mit 'nem Kärcher durchgehen. Das wäre eine gute Tat«, sagte Broders, mehr um Pia aufzuheitern. Je länger die Aktion dauerte, desto deutlicher wurde, dass es hier nichts, aber auch wirklich gar nichts gab, das für die Ermittlungen von Interesse gewesen wäre. Asmussens Hauptbeschäftigung schienen Nahrungszubereitung und Essen zu sein. Er verspeiste wohl auch heimische Vögel und Nagetiere, wie aus den Abfällen zu ersehen war. Er besaß einen großen Radio-Kassettenrekorder, aber es gab keine Zeitungen, Zeitschriften oder Bücher, nicht einmal Pornoheftchen. Es gab überhaupt keinen Hinweis darauf, dass Frauen in Asmussens Leben eine Rolle spielten.

»Das war das!«, sagte der Rothaarige mit grimmiger Genugtuung, als er die letzten Reste aus dem Wohnmobil auf die Plane warf. »Alles ist raus. Wollen Sie reinkommen und sich überzeugen, Frau Korittki?«

»Natürlich.« Sie zwängte sich zwischen den Vordersitzen in das Innere des Wohnbusses, und eine Weile hörte man nichts als ihre festen Schritte und das Klappen von Türen. Dann sprang sie heraus. »Drinnen ist nichts mehr. Machen wir zügig draußen weiter. Es ist nach acht.«

»Draußen?«

»Da wir im Bus nichts entdeckt haben, hat er seine Schätze meines Erachtens irgendwo hier draußen versteckt.«

»Sie meinen … hier irgendwo?« Der Kriminalhauptkommissar, der sie begleitet hatte, machte eine vage Armbewegung. Pia sah sich um.

»Wir gehen bei der Suche wie üblich spiralförmig um den Wagen herum vor. Es kann nicht lang dauern. Asmussen ist ein Mensch, der gern alles unter Kontrolle hat: Verstecke sucht er sich in Blickweite seiner Fenster.«

»Na dann los. Machen wir hier mal überall Licht …«

Einige Kilometer weiter östlich bereitete sich Solveigh Halby auf einen gemütlichen Feierabend vor. Sie war mit sich und der Welt zufrieden, hatte sie doch heute mit der Leiterin der Stadtbibliothek sprechen und eine Ausweitung ihrer Arbeitszeit erreichen können. Wenn sie sparsam wirtschaftete, würde sie ihre neue Wohnung bezahlen, für ihren Lebensunterhalt aufkommen und vielleicht sogar monatlich noch etwas zurücklegen können. Ihre Zukunft – eine Zukunft ohne Angst vor Rainers Wutausbrüchen und Schikanen – erschien ihr hell und friedlich. War es zu viel verlangt, einfach in Frieden gelassen zu werden? Auch den Kontakt zu Katja würde sie einschränken, wenn sie erst mal hier ausgezogen war. Sicher, sie war ihrer Freundin für alles dankbar, sehr sogar, aber Katja war so anstrengend mit ihren dauernden Forderungen und dem Hang, alles auszudiskutieren. Solveigh hatte sich einen Kakao gekocht, eine Tafel Vollmilchschokolade und einen Liebesroman, garantiert mit Happy End, bereitgelegt und wollte gerade die Füße hochlegen, als Katja hereinkam.

Sie baute sich vor Solveigh auf und sah missbilligend auf sie herunter. »Ich gehe jetzt eine Runde laufen. Willst du nicht mal mitkommen?«

»Was, jetzt noch?«

»Ist doch erst kurz nach acht«, sagte sie und befestigte einen Reflexstreifen an ihrem rechten Oberarm. »Würde dir bestimmt auch gut tun. Du warst doch den ganzen Tag nur irgendwo drinnen.«

»Ehrlich, ich kann nicht mehr, Katja. Ich bin nun mal nicht so sportlich wie du.«

»Du kannst nicht mehr, weil du nichts für deine Kondition tust«, stellte sie fest, während sie das Stillleben aus Liebesroman, Süßigkeiten und Kakao mit einem Blick erfasste. »Sonst bin ich immer mit Timo gelaufen …«, setzte sie hinzu, und obwohl Solveigh wusste, dass das reine Taktik von ihr war, meldete sich sofort ihr schlechtes Gewissen.

»Es tut mir leid, Katja, aber ich fühl mich wirklich nicht so gut. Lass mich einfach hier sitzen, okay?«

Nun rechtfertigte sie sich schon, wenn sie sich nach Feierabend mal ein bisschen ausruhen wollte! Katja war heute zum ersten Mal wieder in der Praxis gewesen. »Um Dinge zu ordnen«, wie sie gesagt hatte. Sie schien gar nicht recht bei der Sache zu sein, und das passte nicht zu ihr. Solveigh hatte den Verdacht, dass ihre Freundin die Praxis gar nicht weiterführen wollte … Katja trug eine Laufjacke, hundert Prozent Polyester und eng wie eine zweite Haut, dazu schwarze Leggings. Sie selbst würde darin wie eine neongelb-schwarze Presswurst aussehen, dachte Solveigh. Aber es musste sich ja nicht jeder beim Sport zum Affen machen.

»Wie du meinst.« Katja pfiff nach dem Hund. »Dann nehm

ich auch keinen Schlüssel mit. Du kannst mich ja wieder reinlassen.«

Die Haustür fiel ins Schloss, Solveigh war endlich allein.
Dreißig Minuten Ruhe … eine Wohltat.

Der Kakao war ausgetrunken, die Schokolade zur Hälfte ver-
speist, und die Heldin saß so richtig schön tief in irgendeinem
Schlamassel, als ein durchdringendes Klingeln Katjas Rück-
kehr ankündigte. Solveigh legte bedauernd den Roman beiseite und rutschte auf ihren dicken Wollsocken zur Haustür.
Na ja, bis Katja sich geduscht und umgezogen hatte, würde sie
erfahren haben, wie er sie aus ihrer misslichen Lage im Treib-
sand befreit hatte. Sie sah pflichtschuldig auf den kleinen Monitor, der anzeigte, wer Einlass in Katja Simons Reich begehrte,
und öffnete, als sie das verschwitzte Gesicht ihrer Freundin
sah, die Tür.

»Wie war's? Und wo ist denn Roxy?«, fragte sie.

Katja trat ein und bückte sich, um ihre Laufschuhe aufzu-
schnüren. Sie sah von unten zu ihr hoch und schaffte es, in dieser Haltung noch mit den Schultern zu zucken. »Ich bin runter
zum Strand gelaufen und dann ein Stück am Wasser entlang.
Auf dem Rückweg hat Roxy im Park ein Kaninchen gewittert
und ist mir abgezischt. Wenn die Dame nach mehrmaligem Rufen nicht kommt, bitte sehr: Ich steh nicht durchgeschwitzt im
kalten Wind und warte, bis sie sich bequemt, zu mir zurückzukommen.«

»Ich glaube, sie vermisst ihr Herrchen«, sagte Solveigh und
spürte fast augenblicklich, dass das nicht das Klügste war, was
man in so einer Situation äußern konnte.

Katja kickte ihre Schuhe weg. Ihre Augen funkelten. »Da ist
sie wohl nicht die Einzige, oder? Hau ich etwa einfach ab und
lass alles stehen und liegen?«

»Willst du das denn?«, fragte Solveigh überrascht.

Katja riss sich Jacke und Shirt vom Körper und schmiss sie auf den Fußboden. Sie trug obenherum nur noch einen Sport-BH, und als sie sich das kurze Haar zurückstrich, konnte Solveigh sehen, wie muskulös ihre Oberarme waren, fast unnatürlich für eine Frau. Und was hatte sie da am Hals? Einen Knutschfleck?

»Mir wächst das alles langsam über den Kopf«, bekannte Katja.

»Kein Wunder«, sagte Solveigh. »Nach allem, was in letzter Zeit so passiert ist.« Sie sah ihrer Freundin nach, die langsam die Treppe hochstieg. Was wusste sie eigentlich von ihr? Die Zeit im Heim lag so lange zurück. Was machte Katja, wenn sie nicht in der Praxis war? Lebensmittel eingekauft hatte sie auch nicht, dem Inhalt des Kühlschrankes nach zu urteilen. Sie überließ es Solveigh, nach der Arbeit in der Stadt schnell noch das Nötigste zusammenzuraffen und es mit dem Bus, der nur einmal in der Stunde fuhr, hierherzubefördern. Ich bin recht nützlich für sie, dachte sie. War auch Timo nützlich gewesen? Und ... das war noch viel schlimmer, ein Tabu, es als Freundin überhaupt zu denken ... war Timo ihr eines Tages lästig geworden mit seinen Forderungen und Ansprüchen an das gemeinsame Leben?

»Es ist Katja, meine Freundin, die ich seit Ewigkeiten kenne«, murmelte Solveigh, um sich zu beruhigen. Oben hörte sie Wasser laufen. Katja würde nun für mindestens eine Viertelstunde unter der Dusche stehen und ihren Luxuskörper pflegen. Waschen, Haare waschen, Spülung, Kur, Peeling, Rasur ... Für wen eigentlich die ganze Mühe? Und dann diese heimlichen Telefonate, wenn sie angerufen wurde, sich von Solveigh abwandte und den Raum verließ. Mit ihrem Sohn telefonierte sie da bestimmt nicht. Überhaupt, dass sie ein Kind hatte, das fast ausschließlich bei seinem Vater lebte, war das nicht unnatür-

lich? Solveigh stand unschlüssig in der Diele. Ihr gewohnheits-
mäßiges Verlangen nach Bequemlichkeit und leichter Unterhal-
tung zog sie zurück auf das Sofa. Aber eine andere Kraft – war
es schnöde Neugierde? – trieb sie dazu, ein bisschen zu spionie-
ren.

Auf dem Tisch in der Diele lag das Telefon. Vorhin hatte
Katja jemanden angerufen und war dann, wie so oft, mit dem
Apparat in ihrem Büro verschwunden. Solveighs Hand zit-
terte, als sie danach griff. Sie drückte die Wiederwahl-Taste
und starrte auf das Display. Eine Handy-Nummer. Sie drückte
auf das grüne Hörersymbol. Angespannt presste sie das Telefon ans Ohr. Es klingelte und klingelte, und dann sprang ein
Band an. Solveigh hörte eine männliche, durchaus angenehme
Stimme, die ihr mitteilte, sie habe den Anschluss von Sven
Waskamp gewählt. Er sei zurzeit nicht zu sprechen, doch wenn
er zurückrufen solle … Solveigh unterbrach die Verbindung.
Sven Waskamp? Sie hatte den Namen schon mal gehört. Früher …

Während sie noch darüber nachdachte, was das bedeuten
könnte, hörte sie, dass oben das Wasser abgedreht wurde. Sie
legte das Telefon auf seinen Platz zurück. Was sollte sie tun?
Katja fragen, was sie mit dem Mann zu schaffen hatte? Nein,
das brachte nichts … Katja konnte gewissenlos und einfalls-
reich lügen, und ihr Misstrauen wäre geweckt. Und wenn dieser Mann nun etwas Böses im Sinn, ja wenn er gar was mit
Timos Tod zu tun hatte? Ihre Fantasie ging mit ihr durch: der
Mord, die Beerdigung, der Streit mit Rainer, die neue Wohnung – das war auch für sie, Solveigh, zu viel. Das Einzige, was
sie tun könnte, war, der Polizei von diesem Waskamp zu erzählen. Die würden wissen, was zu tun war. Irgendwo war noch
die Visitenkarte, die die nette Kripobeamtin ihr gegeben hatte.
In ihrer Jacke an der Garderobe?

Sie durchwühlte die Taschen und fand ihr Mobiltelefon und auch die Karte. Sollte sie es gleich hinter sich bringen? Wenn sie lange zögerte, würde sie nur wieder an ihrer Urteilskraft zweifeln und es schließlich sein lassen.

Von Katja war immer noch nichts zu hören. Dafür scharrte etwas an der Haustür. Merkwürdig. Sie tippte die Mobilnummer ein, die auf der Karte stand: *Pia Korittki* ... Da war es wieder, ein Scharren und dann ein Jaulen! Das war bestimmt Roxy! Solveigh argwöhnte, dass Katja nicht lange nach ihrem Hund gerufen hatte ... Sie musste das Tier hereinlassen, bevor Roxy wieder in der Dunkelheit verschwand. Kurz entschlossen unterbrach Solveigh das sich anbahnende Gespräch und ließ das Telefon in die Känguru-Tasche ihrer Sweatshirtjacke gleiten. Sie ging zur Tür und kontrollierte wieder folgsam den Monitor. Dort stand Roxy, mit eingezogenem Schwanz und einem welken Blatt am Ohr. Das Tier sah mit schräg geneigtem Kopf und dem sprichwörtlichen Hundeblick in die Kamera. Eine zerknirschte kleine Herumtreiberin.

Solveigh öffnete die Tür. Sie beugte sich zu dem nassen Tier hinunter, sah eine Bewegung rechts von sich, zuckte zurück, doch es war zu spät. Der Schlag gegen ihren Kopf traf sie mit voller Wucht, und sie fiel zu Boden.

26. Kapitel

Meinen Sie so etwas hier?« Der rothaarige Beamte, der Pia von Anfang an besonders unwillig erschienen war, kam mit einer Plastiktüte in der Hand auf sie zu. Sie war mit nassem Laub und Regenwasser gefüllt. Nichts, was Pias Herzschlag nennenswert hätte erhöhen können. Und aus der Haltung des Mannes war ersichtlich, dass auch ihm das vollkommen klar war. Eine kleine Provokation angesichts der Tatsache, dass es keinem von ihnen gefiel, bei diesem Wetter anscheinend grundlos durch das Gestrüpp zu kriechen. Er ließ die schlammige Tüte auf die Plane fallen und stocherte mit einem Stock darin herum. Pia beugte sich runter und schüttete die Tüte auf der Plane aus. Der Inhalt, fast schwarz und modrig riechend, lief ihr dabei über die behandschuhte Hand.

»Na, was Hübsches gefunden?«, fragte Broders, der die Kälte und schleimige Konsistenz fast selbst spüren konnte.

»Nein, noch nichts. Außer einem Haufen Müll, wie man sieht. Wenn ich nur wüsste …« Pia richtete sich wieder auf und zog den schmutzigen Plastikhandschuh aus. »Wenn ich nur wüsste, wo Asmussen seine Wertsachen aufbewahrt!.«

»Wertsachen? Der besitzt doch nichts. Pfeif die Leute zurück, das bringt hier nichts mehr. Wir räumen wieder ein, und dann machen wir 'nen Abflug.«

»Du denkst, ich kann es nur nicht ertragen, dass ich unrecht habe, und deshalb lass ich auch noch das Gelände durchforsten?«, fragte sie.

»Für den einen oder anderen hier fühlt es sich an wie Schikane«, meinte er mit Blick auf ein paar abseits stehende Männer, die immer häufiger an den Bus traten, um eine Zigarette zu rauchen oder leise miteinander zu reden.

»Irgendwo muss etwas sein«, beharrte sie. »Aber du hast recht. Die Leute sind müde und wollen nach Hause. So wird das heute nichts mehr. Gib mir mal deine Taschenlampe.«

Pia ging neben dem Bus in die Knie und leuchtete unter den Wagen.

»Siehst du was?«

»Noch nicht …« Sie legte sich auf den Rücken und robbte ein Stück unter den Bus, bis nur noch ihre Beine rausguckten.

»Willst du das nicht einem überlassen, der sich mit solchen Fahrzeugen auskennt?«

»Ich kenn mich aus mit diesem Typ Bus«, kam es dumpf von unten. »Ich hab selbst mal eine Zeit lang in einem 406er gewohnt. Baujahr sechsundsiebzig.« Eine Weile passierte nichts. Broders vermutete, dass Pia mit seiner Taschenlampe jeden verdammten Quadratzentimeter des Fahrzeugbodens kontrollierte. Er hörte, wie sie gegen Metall klopfte und dann leise fluchte, vermutlich weil ihr Rostflocken in die Augen gerieselt waren.

»Was macht Ihre Kollegin da unten?«, hörte er eine Stimme hinter sich.

Broders zuckte mit den Schultern. »Sie sucht.« Noch bevor der Beamte etwas darauf antworten konnte, waren ein dumpfes Geräusch und ein triumphierender Aufschrei zu hören. Pia kam mit dem Oberkörper unter dem Fahrzeug hervor und verlangte nach neuen Handschuhen. Broders fühlte sich wie die OP-Schwester, die die Tupfer reicht, doch die Neugierde, was Pia entdeckt hatte, überwog seinen Ärger. »Was hast du?«

»Wart's ab!«

Broders und auch die übrigen Kollegen, die sich nun auf der Beifahrerseite des Mercedes-Busses eingefunden hatten, sahen zu, wie Pia mit einem länglichen Gegenstand, der in grauen Stoff eingeschlagen und mit Draht umwickelt war, unter dem Wagen hervorkam.

»Das hier war im linken U-Profil des Fahrzeugrahmens mit Draht befestigt. Ich bin aber ziemlich sicher, dass das nicht dort hingehört«, sagte sie ein wenig atemlos.

»Ich glaub's nicht«, murmelte Broders, der erkannte, worum es sich handelte.

»Moment, ich habe noch etwas gesehen, und zwar in dem Hohlraum zwischen Tank und Fahrzeugboden«, sagte sie und war wieder verschwunden. Sie kam mit einer flachen hellgrünen Tupperdose in der Hand hervor. Ein paar Minuten später lag ein von seiner Stoffumwicklung befreites Gewehr vor ihnen auf der Plane. Eine Jagdbüchse, die sauber und dem Augenschein nach in einem sehr guten Zustand zu sein schien, was sie von allem unterschied, was heute sonst noch zutage gefördert worden war. »Eine Repetierbüchse der Firma Blaser«, sagte Pia. »Passt das mit der verwendeten Munition im Fall Feldheim zusammen?«

Broders zuckte mit den Schultern. Trotz seines Berufes interessierte er sich nicht für Waffen und hielt sich, wo er konnte, an den Spruch, dass die Waffe der Kriminalpolizisten das Wort sei. Pia versuchte, den fest sitzenden Deckel der Tupperdose mit ihren kalten Fingern zu öffnen. Als es ihr gelang, fiel zu ihrer Enttäuschung Kleinkram heraus, wie ein Kind ihn vielleicht in einer Schatzkiste zusammentragen würde. Eine gelbe Haarspange aus Plastik, in der noch ein dunkles Haar hing, ein rosafarbener Lippenpflegestift und ein zerrissenes Silberkettchen mit Kleeblatt-Anhänger. Dazu ein Foto. Pia drehte es um und hielt den Atem an. Das Licht von Broders' Lampe fiel auf das Gesicht des Mädchens, deren lange zurückliegender Tod sie immer noch beschäftigte: Tamara Kalinoff.

Sie spürte, dass sich etwas Raues, Trockenes in ihrem Mund befand. Solveigh würgte und versuchte, es auszuspucken, aber es gelang ihr nicht. Warum lag sie auf dem harten Boden? Und warum konnte sie Arme und Beine nicht bewegen? Ihre Arme lagen schmerzhaft verdreht hinter ihrem Rücken, und etwas schnitt in ihre Handgelenke ein. Ihr Kopf dröhnte, am Hinterkopf spürte sie einen pochenden Schmerz. Sie war gefesselt! War das ein Knebel in ihrem Mund? Solveigh zwang sich, die Augen zu öffnen, und sah schimmernden Granitfußboden, der sich fast endlos vor ihr auszudehnen schien. Sie war in Katjas Haus und lag, so unglaublich es auch schien, gefesselt und geknebelt auf dem Küchenboden. Was zum Teufel war passiert?

Die Erinnerung an Roxy kehrte zurück, daran, wie sie die Hündin hereingelassen hatte, danach eine Bewegung, dann gar nichts mehr. Die Erkenntnis, jemandem die Tür geöffnet zu haben, der ihr nichts Gutes wollte, traf sie hart. Aber dass ihre Unachtsamkeit auch Katja gefährdete, die sie immer wieder zur Vorsicht ermahnt hatte, war beinahe unerträglich. Wie hatte sie auf einen blöden Trick wie den mit dem Hund hereinfallen können? Und wen hatte sie dadurch ins Haus gelassen? Was wollte er von ihnen? Und wo war Katja?

Obwohl ihr jede Bewegung wehtat und die Drehung ihres Kopfes über eine scheinbar beachtliche Beule am Hinterkopf einen scharfen Schmerz verursachte, musste Solveigh sich ein Bild ihrer momentanen Lage verschaffen.

Sie sah die Sockelleiste der Küchenzeile, dann den unteren Teil des amerikanischen Kühlschranks, eines der verchromten

Beine des Esstisches, in dem sich ihr Gesicht, mit einem Knebel im Mund und angstvoll aufgerissenen Augen, verzerrt spiegelte – und drehte sich entsetzt weg, in die andere Richtung. Nun lag sie auf dem Rücken, auf ihren gefesselten Armen und Händen. Sie wandte den Kopf zur anderen Seite, und da sah sie sie: Halb hinter dem Küchentresen verborgen, lag Katja. Soweit Solveigh es erkennen konnte, war sie nackt. Katjas kurzes Haar war nass vom Duschen. Auch ihre Freundin hatte einen Knebel im Mund. Er bestand aus einem gedrehten weißen Stoffstück. Katjas Augen waren geschlossen. Und auch sie war gefesselt worden: Wie es aussah, mit gewöhnlichem Haushaltsband, das um Hals, Arme, Körper und Beine gebunden war. Katja war verschnürt wie eine Roulade. Derjenige, der sie überfallen hatte, hatte bei Katjas Fesselung noch mehr Kunstfertigkeit an den Tag gelegt als bei ihr, Solveigh. Wo war derjenige jetzt? War er noch im Haus? Was wollte er von ihnen?

Besorgt registrierte Solveigh, dass das Gesicht ihrer Freundin aschfahl aussah. Trotz der feuchten Haare konnte sie sehen, dass Blut aus einer Wunde am Kopf auf den Granitboden sickerte. Katja brauchte dringend einen Arzt! Sie konnte doch nicht hilflos mit ansehen, wie ihre Freundin auf dem Küchenfußboden an einer Kopfverletzung starb! Doch was sollte sie tun, verschnürt und geknebelt wie sie war?

Warten, bis Hilfe kam? Nur, wer sollte kommen und, vor allem, wann? Was hatte der Angreifer bezweckt, indem er sie beide bewusstlos geschlagen, gefesselt, geknebelt und dann hier liegen gelassen hatte? Solveigh versuchte, verschiedene Möglichkeiten durchzuspielen, doch die Schlussfolgerung, dass der Mann – es musste ihrer Meinung nach ein Mann sein – wiederkommen würde, um Gott weiß was zu Ende zu bringen, ließ sich nicht von der Hand weisen. Und wenn er wiederkam, konnte das nichts Gutes für sie bedeuten.

Er würde wiederkommen, dachte sie und merkte, wie ihr schlecht wurde. Nur das nicht – nicht mit einem Knebel im Mund. Dass jemand ins Haus eindrang, sie beide überwältigte und dann einfach nur bewusstlos und gefesselt liegen ließ, ergab jedenfalls keinen Sinn. Es sei denn, und das war ein schwacher Hoffungsschimmer, jemand wollte ungestört Katjas Haus durchsuchen. Ein Raubüberfall? Würde sie es nicht hören, wenn noch jemand im Haus wäre? Oder war es Rache? Hatte jemand Katja einen Denkzettel verpassen wollen? Nein, das war kein Denkzettel, und schon gar kein schlechter Scherz. Ohne noch einmal zu ihr hinzusehen, wusste Solveigh, dass ihre Lage ernst war. Sehr ernst. War es ... versuchter Mord?

Sie zitterte, und das rührte nicht daher, dass sie auf einem Steinfußboden lag. Solveigh robbte sich ein Stück nach rechts, um durch den Durchgang in die Diele blicken zu können. Sie konnte die Haustür nicht sehen, nahm aber an, dass sie geschlossen war, weil sie keinen Luftzug spürte. Dann erblickte sie etwas, wovon ihr erneut schlecht wurde. Halb verborgen hinter der offen stehenden Kellertür, konnte sie ein Stück goldbraunes Fell sehen ... Roxy, die bewegungslos am Boden lag. Er hat auch dem Hund etwas angetan!, dachte Solveigh zornig. Einem unschuldigen Tier! Aber war sie selbst nicht auch unschuldig? Und Katja? Das war es eben – sie wusste es nicht. Sie wusste zu wenig und hätte sich deshalb niemals in diese Geschichte verwickeln lassen dürfen.

Warum stand die Kellertür offen?

Ja, warum eigentlich?

Da unten war nichts ... Ein Vorratsraum und Stauraum für diverse Sportgeräte, von Skiern über Surfbretter bis hin zu einer kompletten Tauchausrüstung. Und da war der Heizungskeller für die superenergiesparende Gasheizung, die keine Abwärme mehr hatte, um Wäsche vernünftig im Keller zu trocknen. War der Angreifer durch ein Kellerfenster hier eingedrungen? Nein, sie hatte ihm ja die Tür geöffnet. Die Angst setzte Solveigh so sehr zu, dass sie nicht mehr klar denken konnte. Sollte die Panik nicht ihre Sinne *schärfen?* Sie zu Flucht oder Kampf befähigen? Ihr bei der Suche nach einem Ausweg behilflich sein? Wofür war die ganze Evolution denn gut, wenn am Ende ein Mensch wie sie dabei herausgekommen war, der nichts konnte, als sich vor Angst in die Hose zu machen?

Ihre Sinne jedenfalls waren nur insoweit geschärft, als sie die Schmerzen spürte: seitlich am Hinterkopf, dort, wo sie niedergeschlagen worden war, und am ganzen Körper, wo die Fesseln in ihr Fleisch schnitten. Ihre Muskeln verhärteten sich aus Protest gegen die erzwungene Bewegungslosigkeit. Bald würde sie Krämpfe bekommen. Sie hatte diese Art von Schmerzen vollkommen vergessen gehabt. Die Muskelkrämpfe, wenn sie sich im Heim in Koffern oder Schränken versteckt hatte, um … ja, um Aufmerksamkeit zu erregen. An ihre Einsamkeit und die Verzweiflung, daran erinnerte sie sich jeden Tag.

Wie lange würde sie überleben, wenn niemand kam? Katja schien selten Besuch zu bekommen, eigentlich nie. Wer also sollte kommen? Und was war, wenn Katja neben ihr starb? Und Roxy? Wann kamen die Fliegen, wann der Geruch?

Aufhören!, versuchte Solveigh, Kontrolle über ihre Gedanken zu erlangen. Denk positiv! Ha, ha. Was würde Dale Carnegie zu dieser Situation sagen? Denk positiv! Pah, nicht, wenn du es sogar schon riechen kannst. Du riechst es doch, oder? Es roch nach … etwas Verdorbenem. Sie sog beunruhigt die Luft ein, um sich zu versichern, dass sie sich das nur einbildete. Doch es war da. Es roch nach faulen Eiern? Wie faule Eier rochen, wusste sie allerdings nur aus dem Chemieunterricht und von den Stinkbomben, die ihr in ihrem Leben begegnet waren.

Der Angreifer hatte sie überwältigt und eine Stinkbombe geworfen … Solveigh kicherte unkontrolliert und schluchzte dann auf. Sie musste sich zusammenreißen. Nachdenken war das Einzige, was ihr in dieser Situation weiterhelfen konnte. Klar, Schätzchen, weil du gefesselt und geknebelt bist! Solveigh versuchte, sich zurück auf den Bauch zu drehen. Vielleicht konnte sie die Knie unter den Körper ziehen und irgendwie auf die Füße kommen. Sie wollte zur Tür, zum Ausgang.

Als sie sich langsam in Bauchlage drehte, hörte sie ein gedämpftes Klappern und fühlte … das Handy, das sich in ihrer Sweatshirttasche vor ihrem Bauch befand. Jetzt erinnerte sie sich wieder: Sie hatte die Polizistin anrufen wollen, als Roxy an der Tür gekratzt hatte. Sie hatte die Nummer schon eingegeben gehabt, aber wieder aufgelegt, bevor die Verbindung zustande gekommen war. Konnte sie sich das zunutze machen? Solveigh zerrte an ihren Fesseln, versuchte, eine Hand herauszuziehen, doch vergeblich. Viel zu fest waren ihre Handgelenke miteinander verknotet, und das Zerren schien die Bänder immer enger werden zu lassen. In ihren Fingerspitzen kribbelte und stach es.

Sie brauchte das Telefon!

Solveigh versuchte, ihre an den Fesseln zusammengebundenen Beine unter den Bauch zu ziehen, doch es gelang ihr nicht. Sie stützte sich mit dem Kinn auf dem Steinfußboden ab, und ihre Rückenmuskeln verkrampften sich, doch sie kam nicht hoch. Erschöpft ließ sie sich wieder auf die Seite fallen. Aber ihre Tasche hatte doch seitliche Öffnungen, also … Solveigh zog die Beine an und hob das Becken, bewegte sich hin und her, bis endlich … das Telefon aus der Tasche rutschte. Da lag es, klein, silbern – die Rettung? Immerhin war es auf die richtige Seite gefallen. Die Tasten lagen oben.

Die Euphorie währte nur kurz, denn Solveigh erkannte, dass

sie das Ding nicht bedienen konnte, solange ihre Hände auf dem Rücken gefesselt waren und ein Knebel in ihrem Mund steckte. Aber aufzugeben kam ihr auch nicht in den Sinn. Es reichte, wenn sie die grüne Hörertaste zwei Mal betätigte, oder nicht? Baute sie damit eine Verbindung zu der zuletzt gewählten Nummer auf … die zu der Polizistin aus Lübeck? Nicht, dass das viel gebracht hätte, denn sie konnte ja kein Wort sagen … Solveigh robbte auf dem Fußboden entlang, bis das Telefon sich auf Höhe ihrer Hände befand. Sie fühlte es an ihrem Handrücken, aber sie konnte das Telefon nicht sehen. Was, wenn ihre inzwischen gefühllos gewordenen Finger aus Versehen die eingegebene Nummer löschten? Verdammt, sie war so nah dran und doch keinen Schritt weiter.

Sie drehte sich zu dem Telefon um, bis es direkt vor ihren Augen lag. Mit vor Anstrengung zitternden Halsmuskeln senkte sie das Gesicht, bis ihre Nasenspitze die Hörertaste berührte. Sie konnte aus dieser Nähe nichts mehr erkennen und hoffte, dass sie die richtige Taste erwischte. Die Taste war schwerer herunterzudrücken, als sie gedacht hatte, ihre Nasenspitze zu weich, je nachdem. Endlich gelang es ihr, einmal … zweimal.

»Ich wette, wir haben gerade die Tatwaffe gefunden, mit der Feldheim erschossen wurde«, sagte Pia zu Broders, als sie auf dem Rückweg nach Lübeck waren. Sie waren über Plön gefahren, weil sie auf dem Revier noch etwas zu erledigen gehabt hatten. Bösdorf lag nun hinter, der Staatsforst Eutin vor ihnen.

»Ich halte dagegen«, antwortete er. »Asmussen ist nicht fähig, so einen Mord wie den an Timo Feldheim zu planen und auszuführen. Er müsste ja vorher herausgefunden haben, wann und wo Katja und Timo an einem Orientierungslauf teilnehmen würden. Es stand zwar alles im Internet und wurde am Startplatz ausgehängt – Teilnehmerlisten, Startnummern und Zeiten –, aber ich habe in dem Wohnmobil nirgends einen Computer gesehen.«

»Vielleicht hatte er einen Helfer ... Oder er hat die beiden einfach verfolgt?«

»Ohne Auto? Der Bus ist seit Jahren nicht von der Stelle bewegt worden.«

»Wer sagt uns, dass Asmussen kein Auto hat?«

»Er hat uns selbst erzählt, dass er Fahrrad fährt.«

»Er könnte lügen.«

»Nein, Pia, nicht so, nicht planmäßig und geschickt. Außerdem, und das ist das Entscheidende: Wo ist das Motiv?«

»Darüber habe ich auch schon nachgedacht. Ist es nicht bemerkenswert, dass er nach all den Jahren noch ein Foto von Tamara Kalinoff versteckt hält? Und diese anderen Dinge? Die haben bestimmt mal ihr gehört. Er muss verrückt nach ihr gewesen sein. Vielleicht vermutet er, dass ihre Freundin, Katja Simon, irgendwie Schuld an ihrem Tod hat.«

»Doch nicht nach all den Jahren, Pia.«

»Und wenn es einen Auslöser gegeben hat? Diese Wut und der Hass gärten jahrelang in ihm, bis etwas diese Reaktion in ihm auslöste: den Wunsch, Katja Simon zu ermorden.«

»Und was sollte das gewesen sein?«

»Ich weiß es noch nicht.«

»Dein Telefon klingelt.«

Es war ihr Diensthandy, nicht das private. »Geh du eben ran, vielleicht ist es Gabler ...«, bat sie Broders.

Er nahm das Telefon aus der Halterung und meldete sich. »Hier, hör mal«, forderte er sie auf, nachdem er einen kurzen Moment gelauscht hatte.

»Ich höre nichts«, sagte Pia.

Er nahm das Handy zurück und hielt es wieder an sein Ohr. »Hallo? Wer ist denn da? Hallo?«

»Leg auf, Broders.«

»Merkwürdig. Ich könnte schwören, dass da ein Stöhnen zu hören war …«

»Das ist ja noch schöner! Obszöne Anrufe auf meinem Diensthandy?«

»Nein, Pia. Da war etwas anderes. Kennst du diese Nummer?« Er las ihr eine Mobilfunknummer vor.

»Keine Ahnung. Die sagt mir spontan überhaupt nichts. Ruf doch mal da an.«

Sie wartete ab, während Broders die Nummer wählte, horchte, doch es ging wohl niemand an den Apparat. »Seltsam«, sagte er.

Pia bog von der B 76 in eine Seitenstraße und hielt an. Sie schaltete die Innenbeleuchtung ein. »Gib mal her. Ich denke, das haben wir gleich.« Sie drückte auf der Tastatur herum, kontrollierte das Anrufprotokoll und die angenommenen Anrufe. »Hier, siehst du, ich habe die Nummer schon einmal gewählt. Der Abfolge nach ist es zwei oder drei Tage her.«

»Kann uns nicht einfach jemand den Besitzer der Nummer nennen?«

»Das dauert zu lange. Es könnte Katja Simons Nummer sein, Solveigh Pahl, die von Sven Waskamp. Marianne Fierck … Nein, die nicht, da hatte ich nur die Festnetznummer … und Waskamp habe ich mit Namen eingespeichert.«

»Und nun?«, fragte Broders.

»Also … Im Zweifelsfall müssen wir dem nachgehen«, sagte Pia. »Wenn wir nicht reagieren und irgendetwas passiert, machen wir uns ewig Vorwürfe.«

»Die mache ich mir sowieso.«

Pia sah ihn von der Seite an. Das ewige schlechte Gewissen,

sie kannte das. »Wir sagen den Kollegen von der Schutzpolizei Bescheid. Die können einen Streifenwagen bei Katja Simon vorbeischicken. Ich vermute nämlich, dass es die Nummer von Katja Simon oder Solveigh Pahl ist.«

»Und warum schicken wir niemanden bei Solveigh Pahl vorbei?«

»Soweit ich informiert bin, wohnt sie zurzeit bei ihrer Freundin. Sie hat Eheprobleme.«

27. Kapitel

Das Telefon lag immer noch auf Höhe ihres Kopfes. Solveigh fühlte sich wie eine Küchenschabe oder ein Wurm, so, wie sie auf dem Boden herumkreuchte. Alles, insbesondere ihre Schulter- und Ellenbogengelenke und ihre Beckenknochen, tat ihr weh. Und es war anstrengend, mit dem Knebel im Mund genügend Luft zu bekommen. Ihre Nase fühlte sich schon ganz ausgetrocknet an, und der seltsame Geruch schien stärker zu werden. Katja – sie war jetzt vollkommen weiß im Gesicht. Die Blutlache neben ihrem Kopf wurde größer. Ohne Hilfe würde sie nicht mehr lange durchhalten.

Jemand, unerwarteterweise ein Mann, hatte sich gemeldet und etwas gesagt, das sie nicht verstehen konnte. Er hatte barsch geklungen. Und er hatte sie nicht verstanden, denn sie konnte sich mit dem Knebel im Mund ja nicht artikulieren. Dann war die Verbindung unterbrochen gewesen. Vor Wut und Enttäuschung schossen Solveigh Tränen in die Augen. Sie war sich sicher, vorhin die Nummer der Polizistin eingegeben zu haben. Sie versuchte es noch einmal, doch das Telefon rutschte immer wieder unter ihr weg. Dann klingelte es, aber sie konnte nichts tun. Irgendwann ließ sie den Kopf einfach fallen und schlug mit der Stirn auf den Fußboden. Wieder und wieder. Sie fühlte sich allein und entsetzlich hilflos.

Schließlich hielt sie erschöpft inne. Sie lag nun so, dass sie in Richtung Diele schaute. Zum Ausgang. Sie wollte nicht mehr zu Katja hinübersehen müssen. Sie war ein Feigling. Doch hinter der offen stehenden Kellertür lag Roxy. Regungslos. Und sie wusste immer noch nicht, warum die Tür offen stand? Der Täter war doch durch die Haustür hereingekommen.

Als sie sich der Autobahnausfahrt Scharbeutz näherten, warf Pia Broders einen kurzen Blick zu. Wenn sie hier abfuhren, waren sie auf dem direkten Weg zu Katja Simons Haus.

»Ist okay, Pia. Ich diskutiere nicht mit dir. Nicht in deinem Zustand«, sagte Broders, als sie den Blinker setzte.

»Lass diese dummen Anspielungen.« Sie nahm die Rechtskurve etwas zu schwungvoll, sodass das Heck des Wagens ausbrach. »Trotzdem, ich weiß zu schätzen, dass du mitkommst.« Mit einer gegenläufigen Lenkbewegung brachte sie das Auto unter Kontrolle.

»Rallye Monte Carlo«, murmelte er. »Macht nix. Ich folge dir bis in den Tod.«

Pia wusste nicht, ob es ihrer risikofreudigen Fahrweise zu verdanken war – sie kamen jedenfalls nur einen kurzen Moment nach dem Streifenwagen vor Katja Simons Haus an. Zwei Uniformierte waren gerade zur Haustür gegangen und klingelten.

»Hier scheint niemand zu Hause zu sein. Jedenfalls öffnet keiner«, sagte ein junger Kollege von der Schutzpolizei zu Pia. »Haben Sie uns informiert?«

»Ja. Mein Name ist Korittki. Sie haben mit meinem Kollegen Broders telefoniert.«

»Ich heiße Buck«, sagte er. »Warum sind wir hier?«

»Ich habe eben einen Anruf erhalten, dem ich nachgehen möchte. Wahrscheinlich kam er aus diesem Haus, aber es ist nicht sicher. Ist wirklich keiner da?«

Pia sah prüfend an Katja Simons Haus hoch. Alle Fenster waren dunkel, lediglich die Leuchte über der Haustür brannte.

»Wissen Sie, ob sich Autos auf dem Grundstück befinden?«, fragte Pia. »Zum Beispiel ein Toyota und ein Mini Cooper?« Soweit sie informiert war, fuhren Feldheim und Simon diese Autos.

»Die Garage ist hinter dem Haus. Ich schau nach«, sagte der Uniformierte. Als er um die Ecke des Hauses verschwunden war, klingelte Pia ebenfalls.

Nichts. Buck kam kurze Zeit später im Laufschritt zurück. »Ein weißer Mini und ein Toyota Avensis. Sie stehen beide in der Garage. Ich habe sie durch das Fenster gesehen.«

»Dann müsste auch jemand hier sein«, überlegte Pia laut. »Hier kommt man doch abends ohne Auto gar nicht weg. Und wo sollte man zu Fuß hingehen?«

»An den Strand – ein Abendspaziergang?«, schlug Buck vor.

»Der wird wohl nicht so lange dauern«, sagte Pia unruhig. Ihr Blick ging in Richtung Straße, wo man im Licht der Straßenlaternen den Regen wie Gischt hin und her wirbeln sah. Sie bemerkte, wie Buck sie musterte, und wurde sich bewusst, dass sie immer noch so aussah, wie sie unter Asmussens Auto wieder hervorgekrochen gekommen war: ausgesprochen schmutzig.

»Ich werde mal ums Haus gehen und schauen, ob man von der Gartenseite aus was erkennen kann«, meinte Buck.

»Gute Idee.« Pia wäre am liebsten selbst losgerannt. Sie sollte sich etwas zurückhalten. Das hätte sie niemals vor anderen zugegeben, aber die Aktion heute, das Robben unter dem Bus, schien ihr nicht so gut bekommen zu sein. Sie fühlte ein leichtes Ziehen im Bauch und versuchte, langsam zu atmen und die aufkommende Unruhe zu ignorieren.

»Es öffnet keiner, obwohl beide Autos da sind«, erklärte sie Broders, der erst jetzt hinzutrat. Er hatte bei geöffneter Beifahrertür im Wagen gesessen, um im Auto zu telefonieren. Mit ihrem Chef, vermutete Pia, um ihn über die neuen Entwicklungen ins Bild zu setzen.

»Und nun?«, fragte er.

»Der Kollege vom Streifendienst guckt nach, ob von der Gartenseite aus etwas zu sehen ist«, sagte Pia und trat unruhig von einem Fuß auf den anderen.

»Im Wohnbereich brennt Licht, aber ich kann nichts erkennen, weil die Vorhänge zugezogen sind …«, wurden sie kurz darauf informiert.

»Wir müssen rein«, sagte Pia. »Um uns davon zu überzeugen, dass da drinnen alles in Ordnung ist.«

Katja Simons Haus war solide gebaut. Die Feuerwehr hatte ihre Mühe, die Haustür zu öffnen. »Stopp«, schrie ein Feuerwehrmann, noch bevor jemand das Haus betreten konnte. Er wich zurück. »Hier strömt irgendwo Gas aus.«

»Was?«

»Gas – das ist Gasgeruch.«

Pia nahm einen leicht fauligen Geruch wahr. »Das ist Gas?«, fragte sie erstaunt.

»Was man riecht, ist ein Warnduftstoff, der dem Gas beigemischt ist. In diesem Fall THT. Erdgas ist normalerweise geruchlos. Man odoriert es, um vor einer Leckage zu warnen«, erklärte eine Feuerwehrfrau, die neben Broders und Pia stand.

»THT?«, fragte Broders.

»Tetrahydrotiophen … riecht nach Schwefel.«

»Sind Sie sicher?« Pia fühlte sich dunkel an etwas erinnert, das mit dem Fall Feldheim zu tun hatte, konnte es aber im Moment nicht benennen. Die Feuerwehrfrau nickte grimmig, und ihr Kollege bestätigte ihre Aussage. »Wir informieren sofort den Gasversorger, damit sie einen Störtrupp herschicken und die Leitung abdrehen. Alle zurück. Jeder Funke kann das Gas-Luft-Gemisch zur Explosion bringen.«

»Und wenn noch jemand im Haus ist?«

»Ich geh rein und sehe nach«, sagte der Mann, der sich Buck genannt hatte.

»Stopp. Keine voreiligen Aktionen. Lassen Sie das die Feuerwehr machen«, blaffte Broders ihn an.

»Erst mal alle zurück«, kam es vom Hauptbrandmeister, der soeben von dem Feuerwehrmann informiert worden war. »Wir sperren ab. Bevor wir nicht wissen, wie hoch die Gaskonzentration ist, geht niemand da rein.«

Das Geräusch der Türklingel schallte durchs Haus: laut ... fordernd. Und Solveigh hörte gedämpfte Stimmen. Endlich Hilfe! Aber stimmte das? Sie konnte es selbst nicht ganz glauben.

Dann war es wieder ruhig. Halluzinierte sie schon? Nein! Nicht wegfahren, dachte sie, bitte nicht wegfahren! War das die Polizei gewesen? Hatte ihr Anruf doch was gebracht? Warum kam niemand?

Sie fühlte sich benommen. Der faulige Geruch war in der Zwischenzeit schlimmer geworden.

Endlich. Ein Splittern und Krachen, das nur bedeuten konnte, dass die Haustür aufgebrochen wurde. Wie zur Bestätigung wehte ein Schwall kühler Luft über den Granitfußboden bis in ihr Gesicht. Sie vernahm wieder Stimmen, diesmal lauter. Die Rettung nahte. Sie wollte schreien, stöhnen, auf sich aufmerksam machen, aber es reichte nur noch für ein leises Wimmern.

Und es kam niemand.

Solveigh tat jetzt jeder Zentimeter ihres Körpers weh, und ihre Fingerspitzen kribbelten. Ruhig weiteratmen, befahl sie sich. Ihre Nasenschleimhaut brannte, und ihre Lungen schmerzten. Sie versuchte noch mal, vorwärtszurobben, aber der Wohnbereich dehnte sich endlos vor ihr aus. Hilflos wanderte ihr Blick von der Küche zur Diele und zurück. Was sie aufgrund ihrer niedrigen Position nicht sehen konnte, war die einzelne Kerze, die hoch über ihrem Kopf auf einem der Regale brannte.

»Und jetzt?«, fragte Pia, nachdem das Haus weiträumig abgesperrt worden war.

»Wir messen die Gaskonzentration, um festzustellen, ob bereits ein explosives Gas-Luft-Gemisch vorliegt.«

»Können wir nicht rein?«

»Noch nicht. Wenn eine explosive Mischung vorliegt, müssen wir erst für Durchzug sorgen und können nur mit Spezialausrüstung und unter Vermeidung jeglicher Zündquellen rein.«

»Vielleicht sind Menschen in dem Haus! Ich bin vor einer Viertelstunde wahrscheinlich von dort aus angerufen worden. Es war eine Art Notruf.«

»Ich kann da jetzt niemanden reinschicken. Eigensicherung geht vor. Haben Sie schon mal eine Gasexplosion erlebt?«, fragte der Hauptbrandmeister.

»Nein«, gab Pia zu.

»Eben. Das wollen Sie auch nicht.«

Pia biss sich angespannt auf die Lippe. Sie standen hinter der Absperrung und sahen zu Katja Simons Haus hinüber, das nun, von Scheinwerfern angestrahlt, noch mehr aus der Menge der umliegenden Wohngebäude herausstach. Um sie herum standen die Bewohner der Nachbarhäuser. Niemand sagte etwas, aber irgendwo bellte ein einsamer Hund.

Solveigh hatte eine Idee. Sie drehte sich herum, bis ihr Kopf dort lag, wo vorher ihre Füße gewesen waren, und steckte diese rechts und links neben das Tischbein des Esstisches, der fest mit dem Küchentresen verbunden war. Sie stieß ihre Füße mit aller Kraft nach vorn, sodass das Band, mit dem sie gefesselt waren, gegen die Chrombeine rieb. Es ruckte, ihre Haut schien sich aufzureiben, aber die Fesselung löste sich nicht. Dabei war ihr der Tisch immer gefährlich scharfkantig vorgekommen. Wie alles in Katjas Haus: hart, kühl und kantig … Sie bewegte sich weiter. Wenn die Fesselung nur etwas nachgeben würde … Solveigh versuchte, sich zu motivieren, dachte an ihre erste eigene Wohnung: warm, weich und nur für sie allein. Sie zog einen Fuß an und merkte, dass sich die Fesseln lockerten. Sie zog, so kräftig sie konnte. Ein Schmerz, ein Ruck, dann – es war unglaublich – war der erste Fuß frei, dann der zweite! Sie rappelte sich mühsam auf und taumelte in Richtung Tür. Da sah sie es: Blaulicht, im Vorgarten, auf der Straße, überall. Und all diese Menschen! Als sie schwankend aus der Tür trat, stürzte ein Mann auf sie zu und packte sie. Solveigh wehrte sich, versuchte, ihm klarzumachen, dass ihre Freundin noch im Haus war. Sie wurde einfach von Katja weggeschleppt …

In diesem Moment erreichte das explosive Gas-Luft-Gemisch die Kerzenflamme.

Der Knall war ohrenbetäubend. Pia hörte ein Scheppern, dann ein lautes Krachen. Alles schien gleichzeitig zu passieren: Einer der Feuerwehrmänner hatte sich Solveigh geschnappt, die im Türrahmen der aufgebrochenen Eingangstür aufgetaucht war. Während er sie quer durch den Vorgarten trug, wurde er mit einem Mal vorwärtsgedrückt und ging zu Boden. Fenster flogen samt Rahmen quer über das Grundstück, und der Dachstuhl hob einen halben Meter hoch ab. Danach unheilvolle Stille, bis Pia die Flammen hörte. Kein Knistern wie beim Lagerfeuer, sondern mehr ein unheilvolles Rauschen und Heulen. Dann sah sie die Flammen aus den Fenstern lodern. Rauch quoll aus dem zerstörten Dachstuhl.

Die Erwartung einer Explosion war irreal gewesen, jenseits des Vorstellbaren … Eben hatte das Haus doch noch dort gestanden – solide und neu –, nun war es eine Ruine.

Broders packte sie am Arm. »Ich glaub's nicht«, flüsterte er. »War das nicht die Halby, die da im letzten Moment aus dem Haus gekommen ist?«

»Es ist schon mal passiert. Er hat es schon einmal getan«, sagte Pia unzusammenhängend.

»Wie bitte?«

»Asmussen. Ich glaube, er hat es schon einmal getan.«

»Du glaubst, Wilbur Asmussen ist schuld an der Explosion?«

»Möglicherweise. Er war nicht bei seinem Wohnmobil. Er hatte eine Waffe versteckt. Ein Foto von dem Mädchen. Ich wette, er treibt sich hier irgendwo herum und sieht uns zu.«

»Niemals, Pia. Nicht der!«

»Es ist schon einmal passiert«, wiederholte sie. »Jemand hat mir erzählt, dass eine Frau bei einer Gasexplosion ums Leben gekommen ist.«

28. Kapitel

K ommst du mit, noch einen Schluck trinken und was essen?« Broders stand in der Tür und sah sie erwartungsvoll an. Nach der Gasexplosion war in Scharbeutz nichts mehr für sie zu tun gewesen. Sie waren nach Lübeck gefahren, wo Gabler sie im Kommissariat erwartet hatte. Da vorerst niemand mit Solveigh Halby sprechen durfte und auch die Löscharbeiten noch nicht abgeschlossen waren, hatten sie entschieden, alles Weitere auf den nächsten Morgen zu verschieben. Immerhin war es Pia gelungen, ihren Chef davon zu überzeugen, Wilbur Asmussen zur Fahndung auszuschreiben.

Ihr Magen fühlte sich an wie ein schwarzes Loch. Sie wusste, dass sie nicht viel Essbares im Haus hatte, und auf Hinnerk konnte sie auch nicht mehr zählen. Die Versuchung, mit Broders in ein Restaurant oder eine Kneipe zu gehen, war fast zu groß. Sie würden nicht mal viel reden müssen. Pia war kurz davor zuzusagen, als sie es wieder spürte. Ein Ziehen im Unterbauch. Verdammter Mist! Schwere Beine und Müdigkeit waren eine Sache, aber das.

»Es geht nicht, Broders. Ein anderes Mal wieder.«

»Denkst du etwa, ich würde meinen Antrag wiederholen?«, fragte er scherzhaft. »Ich hab auch meinen Stolz.«

Pia brachte ein schwaches Lächeln zustande. »Sorry. Es war ein furchtbarer Tag.«

»Alles in Ordnung mit dir?« Er sah sie prüfend an.

»Doch. Alles gut. Bis morgen dann.«

Als Broders gegangen war, erwog Pia ihre Möglichkeiten:

nach Hause fahren und sich ausruhen? Sie würde kein Auge zutun vor Hunger und mit der Frage im Hinterkopf, was dieses Ziehen im Unterleib bedeuten konnte. Sie konnte versuchen, ihre Frauenärztin zu erreichen, aber die Praxis hatte natürlich schon geschlossen. Die Ärztin hatte ihr sogar ihre Privatnummer gegeben, doch Pia hatte vergessen, sie zu speichern. Also ins Krankenhaus fahren? Da konnte sie sich gleich neben Solveigh legen …

Da fiel ihr Susanne Herbold, ihre Nachbarin und Vermieterin, ein. Sie war Ärztin: Allgemeinmedizin, aber besser als nichts. Pia klickte sich durch ihre einprogrammierten Nummern und erreichte Susanne bei ihrer Arbeit im Krankenhaus.

»Komm doch gleich hier vorbei, Pia. Es ist bestimmt nichts Ernstes, doch wir schauen lieber mal nach. Ich sage einem Kollegen aus der Gyn Bescheid.« Das klang beruhigend. So beruhigend, dass Pia auf der Fahrt zu der Klinik, in der Susanne arbeitete, kurz davor war, doch nach Hause zu fahren.

Als sie das Krankenhaus betrat, wünschte sie, sie hätte genau das getan. Der typische Geruch ließ ihr die Knie weich werden. Überall weiße Kittel, Krankenhausbetten und kranke Menschen … Sie war froh, als sie Susanne traf, die sie sofort mit sich in einen Untersuchungsraum zog. Wie versprochen kam ein Gynäkologe hinzu, dem sie kurz erklärte, was los war.

»Du hast Glück, dass du heute hier bist, wo quasi nichts los ist. Gestern ging es zu wie in Venedig auf dem Markusplatz …«, plauderte Susanne, während sie gespannt die Ultraschall-Bilder verfolgte. Der Arzt, der mit dem Ultraschallkopf über Pias mit glibberigem Gel bedeckten Bauch fuhr, sagte nichts. Pia war kalt. Sie versuchte, in seinem Gesicht zu lesen. Er runzelte die Stirn. Dann seufzte er leise.

»Hatten Sie einen anstrengenden Tag? Irgendwelche Aufregung?«, fragte er nach ein paar unendlich scheinenden Minuten.

»Äh ... Es war heute ein bisschen anstrengender als sonst. Wir haben eine Durchsuchung durchgeführt und ...« Wie sollte sie das mit der Gas-Explosion erklären?

»Meine Freundin ist bei der Kripo«, setzte Susanne hinzu.

»Ah so.«

Pia sah dieses Etwas – ihr Kind? – auf dem Bildschirm herumzappeln. Ihre Hände wurden feucht, und ihr Herz klopfte schneller. Was hatte sie getan? Hatte sie alles verdorben? Ihr war gar nicht bewusst gewesen, dass sie dieses Kind so sehr wollte.

»Was ist denn nun?«, fragte sie ungeduldig. Der Arzt hängte den Ultraschallkopf zurück in die Halterung und wischte ihren Bauch sorgfältig mit einem grünen Papiertuch ab. Ihre Angst und sein Schweigen machten Pia wütend. Wusste er nicht, dass es sich hiermit genauso verhielt wie mit dem Überbringen von Todesnachrichten an Angehörige? Immer geradeheraus damit. Jede Verzögerung machte es nur schlimmer.

»Es ist alles bestens. Ich kann jedenfalls nicht Auffälliges erkennen«, sagte er endlich. »Sie hatten heute zu viel Stress, das ist offensichtlich. Machen Sie sich weniger Sorgen und lassen Sie es ruhig angehen. Wenn Sie allerdings Kontraktionen bekommen oder gar Blutungen, müssen Sie natürlich sofort wiederkommen.«

»Das ist alles?« Die Erleichterung trieb Pia die Tränen in die Augen.

»Alles in Ordnung«, sagte Susanne und nahm ihre Hand.

»Verdammte Hormone!«, stieß Pia hervor. »Ich kenne mich selbst nicht wieder.«

Pias Dankbarkeit, gerade noch einem grausamen Schicksalsschlag entkommen zu sein, währte nur kurz. Auf dem Rückweg dachte sie daran, dass sie sich ja weniger Sorgen machen und es ruhig angehen lassen sollte. Das konnten auch nur Ärzte fordern! Immerhin, Susanne hatte ihr versichert, dass »Fritz«, der Gynäkologe, ein sehr gründlicher und erfahrener Arzt sei. Doch sie war schon allein deshalb beunruhigt, weil sie so entsetzlich hungrig war! Warum saß sie nicht gemütlich mit Broders in einem Restaurant? Oder mit sonst wem? Warum hatte sie niemanden?

Es liegt allein an mir, dachte sie nüchtern. Das mit Hinnerk, vielleicht auch die Probleme mit Nele. Die falsche Schlange! Nein, es war nicht allein ihre Schuld. Und ihre Eltern, denen sie es immer noch nicht gesagt hatte? Der Mordfall Feldheim war ihr dazwischengekommen. War er das wirklich?

Kurz entschlossen bog Pia auf die Fackenburger Allee nach Stockelsdorf ab. Es war schon spät, und sie würde unerwartet vor der Tür stehen. Die vermisste Tochter, schwanger und von aller Welt verlassen … Die Vorstellung hatte etwas Theatralisches an sich. Jedenfalls erwartete sie keine spontanen Freudenschreie. Und sie hatte auch keine Vorstellung davon, was sie stattdessen erwartete …

An der Einsatzbesprechung am nächsten Tag nahmen mehr als zwanzig Leute teil. Nach der Gasexplosion in Scharbeutz hatten sie nun auch Unterstützung durch Beamte des LKA bekommen. Die Stimmung im Besprechungsraum war ungewöhnlich ernst, untersetzt mit einer, wie es Pia schien, spürbaren Portion Aufregung.

Offiziell durch Gabler bestätigt zu bekommen, dass Katja Simon tot war, versetzte Pia einen Stich. Bis zuletzt hatte sie gehofft, dass sie vielleicht doch lebend aus den Trümmern hatte geborgen werden können. Dass Solveigh Halbys Entsetzen, ihr gellender Schrei, als das Haus zusammengebrochen war, auf einem Irrtum beruht hatte. Während Gabler nüchtern die Fakten referierte, von denen sie viele bereits kannte, ertappte sich Pia dabei, wie ihre Gedanken abschweiften. *Ihre Mutter und ihr Vater waren gestern Abend natürlich erstaunt gewesen, als sie von ihrer Schwangerschaft erfahren hatten. Ihre Mutter behauptete aber, sie habe es geahnt, seit Pia eben zur Tür hereingekommen war. Sie habe so einen anderen Ausdruck im Gesicht, irgendwie weicher ... worauf Pia gut und gern verzichtet hätte. Aber insgesamt überwogen Aufregung und Vorfreude – sie hatte sich weniger allein gefühlt. Kurz darauf hatte sich das Blatt gewendet. War es ihr Fehler gewesen? Warum machten diese Schwangerschaftshormone sie nur so verdammt emotional?*

Gabler erläuterte gerade, wie der Täter ins Haus gekommen war. Pia versuchte, sich zu konzentrieren. Laut einer ersten Aussage von Solveigh Halby, die vorerst noch im Krankenhaus bleiben musste, hatte er sich durch einen Trick Einlass verschafft, wobei Katja Simons Hund eine entscheidende Rolle gespielt hatte. Es war ihm gelungen, erst Solveigh Halby und dann das Tier durch einen Schlag auf den Kopf außer Gefecht zu setzen. Der Rasse nach war der Hund kein Wachhund, sodass der Täter mit ihm wohl ein leichtes Spiel gehabt hatte. Was danach passiert war, blieb Spekulation: Der Täter hatte Katja Simon wahrscheinlich ebenfalls niedergeschlagen, nachdem sie aus der Dusche gekommen war. Vielleicht hatte sie ein Geräusch gehört? Es war dem Täter gelungen, beide Frauen zu fesseln, zu knebeln und in der Küche abzulegen. Pia versuchte, die scheinbar gut geplante und erfolgreich durchgeführte Vorgehensweise mit Wilbur Asmussens Person in Einklang zu bringen. Aber Menschen waren unberechenbar. Pias Gedanken schweiften ab zum gestrigen Abend, *als sich ein Schlüssel im Schloss der Eingangstür gedreht hatte. Pias Mutter war hastig in Rich-*

tung Tür entschwunden. Aus dem Eingangsbereich hatte Pia dann eine
durchdringende Stimme gehört. Ausgerechnet Nele! Sie schob die unheilvolle Erinnerung rasch beiseite.

»Die Ursache der Explosion war eine manipulierte Gasleitung im Heizungskeller«, sagte Gabler. »Das Gas konnte dadurch ungehindert ausströmen. Nach Meinung der Experten
hat das nur ein Fachmann so zuwege bringen können.«

Asmussen, der in einer Installationsfirma gearbeitet hatte?

»Zurzeit gehen die Brandexperten davon aus, dass die Zün-
dung des Gas-Luft-Gemisches mithilfe einer offenen Flamme
erfolgt sein muss, die sich im oberen Bereich des Erdgeschos-
ses befunden hat – vielleicht auf einem Schrank oder Regal.
Das hat dem Täter genug Zeit gegeben, das Haus zu verlassen
und sich in Sicherheit zu bringen.«

»Könnte nicht auch ein elektrischer Funke, zum Beispiel der
Abreißfunke der Klingel, die Explosion ausgelöst haben? Bei
einem meiner Bekannten hat es ausgereicht, dass nachts der
Kühlschrank angesprungen ist«, sagte Gerlach.

»Es war für den Täter einfacher, die Explosion mithilfe einer konstanten Flamme auszulösen. Für so eine Explosion
brauchte es zwei Dinge: die richtige Gas-Sauerstoff-Konzentration und die Zündquelle. Ist die Gas-Sauerstoff-Konzentration
zu hoch oder zu niedrig, passiert gar nichts.«

»Ich dachte, Gas sei schwerer als Luft. Wie kann es sich überhaupt vom Keller her nach oben ausgebreitet haben?«, fragte
Broders und zog den Kopf ein, als Gablers Blick ihn traf.

»Das gilt für Propangas. Das in Haushalten übliche Erdgas
ist leichter als Luft ...«

»Schon gut, es steigt also nach oben. Verstanden.«

»Warum dieser Aufwand?«, fragte ein Pia unbekannter Beam-
ter. »Ich meine, erst hat er die Frauen niedergeschlagen, dann
gefesselt und geknebelt, anschließend die Geschichte mit dem

Gas, dem Zeitverzögerungsmechanismus zum Zünden … Jede Minute, die sich der Täter zusätzlich im Haus aufgehalten hat, vergrößerte doch die Gefahr, entdeckt zu werden.«

»Sein Ziel war offensichtlich, einen Unfall vorzutäuschen. Wahrscheinlich rechnete der Täter damit, dass die Fesseln und Knebel, die er verwendete, rückstandsfrei verbrennen würden. Er verwendete Haushaltsband und Baumwolle.«

»Das Opfer wurde doch unbekleidet niedergeschlagen und dann gefesselt? Kann der Täter möglicherweise Katja Simons Liebhaber gewesen sein? Eine Tat im Affekt … und alles andere nur der Versuch, es zu vertuschen?«, fragte Gerlach.

»Vergessen Sie nicht, wie der Täter laut Aussage von Solveigh Halby ins Haus gelangt ist. Und bisher ist uns nichts über einen möglichen Liebhaber bekannt.«

»Liebhaber« war keine gute Assoziation. *Nach einer kurzen, offenbar fruchtlosen Debatte mit ihrer Mutter war Nele im Wohnzimmer aufgetaucht. Pia kannte den Blick, mit dem ihre Schwester sie angesehen hatte. Eine Mischung aus ängstlicher Erwartung und Trotz. »Nele wohnt ein paar Tage bei uns«, hatte Pias Mutter erklärt, um das Schweigen zu brechen. »Sie hat hier etwas zu erledigen.« Was das wohl sein mochte? Ihren neuen Freund treffen? Ihren Freund? »Hi, Nele. Was hast du denn Spannendes in Lübeck zu tun?«, fragte Pia. Sie hörte, wie ätzend ihr Tonfall war. Seit Hinnerk ihr gestanden hatte, dass er mit Nele geschlafen hatte, war so viel passiert, dass sie es noch gar nicht richtig verarbeitet hatte. »Pia, das geht dich gar nichts an – im Übrigen finde ich es schön, dass du dich überhaupt mal wieder zu Hause sehen lässt. Oder, Mam?« »Das hat dich nicht zu interessieren, Nele«, sagte ihre Mutter bestimmt. Früher hatte Nele bei Auseinandersetzungen immer recht bekommen. Das war heute wohl der Schwangerschaftsbonus? »Triffst du dich noch mit Hinnerk?«, fragte Pia. Sie merkte, wie ihre Mutter irritiert von ihr zu Nele und wieder zurück sah. Sie hatte einen Fehler gemacht: Ihre Mutter ging* *selbstverständlich davon aus, dass Hinnerk der zukünftige Vater war. Außerdem wusste sie anscheinend noch nichts von Neles Rolle in ihrem kleinen Drama. Auf Neles Hals zeigten sich rote Flecken. Sie warf den Kopf zurück.* »Wieso interessiert dich das? Ihr habt doch Schluss gemacht.« *Hinnerk hatte es ihr also schon mitgeteilt.* »Tatsächlich?«, *fragte ihre Mutter.* »Ja«, *sagte Pia und fixierte ihre Schwester.* »Es war doch sowieso vorbei!«, *sagte Nele herausfordernd.* »Und außerdem … Wenn Pia sich nicht so angestellt hätte mit ihren blöden Bildern, wäre das alles nie passiert. Ich habe mich nur deshalb mit Hinnerk getroffen, um ihn davon zu überzeugen, dass er sie doch noch zu der Ausstellung in der Galerie überredet. Ich hatte schon alles organisiert. Pia hat mich hängen lassen und vor aller Welt lächerlich gemacht!«*

»Wollten Sie noch etwas dazu sagen, Frau Korittki?« Gabler sah sie auffordernd an.

Pia versuchte, sich zu sammeln. »Nein. Äh, ich wollte wissen … Liegen schon erste Fahndungsergebnisse nach Wilbur Asmussen vor?«

»Bisher nicht. Seit der Vernehmung in Plön ist er nicht wieder gesehen worden. Wir müssen ihn aber schnellstmöglich finden. Die Wahrscheinlichkeit, dass es sich bei der bei Asmussen gefundenen Waffe um die Tatwaffe im Fall Feldheim handelt, ist den ersten ballistischen Untersuchungen nach äußerst hoch.«

Pia nickte.

»Wir haben jetzt drei Optionen.« Dreißig Augenpaare waren auf Gabler gerichtet, der nach einem Blick in seine Unterlagen fortfuhr: »Erstens: Wilbur Asmussen ist der Täter und hat sowohl den Mord an Timo Feldheim als auch den Anschlag in Scharbeutz zu verantworten. Um das abzuklären, hat sein Auffinden oberste Priorität. Option zwei: Asmussen wurde hereingelegt. Jemand anderes hat sowohl Timo

Feldheim erschossen und die Waffe bei Asmussen unter dem Wohnbus deponiert als auch den Mordanschlag auf Katja Simon verübt. Die Frage ist dabei, wer? Und die dritte Option: Die beiden Morde haben nichts miteinander zu tun. Bei dem Mord an Timo Feldheim ist die Verwicklung von Wilbur Asmussen möglich, aber nicht sicher. Daraus folgt, dass jeder Einzelne von Ihnen höchste Konzentration und vollen Einsatz zeigen muss. Kürschner und ich haben schon alles so weit vorbereitet. Wir haben Sie in Teams den verschiedenen Aufgaben zugeteilt und die Liste ans Pinboard geheftet. Fragen und Berichte gehen umgehend und direkt an uns beide. Das wär's für den Augenblick.«

Nach Sauerstoff und Koffein lechzend, verließen die Männer und Frauen der erweiterten SoKo den Raum. Einige strebten dem Kaffeeautomaten zu, andere dem Pinboard, um ihre neue Aufgabe zu erfahren. So auch Pia und Broders, die eine Weile warten mussten, bevor sie einen Blick auf Gablers Aufzeichnungen werfen konnten. Als sie dort standen, fühlte Pia den durchdringenden Blick von einem der neu hinzugekommenen LKA Beamten auf sich ruhen.

»Kennst du den in der schwarzen Jacke, der zu uns herübersieht«, fragte sie Broders leise.

»Oh, sieht er gut aus?« Heinz Broders warf einen Blick in die angegebene Richtung. »Ach, Steffen Benscler meinst du. Ein fähiger Mann, aber leider vergeben, wie ich gehört habe. Trotzdem, nimm dich lieber vor ihm in Acht.«

»Ich bin gerade nicht interessiert«, sagte Pia.

»Ach ja? Er starrt dich wirklich an. Muss ich mir Sorgen machen?«

Gerlach, der direkt neben ihnen stand, mischte sich leise in das Gespräch. »Benseler hat heute Morgen eine Bemerkung über Pia fallen lassen ... Ich hab's nur zufällig gehört.«

»Und zwar?«

»Er hat natürlich auch mitbekommen, dass du mit Broders bei der Gasexplosion dabei warst. Live und in Farbe, sozusagen. Es schien ihm nicht zu gefallen.«

»Ach ja?«

»Er findet, du solltest zurzeit lieber Innendienst schieben, Pia.« Er hob abwehrend die Hände. »Seine Worte, nicht meine.«

»Was geht den das an? Und woher weiß er es überhaupt?«, fragte sie aufgebracht. Benseler hatte inzwischen wohl erfahren, was er wissen wollte. Er löste seinen Blick nur sehr widerwillig, wie es schien, von Pias Anblick.

Er mag dich nicht, dachte Pia. Und dann: Unsinn! Es ist die Anspannung. Der gestrige Abend hat mich angreifbar gemacht.

»Benseler arbeitet normalerweise in Kiel. Das könnte man schon mal als einen Hinweis werten«, sagte Broders. Pia verstand und hörte deshalb nur noch mit halbem Ohr hin, als Broders fortfuhr: »Mal sehen, was Gabler sich für mich ausgedacht hat: Na bitte! Ich fahre mit dir zusammen zu Rainer Halby, Gerlach. Das ist doch der Ehemann der Frau, die gestern überlebt hat. Wie erfreulich! Und du, Pia? Innendienst?«

»Na, schau selbst«, sagte sie mit einer gewissen Genugtuung in der Stimme. Sie war eingeteilt, mit Olaf Maiwald nach Kargau zu fahren, um weitere Befragungen über einen möglichen Aufenthaltsort von Wilbur Asmussen vorzunehmen.

Andere Kollegen drängten von hinten nach, sodass sie den Rückzug antraten. Auf dem Weg klingelte Pias Mobiltelefon. Sie sah, dass es Hinnerk war, und zog die Tür zu ihrem Büro hinter sich zu. Wieso meldete er sich bei ihr? Sie hatte ihm am Kanal deutlich zu verstehen gegeben, dass sie ihn erst mal nicht wiedersehen wollte. Die Wut über seinen Verrat hatte sie dazu verleitet, ihm Dinge an den Kopf zu werfen, an die sie jetzt lieber nicht denken wollte.

»Wie geht es dir, Pia?« Hinnerks Stimme klang distanziert. »Ein Kollege hat mir erzählt, dass du gestern vor Ort warst, als das Haus in Scharbeutz in die Luft geflogen ist. Er war ebenfalls da und hat dich vorn an der Absperrung gesehen.«

Es waren mindestens zwei Rettungswagen vor Ort gewesen, erinnerte sich Pia. »Mir ist nichts passiert – und deinem Kind auch nicht.«

»*Meinem* Kind, nicht *unserem*?«

»Natürlich unserem. Ich kann mich ja aus der Geschichte schlecht ausklinken, oder?«

»Nein. Das würde schwierig, rein biologisch gesehen.« Ein Hauch der sonst mitschwingenden Ironie und des Witzes klang durch, vermischt mit Bitterkeit.

Pia merkte, wie ihr die Kehle eng wurde. Was sollte das, sie gerade jetzt, während der Arbeitszeit, anzurufen? Hatte er überhaupt eine Vorstellung davon, was heute hier los war? Ganz abgesehen davon, was sich gestern Abend seinetwegen bei ihren Eltern abgespielt hatte? Oder hatte Nele sich schon bei ihm ausgeweint? Bestimmt. Hier liefen jedenfalls überall Kollegen herum. Jeder brauchbare Raum im Kommissariat war belegt, und auch in ihr Büro konnte jeden Moment wieder jemand reinkommen.

»Ich kann jetzt schlecht telefonieren, Hinnerk«, sagte sie ungeduldig.

»Ich wollte nur hören, ob es dir gut geht, nach deiner Beteiligung an einer Gasexplosion. Kannst du dich nicht eine Weile beurlauben lassen? Zu viel Stress soll ja nicht gesund sein.«

»Mir geht es gut bei der Arbeit, wirklich. Wenn ich jetzt zu Hause sitze, komme ich ganz bestimmt nicht zur Ruhe.« Und daran bist du nicht ganz unschuldig, dachte sie. *Nele hatte ges-*

tern Abend lautstark verkündet, dass Pia ihren Freund geradewegs in ihre nicht sehr offenen Arme getrieben hätte. Alles Weitere hatte sich ... ergeben. Nele hatte es für einen One-Night-Stand gehalten. Doch später, als Hinnerk von Pia erfahren hatte, dass das Baby ... Nele hatte sich erschrocken die Hand vor den Mund gehalten. Ihr Blick war lauernd auf das Gesicht ihrer Mutter gerichtet gewesen. Begreifst du es nun?, schien sie stumm zu fragen. Pia verschweigt dir das Wesentliche.

»Pia, bist du noch dran?«, wollte Hinnerk wissen.

»Ja, aber ich muss jetzt auflegen. Das LKA ist hier, die nächste Besprechung steht an.« Das stimmte zwar nicht, doch dass sie gleich weiterfahren würde nach Kargau, wollte sie ihm auch nicht auf die Nase binden. Obwohl ... Sie wusste nicht recht, worauf sie noch Rücksicht nahm.

»Also dann, pass auf dich auf«, sagte er.

»Du auch. Bis irgendwann mal ...«, antwortete sie. Es war das äußerste Zugeständnis, zu dem sie sich momentan aufraffen konnte. Doch eigentlich war es ihr sowieso egal.

»Danke, Nele, für diese taktvolle Einleitung«, hatte Pia mühsam beherrscht gesagt. »Ich wollte eins nach dem anderen erzählen, aber Nele hat gerade entschieden, dass ihr es sofort wissen müsst: Ich bin mir nicht sicher, ob das Kind von Hinnerk ist. Vielleicht ist auch ein ehemaliger Kollege von mir der Vater. Doch der weiß von nichts, und so soll es auch bleiben. Es sieht so aus, als stünde ich mit dem Kind so ziemlich allein da.« »Unsinn!« Ihre Mutter hatte sich erstaunlich schnell wieder gefangen. Sie hatte Pia in den Arm genommen und ihr versichert, dass sie ganz und gar nicht allein sei, ihre Familie werde sie, im Gegenteil, voll und ganz unterstützen. Keiner von ihnen hatte weiter auf Nele geachtet. Bis eine Art Schnauben zu vernehmen gewesen war. »Wie könnt ihr nur so gleichgültig sein?«, hatte sie mit vor Wut zitternder Stimme gefragt. »Pia hat Hinnerk fast das Herz gebrochen! Sie hat ungeschützten Sex mit irgendeinem Typen gehabt, dem sie es jetzt

nicht mal sagen kann! Merkt hier denn gar keiner, was läuft?« Pia er-
innerte sich nur noch undeutlich, aber sie war so wütend gewesen, dass
sie ihre Schwester angefahren hatte, sie solle sich in Zukunft aus ihrem
Leben heraushalten. Da war Nele dann in Tränen ausgebrochen.

29. Kapitel

Kennen Sie jemanden von den Leuten, die vom LKA zu uns gekommen sind?«, fragte Pia, als sie mit Olaf Maiwald zusammen in Richtung Kargau fuhr.

»Den einen oder anderen vom Sehen«, gab Maiwald bereitwillig Auskunft. Klar, er arbeitete ebenfalls in Kiel, und so groß war die Welt in ihrem Beruf nun auch wieder nicht.

»Einen Typen namens Benseler?«

»Der Benseler? Das ist ein Guter. Der wird seinen Weg machen.«

»Wenn er weiterhin so taktiert und versucht, anhand von privaten Informationen Kollegen auszumanövrieren, dann wird er möglicherweise eine steile Karriere hinlegen«, bestätigte Pia.

Maiwald fragte nicht nach, sondern vertiefte sich in den Anblick der herbstlichen Landschaft, die an ihnen vorbeizog.

»Benseler posaunt herum, dass ich in Zukunft lieber Innendienst machen sollte.«

»Wieso das?« Es sollte wohl erstaunt klingen.

»Ich habe gehört, dass er über meine Schwangerschaft informiert ist.«

»So etwas spricht sich eben herum. Ist doch nicht geheim.«

»Es ist *privat!* Solange ich meine Arbeit tue, geht es niemanden etwas an. Es Außenstehenden zu erzählen geht schon mal gar nicht. Oder?«

»Darüber kann man geteilter Meinung sein. Außerdem, es kam nur zufällig zur Sprache … ohne Hintergedanken.«

»Das bezweifle ich.«

»So was könnte man auch als Paranoia bezeichnen.«

Pia fuhr rechts auf einen kleinen Parkplatz und bremste abrupt, sodass der unvorbereitete Maiwald in den Gurt geworfen wurde. Als sie standen, fixierte sie ihn und suchte nach den richtigen Worten. »Maiwald, wir sollten das einmal klären, bevor wir weiter zusammenarbeiten. Wir wissen beide, dass Sie sich damals auch für den Job im K1 beworben hatten.«

»Ich hatte ihn schon fast«, sagte er. »Wer damals taktiert und unfair gespielt hat, das waren doch Sie.«

»Nein. Glauben Sie, Gabler hätte mich ausgewählt, nur weil ich zufällig mal mit einem von der Kripo aus Hamburg befreundet war?«

»Nicht mit *irgendeinem*.«

»Wenn Sie meinen Chef für so bestechlich halten, wieso wollen Sie dann überhaupt für ihn arbeiten?«

Maiwald wurde rot. »Ich wollte eben zur Mordkommission. Und niemand ist gern die Nummer zwei. Aber inzwischen würde ich nicht mal mehr wechseln, wenn Gabler mich auf Knien darum bitten würde. Dass ich überhaupt hier aushelfe, kostet mich schon einige Überwindung.«

»Meinetwegen?«

Er dachte einen Moment nach. Als er antwortete, klang er beinahe erstaunt: »Nein. Gegen Sie persönlich habe ich nichts. Aber so eine Niederlage ist eben schwer wegzustecken.«

Pia nickte. Sie verstand. »Dass Sie private Dinge über mich ausgeplaudert haben, finde ich nicht in Ordnung. Aber ich habe wohl überreagiert … und sagen Sie jetzt nicht, dass es *daran* läge. Ich bin einfach so.«

»Verstehe.« Sein Mundwinkel zuckte. Pia setzte den Blinker und ordnete sich wieder in den Verkehr ein.

Eine halbe Stunde später erreichten sie Kargau, das im Licht der durch die Wolken brechenden Sonne wie frisch geputzt aussah. Doch die Regenpause würde nur kurz anhalten. Über dem Wald, der Kargau in einer festen Umklammerung umschlossen hielt, ballten sich schon wieder blaugraue Wolken zusammen. Sie fuhren zunächst zu den Gregorians. Die beiden stellten immer noch die nächstliegende Verbindung zu Wilbur Asmussen dar.

Eveline Gregorian öffnete ihnen die Tür. »Da kommen Sie gerade noch rechtzeitig«, sagte sie nach einer steifen Begrüßung. »Mein Mann wollte gleich gehen.«

»Wir möchten mit Ihnen beiden reden«, erklärte Maiwald, während sie in den Flur traten.

In dem Moment kam Martin Gregorian die Treppe herunter und sah sie irritiert an. »Warum hast du mir nicht Bescheid gesagt, dass die Polizei da ist, Eveline?«

»Sie sind gerade erst zur Tür hereingekommen«, antwortete sie. »Die Herrschaften möchten mit uns beiden sprechen.«

»Muss das jetzt sein? Ich bin verabredet und ohnehin schon spät dran.« Er warf einen Blick auf seine Armbanduhr. Pia fand, dass er gehetzt aussah. Sein Gesicht war gerötet, und seine Bewegungen wirkten ruckartig.

»Wir stehen auch unter Zeitdruck. Wir werden Sie nicht lange aufhalten. Vielleicht zehn Minuten«, sagte Pia.

Gregorian nickte und wies auf die Küchentür. Niemand setzte sich. Gregorian lehnte an der Arbeitsplatte und verschränkte die Arme vor der Brust. »Nun … womit können wir Ihnen helfen?«

»Sie haben mir neulich von Wilbur Asmussen erzählt, einem ehemaligen Angestellten Ihrer Firma, Herr Gregorian.«

»Ach, das. Haben Sie ihn gefunden?«

»Ja. Aber seitdem ist er wieder verschwunden.«

»Warum suchen Sie ihn überhaupt? Hat er was ausgefressen?«

Die Art und Weise, wie er über seinen ehemaligen Mitarbeiter sprach, ging Pia gegen den Strich. »Dazu kann ich Ihnen nichts sagen.« Ihr barscher Ton schien ihm nichts auszumachen. Im Gegenteil, es sah so aus, als entspannte Gregorian sich etwas.

»Wir wollen lediglich wissen, wo er sich aufhalten könnte. Er stammt doch ursprünglich aus dieser Gegend. Hat er hier Freunde, bei denen er Unterschlupf finden könnte? Gibt es Verstecke, die er früher schon genutzt hat?«, fragte Maiwald.

»Nun … von Freunden weiß ich nichts, was nicht bedeuten soll, dass er keine hätte. Aber auf dem Gelände der Uhlenburg kennt er sich aus wie kein anderer. Haben Sie das Areal schon überprüft?«, erwiderte Gregorian.

Der Gedanke an das riesige, bewaldete Gelände mit den verfallenen Gebäuden und unterirdischen Gelassen machte Pia mutlos. Allein die drei Geschosse der in die Tiefe führenden Kellerräume des Kavalierhauses und die diversen Dachböden … Klar, dort konnte Asmussen sich leicht versteckt halten. Aber nicht ewig. Es war kalt da, und er brauchte etwas zu essen …

»Wenn Sie etwas von ihm hören oder sehen, geben Sie uns bitte sofort Bescheid. Am besten informieren Sie gleich die Bezirkskriminalinspektion in Lübeck«, sagte Pia und griff in ihre Tasche.

»Wir haben Ihre Karte noch … danke«, meinte Martin Gregorian. »Ich frage mich nur, warum Sie ihn unbedingt finden wollen. Ich kannte ihn jahrelang und war immer davon ausgegangen, dass er harmlos ist.«

»Vielleicht ist er das auch«, sagte Pia. »Ist er früher schon mal so von jetzt auf gleich von der Bildfläche verschwunden?«

»Na ja. Manchmal blieb er einfach der Arbeit fern. Er ist dann angeln gewesen oder weiß der Geier, was. Wenn ich ihn deswegen zur Rede gestellt habe, dann war er der festen Überzeugung, Urlaub zu haben. Letzten Endes half da alles Reden nichts, er war stur und vernünftigen Argumenten nicht zugänglich.«

»Er hat dich vergöttert, Martin«, mischte sich Eveline Gregorian zum ersten Mal in das Gespräch. »Sven war manchmal richtig sauer, wie viel Aufmerksamkeit du Wilbur Asmussen geschenkt hast.«

»Sven Waskamp?«, fragte Pia.

»Mein Neffe. Sie kennen ihn ja. Er war eine Zeit lang wie ein Sohn für uns. Aber dass Sven auf Wilbur eifersüchtig gewesen sein soll ...« Er verzog ungläubig das Gesicht.

»Du hattest nie die geringste Ahnung, was in einer Kinderseele vor sich geht«, sagte Eveline.

Gregorian sah sie mit einem leicht gequälten Gesichtsausdruck an. »Wie auch immer, es tut ja jetzt nichts mehr zur Sache. Unser Sven ist doch prächtig geraten, oder?«

»Um alles und jeden kümmerst du dich, nur nicht um die, die dir am nächsten stehen«, sagte Eveline Gregorian. Sie sprach leise, schien aber die Anwesenheit von »Zeugen« für ihre Vorhaltungen zu genießen.

Pia wurde es zu eng in der Küche. Sie straffte die Schultern. »Also gut, das Gelände der Uhlenburg. Falls Ihnen sonst noch etwas einfällt ...«

Gregorian nickte und hatte es dann sehr eilig, aus dem Haus zu kommen.

Nachdem er weg war, brachte Eveline Gregorian Pia und Maiwald zur Tür. »So ist er«, sagte sie, »immer auf Achse. Da verpasst so mancher, was wirklich vor sich geht ...«

»Haben Sie keine Idee, Frau Gregorian? Sie kannten Wilbur Asmussen doch auch.«

»Ja, ich bilde es mir zumindest ein.«

»Warum sagen Sie das?«

»Ach, ich weiß nicht. Wilbur Asmussen ist der Sohn von einem sehr netten Ehepaar hier aus Kargau, aber die Mutter ist ganz jung an Krebs gestorben. Er war ein sehr intelligentes Kind, vielleicht hochbegabt …«

»Sprechen wir über denselben Mann?«, fragte Pia überrascht.

»Ja, man glaubt es kaum, nicht wahr? Die Erwartungen des Vaters und des gesamten Umfeldes an Wilbur waren dadurch maßlos übersteigert. Das Unglück ist passiert, als er vierzehn war: Er war mit ein paar anderen Jungen auf dem See zum Schlittschuhlaufen. Wilbur ist eingebrochen und unter das Eis geraten. Sie haben ihn zwar retten können, aber wahrscheinlich hat er sich zu lange unter Wasser befunden. Durch den Sauerstoffmangel muss er wohl eine Art Hirnschaden erlitten haben. Er war danach jedenfalls nie mehr derselbe. Sein Vater hat es nicht verkraftet – Wilbur war sein einziger Sohn, sein ganzer Stolz. Er hat seinen Kummer im Alkohol ertränkt und ist später auch gestorben. Wilbur war dann auf sich allein gestellt. Die Leute mieden ihn, weil er sich so verändert hatte. Nur Martin hat Wilbur unterstützt, ihm einen Job gegeben und zeitweise auch eine Unterkunft. Aber es war schwer, mit anzusehen, wenn man ihn von früher kannte … Auch für Sven übrigens.«

»Warum haben wir das nicht eher erfahren?«

»Sie haben nicht danach gefragt.«

»Okay.« Pia seufzte. Sie hatte das Gefühl, dass ihr die Information absichtlich zu genau diesem Zeitpunkt serviert worden war. »Also: Wo kann sich Asmussen versteckt halten?«

»Ich habe keine Ahnung. Aber ich kann mir denken, warum Sie wirklich hier sind«, sagte Eveline Gregorian unvermittelt und näherte sich Pias Gesicht. »Ich hab's im Radio gehört. Aber er muss das nicht unbedingt wissen.«

»Wer muss was nicht wissen?« Eveline Gregorians Atem roch streng. Pia wich ein paar Zentimeter vor ihr zurück.

»Mein Mann. Das mit der Explosion in Scharbeutz!«

»Was ist mit der Explosion?«

»Da war doch ein Opfer zu beklagen? Eine Frau, haben sie in den Nachrichten gesagt. Wenn mich nicht alles täuscht, dann war das eine aus dem Heim hier, nicht wahr?«

»Woher wissen Sie das?«

Sie lächelte zufrieden. »Ich habe heute Morgen Frauke Röhling beim Bäcker getroffen. Sie arbeitet halbtags als Schreibkraft für Sven. Sie hat mir erzählt, Sven sei heute Morgen vollkommen verstört gewesen, als er von der Explosion erfahren hat. Er hat sich sofort erkundigt, wer die Frau war, die in Scharbeutz ums Leben gekommen ist.«

»Kannte er sie?«

»Es sieht ja wohl so aus? Und die andere, die im letzten Moment gerettet wurde, ist die Ehefrau von einem, der auch mal hier gelebt hat.«

»Moment mal. Meinen Sie Solveigh Halby? Ihr Mann Rainer Halby stammt aus Kargau?«

»Halby, genau. Jeder hier kennt den. Er hatte vor einigen Jahren einen Autohandel oben an der Straße, dort, wo jetzt die neuen Häuser stehen. Ein unsteter Zeitgenosse, ganz nach dem Vater geraten. Er soll jetzt in Lübeck wohnen. Aber er hat damals eine aus dem Heim geheiratet … Die Welt ist klein.«

»Sie sagen es. Und warum soll Ihr Mann nichts von der Explosion erfahren, Frau Gregorian?«

»Weil er sich so leicht aufregt. Das ist nicht gut für seinen Blutdruck.«

»Diese Gasexplosion betrifft ihn doch gar nicht.«

»Es gab hier auch mal so einen Fall. Vor etlichen Jahren – eine hässliche Sache. Da soll einer seiner Angestellten drin verwickelt gewesen sein. Er hat schwarzgearbeitet, aber man hat es ihm nie nachweisen können. Martin hat den Mann trotzdem gefeuert. Er hasst Fehler.«

»Tun wir das nicht alle?« Pia zögerte. »Der Angestellte, der da angeblich gepfuscht haben soll … Wissen Sie noch seinen Namen?«

»Das ist zu lange her.«

»Es könnte wichtig sein.«

Eveline Gregorian krauste die Stirn. »Ich kann nachsehen, wenn Sie möchten. Aber das wird etwas dauern. Die alten Akten liegen auf dem Dachboden.«

»Melden Sie sich bei mir, sobald Sie es herausgefunden haben?«

»Natürlich. Eventuell muss ich Martin danach fragen, aber dann ist es so.«

Pia nickte. »Danke für Ihre Hilfe, Frau Gregorian.«

»Frau Gregorian«, meldete sich Maiwald zu Wort. »Nur der Vollständigkeit halber: Wo waren Sie und Ihr Mann denn gestern Abend?«

»Zu Hause. Wo denn sonst?«

»Keine Ahnung.« Maiwald tat vollkommen harmlos.

»Wir haben zusammen ferngesehen, Martin und ich. Einen Reisebericht über eine Eisenbahnfahrt quer durch Kanada. So eine Reise ist schon lange unser Traum.«

»Alaska!«, sagte Maiwald und erntete einen verständnislosen Blick von Eveline Gregorian und ein unterdrücktes Grinsen von seiner Kollegin.

»Dann nochmals vielen Dank. Und geben Sie uns bitte Bescheid, wenn Sie den Namen Ihres ehemaligen Angestellten herausgefunden haben«, sagte Pia.

»Ist doch selbstverständlich.« Eveline Gregorian zupfte am Kragen ihrer hellblauen Bluse. »Ich helfe nämlich gern.«

30. Kapitel

Das Autohaus, in dem Rainer Halby arbeitete, lag an einer der größeren Ausfallstraßen Lübecks. Beim Anblick der vielen vor Nässe glänzenden Autodächer, tendenziell in Silber oder Schwarz, in zwei Reihen platziert wie Schulkinder auf einem Klassenausflug, wunderte es Broders nicht, dass der Verkauf von Autos ein schwieriges Geschäft geworden war. Eher fand er es verwunderlich, dass es früher mal leichter gewesen sein sollte. Er selbst fuhr seit Jahren seinen Opel Astra, den er gebraucht gekauft hatte. Der Wagen hatte inzwischen dreizehn Jahre auf der Motorhaube und transportierte ihn immer noch anstandslos von A nach B. Wenn er sich recht erinnerte, hatte er sich noch nie einen Neuwagen zugelegt. Mit seinen Ansprüchen einem Auto gegenüber war er wohl nicht gerade der Traumkandidat für einen Autohändler, dachte er, als er die Glastür aufzog, die in den Verkaufsraum führte.

»Wir suchen Herrn Rainer Halby«, erklärte er dem jungen Mann im blauen Anzug, der gelangweilt auf sie zuschlenderte. Sah er für ein bisschen mehr Enthusiasmus seitens des jungen Mannes nicht ausreichend kaufwillig aus? Oder zumindest sein Kollege Michael Gerlach, der wie immer sportlich, aber teuer gekleidet war? Seinen eigenen Kleidungsstil hatte Broders' Exfreund, als sie mal mit dem Hinweis »casual private« eingeladen gewesen waren, als »desperate private« bezeichnet. Aber dieser Freund, nun ja, war schon lange Geschichte.

»Bedauere«, lautete die Antwort.

»Bedaure was? Ist er da, oder ist er nicht da?«

»Herr Halby macht gerade eine Probefahrt – mit einer Kundin.«

»Das kann ja nicht ewig dauern. Wann ist er denn zurück?«

Der Verkäufer spitzte den Mund und sah dann zu einer großen Wanduhr hinüber. »In einer halben Stunde sollten Sie mehr Glück haben als jetzt.«

»Wir warten«, erklärte Gerlach.

Sie stellten sich an einen der bereitstehenden Bistrotische. Gerlach griff wahllos nach einem der Kekse, die in einer Glasschale für Kunden bereitstanden.

»Ich würde das nicht tun«, sagte Broders.

»Was?«

»Den essen. Wer hier alles schon drin herumgegrabbelt hat! Ist doch eine öffentliche Urinprobe.«

»Du bist geschmacklos, Broders«, sagte Gerlach und warf den Keks in den Aschenbecher.

»Denkst du dasselbe wie ich?«

»Was? Dass Rainer Halby vollkommen ahnungslos ist? Von unseren Leuten hat ihn jedenfalls gestern Abend keiner mehr erreicht. Mal sehen, wo er so war.«

»Vielleicht hatte er einen längeren Kundentermin?«

»Oder er war in Scharbeutz.«

Broders sah sich im fast leeren Verkaufsraum um. Ein Paar, er mit Vollbart, sie hochschwanger, schlich um einen überdimensionalen Van herum. In den Büros arbeiteten die anderen Verkäufer; sie sahen in dem diffusen Licht hinter den spiegelnden Glasscheiben aus wie Fische im Aquarium. Das glänzende Blech, die Elektronik und das viele Geld, das beständig in den Köpfen der Leute kreiste – all das schien die Atmosphäre mit negativer Energie aufzuladen, dachte Broders gerade, da wurde seine Aufmerksamkeit von einer schwarzhaarigen Frau in Anspruch genommen, die mit verbissener Miene die Geschäftsräume betrat.

An ihrer Seite war ein etwa vierzigjähriger Mann, der versuchte, eine lockere Plauderei in Gang zu halten, was offensichtlich Schwerstarbeit war. Broders tippte auf Rainer Halby, der mit seiner Kundin von der Probefahrt zurückgekehrt war. »Dann warten wir erst mal ab, wie Ihnen der andere Wagen gefällt. Ich prophezeie Ihnen: Dem werden Sie nicht widerstehen können. Top gepflegt. ›Der wurde geliebt‹, sage ich immer zu solchen Autos … Ein echter Glücksfall.« Die Kundin verabschiedete sich kurz, offensichtlich nicht bereit, zu diesem Zeitpunkt eine positive Rückmeldung zu geben. Als sie dem Verkäufer den Rücken zuwandte, machte er seinem Frust mit einer eindeutigen, wenn auch unauffälligen Geste mit dem rechten Mittelfinger Luft und strebte dann den Büros zu.

»Herr Halby?«

Er sah irritiert zu Gerlach und Broders hinüber, setzte aber schnell ein professionelles Lächeln auf. »Sie wünschen?«

»Wir würden uns gern mit Ihnen unterhalten. Irgendwo, wo wir ungestört sind.«

»Worum geht es denn?«

»Wir sind von der Kriminalpolizei. Es geht um Ihre Frau, Solveigh Halby.«

»Was ist mit der?« Halby wusste wirklich von nichts, oder er schauspielerte gut, was eine notwendige Fähigkeit zu sein schien, um in seinem Job Erfolg zu haben.

Broders’ hatte mal versucht, handgedrechselte Engel und Holzkreisel auf dem Lübecker Weihnachtsmarkt zu verkaufen, und sich darüber gewundert, wie viel Selbstverleugnung es ihn kostete, einen einzigen Engel für fünfzehn Euro an den Mann zu bringen … Wie mochte es einem da bei einem Neuwagen für fünfzigtausend Euro ergehen? »Können wir in Ihr Büro gehen?«, fragte er.

Halby nickte. Er führte sie in sein Büro, deutete auf zwei Besucherstühle vor seinem Schreibtisch und ließ sich in den schweren Bürosessel dahinter fallen. »Womit kann ich Ihnen helfen, meine Herren?«

»Haben Sie schon von der Gasexplosion in Scharbeutz gehört oder gelesen?«

Halby nickte irritiert.

»Dabei ist eine Frau ums Leben gekommen. Die andere, Ihre Frau, Herr Halby, wurde leicht verletzt.«

»Was? Solvie? Was ist mit ihr?«

»Sie konnte in letzter Sekunde das Haus verlassen.«

»Dann war das Katja Simons Haus in Scharbeutz? Und was ist mir ihr?«

»Katja Simon ist tot.«

Halby schüttelte den Kopf. Sein Gesicht war unbewegt, doch seine Augen flackerten. »Warum?«, fragte er. »Wie konnte so etwas passieren? Es war ein fast neues Haus. Da muss doch einer Schuld dran haben, oder? War es Pfusch?«

»Wir gehen zum derzeitigen Zeitpunkt von einem gezielten Mordanschlag aus, Herr Halby. Die Frauen wurden überfallen und gefesselt, bevor die Explosion erfolgt ist. Können Sie uns irgendetwas dazu sagen?«

Er schüttelte stumm den Kopf, legte die Hände kurz vor das Gesicht, nahm sie wieder herunter. »Und wo ist meine Frau jetzt?«

»Noch im Krankenhaus. Sie hat großes Glück gehabt, aber sie steht unter Schock.«

»Um die Wahrheit zu sagen: Um unsere Ehe steht es nicht zum Besten. Jedenfalls hat ihr das ihre vermeintliche Freundin Katja Simon erfolgreich eingeredet. Doch niemand – niemand! – hatte einen Grund, meiner Frau und ihrer Freundin so etwas anzutun.«

»Wann haben Sie Ihre Frau zum letzten Mal gesehen?«

»Ich … neulich Abend habe ich sie noch mal gesprochen. Ihre Freundin hat sie bewacht wie ein Schießhund: Ich musste Solvie draußen vor dem Haus abpassen.«

Broders' Mobiltelefon klingelte, er entschuldigte sich kurz, ging hinaus und ließ Gerlach allein mit Halby. Es war Pia, die ihn über die neuesten Erkenntnisse aus Kargau informierte.

»Wo haben Sie und Ihre Frau sich kennengelernt, Herr Halby?«, fragte Heinz Broders, als er wieder in Rainer Halbys Büro trat.

»Auf so einer Zeltfete der Freiwilligen Feuerwehr. Wir kennen uns schon ewig …«

»Haben Sie schon immer in Lübeck gewohnt?«

»Nein. Zu der Zeit war ich noch in Kargau. Wieso? Ist das verboten?«

»Nein. Aber da Ihre Frau eine Zeit lang in dem Heim in Kargau gelebt hat, nehme ich an, dass Sie sie aus dieser Zeit kennen?«

»Als Solvie und ich zusammenkamen, da gab es das Heim schon gar nicht mehr.«

»Aber Sie kannten sie von früher?«

»Na ja. Ich denke schon. Mehr oder weniger.«

»Kennen Sie auch die Freundinnen Ihrer Frau aus dieser Zeit? Katja Simon, Janet Domhoff, Tamara Kalinoff?«

»Nur die Simon, bei der sie zuletzt gewohnt hat, aber ›kennen‹ ist zu viel gesagt. Ich wusste ja gleich, dass da nichts Gutes bei herauskommt«, murmelte Halby düster.

Nichts Gutes … so kann man es auch ausdrücken, dachte Broders. Laut sagte er: »Wussten Sie, dass Katja Simon ebenfalls in dem Heim in Kargau gewesen ist?«

»Ja, schon. Deshalb war ich auch nicht so begeistert, als Solveigh sich wieder häufiger mit ihr getroffen hat.«

»Wo sind Sie gestern Abend gewesen, Herr Halby?«

»Ich habe gearbeitet. Bis um halb acht oder so …«

»Und danach?«

»Bin ich nach Hause gefahren.«

Wenn das stimmte, so war er zumindest nicht ans Telefon gegangen und hatte auch die Tür nicht geöffnet, als zwei Uniformierte zu später Stunde bei ihm geklingelt hatten.

»Gibt es jemanden, der das bezeugen kann, Herr Halby?«

»Äh … Wenn ich mich recht entsinne, bin ich doch ausgerechnet gestern etwas früher nach Hause gefahren als sonst. So gegen halb sieben. Ich hatte Kopfschmerzen. Zu Hause habe ich zwei Tabletten genommen und mich hingelegt. Ich war so fertig, ich muss sofort eingeschlafen sein.« Er sah verunsichert von einem zum anderen.

»Wenn Sie für den gestrigen Abend kein Alibi vorweisen können, Herr Halby, muss ich Sie bitten, uns für die weitere Vernehmung ins Kommissariat zu begleiten.«

»Was, jetzt? Ich hab gleich einen wichtigen Termin.«

»Bedaure«, sagte Gerlach in einem Tonfall, der Halby dazu veranlasste, sich langsam aus seinem Sessel zu erheben.

»Ich bekomme es noch nicht ganz zusammen«, sagte Olaf Maiwald, als er kurze Zeit später mit Pia an einem Stehtisch in der Kargauer Bäckerei stand. Sie mussten etwas Zeit überbrücken und waren übereingekommen, sie nicht draußen im kalten Nieselregen zu verbringen. Pia hatte Sven Waskamp, den nächsten Kandidaten auf ihrer heutigen Liste, bisher nur telefonisch erreicht, sich aber in einer halben Stunde mit ihm in seinem Haus verabredet.

»Was denn? Die Tatsache, dass auch Rainer Halby hier aus dem Ort stammt, oder Asmussens Geschichte?«, fragte Pia halblaut. Sie waren die einzigen Kunden, aber die Verkäuferin, die kurz in einem Nebenraum verschwunden war, konnte jeden Augenblick zurückkommen.

»Broders und Gerlach sind heute bei Rainer Halby, nicht wahr?«, sagte Maiwald. »Ich hatte doch herausgefunden, dass er Schießsport betreibt. Manchmal liegt die Lösung eines kompliziert scheinenden Falles auf der Hand: Halbys Motiv stellte von Anfang an der Mord an seiner Frau Solveigh dar. Solveigh, die er hier aus Kargau kannte und die er später geheiratet hat.«

»Aber warum wollte er ihren Tod? Rainer Halby hat seine Frau geschlagen. Es ging ihm um Macht über sie. Er hätte sie im Affekt umbringen können ... aber ein aufwändig geplanter Mord? Damit würde er sich doch nur um das Opfer für seine Quälereien bringen.«

»Wenn seine Frau vorhatte, sich aus der Beziehung zu ihm zu lösen, und er wusste das, dann hätten wir das Motiv: verletzte Eitelkeit, drohender Machtverlust, Rache.«

»Und wie kommen die anderen ins Spiel? Timo Feldheim, Katja Simon?«, wandte Pia nachdenklich ein.

»Solveigh Halby brauchte die Unterstützung ihrer Freundin Katja Simon, um sich von ihrem Mann zu befreien. Vielleicht hat die Simon Solveigh Halby überhaupt erst dazu gebracht, sich gegen ihren Mann zu wehren. Mit Katja Simons Einmischung begannen für Halby die Probleme ... seine Frau drohte, ihm zu entgleiten.« Maiwald biss so herzhaft in ein Franzbrötchen, dass die Krümel rieselten.

»Denken Sie, er hat die Simon als eine Bedrohung für seine Ehe wahrgenommen?«, fragte Pia.

»Sie ist ... ungewöhnlich. Was dem einen Mann reizvoll erscheint, kann einen anderen verunsichern. Sicher ist nur, dass ihr kaum jemand neutral gegenüberstehen wird.«

Pia musterte Maiwald mit neu erwachendem Interesse.

»Halby hätte demnach befürchtet, dass Katja seine Frau dazu bringt, sich von ihm zu trennen. Ihm drohte Kontrollverlust über sein Opfer ... Das ist zumindest schon mal ein Motiv.«

Sie trank einen Schluck warmen Kakao aus ihrem Becher. Es war nicht das, was sie eigentlich wollte. »Außerdem ist da seine Affinität zu Schusswaffen. Er meldet sich in einem Schießsportverein an, hat aber zunächst Probleme, eine Waffenbesitzkarte zu erlangen. War es nicht so?«

»Sein Charakter erschien dem Vorsitzenden des Schützenvereins nicht gefestigt genug. Halby brauchte etwas länger, um ihn von seinem sportlichen Anliegen zu überzeugen.«

»Aber dann hat er es geschafft, sich ein Gewehr zu besorgen, während seine Frau immer mehr unter den Einfluss ihrer Freundin geraten war. Halby wollte die Simon loswerden und suchte eine Möglichkeit, wie er ihr am besten auflauern konnte. Anfangs mag es nur ein Gedankenspiel für ihn gewesen sein. Ein ›Ich könnte, wenn ich wollte‹. Es ging ihm um Macht. Als Halby dann herausfand, dass Katja Simon an einem Orientierungslauf teilnehmen würde, für den er die Bahnen, die Startzeiten, die Laufnummern, einfach alles herausfinden konnte, reifte in ihm der Plan, sie aus dem Hinterhalt zu erschießen. Ich kann mir sogar vorstellen, dass er zunächst nur hinfuhr, um den Nervenkitzel zu erleben, auf sie anzulegen, aber als es dann so weit war und er eine Person mit der richtigen Startnummer am Posten sah, da drückte er ab, ein-, zwei-, dreimal nacheinander. Auf eine gewisse Entfernung und wegen der schlechten Sichtverhältnisse an dem Tag konnte es leicht zu einer Verwechslung mit Timo Feldheim kommen: Beide waren etwa gleich groß, schlank und trainiert, beide im gleichen Trainingsanzug in den Vereinsfarben, beide mit kurzen, dunklen Haaren … Es muss relativ einfach gewesen sein. Er hatte eine gute Deckung, und die Entfernung war nicht zu groß. Problematisch war nur das Verschwinden nach der Tat, denn er wollte das Gewehr unbedingt wieder mitnehmen. Aber wenn er sein Auto irgendwo in Richtung Pötenitz geparkt hatte, musste er nicht mal das Nadelöhr der Priwall-Fähre überwinden.«

»Und weiter?« Maiwald hörte ihr aufmerksam zu.

»Halby war schockiert, als er erfuhr, dass er statt Katja Simon ihren Mann Timo Feldheim erschossen hatte«, fuhr Pia mit gesenkter Stimme fort. »Es mag ihm wie eine Ironie des Schicksals erschienen sein, als seine Frau kurz darauf bei Katja Simon einzog, um ihr nach dem Tod ihres Mannes beizustehen. Wir wissen von ein paar Kollegen, dass sich Rainer Halby mehrmals in der Nähe des Hauses herumgetrieben hat. Katja Simon hatte sich bei der örtlichen Polizeiwache über ihn beschwert, aber seine Frau wollte keine einstweilige Verfügung gegen ihn erwirken. Nun, was könnte ihn dazu veranlasst haben, nun beide Frauen umbringen zu wollen? Ursprünglich wollte er ja wohl nur, dass Solveigh bei ihm bleibt und er weiterhin jemanden hat, den er terrorisieren kann. Aber dann muss etwas passiert sein. Sie hat ihm vielleicht erklärt, dass sie nie wieder zu ihm zurückkehrt, dass es aus ist. Kann das ein Motiv gewesen sein, beide Frauen zu überfallen und mittels der Gasexplosion zu töten?« Pia sah Maiwald zweifelnd an. Der Duft seines Kaffees zog zu ihr hinüber. Blöder Kakao …

Er schob seinen Becher ein Stück zu ihr hinüber, aber sie widerstand der Versuchung. Maiwald lächelte und setzte ihre Überlegungen fort: »Es fällt einem schwer, sich das alles vorzustellen. Trotzdem: Irgendjemand hat es getan, und die Annahme, dass es Wilbur Asmussen war, erscheint mir, trotz allem, was wir über den Mann gehört haben, unwahrscheinlicher als die Möglichkeit, dass Rainer Halby die Morde geplant und verübt hat.«

»Was uns fehlt, sind Beweise«, sagte Pia.

»Und da ist auch noch der Fundort der Tatwaffe, der nicht ins Bild passt.«

»Na ja. Halby konnte das Gewehr ja schlecht in seiner Drei-Zimmer-Wohnung verstecken, oder? Und wenn er von hier stammt, kennt er bestimmt auch Wilbur Asmussen. Ein praktischer Sündenbock, vorausgesetzt, Halby wusste, wo er ihn finden konnte …«

»Das erscheint mir ziemlich weit hergeholt.«

»Ist es auch. Fällt dir was Besseres ein?«

»Niemals heiraten …«, murmelte Maiwald.

Pia lächelte etwas gequält und konterte: »Entscheidend ist, wen du heiratest. Du hast es gut: Wenn du eine Frau heiratest, ist es statistisch gesehen quasi ausgeschlossen, dass die Gute eines Tages Amok läuft.«

Sie tranken aus und stellten Becher und Teller in einen der bereitstehenden Tablett-Wagen. Die Verkäuferin sah kurz um die Ecke, machte sich aber nicht die Mühe, in den Verkaufsraum zurückzukommen. Als sie auf die belebte Straße traten, fiel Pia auf, dass sie Maiwald eben erstmalig geduzt hatte. So übel war er vielleicht gar nicht? Das Gespräch hatte ihr jedenfalls geholfen, ihre Gedanken zu ordnen. Jetzt war es an der Zeit, mit Sven Waskamp zu sprechen.

Das Haus sah anders aus als beim letzten Mal. Die Jalousien im Erdgeschoss waren heruntergelassen. Aus dem Briefkasten schauten Prospekte und eine Zeitung. Sven Waskamps Haus wirkte unbewohnt. Zumindest so, als wäre er heute noch gar nicht vor der Tür gewesen. Wozu hatte er sie dann warten lassen?

Auf ihr Klingeln hin passierte zunächst nichts. Pia sah Maiwald an. Gerade als sie die Hand hob, um ein zweites Mal auf die Klingel zu drücken, schwang die Haustür langsam auf.

Sven Waskamp lehnte in sich zusammengesunken im Türrahmen und starrte sie aus tief in den Höhlen liegenden Augen an. Seine Haut an Nase und Mund war gerötet und rissig, sein Haar sah strohig aus. Was war passiert? Er wirkte, als wäre über Nacht alles Leben aus ihm herausgesogen worden.

31. Kapitel

Sven Waskamp war augenscheinlich weit davon entfernt, wegen der Nachricht aus Scharbeutz verstört zu sein – er sah *zerstört* aus. Leicht wankend führte er Pia und Maiwald in sein Esszimmer und deutete auf die Stühle. »Bitte sehr. Ich nehme an, Sie sind wegen der Gasexplosion hier. Sollten Sie nicht lieber zusehen, dass Sie Spuren sichern und so'n Zeug? Ich verlange, dass der Schuldige gefasst und hart bestraft wird!«

»Wie bitte?« Maiwald schien perplex zu sein. Auch Pia war überrascht. Manchmal gingen Hinterbliebene nach einer Straftat als Erstes zum Angriff über. Was sie allerdings noch nicht gewusst hatte, war, dass Sven Waskamp zu den Hinterbliebenen zu zählen war.

»Sie haben mich doch verstanden. Meine Freundin ist tot. Jemand hat ihr Haus in die Luft gejagt. Sie ist in den Trümmern *verbrannt!* Und Sie wollen ein Plauderstündchen mit mir abhalten?«

»Sprechen Sie von Katja Simon, Herr Waskamp?«

»Ja! Katja war meine Freundin. Sie wollte sich von ihrem Mann trennen und mit mir ganz von vorn anfangen.«

»Das lässt jetzt allerdings alles in einem völlig neuen Licht erscheinen, Herr Waskamp. Wir führen Ermittlungen in mehreren Mordfällen durch, und Sie haben uns darüber, dass sie mit der Witwe eines der Opfer eine Beziehung hatten, wissentlich im Unklaren gelassen?«

»Sie haben mich nicht gefragt, ob ich was mit Katja Simon habe«, entgegnete er störrisch.

Pia erinnerte sich wortwörtlich. Sie hatte ihn gefragt, wie sein Verhältnis zu Katja Simon sei, und er hatte geantwortet, dass es wenig Berührungspunkte zwischen ihnen gäbe … So konnte man es natürlich auch ausdrücken. Ein paar Berührungspunkte hatte es offensichtlich doch gegeben. Pia setzte gerade dazu an, ihm vorzuwerfen, dass er damit eine laufende Ermittlung behindert habe, als sie sah, dass es keinen Sinn hatte. Waskamp verbarg seine zitternden Hände unter seinen Oberschenkeln. Er fixierte sie mit starrem Blick, seine Pupillen waren so klein wie Stecknadelköpfe. »Haben Sie etwas eingenommen, Herr Waskamp? Medikamente? Drogen?«, fragte sie eindringlich.

»Ich war vorhin beim Doc und hab mir was geben lassen. Ist nur ein leichtes Beruhigungsmittel und wirkt überhaupt nicht.«

»Zeigen Sie mal her!«

Er nahm eine Tablettenschachtel vom Couchtisch und warf sie zu ihr hinüber. Pia betrachte sie kurz. Ein Benzodiazepin – das erklärte Waskamps verlangsamte Reaktion und die auffällige Distanziertheit. An und für sich sollte das Beruhigungsmittel einem erwachsenen Mann nicht schaden, aber es kam, wie bei allem, auf die Dosierung an.

»Wie viele haben sie davon genommen?«

»Weiß nicht. Zwei oder drei?«

»Wir werden einen Arzt verständigen«, sagte Pia. Sie wollte nicht riskieren, dass er in ihrem Beisein zusammenklappte.

»Da war ich doch schon! Macht Kati auch nicht wieder lebendig!«, erwiderte er. Seine Aussprache war undeutlich.

»Nein. Aber Sie wollen doch, dass ihr Mörder gefasst wird. Sie müssen uns helfen: Warum dieses Verhältnis mit Katja Simon?« Hatte es ihm nicht gereicht, dass er der Freund von Tamara Kalinoff gewesen war, was ihm ja seinerzeit schon genug Schwierigkeiten eingebracht hatte?, dachte sie bei sich.

»Wir waren uns ähnlich. Sie konnte meine Ambitionen, in

der Politik Karriere zu machen, wirklich verstehen. Und Katja wollte auch nicht in ihrer Hautarztpraxis versauern, hat sie mir erzählt. Sie hat geplant, noch mal zu studieren: irgendwas mit Wirtschaft und Medizin … Und sie wollte sich von ihrem Mann trennen.«

»Da kam Timo Feldheims Tod wohl gar nicht so ungelegen? Keine langwierige Scheidung – und alles gehörte ihr …«

»Katja war keine Mörderin! Und ich habe ihrem Mann auch kein Haar gekrümmt, falls es das ist, was Sie denken.«

»Wo waren Sie gestern Abend, Herr Waskamp?«

»Brauch ich einen Anwalt?«

»Das können Sie besser beurteilen. Wo waren Sie denn nun?«

»Ich war bis acht Uhr abends in meinem Büro. Wir hatten eine Strategie-Besprechung. Danach bin ich nach Hause gefahren.« Wenn er dafür Zeugen hatte, war es knapp …

»Wann haben Sie Katja Simon zuletzt gesehen?«

»Keine Ahnung …« Waskamps Kopf sackte nach unten.

Pia fuhr von ihrem Platz hoch und hielt ihn fest. Er war kalkweiß im Gesicht und schwankte auf seinem Sitz hin und her. »Hallo, Herr Waskamp! Hören Sie mich?« Er sah sie verwirrt an. »Können wir jemanden für Sie anrufen, der sich um Sie kümmert?«

»Es geht schon. Geht schon«, nuschelte er undeutlich und versuchte, Pias Gesicht zu fokussieren.

»Soll ich Ihren Onkel verständigen oder jemand anderen?«, fragte sie und erinnerte sich, dass Gregorian ja unterwegs war.

»Julia … Rufen Sie meinetwegen meine Schwester Julia an«, sagte Waskamp und nannte eine vierstellige Telefonnummer.

Julia von Ohlen, erinnerte Pia sich. Die Frau des Journalisten, mit dem sie gesprochen hatte.

Zum Glück war seine Schwester zu Hause und versprach, sich gleich auf den Weg zu machen. Pia und Maiwald warteten, bis sie angekommen war. Waskamp saß immer noch leicht vornübergebeugt im Sessel.

»Was ist mit meinem Bruder? Was hat er denn?«, fragte sie ratlos. »Sven! Was ist denn los?«

»Ihr Bruder steht unter Schock. Wir wollten ihn so nicht allein lassen. Glauben Sie, Sie werden mit der Situation fertig, oder sollen wir lieber einen Arzt rufen?«

»Ich komme schon klar. Was ist denn passiert, um Himmels willen?«

»Er hat heute Morgen erfahren, dass eine Freundin von ihm ums Leben gekommen ist. Ihr Bruder hat uns gesagt, er habe Beruhigungsmittel eingenommen. Ich weiß allerdings nicht, in welcher Menge. Die Packung liegt auf dem Tisch. Ein Heftchen fehlt, obwohl zwei hineingehören …«

»Wer … wer ist denn gestorben?«

»Die Frau hieß Katja Simon.«

»Die kenne ich gar nicht …«, sagte Julia von Ohlen zweifelnd. Sie begleitete Maiwald und Pia zur Tür. »Waren Sie nur hier, um es ihm mitzuteilen?«, wollte sie wissen.

Pia zögerte. Eigentlich waren sie hergekommen, um etwas von Sven Waskamp zu erfahren. Sie waren nicht mal dazu gekommen, ihn danach zu fragen.

»Kennen Sie einen Mann namens Wilbur Asmussen?«

»Meinen Sie den komischen Typen, der früher mal für meinen Onkel gearbeitet hat?«

»Das hat er.«

»Den hab ich seit Ewigkeiten nicht mehr gesehen.«

»Er ist verschwunden. Es läuft eine Fahndung nach ihm, aber bisher ohne Erfolg. Können Sie sich vorstellen, wo er sich verstecken würde, wenn er sich vor der Polizei verborgen halten will?«

»Auf dem ehemaligen Heimgelände gibt es viele Verstecke … Asmussen kannte sie alle«, sagte Julia von Ohlen wie ihr Onkel zwei Stunden zuvor.

»So wie der Fall liegt, würde er das Heimgelände vielleicht eher meiden«, erwiderte Pia. »Haben Sie noch eine andere Idee?«

»Er könnte überall sein. Überall dort, wo er mit dem Fahrrad hinkommt.«

»Ich stelle mir vor, dass er Menschen meiden will. Er hat in der letzten Zeit in einem ausrangierten Bus an einer Kieskuhle gewohnt.«

»Oh – na, vielleicht ist er irgendwo am Kargauer See. Es gibt da Gegenden, da ist es um diese Jahreszeit wirklich menschenleer. Zum Beispiel in der Angelhütte meines Onkels«, sagte Julia von Ohlen.

»Eine leer stehende Hütte? Kennt Wilbur Asmussen die?«

»Früher, wenn in der Firma nicht so viel zu tun war, hat mein Onkel ihn manchmal dort arbeiten lassen. So eine Holzhütte braucht ab und zu einen neuen Anstrich … Ich bin mir ziemlich sicher, dass Wilbur mal dort war.«

»Klingt vielversprechend. Wo genau liegt die Hütte?«

Julia von Ohlen gab ihnen eine Wegbeschreibung, mit deren Hilfe sie die Hütte binnen einer halben Stunde erreichen sollten. Pia und Maiwald machten sich sofort auf den Weg. Sie fuhren auf immer schmaler werdenden Straßen, während sich am Horizont in Richtung Ostsee ein weiteres düsteres Wolkengebirge vor ihnen auftürmte.

»Wir schauen nur kurz nach, ob an der Idee von Waskamps Schwester überhaupt etwas dran ist«, sagte Pia angespannt. »Sollte es Hinweise darauf geben, dass Asmussen sich in der Hütte aufhält oder aufgehalten hat, rufen wir Verstärkung.«

»Hältst du es denn für wahrscheinlich, dass er in dieser Hütte ist?«, fragte Maiwald.

Pias Jagdinstinkt war gerade erwacht. Sie fühlte sich so fit, geradezu euphorisch, wie seit Wochen nicht mehr, und wollte keinesfalls riskieren, dass Maiwald die Aktion vorzeitig abbrach. »Es ist immerhin eine Möglichkeit«, sagte sie und deutete mit einer vagen Bewegung in die Landschaft: Kleine Gehöfte, Wälder und von Knicks gesäumte Felder zogen an ihnen vorbei. »Aber hier gibt es Hunderte Möglichkeiten, sich zu verstecken.« Sie entdeckte ein Schild mit der Aufschrift *Frische Eier,* das Julia von Ohlen erwähnt hatte, und bremste ab. »Hinter dem Schild sollen wir nach rechts in einen Feldweg abbiegen. Da geht es dann runter zum See und zu der Hütte.«

»Für eine Möglichkeit unter hundert bist du aber ganz schön flott unterwegs …«, stellte Maiwald spöttisch fest. Seine Augen waren angespannt auf die Umgebung gerichtet. Der mit zwei Betonstreifen befestigte Weg führte sie in Richtung Wald. Von der Straße aus hatte man hinter den Bäumen immer mal wieder den Kargauer See schimmern sehen. Nun, da sie so nahe dran waren, verschwamm alles in diesigem Grau. Feiner Sprühregen wurde fast horizontal über die nassen Äcker und Weiden getrieben.

»Ich könnte wetten, dass Asmussen irgendwo da unten ist. Es passt alles«, sagte Maiwald angespannt.

Mit einem Mal war Pia froh, ausgerechnet ihn dabeizuhaben. Er war kein schlechter Polizist. Von seinen Sprüchen einmal abgesehen … Und er hatte vorhin beteuert, dass er gar nicht scharf auf ihren Job sei. Dieses Gerücht … Broders hatte es in die Welt gesetzt. Heinz Broders hörte zwar durch Wände und Türen hindurch, aber er liebte es auch, Konflikte zu provozieren, um das Verhalten seiner Mitmenschen dann wie unter Laborbedingungen zu studieren. Sie wollte nicht weiterhin als

Laborratte herhalten und beschloss, Olaf Maiwald einen Vertrauensvorschuss zu geben.

Die Betonstreifen lagen nun hinter ihnen. Der Wagen rumpelte durch Schlaglöcher und ließ braunes Pfützenwasser bis hoch gegen die Scheiben spritzen. Die Fahrt endete an einer Feldzufahrt. Hier kam man nur noch mit einem Geländefahrzeug weiter. Links sah Pia den Fußweg, der am Waldrand entlang- und dann runter in Richtung See führen sollte. Zu Gregorians Angelhütte.

»Heimelige Gegend«, bemerkte Maiwald beim Aussteigen und schlug seine Kapuze hoch. »Aber nicht gerade touristisch erschlossen. Hier geht es also nur noch zu Fuß weiter.«

Gregorian fuhr einen Geländewagen, erinnerte Pia sich. Vielleicht gab es noch einen anderen Weg hinunter zur Hütte? »Wir werden nur einen kurzen Blick auf die Hütte werfen«, sagte sie. »Los, komm.«

Er musterte sie kurz von oben bis unten. »Wenn dir was passiert, skalpieren die mich«, murmelte er.

Pia tat, als hätte sie nichts gehört. Sie ging ihm voraus den Pfad hinunter, der kurz darauf zwischen den Bäumen verschwand. Hier waren Wind und Regen kaum noch zu spüren, aber der Boden war aufgeweicht, schwarz von verrottetem Laub und Morast. Das Gelände zu beiden Seiten des Weges schien sumpfig zu sein. Die Äste und Wurzeln abgestorbener Bäume, die aus dem schwarzen Wasser ragten, waren mit Moos und Flechten überzogen, die eine ungesund hellgrüne Farbe hatten. Das Gelände stieg noch einmal leicht an, und der Pfad führte durch rostbraunes Laub, das von Unkraut durchzogen war. Oben auf der Anhöhe wurde der Weg plötzlich von einem Drahtzaun versperrt. Durch die Baumstämme hindurch sahen sie im Hintergrund die Umrisse einer Hütte. Pia betrachtete den Zaun: Wenig einladend hatte jemand mehrere Lagen Stacheldraht in den Zaun verwoben, in einer Formation, die ein bisschen an ein missratenes Spinnennetz denken ließ. Mitten im Zaun befand sich eine rostige Pforte, die mit einem Fahrradschloss gesichert war.

»Ende im Gelände – Schluss im Bus ...«, sagte Maiwald.

»Dahinten ist die Hütte. Warum haben sich die Gregorians hier so eingeigelt?«, fragte Pia.

»Damit keiner ihre kostbaren Angeln oder die Gartenliege klaut?« Maiwald sah sich mit hochgezogenen Schultern um. »Mal ehrlich ... Bei diesem Wetter sieht die Umgebung absolut verlassen aus.«

»So verlassen, dass es Asmussen in seiner momentanen Situation gefallen dürfte«, vermutete Pia.

»Ein guter Ort, um sich zu verkriechen, wenn man eine Weile nicht gesehen werden will«, räumte Maiwald ein. »Unser Weg ist hier allerdings zu Ende.« Er deutete auf die verschlossene Pforte. »Wir werden einfach ein paar Leute herschicken, die die Hütte und das Gelände überprüfen.«

»Das dauert zu lange«, wandte Pia ein und starrte auf das Schloss. Sie war noch nicht bereit, unverrichteter Dinge abzuziehen. Sie konnten die Hütte ja sogar schon sehen! »Moment mal«, sagte sie und zog an dem Schloss. Es gab nach. Jemand hatte das plastikummantelte Stahlseil durchtrennt, sodass das Tor nach einem leichten Stoß ein Stückchen aufschwang. »Bitte sehr, weiter geht's.«

»Warte, Pia. Dass das Schloss geknackt wurde, ist ein Hinweis darauf, dass wir richtig liegen. Wenn wir weitergehen und Asmussen sich hier tatsächlich versteckt, bemerkt er uns womöglich und haut ab. Und in dem Gelände kriegen wir ihn zu zweit nie zu fassen ... Das schreit nach einem Trupp Indianer oder einem mobilen Einsatzkommando der Polizei.«

Pia überlegte. Sie hatte keine Lust, sich mit einer unnötigen Mobilmachung von Einsatzkräften lächerlich zu machen. Außerdem wollte sie sofort wissen, ob an ihrer Annahme etwas dran war. Der Ort war ideal, vollkommen abgeschieden, aber nah genug an Asmussens Wohnmobil gelegen, um ihn mit dem Fahrrad zu erreichen. »Das aufgebrochene Schloss reicht als Hinweis nicht aus«, sagte sie eindringlich. »Wir brauchen einen Beweis dafür, das Asmussen sich hier versteckt hält.«

Das Tor quietschte leise in den Angeln, als sie es einladend für Maiwald aufstieß. Sie mussten die Hütte möglichst ungesehen erreichen. Auf dem direkten Weg wären sie schon von Weitem zu sehen, und Asmussen wäre vorgewarnt. Sie hielten sich rechts, wo die Bäume eng beieinander standen.

»Okay, ein kurzer Blick auf die Hütte und dann zurück«, gab Maiwald nach.

Auf dem Weg durch das Unterholz wurde der Untergrund morastig. Stellenweise war der Boden so weich, dass Pia mit ihren Stiefeln bis zu den Knöcheln einsackte. Ihr linker Fuß war nass, aber sie wusste, dass das Gefühl der Kälte wieder vergehen würde, wenn sie in Bewegung blieb. Dornige Ranken hakten sich an ihren Hosenbeinen fest, und Zweige streiften ihr Gesicht. Maiwald folgte ihr – sie hörte ihn atmen. Es war ein mühsames Vorankommen, und der Aufwand erschien angesichts der vollkommen verlassen daliegenden Hütte lächerlich. Als sich der Wald lichtete, duckten sie sich hinter eine große Baumwurzel und sahen zu der kleinen Lichtung hinüber.

Die Außenwände der Angelhütte waren aus dunkelbraun, fast schwarz gestrichen Holzplanken, das Dach mit Bitumenpappe eingedeckt. Das Häuschen war nicht groß, es schien aus einem, höchstens zwei Zimmern zu bestehen. Auf der ihnen zugewandten Seite befand sich ein kleines Fenster direkt unter der Traufe des tief heruntergezogenen Daches; dahinter hingen vergilbte Gardinen, die die Sicht ins Innere versperrten. In einem mit Plastikplanen und Wellblech bedeckten Verschlag lag ordentlich aufgeschichtetes Brennholz, doch aus dem Schornstein stieg kein Rauch auf.

Würde es sich ein etwaiger Bewohner bei diesen Temperaturen nicht mit einem kleinen Feuerchen gemütlich machen? Andererseits, wenn man nicht bemerkt werden wollte, fror man wahrscheinlich lieber. Und Asmussen war sicherlich an Kälte gewöhnt.

»Sieht nicht unbedingt bewohnt aus«, flüsterte Maiwald.

»Was hast du erwartet? Wäsche auf der Leine?«, fragte Pia. »Lass uns die Hütte noch von vorn anschauen!«

Sie tasteten sich rückwärts, bis sie außer Sichtweite waren, und gingen dann in einem großen Bogen, bis sie die Vorderseite sehen konnten. Dort standen zwei verspakte Plastikstühle, wie man sie für drei Euro neunundneunzig in jedem Baumarkt kaufen kann. Und da war noch mehr …

»Sieh mal, die Schubkarre dort, an der rechten Seite der Hütte. Wer lässt so etwas mitten in der Landschaft stehen? Würden die Gregorians nicht alles verstauen, wenn sie ihre Hütte winterfest machen?«, flüsterte Pia aufgeregt.

»So, wie es bei ihnen zu Hause aussieht? Mit Sicherheit. Aber denkst du, dass jemand, der sich versteckt hält, alles stehen und liegen lassen würde?«, fragte Maiwald.

»So, wie es an Asmussens Bus aussah … Wir müssen noch näher ran.«

»Dann haben wir aber keine Deckung mehr«, zischte Maiwald.

Pia krauste die Stirn und dachte nach.

Maiwald starrte konzentriert auf die Hütte, als wollte er die massiven, schwarz gestrichenen Holzbretter mit Röntgenblick durchbohren.

»Wir sehen uns jetzt auch noch die letzte Seite der Hütte an. Vielleicht gibt es noch mehr Hinweise, die für Asmussens Anwesenheit sprechen«, schlug Pia vor.

»Gibt es denn schon einen Hinweis?«, fragte Maiwald.

Während des Herumstehens hatte sich Pias Blase gemeldet, doch sie versuchte, es zu ignorieren. »Er ist hier«, sagte sie bestimmt.

Sie tasteten sich weiter vorwärts, stets darauf bedacht, in Deckung zu bleiben. Auf der anderen Seite des Holzhauses standen noch mehr Gegenstände herum: ein Betonmischer, ein paar Säcke Zement, Eimer und Schaufel. Ein hellgrüner Gartenschlauch kringelte sich über den Boden.

»Okay, das reicht«, sagte Pia fest. »So lässt keiner seine Hütte über Winter zurück. Wir holen Verstärkung.«

»Und wenn Gregorian gerade selbst ein paar Reparaturarbeiten an seiner Hütte durchführt?«

»Er sah beim Verlassen seines Hauses nicht danach aus.«

»Was ist mit dem Fahrrad?«, fragte Maiwald. »Asmussen fährt doch Fahrrad, oder? Ich sehe hier aber keins.«

»Vielleicht hat er es mit in die Hütte genommen? Lass uns den gleichen Weg zurücknehmen, den wir gekommen sind. Aber vorsichtig! Wir können nicht riskieren, dass Asmussen bemerkt, dass wir ihn gefunden haben, bevor Verstärkung da ist«, bestimmte Pia. Sie sollte es ruhig angehen lassen, erinnerte sie sich. Sie würde den großen Fang anderen überlassen.

»Immerhin dürfte Asmussen jetzt keine Waffe mehr besitzen – die haben wir ja gefunden. Und wir sind zu zweit, er ist allein«, gab Maiwald zu bedenken. Jetzt wollte er also doch ein Ergebnis. Sie konnte es ihm nicht verdenken. Sie, Pia, hatte die

Waffe gefunden, und sie konnte sich durchaus vorstellen, dass das an Maiwalds Ehrgeiz gekratzt hatte. Vielleicht gelüstete es ihn jetzt nach einer heroischen Tat. Sie kannte diesen starren Gesichtsausdruck, mit dem er jetzt fast sehnsüchtig zur Hütte hinübersah.

Er riss sich sichtlich zusammen und nickte Pia zu. »Wir gehen zurück. Es ist nur … wir sind schon so nahe dran.«

Als sie sich ein ganzes Stück von der Hütte entfernt hatten, blieb Pia stehen. Sie musste inzwischen so dringend, dass es ihr kaum möglich sein würde, ohne Zwischenfall das Auto, geschweige denn eine Toilette zu erreichen. »Geh ein Stück vor«, forderte sie Maiwald auf. »Ich komme gleich hinterher … Tut mir leid, es geht nicht anders.«

Er sah sie erst irritiert an, dann nickte er. »Kein Problem. Ich geh vor und warte oben an der Pforte auf dich.«

Pia ärgerte sich. Sie war es nicht gewohnt, dass sie sich nicht auf ihren Körper verlassen konnte. Nachdem sie noch ein paar Meter in den Wald gegangen war, hockte sie sich hinter einen umgestürzten Baum. Sie war zu sehr mit dem Ärger über ihre eigene Unzulänglichkeit beschäftigt, um Maiwalds Reaktion viel Beachtung zu schenken. Es war höchste Zeit, und trotzdem wusste sie, dass es in ihrem derzeitigen Zustand in einer Viertelstunde schon wieder genauso dringend sein konnte. Sie kam wieder hoch und ordnete ihre Kleidung. Von Maiwald war nichts mehr zu sehen und zu hören. Pia verfolgte den Weg zurück bis zu dem Punkt, an dem sie sich von ihm getrennt hatte. Sie lauschte und spähte in das grünbraune Dickicht, das sie umgab.

Bisher war es im Wald ungewöhnlich still gewesen, doch nun frischte der Wind wieder auf, fuhr durch die Baumkronen und erzeugte ein Geräusch, das entfernt an das Starten eines Düsenjets erinnerte. Pia folgte dem gerade erst von ihr und Maiwald erzeugten Pfad, der an umgeknickten Zweigen, niedergetrampeltem Gras und zerwühltem Laub zu erkennen war. Sie hätten schlechte Pfadfinder abgegeben, dachte sie. Und warum war Maiwald überhaupt so weit vorausgegangen? Aus Verlegenheit etwa? Die Pforte musste jeden Augenblick wieder vor ihr auftauchen. Pia wusste, dass ihr Orientierungssinn nur mäßig gut ausgebildet war, aber rechts konnte sie immer mal wieder die Hütte zwischen den Bäumen hindurch erahnen, insofern konnte sie nicht ganz falsch liegen. Endlich sah sie den Zaun, der sie zu der Pforte führen würde. Dort spätestens wartete Maiwald auf sie.

Halb verdeckt im Farnkraut, lag etwas, das Pia auf dem Hinweg noch nicht aufgefallen war. Sie bog ein paar Farnwedel zurück und sah ein gummibereiftes Rad, dann Pedalen, einen Sattel, ein zweites Rad. Es handelte sich um ein altmodisches Herrenrad; an Schutzblechen und Gestänge hatte sich Flugrost festgesetzt, aber das Rad war nicht so verrostet, dass anzunehmen war, dass es schon länger im Nassen lag. Eher Tage als Wochen … schätzte Pia, und ein Schauer lief ihr den Rücken herunter. Obwohl sie überzeugt gewesen war, Asmussen auf der Spur zu sein, versetzte die Entdeckung des Rades sie in hochgradige Anspannung. Er war hier … bestimmt war er hier! Und das Rad hatte er so weit von der Hütte entfernt ins Gebüsch geworfen? Warum? Damit es niemand sah? Pia war nicht überzeugt, aber das entdeckte Fahrrad stellte trotzdem ein nützliches Indiz dar, um den gewünschten richterlichen Durchsuchungsbeschluss zu erwirken. Asmussen musste schließlich ohne ein eigenes Auto hierhergekommen sein.

Sie fotografierte das Fahrrad ein paar Mal mit ihrem Handy. Hatte Maiwald das Rad auch entdeckt und telefonierte inzwischen, um schon die nächsten Schritte in die Wege zu leiten?

Zuzutrauen war ihm alles, was ihm ein wenig mehr Beachtung einbringen konnte.

Zu viel Ehrgeiz tut niemals gut, dachte sie, als sie sich der Pforte näherte und von ihrem Kollegen keine Spur zu entdecken war. Was hatte er vor? Sie wagte nicht, ihn zu rufen, hatte keine Ahnung, wo sie ihn suchen sollte. Wo zum Teufel steckte er? Ihre Wut wandelte sich in Besorgnis, als sie die Pforte inspizierte und sie genauso vorfand, wie sie sie zurückgelassen hatten: geschlossen, mit herunterhängendem Schloss. War Maiwald etwa allein zu der Hütte gegangen? Was taugten Absprachen, wenn er sich nicht daran hielt?

Pia warf noch einen Blick in Richtung Hütte, dann stellte sie sich hinter den Stamm einer gewaltigen Buche und zog wieder ihr Telefon aus der Tasche. Hier im Wald hatte sie überhaupt kein Netz, also konnte sie Maiwald nicht anrufen. Aber ein Stück weiter in Richtung Straße sollte sich zumindest ein Notruf absetzen lassen.

Als sie ihr Telefon weggesteckt hatte, wurde sie sich der Einsamkeit ihrer Umgebung umso deutlicher bewusst. Pia musste an Katja Simon denken, die am Vortag niedergeschlagen, gefesselt und dann dem Feuer ausgeliefert worden war. Erstickt, von Trümmern erschlagen oder verbrannt. Feuer, Rauch und Asche … das war das Werk eines Menschen gewesen, der zu planvollem Handeln fähig war. Wilbur Asmussen? Er war angeblich nicht immer so gewesen. War die Naivität nur eine Masche von ihm, um in Ruhe gelassen zu werden? Oder war er am Ende schizophren? Und wo, verdammt, steckte ihr Kollege Maiwald? Während sie noch unschlüssig dastand, hörte sie mit einem Mal aus Richtung Hütte ein monotones Brummen.

32. Kapitel

Pia konnte das Geräusch nicht sofort einordnen, wusste aber, dass sie es kannte. Nur … aus welchem Zusammenhang? Sie lauschte dem Brummen, das von einem gelegentlichen Rumpeln begleitet wurde … Was sie da hörte, wurde von einer Maschine erzeugt. Es musste der Betonmischer sein, den sie auf der Veranda hatten stehen sehen!

Jetzt war es aber am wichtigsten, Maiwald wiederzufinden. Dann konnten sie gemeinsam entscheiden, ob sie der Herkunft des Geräuschs auf den Grund gehen oder die Ankunft der Verstärkung abwarten wollten. Pia lief los in Richtung ihres Autos. Je weiter sie sich von der Hütte entfernte, desto schneller rannte sie, so schnell, wie es auf dem unebenen Untergrund eben möglich war. Das Geräusch war bald nicht mehr zu hören, dafür sah sie, als sie den Wald verließ, ihren Wagen am Feldrand stehen – so, wie sie ihn verlassen hatte. Kein Olaf Maiwald weit und breit.

Außer Atem musste sie sich einen Augenblick auf dem Autodach abstützen. Verdammt, wo war ihre Kondition geblieben? Sie rief nach Maiwald, suchte den Waldrand und das offene Feld mit den Augen ab. Sie hatten einander offensichtlich verpasst. Wie war das möglich? Als sie das Fahrrad entdeckt hatte, vielleicht? Da war sie ein Stück vom Pfad abgewichen … Aber sie hätte ihn doch bemerkt, wenn er an ihr vorbeigekommen wäre. Oder hatte Maiwald etwas mit dem Betonmischer zu tun? Erwartete er, dass sie zur Hütte zurückkommen würde? Auch möglich, dass das Geräusch sie vor etwas hatte warnen wollen.

Sie musste sich eingestehen, dass sich die Situation ihrer Kontrolle entzogen hatte. Das, was sie eigentlich hatte vermeiden wollen. Pia zog ihr Telefon erneut hervor. Sie hatte richtig vermutet: Hier waren Notrufe möglich. Sie wählte die Eins-Eins-Null und forderte Verstärkung an. Es würde jedoch mindestens zehn Minuten, wenn nicht eine Viertelstunde dauern, bis die ersten Einsatzkräfte hier wären. Und wenn Maiwald nicht hier am Auto war und an der Pforte auch nicht, dann konnte er eigentlich nur unten an der Hütte sein. Sie hatte Maiwald mehr oder weniger dazu überredet, überhaupt hierherzukommen. Da konnte sie jetzt nicht herumstehen und abwarten, bis irgendwann die Verstärkung eintraf. Pia überprüfte ihre Waffe und setzte sich in einem Lauftempo in Bewegung, von dem sie hoffte, es über längere Zeit durchhalten zu können.

Als die Hütte wieder in ihr Blickfeld kam, war das Geräusch verstummt. Ruhig und anscheinend völlig verlassen stand sie da, die Fenster blind und dunkel … keine Spur von Leben. Hatte sie sich das Brummen und Rumpeln nur eingebildet? Inzwischen war es kurz nach vier, und es dämmerte schon. Wie schnell die Zeit vergangen war! Hier im Wald würde es in Kürze dunkel sein. Pia nahm den Weg, den sie eben schon gegangen waren, von hinten in einem großen Bogen zur Hütte, stets auf Deckung bedacht, aber schneller, als sie vorhin vorangekommen waren. In ihren Ärger über Maiwalds Unzuverlässigkeit mischte sich das schlechte Gewissen. Maiwald hatte an der Pforte umdrehen wollen. Hatte sie ihn deshalb weitergelockt, weil sie nicht wirklich erwartete, dass von Asmussen eine Gefahr ausging? Dass er sich nur versteckte, weil er etwas über die Morde wusste?

Um sich der Hütte weiter zu nähern, würde sie ihre Deckung aufgeben müssen. Doch es schien sowieso niemand da zu sein. Sie zog jetzt ihre Waffe und lief über die Lichtung. Pia presste sich an die raue, nach Altöl riechende Holzwand. Nichts war zu hören außer ihrem eigenen, gepressten Atem und dem Rauschen des Windes in den Baumkronen. Sie ging zu dem Fenster und blickte durch einen Spalt im Vorhang in das Innere der Hütte. Ein fast quadratischer Raum, in den durch die offen stehende Tür und ein weiteres Fenster etwas Licht fiel. Auf dem Boden lag … ihr Kollege Maiwald! Er rührte sich nicht, und sie konnte sein Gesicht nicht erkennen, weil er auf dem Bauch lag. Was war hier passiert?

Pia hob ihre Waffe und entsicherte sie. Dann ging sie, aufs Äußerste angespannt, um die Hütte herum und betrat die Veranda. Sie prüfte noch einmal ihre Umgebung, lauschte aufmerksam und stieß dann die nur angelehnte Tür auf.

Maiwald war offensichtlich schwer verletzt. Obwohl sie vorbereitet war, versetzte ihr sein Anblick einen Schock. Sein eines Hosenbein war zerfetzt und blutdurchtränkt, und auch sein Haar am Hinterkopf schimmerte feucht. Unter ihm hatte sich eine Blutlache gebildet.

Pia kniete sich neben ihn, sprach ihn an. Sie musste die Waffe wegstecken, um festzustellen zu können, wie schwer er verletzt war. Sein Gesicht war aschfahl und glänzte vor Schweiß. »Hey, ich bin hier, gleich kommt Hilfe. Du musst durchhalten …«, flüsterte sie, war sich aber nicht sicher, ob er sie hören konnte.

Wenn es Asmussen gewesen war, der ihm diese Verletzung zugefügt hatte, war es lebensgefährlich, hier mit dem Rücken zur Tür zu hocken. Andererseits konnte sie Maiwald so nicht liegen lassen – und von der Stelle bewegen konnte sie ihn auch nicht. Er war bewusstlos – und er verlor viel Blut. Obwohl es zwischen den staubigen Dielenbrettern hindurch ins Erdreich sickerte, wurde die Lache größer. Pia konnte am Schienbein eine tiefe, klaffende Wunde sehen, frei liegendes, gelbliches

Fettgewebe und rotes Muskelfleisch, weiße Knochensplitter …
Die Erinnerung an den Tod von Bernhard Löwgen, der im letzten Sommer vor ihren Augen auf der Straße verblutet war, stellte sich mit Macht wieder vor ihrem inneren Auge ein. Dieses Mal musste sie ohne Hinnerks Beistand Erste Hilfe leisten. Wie sollte sie die Arterie finden, die sie abdrücken musste, um die Blutung zu stoppen? Sie sah sich suchend nach etwas um, das sie zu Hilfe nehmen konnte, als sie einen Schatten am Fenster vorbeihuschen sah.

Pia sprang mit einer Schnelligkeit auf, die sie sich selbst schon nicht mehr zugetraut hätte. Ein Versteck? Die beste Chance hatte sie, wenn es ihr gelang, Asmussen zu überraschen. In der Hütte gab es nur eine Eckbank mit Tisch, einen Ofen, einen viel zu kleinen Schrank, und einen Vorhang, den Pia zur Seite zog. Dahinter befand sich ein kleiner Nebenraum, der offensichtlich mal als eine Art Schlafkoje genutzt worden war.

Sie trat hinter den Vorhang und sah durch den Spalt in Richtung Tür. Ihr Fuß sackte ein Stück nach unten. Der Boden hinter ihr war abschüssig, und sie fühlte, dass sie auf etwas Weiches getreten war. Plastikfolie raschelte, und sie vernahm einen leichten Fäulnisgeruch. Pia versuchte zu erkennen, worauf sie stand … weich und trotzdem fest, es lag hinter ihr am Boden und war unzweifelhaft in einem Prozess chemischer Zersetzung begriffen. Dadurch, dass sie daraufgetreten war, schien sich die Folie etwas verschoben zu haben. Was oder wer lag hier in der Hütte? In diesem Moment hörte sie die Bodendielen knarren.

Pia, die Waffe wieder entsichert in ihrer Hand, visierte durch einen Spalt im Vorhang ihr Ziel an: Sie hatte keine Zeit zu überlegen, denn der Mensch, der die Hütte betreten hatte, kam direkt auf ihr Versteck zu. Kaleidoskopartig sah sie einen erhobenen Arm, die Klinge einer Axt, ein verzerrtes Gesicht – und zog den Abzug durch. Der Angreifer taumelte zurück. Pia riss den Vorhang beiseite, die Waffe immer noch schussbereit, doch sie zögerte, ein weiteres Mal abzudrücken, denn ... es war nicht Asmussen, der vor ihr zurückwich.

Der Mann hatte silbergraues Haar, das im Zwielicht schimmerte und leicht gebräunte Haut. Verwirrt starrte sie in Martin Gregorians schmerzverzerrtes Gesicht. Offensichtlich hatte der Schuss nur seinen Oberarm gestreift. Doch selbst wenn sie es gewollt hätte, in diesem Moment war es Pia unmöglich, nochmals abzudrücken. Zu groß war ihr Erstaunen, die wahnwitzige, nur den Bruchteil einer Sekunde währende Erleichterung, ihn zu sehen, gefolgt von der ... Beklemmung, dass es nicht Asmussen war, der sie soeben angegriffen hatte, sondern Martin Gregorian.

»Nehmen Sie die Hände hoch!«, schrie sie ihn an. Die Axt war polternd zu Boden gefallen, er presste seine linke Hand gegen seinen Arm. Zwischen seinen Fingern quoll Blut hervor. Wie du Maiwald so ich dir, dachte Pia vollkommen unpassenderweise. »Ich richte eine Waffe auf Sie, und ich würde liebend gern nochmals abdrücken«, sagte sie, nachdem sie sich etwas gefasst hatte. Das entsprach zwar nicht ganz den Vorschriften – aber der Wahrheit, wie er ihrem Tonfall zu entnehmen schien. Er hob langsam die linke Hand, während sein rechter Arm schlaff nach unten hing.

»Eine Patt-Situation«, sagte er. »Ihr Kollege hier braucht Ihre Hilfe. Der macht es sonst nicht mehr lange. Aber während Sie mich mit der Waffe bedrohen, können Sie ihm nicht helfen. Lassen Sie mich gehen, dann verblutet er wenigstens nicht ...«

Gregorian würde wahrscheinlich direkt den Kollegen in die Arme laufen ... oder aber in der Dunkelheit verschwinden. Sie musste an seinen Geländewagen denken. Und sie konnte sowieso nicht riskieren, ihm den Rücken zuzudrehen. Vielleicht hatte er längst Maiwalds Waffe an sich genommen?

»Hier wird es in wenigen Minuten von Polizisten nur so wimmeln«, sagte Pia, »und mein Kollege bekommt dann sofort fachmännische Hilfe.«

Maiwald rührte sich nicht. Lebte er überhaupt noch?

»Minuten? Sieht so aus, als hätte er die Zeit gar nicht mehr«, erwiderte Gregorian höhnisch. »Sie sind einfach zu früh gekommen. Eine Stunde noch, und alles wäre unter einer schönen Schicht Beton für immer verborgen geblieben.«

»Durch den Betonmischer bin ich überhaupt erst aufmerksam geworden«, sagte Pia und versuchte, sich Maiwald zu nähern, ohne Gregorian aus den Augen zu lassen.

»Ja, das war meine Absicht. Als ich ihn erwischt hatte und merkte, dass Sie sich hier auch herumtreiben, musste ich Sie herlocken. Sie sollten mich übrigens nicht für dumm verkaufen. Ich kenne mich hier aus. In dieser Gegend gibt es überhaupt kein Netz – dass Sie schon Verstärkung gerufen haben, nehme ich Ihnen nicht ab. Sie beide sind allein hier und bleiben allein, nicht wahr?«

»Das wird sich zeigen«, gab Pia zur Antwort. Sie wollte ihm nicht auf die Nase binden, dass in den meisten Gebieten Notrufe möglich waren, auch wenn man über den einen oder anderen Anbieter kein Netz bekam. Aber die Verstärkung sollte langsam eintreffen. Sie hatte den Kollegen genau beschrieben, wo die Hütte lag und wie man sie erreichte. Maiwald – wie viel Zeit blieb ihm? Sie wagte nicht, mehr als einen flüchtigen Blick in sein Gesicht zu werfen. Was sie sah, machte ihr Angst. Sie straffte die Schultern und tat einen Schritt zurück.

»Los, Gregorian: Sie werden jetzt sein Bein abbinden«, befahl sie. Sie wusste nicht, wie sie das durchsetzen, geschweige denn kontrollieren sollte, aber sie musste es zumindest versuchen.

Er lächelte gehässig. »Womit soll ich abbinden, wenn ich fragen darf? Ich habe ein großes, altmodisches Herrentaschentuch in meiner Hosentasche, wäre das genehm?«

Er bewegte seine linke Hand in Richtung Körpermitte. »Hände oben lassen!«, schrie Pia erneut.

»Ihr Kollege stirbt. Sie sollten mir die Möglichkeit geben, etwas für ihn zu tun.« Er sah ihr starr in die Augen, während er die Hand plötzlich schnell in Richtung seines Hosenbundes führte, dort, wo seine Jacke darüberfiel. Pia zog, auf Gregorians Arm zielend, den Abzug ihrer Pistole zum zweiten Mal durch. Sie hörte den Schuss, fühlte den Rückstoß, bemerkte, wie die leere Patronenhülse auf die Holzdielen fiel. Dann sah sie, wie sich Gregorians Augen überrascht weiteten, seine Hand zurückzuckte und er langsam nach hinten wegsackte. Sein Mund öffnete sich, doch es kam kein Laut über seine Lippen. Er prallte gegen die Wand und rutschte daran herunter. Ein Blutfleck erblühte an seiner linken Schulter. Er starrte sie an und öffnete seinen Mund zu einem clownhaften Grinsen. Seine Lippen und Zähne waren rot.

Pia stürzte auf ihn zu, um Maiwalds Waffe an sich zu bringen. Warum hatte er nicht gleich auf sie geschossen, sondern sie mit der Axt angegriffen? Pia steckte Maiwalds Pistole ein und gab Gregorian einen festen Stoß, der ihn vollends zu Boden beförderte. Sie hörte einen gurgelnden Schmerzenslaut, als er aufprallte. Für das, was nun zu tun war, brauchte sie beide Hände. Pia zog Gregorians Arme nach hinten, presste ihm ihr Knie in den Rücken. Dann zog sie ihre Handschellen vom Gürtel und ließ sie um Gregorians Handgelenke zuschnappen. Als sie sicher war, dass keine Gefahr mehr von ihm ausging, sackte sie neben Maiwald in die Knie.

Sie konnte am Hals einen schnellen Pulsschlag fühlen. Seine Haut war kalt und feucht, aber er atmete. Er lebte. Das Wichtigste war jetzt, die Blutung zu stoppen. Pia versuchte, sich zu erinnern, wie Hinnerk es ihr damals bei Löwgen gezeigt hatte … Sie musste mit der Hand in die Wunde reingehen, um das verletzte Gefäß abzudrücken.

33. Kapitel

Die gefühlte Unendlichkeit, die es dauerte, bis Hilfe eintraf, währte in Wahrheit nur wenige Minuten. Beide Verletzten mussten vor Ort stabilisiert werden, bevor man überhaupt daran denken konnte, sie den schmalen Pfad durch den Wald zu den Rettungswagen zu transportieren. Trotz seiner Schussverletzungen ließ Martin Gregorian das Prozedere mit stoischer Miene über sich ergehen. Er wurde zuerst hinausgetragen. Als sein Blick Pias Gesicht streifte, lag eisige Verachtung, fast Hohn, in seinen Augen. Sie sah weg, bevor sie sich dazu hinreißen ließ, etwas zu ihm zu sagen. Sie fühlte eine unglaubliche Wut und war froh, als er aus ihrem Blickfeld entschwunden war.

»Ich glaube, da drinnen liegt ein Toter«, informierte sie die neu angekommenen Kollegen, nachdem auch Maiwald aus der Hütte gebracht worden war. Die Rettungskräfte hatten routiniert und effizient gearbeitet, jeder Handgriff saß perfekt. Sie vermittelten den beruhigenden Eindruck, Maiwald hätte eine reelle Chance. Doch der Anblick der Männer in ihrer Arbeitskleidung, wie sie sie wohl hundert Mal an Hinnerk gesehen hatte, hatte Pia auch einen Stich versetzt. Er würde heute Abend nicht für sie da sein, um sie zu retten. Und sei es nur vor ihren Albträumen und dem allgegenwärtigen, schlechten Gewissen. »Hinter dem Vorhang ist eine Vertiefung. Dort liegt etwas, das in eine Plastikplane eingeschlagen ist. Ich bin draufgetreten, als ich mich versteckt habe.«

»Eine Leiche?«

»Sehen wir doch einfach nach.« Ein Uniformierter zog den Vorhang zu dem Kabuff beiseite und leuchtete mit einem Scheinwerfer hinein. Bei Licht betrachtet, war der Raum noch kleiner, als Pia vermutet hatte. Vielleicht zwei Quadratmeter groß. Er schien einmal als Schlafkoje genutzt worden zu sein. Ein einfaches Bettgestell stand senkrecht an der rechten Wand, eine fleckige Matratze war dahinter zu Boden gerutscht. Jemand hatte die Holzdielen entfernt und eine flache Kuhle ausgehoben. Darin lag, in eine Plastikplane gewickelt, ein menschlicher Körper. Unter der Folie sah Pia steife, verrenkte Glieder und geronnenes Blut. War es Wilbur Asmussen?

»Was mag die Todesursache sein?«, fragte einer der Polizisten mit tonloser Stimme, die anzeigte, dass er sich beim Anblick der Leiche sofort emotional distanzierte.

»Er kann mit derselben Waffe erschlagen worden sein, mit der mein Kollege Olaf Maiwald verletzt worden ist. Die Axt, die da vorne liegt. Wir haben Gregorian offensichtlich bei seiner Arbeit gestört.«

»Und die wäre?«

»Der Tote hier sollte wohl unter einer Schicht Beton verschwinden. Es ist vermutlich Gregorians ehemaliger Angestellter, Wilbur Asmussen.«

»Und warum das alles?«, fragte ihr Gegenüber.

»Wir arbeiten daran«, antwortete Pia.

Seit der Verhaftung Gregorians und den Ereignissen am See war eine Woche vergangen. Die umfangreiche Arbeit, Motive und Tathergänge zu rekonstruieren und Beweise sicherzustellen, war noch in vollem Gange, doch an diesem Abend verließ Pia ihr Büro früher als sonst. Sie konnte es nicht länger aufschieben und das hohe Arbeitspensum vorschieben, um sich zu drücken. Statt in die Altstadt zu ihrer Wohnung zu fahren, bog sie am Kreisel Berliner Platz auf den St. Jürgen-Ring, um zum Krankenhaus Süd zu gelangen. Ihre Hände am Lenkrad waren eiskalt, und die Übelkeit war dieses Mal wohl nicht allein auf ihre Schwangerschaft zurückzuführen. Normalerweise hatte Autofahren eine beruhigende Wirkung auf sie, aber die kurze Fahrt konnte ihre Angst angesichts der bevorstehenden Begegnung nicht vertreiben. Kaum dass sie losgefahren war, bog sie auch schon auf den Besucherparkplatz ab. Und obwohl es hier um diese Uhrzeit immer chronisch überfüllt war, fand Pia sofort eine Parklücke. Sie drehte den Zündschlüssel im Schloss, und der Motor erstarb.

Ich will nicht!, dachte sie, als sie zum Krankenhaus hinübersah. Hinter den meisten Fenstern schimmerte künstliches Licht, doch es sah nicht einladend aus. Es weiter hinauszuzögern bedeutete nur, es schlimmer zu machen. Sie stieg aus dem Wagen und quetschte sich zwischen den geparkten Autos hindurch. Dabei blieb sie an ihrem Außenspiegel hängen und saute sich an dem schmutzigen Lack ihres Wagens die Hose ein. Inzwischen war sie wohl nicht mehr ganz so beweglich wie sonst.

Auf dem Vorplatz passierte Pia die zahllosen Patienten in Bademänteln und Trainingsanzügen, die draußen standen, um zu rauchen. Einer hatte ein Gestell mit einem Tropf neben sich stehen und blies den Rauch gegen den Beutel mit der klaren Flüssigkeit. Auf ihrem Weg durch die Eingangshalle fiel Pias Blick auf den Kiosk, der mit den Stühlen und Tischen davor als Cafeteria fungierte. Sie hatte nichts dabei, an dem sie sich hätte festhalten können. Blumen, Süßigkeiten, Zeitschriften, die obligatorischen Weintrauben … Lächerlich, anzunehmen, dass eine solche Gabe irgendetwas bewirken könnte in Anbetracht des Verlustes, den Maiwald erlitten hatte! Sein linker Unterschenkel hatte amputiert werden müssen. Gabler hatte ihr gesagt, eine schwerwiegende Infektion, die gedroht hatte, sich auf den gesamten Körper auszubreiten, sei nicht mehr anders zu stoppen gewesen.

Pia zog den Zettel aus ihrer Jackentasche, den Gabler ihr auf ihre Bitte hin in die Hand gedrückt hatte: Station und Zimmernummer. Sie hatte nur einen Blick darauf geworfen und es sofort auswendig gewusst. Das Überprüfen war bloß eine Verzögerungstaktik. Der Fahrstuhl würde sie innerhalb von Sekunden nach oben befördern, direkt vor die Tür von Maiwalds Krankenzimmer.

Wenig später klopfte sie und betrat ein Zweibett-Zimmer. Maiwald lag am Fenster und sah zur Tür, als sie eintrat. Er ließ eine Zeitschrift sinken und winkte ihr, sich zu ihm zu setzen.

»Hi«, sagte sie. Ein ›Wie geht's?‹ blieb ihr beim Blick in sein blasses Gesicht und die fast leblos wirkenden Augen im Hals stecken. Sie zog sich einen Stuhl heran.

»Kollegin Korittki! Gabler hat schon angekündigt, dass du hier aufkreuzen würdest. Meine Mutter hätte jetzt gesagt: ›Vielen Dank, aber das war doch nicht nötig … ‹«

»Findest du? War schon viel Besuch hier? An Präsenten mangelt es ja offensichtlich nicht.« Neben dem Bett standen dicht gedrängt Blumensträuße, Pralinenschachteln, Bücher und Zeitschriften.

»Und du hast gar nichts mitgebracht?«, erwiderte er spöttisch.

»Sicherheitsmaßnahme: damit du nicht im Bett von einer Blumenvase erschlagen wirst.«

»Arbeitest du etwa bei der Polizei?«

Pia zuckte die Schultern. Nicht zum ersten Mal fiel ihr auf, dass sie sich nicht auf das verstand, was man Smalltalk nannte.

Anders als ihre Schwester Nele … die sich wohl auch sonst auf so einiges andere gut verstand.

»Wie lange musst du noch hierbleiben?«, fragte sie. »Eigentlich solltest du bei den Vernehmungen jetzt dabei sein.« Das war relativ ungefährliches Terrain.

»Das wird wohl vorerst nichts. Wenn es keine weiteren Komplikationen mehr gibt, geh ich erst mal für mehrere Wochen in die Reha.«

»Martin Gregorian wird sich nicht aus der Affäre ziehen können«, sagte Pia. »Er wird sich wegen des Angriffs auf dich und wegen wahrscheinlich fünffachen Mordes vor Gericht verantworten müssen. Der sieht in seinem Leben keine Sonne mehr.«

»Du solltest das nicht persönlich nehmen, Pia«, entgegnete Maiwald in tadelndem Tonfall.

»Nimmst *du* es persönlich?«

»Ein verlorenes Bein ist ziemlich persönlich. Aber das hätte auch anders passieren können: bei einem Autounfall zum Beispiel.«

»Aber es war kein Unfall. *Er* war es. Ich bin den Nachmittag, an dem es passiert ist, in Gedanken wieder und wieder durchgegangen. Doch ich verstehe immer noch nicht, was sich abgespielt hat, nachdem wir uns getrennt hatten«, sagte sie. Sie wollte nicht vorwurfsvoll klingen, aber sie musste es einfach wissen.

Die Vernehmungen Gregorians gingen schleppend voran. Einiges hatte bereits geklärt werden können, aber längst nicht alles. Pia hatte immer mal wieder das Gefühl gehabt, dass Martin Gregorian es auf morbide Art genoss, im Mittelpunkt der Aufmerksamkeit zu stehen.

»Komm etwas näher ran, dann muss ich nicht so brüllen«, sagte Maiwald mit einer Kopfbewegung in Richtung seines lethargisch auf einen Fernsehbildschirm starrenden Bettnachbarn.

Pia zog den Stuhl weiter an das Kopfende heran. In einer Schale auf dem Nachttisch sah sie drei orangerote und zwei hellblaue Kapseln liegen. Schmerzmittel, Antibiotika, Psychopharmaka?

»Du bist im Unterholz verschwunden, und ich bin dir ein Stück vorausgegangen. Eigentlich wollten wir uns ja an der Pforte treffen, aber ich dachte, ich könnte die Zeit auch anders nutzen. Es zog mich unwiderstehlich zu dieser Hütte; vielleicht wollte ich endlich mal eine spektakuläre Entdeckung machen, etwas Besonderes vorzuweisen haben? Obwohl mir hätte klar sein müssen, dass wir uns auf sehr gefährlichem Terrain bewegen, habe ich es wohl nicht bis in die letzte Konsequenz realisiert. Als ich mich der Hütte näherte, sah ich, dass die Zementsäcke, die neben dem Betonmischer standen, trocken und relativ neu aussahen. Wenn sie nur ein paar Tage draußen gestanden hätten, wäre das Papier aufgeweicht gewesen. Das weckte meine Neugierde. Ich blieb zwar hinter ein paar Büschen in Deckung, wollte mir aber auch die Rückseite der Hütte noch einmal genauer ansehen. Mit einem Mal merkte ich, dass ich nicht allein war. Ich habe noch meine Waffe gezogen. Alles, an das ich mich dann erinnere, ist, dass jemand mich von hinten angriff. Ich hörte ein Geräusch, sah eine Bewegung und warf mich zur Seite. Es kam so plötzlich, dass ich zu Boden ging. Ich denke mir, dass Gregorian uns beobachtet hatte. Als ich allein zur Hütte zurückkam, sah er wohl eine Chance, mich zu überwältigen. Ich prallte auf dem Boden auf, meine Pistole rutschte mir aus der Hand, und ich sah die Klinge einer Axt. Ich hab versucht auszuweichen, aber die Schneide der Axt traf mich ins Schienbein. Der Schmerz war so höllisch, dass ich das Bewusstsein verlor. Die Ärzte sagen, ich hätte auch noch einen Schlag gegen den Kopf bekommen, dem Abdruck nach mit der flachen Seite der Axt. Er hätte mir ohne Weiteres auch den Schädel spalten können … Aber ich war ihm halb tot wohl nützlicher als ganz tot. Er wusste ja offenbar, dass wir zu zweit gekommen waren. Ja … und das war's von meiner Seite aus. Jetzt kommst du. Und lass ja nichts aus!«

Pia nickte. »Ich bin auf dem Rückweg zur Pforte kurz abgelenkt worden. Ich hatte ein Fahrrad im Unterholz entdeckt, ein Herrenrad. Es sah nicht so aus, als könnte es schon sehr lange dort liegen. Ich dachte mir, dass es Wilbur Asmussen gehört.«

»Du bist dann zurück zu der Hütte gegangen?«

»Nicht sofort. Zunächst war ich an der Pforte, wo wir uns treffen wollten. Ich verstehe nicht, wieso ich nichts von Gregorians Angriff auf dich gehört habe. So weit weg wart ihr doch gar nicht.«

»Als ich mich der Rückseite der Hütte näherte, frischte der Wind gerade auf. Es heulte und rauschte, du konntest uns gar nicht hören. Und selbst wenn, wäre es definitiv zu spät gewesen. Was hast du unternommen, nachdem du mich nicht an der Pforte angetroffen hast?«

»Ich war beim Wagen, weil ich dich da vermutet habe. Als ich dich dort auch nicht antraf, wurde mir klar, dass etwas nicht stimmt. Ich habe einen Notruf abgesetzt. Danach konnte ich nicht untätig herumstehen und warten. Als ich an der Pforte stand, hatte ich den Betonmischer gehört. Ich fand es seltsam, aber mir war nicht klar, dass mich das Geräusch nur anlocken sollte. Ich bin zur Hütte zurückgelaufen, um dich zu suchen. Bei einem Blick durch das Fenster habe ich dich am Boden liegen gesehen. Du warst verletzt.«

»Dann hat mich Gregorian nur deshalb in die Hütte geschafft, um dich dort zu überwältigen?«

Und um uns später zu entsorgen, dachte sie. Laut sagte Pia: »Ich nehme es an. Er ging glücklicherweise davon aus, dass ich niemanden anrufen könnte, weil es kein Mobilfunknetz in der Umgebung gibt. Aber oben am Auto hat es funktioniert. Irgendein Netz findet man meistens. Der Irrtum wurde ihm zum Verhängnis.«

»Dann war ich ja nicht der Einzige, der sich idiotisch verhalten hat. Was passierte in der Hütte?«

»Ich ging rein und sah, dass du schwer verletzt warst. Ich beugte mich zu dir runter, um festzustellen, wie ich helfen kann, doch dann ...«

»Gregorian tauchte auf?«, fragte Maiwald angespannt.

»So in etwa. Noch bevor ich richtig realisiert hatte, was mit dir passiert war und wo das ganze Blut herkam, habe ich jemanden am Fenster vorbeihuschen sehen. Es gelang mir, mich rechtzeitig hinter einem Vorhang zu verstecken, bevor er die Hütte betrat.«

»Dort lag auch Asmussens Leiche, oder?«

»Ja, in einer Vertiefung im Boden. Sie war in Plastikfolie verpackt. Gregorian wollte die Leiche im Fundament des Hauses unter einer Schicht Beton verschwinden lassen. Ich weiß nicht, ob für uns dort auch noch Platz gewesen wäre.«

»Eine friedliche letzte Ruhestätte, so mitten in der Natur«, sagte Maiwald spöttisch.

»Aber schlecht für das Grundwasser«, entgegnete Pia. Sie konzentrierte sich wieder auf ihren Bericht. »Gregorian hat im letzten Akt gepatzt«, sagte sie. »Er hatte zwar deine Waffe an sich genommen, aber er trug sie nur im Hosenbund bei sich. In der rechten Hand hielt er die Axt. Er dachte wohl, er findet mich über dich gebeugt vor und muss nur noch einmal zuschlagen. Ich ... habe ihn angeschossen und konnte ihn überwältigen. Dann habe ich versucht, die Blutung an deinem Bein zu stillen. Du hattest viel Blut verloren, ich dachte, du stirbst, also musste ich …« Pia fand es schwierig, ihm die eine Befürchtung mitzuteilen, die sie in den letzten Nächten gequält hatte. Doch sie wusste, dass es sie weiter verfolgen würde, wenn sie es nicht aussprach. »Es kann sein, dass ich mit meinem Versuch, die Blutung zu stillen, die Wunde infiziert habe. Ich habe nämlich das Blutgefäß mit der Hand abgedrückt«, erklärte sie.

Er sagte nichts, sondern raschelte mit der Bettdecke, bewegte sein unversehrtes Bein. Die Sekunden vergingen – ein Schweißtropfen, der Pia zwischen den Brüsten hindurch in Richtung Bauch lief, kitzelte sie, doch sie rührte sich nicht.

»Du meinst, du bist schuld am Verlust meines linken Unterschenkels?«, fragte er. Seine Stimme klang gepresst.

»Es wäre möglich. Ja.«

Er bleckte die Zähne, es sollte wohl ein Lächeln sein.

»Du bist nicht der Nabel der Welt, Pia. Es war *meine* Entscheidung, noch mal zu der Hütte zu gehen. Es war allein meine Schuld, dass Gregorian mich überwältigen konnte. Und die Infektion … mit der Schneide der Axt hatte er zuvor schon Wilbur Asmussen getötet. Sie war mit Asmussens Blut und Gewebeteilen kontaminiert.«

»Ich fühle mich trotzdem mitschuldig«, gestand Pia.

»Ist das eine Frauenkrankheit?«

Sie kniff die Augen zusammen. Wenn er es ins Lächerliche zog, gab es nichts mehr dazu zu sagen. Und an den Tatsachen war sowieso nichts mehr zu ändern. Broders hatte gesagt, dass Maiwald sich mit einer Prothese und entsprechender Übung bald fast wieder so würde bewegen können wie vor der Amputation. Kaum vorstellbar.

»Erzähl mir mehr über den Fall«, meinte er unvermittelt. »Wie weit seid ihr mit Gregorian, und warum hast du vorhin von fünf Morden gesprochen?«

34. Kapitel

Es wird seine Zeit dauern, bis wir alles herausgefunden haben. Vielleicht werden wir es nie bis ins letzte Detail erfahren. Ich fange ganz am Anfang an ...«

»Du kannst dir ruhig Zeit lassen, ich laufe dir nicht weg«, murmelte Maiwald und schloss einen Augenblick die Augen.

»Die Uhlenburg war Ende der Achtziger noch ein staatliches Landeserziehungsheim für schwer erziehbare Mädchen. Zu dieser Zeit wohnten die Mädchen in Wohngruppen mit jeweils einer Erzieherin. Marianne Fierck hatte eine Gruppe im Möwenturmhaus, zu der unter anderem Katja Simon, Janet Domhoff, Solveigh Pahl und Tamara Kalinoff gehörten. Es waren noch ein paar mehr, aber zwischen diesen vier Mädchen bestand eine enge Freundschaft. Soweit ich es erfahren habe, war das Heim eine abgeschlossene Welt für sich, fast autark, gleichzeitig aber Arbeitgeber für viele Leute in der näheren Umgebung. Die Mädchen konnten sich recht frei bewegen, wenn sie erst einmal das Vertrauen ihrer Erzieher erlangt hatten. Einige gingen auch außerhalb des Heims zur Schule oder machten eine Ausbildung. Tamara war damals siebzehn Jahre alt. Es war ein offenes Geheimnis, dass sie mit jemandem aus dem Ort befreundet war. Das wurde toleriert, solange sie sich an die vorgegebenen Ausgangszeiten hielt. Ihre Freundinnen wussten, dass sie mit Sven Waskamp zusammen war. Er hat zu der Zeit mit seiner Schwester Julia bei seiner Tante und seinem Onkel, den Gregorians, gewohnt. Tamara Kalinoff starb in einer Februarnacht im Becken des heiminternen Schwimmbades.

Du kennst ja die Fakten: Laut Obduktionsbericht ist sie ertrunken. Um Hals und Brust war ein Seil gewickelt, an dem ein Metallgegenstand zum Beschweren befestigt war. Unmittelbar vor ihrem Tod hatte Tamara Kalinoff dem Anschein nach den Versuch unternommen, bei sich selbst eine Abtreibung vorzunehmen. Man fand einen verbogenen Drahtkleiderbügel, blutige Textilien und Blutspuren in einer der Umkleidekabinen. Der Eingriff war missglückt, stattdessen hatte die Manipulation mit einem Draht die Gebärmutterwand mehrfach perforiert. Das hat zu einer starken Blutung geführt und stellte an sich schon eine lebensgefährliche Verletzung dar. Sie muss nach dem Abtreibungsversuch unter starken Schmerzen gelitten haben. Ich habe einige der alten Ermittlungsberichte gelesen: Die Polizei hat ihren Tod damals gründlich untersucht. Das Ergebnis lautete auf Selbstmord durch Ertränken nach einem missglückten Abtreibungsversuch. Sven Waskamp, Tamara Kalinoffs Freund, hatte ein Alibi für den Abend ihres Todes. Er und seine Tante waren an diesem Februarabend zu einem Verwandtenbesuch nach Husum gefahren. Der Blutgruppenuntersuchung nach kam Waskamp als der Kindsvater infrage, er bestritt jedoch, mit Tamara sexuell verkehrt zu haben. Das hat er später widerrufen, aber erklärt, ein Kondom benutzt zu haben. Sven Waskamp konnte sich von dem Vorwurf, Tamara Kalinoff geschwängert und sie so in diese Notsituation gebracht zu haben, nie reinwaschen, zumal es keinen Hinweis auf einen anderen Mann in Tamaras Leben gab. Die Freundinnen des Mädchens wurden befragt, ohne dass etwas dabei herausgekommen ist. Eine von Tamaras Freundinnen, ihre Zimmergenossin Janet Domhoff, wurde bald darauf aus dem Heim entlassen. Entscheidend für diesen Fall ist, dass die DNA-Analyse zu der Zeit noch in den Kinderschuhen steckte. Die Spurenlage am Tatort, einem fast öffentlichen Schwimmbad, war verheerend, und man konnte auch nicht beweisen, wer Tamara Kalinoff geschwängert hatte. So blieb der Verdacht an Sven Waskamp hängen. Da aber während der Ermittlungen auch immer wieder Zweifel am Selbstmord des Mädchens bestanden hatten, wurden vorsorglich Gewebeproben Tamaras und auch des Fötus aufbewahrt.«

»Warum war eigentlich niemandem im Heim aufgefallen, dass Tamara Kalinoff über Nacht weg gewesen war?«

»Sie ist abends nach der offiziellen Bettruhe aus einem Fenster hinausgeklettert. Das hat jedenfalls ihre Freundin Janet Domhoff ausgesagt. Am nächsten Morgen wurde Tamara Kalinoffs Leiche von Solveigh Pahl im Schwimmbecken gefunden.«

»Weiß man, was in der Zwischenzeit mit ihr passiert ist?«

»Ja. Hier kommt Martin Gregorian ins Spiel. Ich muss noch mal zurückgreifen. Einiges von dem weißt du auch schon, aber ich erzähle der Reihe nach: Tamara Kalinoffs Tod galt als Selbstmord. Sven Waskamp war in den Augen vieler Kargauer zumindest moralisch mitschuldig. Die alte Geschichte muss wie ein Schatten über allem gelegen haben, was er tat. Dann erschien der Zeitungsartikel. Bernd von Ohlen, Waskamps Schwager, nahm die Konzertreise der Geigerin Maria Barlou zum Anlass, über ihre Partnerin, Janet Domhoff, zu berichten. Über ihren Unfalltod auf Korfu und dass sie mal in Kargau im Heim gelebt hatte. Ein schönes Foto von der Uhlenburg war auch dabei. Sven Waskamps alte Ängste wurden wieder wach. Er befürchtete, dass da noch mehr kommen würde, und er konnte im späteren Wahlkampf keine negative Presse gebrauchen. Er beschwerte sich über den Artikel – aber nicht bei seinem Schwager Bernd von Ohlen, sondern bei dessen Vorgesetztem. Waskamp befürchtete, dass ihn die Geschichte mit Tamara Kalinoff unter ungünstigen Umständen seinen Sitz im Bundestag kosten könnte. Er hat ausgesagt, dass er sich deshalb dazu entschlossen hatte, sich ein für alle Mal von jeder Schuld an Tamaras Tod reinzuwaschen. Er ist davon überzeugt, nicht der Vater von Tamara Kalinoffs ungeborenem Kind zu sein. Angeblich wollte er die Beweise nicht mal an die große Glocke hängen. Er wollte nur gewappnet sein. Waskamp hat aber mit seinem Onkel darüber gesprochen, dass er eine nachträgliche DNA-Untersuchung des Falles erwirken will. Und er hat ihm Katja Simon vorgestellt. Das war der Auslöser.«

»Martin Gregorian war derjenige, der eine heimliche Affäre mit der Heimschülerin Tamara Kalinoff hatte?«

»Er hat es inzwischen unter der Last der Beweise einge-räumt. Er hatte sie durch seinen Neffen Sven Waskamp ken-nengelernt. Sie wurde schwanger von ihm. Tamara Kalinoff hat Martin Gregorian angeblich mit Absicht erst viel zu spät darüber informiert. Eine legale Abtreibung wäre nicht mehr möglich gewesen. Gregorian behauptet, sie wollte ihn damit unter Druck setzen, seine Frau zu verlassen. Das kam für Gre-gorian jedoch nicht infrage. Er musste seine Ehe, die das finan-zielle Fundament für seinen beruflichen Erfolg darstellte, un-ter allen Umständen schützen. Und er war als Unternehmer auf dem Land auf seinen guten Ruf angewiesen. Seine Verbin-dung zu der minderjährigen Heimschülerin durfte nicht be-kannt werden.

Martin Gregorian hat ausgesagt, dass er eine illegale Abtrei-bung in einem Nachbarort arrangiert hatte. Er verabredete mit Tamara, sich abends mit ihr vor dem Heim zu treffen. Seine Frau war zu dem Verwandtenbesuch nach Husum aufgebro-chen, sein Neffe spielte den Chauffeur. Gregorian fuhr mit Tamara zu Marthe Vorhusen. Sie lebte damals in einem der Nachbardörfer und war bereit, für eine entsprechende Bezah-lung die Abtreibung bei Tamara Kalinoff vorzunehmen. Der Eingriff misslang. Vielleicht hat die Frau Gregorian sogar geraten, mit dem Mädchen ins Krankenhaus zu fahren? Er sagt aber aus, dass zunächst alles in bester Ordnung war. Er habe Tamara Kalinoff vor dem Heim abgesetzt und erst am nächsten Vormittag von ihrem Selbstmord erfahren. Wir vermuten jedoch, dass es sich folgendermaßen abgespielt hat: Nach dem Eingriff muss es Tamara zunehmend schlechter gegangen sein, und Gregorian geriet in Panik. Wenn er mit ihr zu einem Arzt gefahren wäre, wäre er selbst in Schwierigkeiten geraten. Er konnte sie nicht einfach zurück ins Heim bringen, er wollte sie auch nicht mit zu sich nach Hause nehmen. Aber aufgrund seines Berufes hatte er einen Schlüssel zum Schwimmbad. Tamara war zu dem Zeitpunkt wahrscheinlich von Blutverlust und Schmerzen stark benommen, wenn nicht sogar bewusstlos. Es gelang Gregorian, sie in die Schwimmhalle zu bringen und den Mord, den er beging, wie einen Selbstmord aussehen zu lassen. Selbstmord aus Verzweiflung nach einem eigenhändig unternommenen Abtreibungsversuch. Er benetzte einen Drahtkleiderbügel mit Tamaras Blut, führte ihn eventuell sogar noch einmal bei ihr ein, um ein falsches Beweisstück zu erzeugen, und platzierte ihn in der Umkleide. Dann beschwerte er Tamaras Körper und warf ihn ins Wasser. Tamara Kalinoff war zu diesem Zeitpunkt wohl nicht mehr dazu in der Lage, sich zu wehren. Sie ist ertrunken.«

»Aber Gregorian wird das nicht zugeben.«

»Es zu beweisen wird schwierig werden, doch es ist die einzige logische Erklärung für alles, was später geschehen ist.«

»Und was ist mit Zeugen?«

»Die Einzige, die damals von Tamara und Gregorian wusste, war Tamaras Freundin Janet Domhoff. Wir wissen inzwischen, dass Janet die beiden zusammen gesehen hat. Vielleicht hatte Tamara sich ihr sogar anvertraut. Aber anstatt es der Polizei mitzuteilen, beschloss Janet, Gregorian unter Druck zu setzen.

Sie hielt ihn nicht für den Mörder, lautete doch der offizielle Untersuchungsbericht auf Selbstmord. Aber moralisch gesehen war er in ihren Augen verantwortlich. Sie vermutete zu Recht, dass ein Mann in seiner Position einen Skandal fürchtet. Er gab ihr das Geld, mit dem sie ihre Schauspielausbildung finanziert hat. Das war ihr größter Traum – und mit einem Mal war er in erreichbare Nähe gerückt.«

»Woher wisst ihr das, wenn die Frau tot ist?«

»Von ihrer Lebensgefährtin, Maria Barlou. Sie hat alte Tagebücher von Janet gefunden und uns per Express geschickt. Die Erpressung, für die sie sich im Nachhinein schämte, war auch der Grund dafür, weshalb Janet nie wieder Kontakt zu ihren ehemaligen Freundinnen gesucht hat. Außerdem wollte sie nicht, dass Gregorian den Eindruck erhalten könnte, die beiden wüssten ebenfalls Bescheid. Intuitiv hat sie wohl geahnt, wie gefährlich ihr Wissen war. Sie lebte weit weg von ihm, aber Solveigh und Katja hielten sich immer noch in seiner Nähe auf.«

»Kannte Martin Gregorian die Mädchen so gut, dass er von ihrer Freundschaft wusste?«

»Wer weiß, was Tamara ihm alles erzählt hatte? Er könnte auch Janet Domhoff gefragt haben, ob Katja Simon und Solveigh Pahl es ebenfalls wissen.«

»Dann hätte er doch früher reagieren müssen.«

»Er fühlte sich wohl sicher – bis zu dem Zeitpunkt, als sein Neffe den DNA-Test angesprochen hat. Die DNA-Analyse des Fötus hätte ergeben, dass Sven Waskamp nicht als Kindsvater infrage kam. Gregorian fürchtete, die Polizei könnte mit den neuen Beweisen den alten Fall wieder aufrollen. Er rechnete nicht damit, dass eine DNA-Reihenuntersuchung im Ort vorgenommen werden würde. Das war unwahrscheinlich nach so langer Zeit. Aber wenn die Polizei einen Tipp bekäme, was sein Verhältnis mit Tamara Kalinoff betraf, dann wäre ihm jetzt die Vaterschaft und auch ein Mordmotiv nachzuweisen. Er musste befürchten, dass es außer Janet Domhoff noch zwei Menschen gab, die von ihm und Tamara wussten. Er war ein Mörder, der fast zwanzig Jahre unentdeckt in seinem gewohnten Umfeld gelebt hatte. Er hatte sich einen hohen sozialen Status erworben, war finanziell gut gestellt und ist ein Mensch, dem sein Ansehen und sein luxuriöser Lebensstil über alles gehen. Martin Gregorian kam zu der Überzeugung, dass Katja Simon und Solveigh Pahl vom Zeitpunkt der DNA-Untersuchung des Fötus an ein unkalkulierbares Risiko für ihn darstellen würden. Er ist ein Egozentriker, dem die Verhältnismäßigkeit der Dinge entglitten ist. Als sein Neffe ihm Katja Simon vorgestellt hat, muss er in Panik geraten sein. Er erfuhr bei dem gemeinsamen Abendessen aber auch, dass sie an Orientierungsläufen teilnimmt. Er ließ sich alles genau erklären. Wie ihr Verein die Wettkämpfe und Trainingsläufe im Internet ankündigt. Wie so eine Veranstaltung abläuft … Für Martin Gregorian, als Jäger und geübtem Schützen, war es nicht sehr schwer, den Mordanschlag auf Katja Simon zu planen und durchzuführen. Dass an dem Tag ihr Mann zu ihrer Zeit, mit ihrer Startnummer und im gleichen Trainingsanzug gelaufen ist, war ein Zufall. Ein tödlicher Zufall.«

»Er hat versucht, sie zu erschießen, um zu verhindern, dass Katja Simon sein früheres Verhältnis mit Tamara ausplaudert?«

»Es war reiner Selbsterhaltungstrieb. Gregorian suchte dann auch nach Solveigh Pahl. Sie hatte geheiratet und ihren Nachnamen geändert, aber er fand ihre Telefonnummer heraus und rief bei ihrem Mann an. Dafür haben wir Rainer Halbys Aussage. Gregorian gab sich als ehemaliger Mitschüler aus, der ein Klassentreffen organisieren will. Halby erzählte ihm, dass seine Frau in der Stadtbücherei arbeitet. Und von Solveigh Halby wissen wir inzwischen, dass sie sich einmal nach der Arbeit in der Bücherei verfolgt gefühlt hat … Schwer nachzuweisen, dass das Gregorian war, aber denkbar ist es schon.«

»Gregorian muss doch recht schnell erfahren haben, dass er statt Katja ihren Mann Timo Feldheim erschossen hatte. Warum hat er nicht noch mal versucht, sie umzubringen?«

»Die Frauen wohnten inzwischen beide in Katja Simons Haus. Da auch Rainer Halby seiner Frau nachspioniert hat, wurde es für Gregorian schwieriger, an sie heranzukommen. Rainer Halby hat Gregorian einmal sogar in der Nähe von Katja Simons Haus gesehen, was seine Eifersucht zusätzlich angestachelt hat. Er ahnte nicht, dass seine Frau und Katja Simon in Lebensgefahr schwebten. Halby ist ein wertvoller Zeuge.«

»Und was hatte Wilbur Asmussen mit all dem zu tun?«

»Gregorian brauchte einen Sündenbock. Er wollte das Gewehr loswerden, nachdem die Luft für ihn dünner wurde. Für seinen Geschmack haben wir uns sicherlich etwas zu oft in Kargau herumgetrieben. Du warst ja dabei, als Gregorian uns auf die falsche Spur gelockt hat. Auf die seines ehemaligen Angestellten Wilbur Asmussen. Er wusste über Asmussens Lebensumstände Bescheid. Er wusste auch, wie leicht er manipulierbar war … Martin Gregorian versteckte die Tatwaffe samt übriger Munition und einer Schachtel mit ›Andenken‹ an Tamara unter Asmussens Wohnbus. Erstaunlich finde ich, dass er nach der langen Zeit noch eine Haarsträhne von ihr hatte, genauso wie ihr Foto. War es ein Andenken an den Menschen Tamara oder ein Andenken an einen gelungenen Mord?«

»Es war Eitelkeit«, sagte Maiwald.

»Die ihm zum Verhängnis werden wird. Die Spurensicherung hat auf der Rückseite des Fotos einen Fingerabdruck von

Gregorian sichergestellt. Ebenso an der Munitionsschachtel, die er wohl vergessen hat abzuwischen. Dafür befindet sich von Asmussen kein einziger Abdruck auf der Waffe oder den anderen Dingen.«

»Sehr gut«, murmelte Maiwald. Er sah erschöpft aus.

»Soll ich weitererzählen? Ich kann auch morgen wiederkommen.«

»Untersteh dich! Ich will alles wissen.«

»Also gut: Ich muss noch mal auf den Zeitpunkt zurückkommen, als wir im ›Krug‹ Gregorian getroffen haben. Wir haben uns nach einer Engelmacherin erkundigt. Wir waren ganz nah an ihm dran, aber er hat die Nerven behalten und unsere Aufmerksamkeit auf Asmussen gelenkt. Doch er beschließt, dass er Katja Simon und Solveigh Pahl jetzt unbedingt loswerden muss. Ein Menschenleben bedeutete ihm spätestens nach dem sinnlosen Mord an Timo Feldheim überhaupt nichts mehr. Ich vermute, er hat seinerzeit auch Marthe Vorhusen mittels eines Gasunfalls zum Schweigen gebracht. Und ein erprobtes Mittel kann man wieder einsetzen. Zum Beispiel in Katja Simons Haus in Scharbeutz. Durch seine Beobachtungen weiß er von dem Hund, von Katjas Joggingrunden, von der Alarmanlage. Ein Einbruch kommt nicht infrage. Stattdessen verschafft er sich mittels eines Tricks Einlass.«

»Er hat den Hund abgefangen und sich dadurch Zutritt zu dem Haus verschafft?«

»Solveigh Halby hat es uns so geschildert. Er hat beide Frauen niedergeschlagen und gefesselt und dann die Gasleitung im Keller manipuliert. Er zündete eine Kerze an, die das Gas-Sauerstoff-Gemisch zu einem späteren Zeitpunkt zur Explosion bringen sollte.«

»Ganz schön gewagt.«

»Aber für einen Mann mit seiner Berufserfahrung möglich.

Und zum Zeitpunkt der Explosion sitzt er quasi schon wieder in Kargau mit seiner Frau auf dem Sofa.«

»Der Fernsehbericht über die kanadische Eisenbahn«, sagte Maiwald. »Aber wieso hat er Asmussen auch noch ermordet?«

»Nach der Vernehmung durch Broders und mich muss Asmussen ziemlich beunruhigt gewesen sein. Er erinnerte sich nämlich an Tamara Kalinoff, sehr gut sogar. Und er wusste wohl mehr über ihre Beziehungen zu Gregorian und ihren Tod, als er uns gesagt hat.« Pia schwieg einen Moment. Sie ging noch mal die Befragung durch und suchte nach dem Fehler, den sie dabei gemacht hatte. »Asmussen muss einfach von Gregorians Verhältnis zu Tamara gewusst haben. Das würde jedenfalls erklären, was danach passiert ist. Marianne Fierck hat Asmussen kurz vor seinem Tod in Kargau im Wald getroffen. Er sagte ihr, dass er auf Gregorian warte. Wilbur Asmussen klang aufgeregt. Er meinte, er müsse unbedingt mit ihm reden. Als Nächstes tauchte seine Leiche in Gregorians Angelhütte auf.«

»Also hat er Gregorian gesprochen – und der hat ihn in die Hütte gelockt, mit dem Plan, ihn ebenfalls umzubringen.«

»Für Gregorian war die Gefahr zu groß, dass Asmussen der Polizei doch genau die richtigen Hinweise gibt.«

»Hat er Asmussen wirklich mit der Axt ermordet?«

»Ja. Sie lag da zum Holzhacken herum. Gregorians Gewehr hatten wir ja inzwischen in Verwahrung genommen. Gregorian erschlug Asmussen und versteckte die Leiche in seiner Hütte, um sie später im Fundament in einem Betongrab zu versenken. Er konnte es wohl nicht sofort erledigen, weil er immer mal wieder im Ort und bei seiner Frau gesehen werden musste, um keinen Verdacht zu erregen. Als wir morgens bei ihm auftauchten, war er verständlicherweise beunruhigt, weil die Leiche noch offen in seiner Hütte lag. Zu dem Zeitpunkt, als wir zu der Hütte kamen, war er gerade im Begriff, die Betonarbeiten anzugehen. Wir sind ihm geradewegs in die Arme gelaufen. Tja, und den Rest kennst du.«

Maiwalds Augen waren geschlossen. Seine Gesichtsfarbe sah fahl aus. Der Fall Feldheim stellte nicht gerade den geeigneten Gesprächsstoff für einen Genesungsbesuch dar, dachte Pia. Vielleicht. Andererseits hatte Maiwald ein Recht darauf zu erfahren, dass sie alles taten, um Gregorian festzunageln. Wo waren eigentlich die altmodischen Ärzte und Schwestern, die Besucher dazu anhielten, den Patienten nur ja nicht aufzuregen oder zu lange zu beanspruchen?

»Tut mir leid, wenn das zu viel auf einmal war«, sagte sie.

»Schon gut«, murmelte er. »Das war wichtig für mich. Ich habe wohl Glück gehabt, wenn man bedenkt, wie es allen anderen ergangen ist, die Martin Gregorian in die Quere gekommen sind. Das war ja eine richtige Schlacht, die er geschlagen hat. Ist er überhaupt schuldfähig?«

»Das hoffe ich doch sehr!«, sagte Pia lauter als beabsichtigt. Der junge Mann im Bett nebenan sah erstaunt zu ihr herüber. »Er hat sich skrupellos jeden seiner Vorteile zunutze gemacht«, erklärte sie mit gesenkter Stimme. »Tamaras unbedingtes Vertrauen zu ihm, dass er durch seine Firma den Schlüssel zum Schwimmbad hatte, seinen Jagdschein, seine Kenntnisse im Umgang mit Gas … nur zum Schluss, da wurde er leichtsinnig.«

Maiwald starrte abwesend an ihr vorbei.

»Ich gehe jetzt besser«, meinte sie. Er nickte matt.

Pia verließ das Krankenzimmer in deprimierter Stimmung. Sie wusste schon jetzt, wie sie sich fühlen würde, wenn sie morgen bei einer weiteren Vernehmung dem bald vollständig genesenen, selbstsicheren Martin Gregorian gegenübersitzen würde. Wenn sie sich seine glatten Lügen anhören musste und seine Versuche, die Tatsachen zu seinen Gunsten zu verdrehen. Pia war so in Gedanken versunken, dass sie nicht weiter auf ihre Umgebung achtete. Sie bestieg den Fahrstuhl und drückte achtlos einen der unteren Knöpfe. Sie wollte nur noch raus.

Der Fahrstuhl hielt, die Türen glitten auseinander, und sie trat auf den Gang hinaus. Wenn sie aufmerksamer für das gewesen wäre, was um sie herum passierte, hätte sie es vielleicht kommen sehen.

35. Kapitel

Pia blickte sich um. Von hier war sie vorhin jedenfalls nicht gekommen. Irgendwie war sie im falschen Stockwerk gelandet oder zur falschen Seite ausgestiegen. Da sich der Fahrstuhl schon wieder in Betrieb gesetzt hatte, wandte sie sich in die Richtung, in der sie das Treppenhaus vermutete.

Hinnerk stand zusammen mit zwei Kollegen am Ende des Ganges. Er hatte ihr den Rücken zugewandt, doch sie erkannte ihn sofort an dem kurzen dunklen Haar und daran, wie er den Kopf leicht neigte, als er einem Kollegen zuhörte, der neben ihm stand. In der rechten Hand hielt er einen Pappbecher, wahrscheinlich mit Kaffee. Offensichtlich hatte ihn einer seiner Einsätze hergeführt. Er schien ihren Blick im Nacken zu spüren, denn er drehte sich plötzlich um und sah Pia direkt in die Augen. Überraschung, beinahe Erschrecken, spiegelte sich in seinem Gesicht, aber er hatte sich sofort wieder unter Kontrolle. Er sagte etwas zu seinem Gesprächspartner, dieser warf einen Blick in Pias Richtung und schaute dann gleich wieder weg. Hinnerk löste sich aus der kleinen Gruppe und kam auf sie zu. Ausgerechnet heute, ausgerechnet jetzt!, dachte Pia und straffte die Schultern.

»Pia, was machst du denn hier?«, fragte er, zerknüllte dabei den Pappbecher in seiner Faust und warf ihn mit einem gezielten Wurf in einen Mülleimer.

»Ich habe jemanden auf Station besucht«, antwortete sie. Dies war nicht der Ort für ein Gespräch mit Hinnerk und auch nicht der richtige Zeitpunkt.

»Hoffentlich nichts Schlimmes?«

Nur ein amputierter Unterschenkel – Maiwald würde es überleben, dachte sie sarkastisch. Sie zuckte nichtssagend mit den Schultern. Entweder bemerkte er nicht, dass sie nicht mit ihm reden wollte, oder er ignorierte es.

»Also ist es schlimm«, stellte er fest. »Das tut mir leid.« Er sah sie eindringlich an.

»Ich bin geschafft. Ich will jetzt nur noch nach Hause fahren«, sagte sie.

»Meine Schicht ist gerade zu Ende, ich komm ein Stück mit dir mit.« Auch das noch! Sie kam nicht dazu, etwas einzuwenden, denn er winkte seinen Kollegen zu, um sich zu verabschieden, und hielt dann mühelos mit ihr Schritt. »Wo parkst du? Vorn auf dem Besucherparkplatz?«

Sie nickte. Durch das Treppenhaus gelangten sie wieder in den Empfangsbereich. Als sie aus dem Gebäude traten, wehte ihnen ein Schwall kalter Luft entgegen. Das eher milde, feuchte Herbstwetter war winterlichen Temperaturen gewichen. »Polare Kaltluftfront« – so hieß es doch immer. Auch eine Front. Pia zog den Reißverschluss ihrer Jacke hoch, versenkte die Hände in den Taschen und ging in Richtung Parkplatz. Hinnerk blieb dicht an ihrer Seite, bis sie vor Pias Auto standen. Sie klimperte mit dem Autoschlüssel. »Soll ich dich irgendwohin mitnehmen?«

»Gern. Mein Auto steht an der Einsatzzentrale.«

Pia zog die Augenbrauen hoch und öffnete die Zentralverriegelung. Sie stieg ein. Hinnerk öffnete die Beifahrertür, ließ sich auf den Beifahrersitz fallen und versuchte, seine langen Beine in dem französischen Kleinwagen unterzubringen.

»Na ja, der Wagen ist ja jetzt auch bald Geschichte …«, sagte er, als Pia aus der Parklücke rangierte. »Hast du dich schon nach etwas Neuem umgesehen?«

»Einem neuen Auto?« Sie hatte noch nicht einen Gedanken daran verloren. »Du meinst, eine Familienkutsche, etwa einen …«, sie betonte das Wort mit einem gewissen Argwohn, »… Van?«

»Einem fahrbaren Untersatz, in dem du auf der Rückbank einen Kindersitz befestigen kannst, ohne jedes Mal einen Bandscheibenvorfall zu riskieren, und in den hinten auch noch ein Kinderwagen reinpasst.«

»Ja, das wäre wohl praktisch. Meinst du, hier passt kein Kinderwagen rein?« Sie sah nicht zu ihm hinüber, stellte sich jedoch vor, wie er mit den Augen rollte. Es gefiel ihr, ihn zu provozieren. Ein niederes, aber ungeheuer befriedigendes Gefühl.

»Ich habe einen neuen Mitbewohner gefunden«, informierte er sie. »Eine Studentin, die erst mal übergangsweise eine Bleibe gesucht hat. Das Semester hatte schon angefangen, und sie hatte immer noch nichts Passendes gefunden.«

Auch er schien niedere Gefühle zu haben. Die Ankündigung, dass eine junge Frau bei ihm eingezogen war, auch wenn es sich, zumindest vorgeblich, nur um eine Zweckwohngemeinschaft handelte, hatte den gewünschten Effekt. Pia trat etwas zu nachdrücklich auf das Gaspedal.

»Hey, sachte«, sagte er. »Ich kann mir die Miete für die große Wohnung allein nicht leisten. Und mit dir kann ich ja nun auch nicht mehr rechnen.«

»Nein. Kannst du nicht.«

»Trotzdem sollten wir es schaffen, normal miteinander zu reden, Pia. Schon wegen unseres Kindes.«

»Auf einmal ist es wieder *unser* Kind?«

»Das war es die ganze Zeit.«

»Auch als du mit meiner Schwester geschlafen hast, oder? Da hast du ja viel Familiensinn bewiesen.«

»Dass mit deiner Schwester war ein Fehler, aber ich kann

es nicht rückgängig machen. Genauso wenig, wie du deinen Ausrutscher rückgängig machen kannst, oder? Doch vielleicht willst du das ja auch gar nicht.«

Pia presste trotzig die Lippen aufeinander.

»Und als es passiert ist, das mit Nele und mir, da wusste ich auch noch nicht, dass du schwanger bist.«

»Das ist doch irrelevant, oder? Es geht schließlich um uns beide. Wie wir miteinander umgehen.«

»Was für ein Chaos«, sagte Hinnerk nach einer kleinen Weile, und es war nicht ganz klar, ob er den dichten Feierabendverkehr meinte, der sich von Ampel zu Ampel staute, oder das selbst produzierte Chaos zwischen ihnen beiden.

»Weißt du, was mich besonders nervt?«, fragte Pia mit mühsam unterdrückter Wut. »Dass sie es schon einmal getan hat. Nele … sie hat sich schon mal an einen meiner Freunde rangeschmissen. Sie tut es nur, um zu sehen, ob es ihr gelingt … Es ist ein Spiel für sie, nichts weiter. Und du hast mitgespielt.«

»Und was war es für dich? Auch ein Spiel?«, entgegnete er und brachte sie kurzzeitig aus dem Konzept.

»Was? Das mit Marten?« Sie überlegte kurz. »Eine Mischung aus Trotz dir gegenüber … und Nostalgie, glaube ich …«

»Nostalgie?«

»Nostalgie: Freude über das unerwartete Wiedersehen und eine Art sentimentales Bedauern, dass die Vergangenheit nie zurückkommt«, dozierte sie.

»Wirst du ihn denn nicht wiedersehen?«

»Marten? Wenn es nach mir geht, nicht. Und umgekehrt sieht es genauso aus, vermute ich.«

»Vermutest du.«

»Du hast es ganz genau verstanden.«

Er schwieg und sah aus dem Beifahrerfenster. Gleich waren sie an Hinnerks Arbeitsplatz, dann hatte sie es überstanden.

»Ich würde gern mitkommen, wenn du deinen nächsten Ultraschalltermin hast«, sagte er. Bei all der Wut, die sie gegen ihn hegte, blitzte so etwas wie Bewunderung für ihn auf. Sie hätte sich nicht getraut, das in dieser Situation anzubieten. Pia bremste ab und stellte sich quer vor Hinnerks Wagen. Er löste seinen Gurt und sah sie an. »Ich denke, dass ein Neuanfang für uns immer noch möglich ist, Pia. Schlag nicht alle Türen hinter dir zu.«

»Mit anderen Worten: Stell dich nicht so an!«

»Für dich ist es ohne Zweifel schwieriger. Du stehst vor einer neuen Lebenssituation. Ich wollte dir nur sagen, dass ich mich für das Kind verantwortlich fühle … egal, wer der biologische Vater ist.«

Sie schluckte. War das ihre eigentliche Befürchtung? Hatte er es gerade auf den Punkt gebracht? Doch für heute war ihr das alles zu viel, und sie war nicht bereit, sich jetzt auf dieses Thema einzulassen. »Und Nele kann dann wohl gleich die Patentante werden«, erwiderte sie und sah, dass Hinnerk eine Spur blasser wurde.

»Es hat keinen Sinn, darauf etwas zu antworten. Es hat heute offensichtlich nicht mal Sinn, mit dir zu reden, Pia. Verschieben wir es auf einen späteren Zeitpunkt. Und noch etwas … Nele spielt für mich überhaupt keine Rolle mehr.«

»Sie bleibt meine Schwester, ob es mir nun passt oder nicht. Soll ich ihr Verhalten einfach so hinnehmen? Ich habe sie neulich getroffen«, sagte Pia. »Sie denkt, dass das alles meine Schuld ist, weil ich nicht in die Ausstellung meiner Bilder eingewilligt habe.«

»Du hast sie angeschrien«, erwiderte er vorwurfsvoll.

»Vielleicht war ich etwas lauter als nötig. Ich war wütend auf sie, und das wohl zu Recht.«

»Kann schon sein. Trotzdem …« Er zögerte. »Sie hat Angst vor dir, Pia.«

351

Und woher wusste er das schon wieder? Sie sah ihm nach, wie er aus ihrem Wagen stieg, die Tür zuwarf und dann, ohne sich noch einmal umzusehen, zu seinem eigenen Auto hinüberging.

Zwei frische Gräber, direkt nebeneinander. Noch waren die Grabsteine nicht aufgestellt, doch Pia wusste, das mit dem voluminösen Hügel aus kaum verwelkten Kränzen und Blumengebinden darauf war das Grab von Katja Simon. Es lag direkt neben dem ihres Mannes. Sie war ihm schneller in den Tod gefolgt, als sie es wohl erwartet haben dürfte. Keiner der beiden dürfte *das* erwartet haben. Vor Katja Simons Grab stand, reglos und mit gesenktem Kopf, ein großer Mann. Er trug einen dunklen Tuchmantel über grauen Hosenbeinen und eleganten schwarzen Lederschuhen. Seiner Haltung nach war ihm kalt. Sven Waskamp war nicht für einen Friedhofsbesuch an einem Novembernachmittag an der Ostsee gekleidet. Er sah eher so aus, als wollte er nur schnell von seinem gut geheizten Büro in seinen in der Parkgarage abgestellten Wagen steigen.

Pia stellte sich neben ihn.

Er hob den Kopf und sah sie überrascht an. »Die Kommissarin. Was treibt Sie denn hierher? Jetzt, wo alles vorbei ist.«

»Es ist noch lange nicht vorbei. Vorbei ist es erst, wenn Martin Gregorian wegen fünffachen Mordes und schwerer Körperverletzung verurteilt worden ist.«

»Ja. Der Fall ist für Sie noch nicht erledigt, nicht wahr? Ich versuche allerdings, irgendwie damit klarzukommen. Das hier, mein Besuch auf dem Friedhof, ist auch nichts weiter als so ein Versuch.«

»Meiner Beobachtung nach hat unsere Generation Probleme

mit Friedhöfen. Vielleicht kommt das irgendwann, wenn wir älter werden ...«

»Vielleicht auch nicht. Ich habe verfügt, dass meine Asche in der Ostsee verstreut werden soll. Aber eigentlich ist es auch egal ... Wie geht es meinem Onkel?«

»Sie erkundigen sich nach Martin Gregorians Befinden?«

»Er war eine wichtige Bezugsperson für mich, als ich ein Kind und Jugendlicher war. Eigentlich auch später noch. Bevor das alles passiert ist, hätte ich behauptet, wir standen uns nahe. Ich denke immer wieder daran, dass ich doch etwas hätte merken müssen. Irgendwas, das mich darauf vorbereitet, dass etwas mit ihm nicht stimmt.«

Pia zuckte mit den Schultern und spürte den Druck der schweren Lammfelljacke. Sie trug das wärmste Kleidungsstück, das sie besaß, dazu dicke Stiefel und einen Wollschal, den sie sich mehrfach um den Hals geschlungen hatte. »Menschen können sich lange Zeit vollkommen normal verhalten, doch wenn sie aufs Äußerste gereizt oder provoziert werden, zeigt sich, dass sie außerhalb von Gesetz und Moral zu handeln bereit sind. Das trifft übrigens auf fast jeden von uns zu.«

»Martin Gregorian – ein Opfer der Umstände?«, fragte Sven Waskamp ironisch.

»Ein skrupelloser, egozentrischer Sadist, der durch eine Verkettung ungünstiger Umstände zum Mörder geworden ist. Wenn seine Affäre mit Tamara Kalinoff nicht durch ihre Schwangerschaft für ihn gefährlich geworden wäre, wenn seine soziale Stellung und der Wohlstand, den er sich erarbeitet hatte, nicht zur Disposition gestanden hätten, vielleicht wäre Gregorian gestorben, ohne je einem Menschen etwas zuleide getan zu haben ...«

»Ich verabscheue mich selbst, dass ich ihm so lange vertraut habe. Ich hatte eine so hohe Meinung von ihm. Was ist denn mit meinem Urteilsvermögen, wenn ich einem Mörder mein Vertrauen geschenkt habe?«

»Sie wurden von ihm getäuscht. Das ist alles. Apropos, wie geht es Ihrer Tante, nach allem, was passiert ist?«

»Gar nicht gut«, sagte er. »Eveline will mit niemandem darüber reden. Ehrlich gesagt, ist mir ihr Verhalten unheimlich. Sie tut so, als wäre das alles nicht passiert. Stattdessen stürzt sie sich in ihre karitativen Unternehmungen. Na ja, so geht wenigstens etwas Gutes aus der Sache hervor.«

»Jeder bewältigt Schwierigkeiten auf seine eigene Art und Weise. Man hat angeblich gerade festgestellt, dass diejenigen, die alles diskutieren und analysieren, nicht unbedingt am besten mit traumatischen Erlebnissen klarkommen. Mancher gräbt lieber seinen Garten um und lernt irgendwann, mit seiner Vergangenheit zu leben.«

»Sprechen Sie aus Erfahrung?«

»Ich … nein.«

Ihre Blicke begegneten sich. Sven Waskamps Ohren und Nase waren vor Kälte gerötet. Kondensierte Atemluft stieg vor seinem Gesicht auf. Er hob die Hände und blies hinein, um sie zu wärmen. »Es wird mir allmählich zu frisch hier draußen, ich wollte gerade gehen.«

»Ich begleite Sie ein Stück«, schlug Pia vor, der in ihren Wintersachen wohlig warm war.

Er hielt den Blick gesenkt, als er sagte: »Das Schlimme ist, dass so viel unausgesprochen geblieben ist – zwischen Katja und mir, meine ich. Sie wissen ja, dass wir eine Beziehung miteinander hatten …«

»Ja.«

»Wir beide brauchten zu dem Zeitpunkt wohl etwas und dachten, der jeweils andere könnte es uns geben. Aber ausgerechnet Katja Simon … Jetzt denke ich, es hatte wohl auch etwas mit meiner Beschäftigung mit Tamaras Tod zu tun. Dass ich mir Sorgen machte, es könne meinem politischen Werdegang schaden, wenn die alte Geschichte wieder ins Gespräch kommt.«

»Und von Katja Simon haben Sie sich Hilfe erhofft?«

»Ich ging wohl unbewusst davon aus, dass eine von Tamaras Freundinnen wissen musste, wer der Vater ihres Kindes war. Katja wiederzutreffen erschien mir wie ein Wink des Schicksals. Aber dann habe ich mich in sie verliebt.«

»Sie war eine außergewöhnliche Frau«, sagte Pia ruhig.

»Katja war so stark. Und ich wusste nie, woran ich bei ihr war. In einem Moment fiel sie mir um den Hals, im nächsten ließ sie mich eiskalt abblitzen. Sie schien mir so unabhängig von der Meinung anderer zu sein. Aber dann merkte ich, dass sie etwas Bestimmtes von mir wollte …«

»Und das war?«, fragte Pia neugierig.

»Dazugehören. Sie wollte von Leuten wie den Gregorians als gleichwertig anerkannt werden. Dabei hat sie ihre Art zu leben eigentlich verachtet. Ist das nicht merkwürdig?«

»Ich weiß nicht. Etwas, das für einen Menschen in jungen Jahren unerreichbar ist, wird manchmal später zur fixen Idee«, vermutete Pia. »Sie haben sich in Bezug auf die Vergangenheit übrigens an die falsche Freundin gehalten. Wir haben Post von Janet Domhoffs Lebensgefährtin, Maria Barlou, bekommen … Sie erinnern sich an Janet?«

»Auch eine von Tamaras Freundinnen, nicht wahr?«

»Ja. Sie hat in Janets Nachlass eine Art Tagebuch aus der Zeit gefunden. Wir wissen nun, dass Janet Domhoff Ihren Onkel und Tamara Kalinoff miteinander beobachtet hatte. Sie vermutete ganz richtig, dass die beiden eine Affäre hatten. Damit hat sie Ihren Onkel erpresst, und zwar um genau die Summe, die sie brauchte, um ihre Ausbildung zu finanzieren. Ein lebensgefährliches Unterfangen, im Nachhinein betrachtet. Was Janet Domhoff nicht wusste, ist, dass Gregorian auch Tamaras Mörder war.«

»Irgendwie weigere ich mich noch, es zu glauben«, sagte Sven Waskamp. »Mein Onkel war jemand, der alles konnte und alles wusste. Jedenfalls aus meiner damaligen Perspektive. Kein Problem, mit dem er nicht fertig geworden wäre.«

»So war es ja auch im Fall von Tamara. Nur hat er das Problem auf seine ganz eigene Art und Weise gelöst.«

»Er ist kein gewöhnlicher Mörder.«

»Martin Gregorian hat gestern bei der Vernehmung gestanden, dass er Tamara Kalinoff umgebracht hat. Er hat uns genau geschildert, was in der Nacht ihres Todes passiert ist. Es ist ihm bewusst – war ihm immer bewusst –, dass er sie vielleicht hätte retten können. Aber er bedauert nichts«, sagte Pia.

Epilog

Eingesperrt zu sein ist eine Qual für mich. Diese ungesunde Beschäftigung mit der Vergangenheit! Ich werde alles aufschreiben, an das ich mich erinnern kann, und es dann für immer vergessen. Wenn ich an jene Nacht denke, sehe ich immer zuerst Tamaras erstauntes Gesicht vor mir. Wie sie mich mit großen Augen ansieht, als ich vor dem Haus der Vorhusen anhalte. Ich hatte nicht viel von dieser Adresse erwartet, aber selbst mir wird bei dem Anblick komisch zumute. Das Licht der Autoscheinwerfer fällt auf eine Hauswand, deren Putz abblättert, als hätte sie eine unaussprechliche Hautkrankheit. Ein Fenster neben dem Eingang ist mit einer Sperrholzplatte geflickt, und die Haustür sieht schmutzig und abgestoßen aus. Der Müll neben dem Haus türmt sich zwei Meter hoch: Bretterstapel, Fässer, ein Kinderwagen ohne Räder, eine Waschtrommel, eine kaputte Gartenbank. Ich kenne diese Klientel, die Krimskrams hortet, von dem sie glaubt, dass es irgendwer irgendwann angeblich noch einmal gebrauchen kann ... Und ich hatte Tamara erzählt, ich würde sie schick zum Essen ausführen.

»Was willst du hier?«, fragt sie mich misstrauisch. »Ich dachte, wir gehen in ein Restaurant.«

»Wir müssen vorher noch was erledigen. Gemeinsam. Komm mit, es dauert nicht lange.«

Sie lässt sich von mir aus dem Wagen helfen, fröstelt in ihrem dünnen Kleid. Ich lege den Arm um sie, führe sie zum Eingang und klopfe gegen die Türfüllung.

»Was soll das werden, Martin?«, fragt sie störrisch.

Mehr vorsorglich als fürsorglich ziehe ich sie ein Stück näher zu mir heran. »Vertrau mir, Kleines«, flüstere ich. Drinnen geht das Licht an, und ich höre, wie sich ein Schlüssel im Schloss dreht. »Du musst gar nichts sagen. Lass mich das machen.«

Marthe Vorhusen, eine kräftige Frau mit rotem Gesicht und krausem Haar, öffnet uns die Tür. Sie nickt, seufzt und fordert uns auf einzutreten. Wir folgen ihr durch einen engen Flur. Es riecht nach frisch gewaschener Wäsche und gekochten Bohnen. In der Küche sitzt ein Mann am Tisch und raucht. Sie schickt ihn barsch hinaus, wie einen Hund, und räumt dann den Tisch leer. Sie macht das gewiss nicht zum ersten Mal, denke ich. Ich muss da auf Eveline vertrauen. Frauenangelegenheiten – sie weiß, was da das Richtige ist.

Marthe Vorhusen breitet eine PVC-Decke mit Klatschmohn-Muster auf dem Küchentisch aus und streicht sie glatt. »Wie weit?«, fragt sie.

Tamara zuckt, und ich spüre, wie sie sich in meinem Arm versteift. »Noch nicht sehr weit«, sage ich, »aber zu spät, um es offiziell zu machen.«

Die Frau verzieht missbilligend ihr Gesicht.

»Was soll das?«, wispert Tamara.

»Ich habe nachgedacht, Kleines. Du bist zu jung, um dir so die Zukunft zu verbauen. Es dauert nicht lange, und alles ist wieder in Ordnung.«

»Ich will das Kind behalten«, flüstert sie mir ins Ohr. Sie klingt trotzig, als wäre sie erst sieben und nicht siebzehn.

»Es ist noch kein Kind. Es ist nichts als ein Zellhaufen. Der Eingriff dauert nur ein paar Minuten. Du weißt, dass ich dabei einzig und allein an uns beide denke.«

Sie sträubt sich nicht allzu sehr. In Wirklichkeit hat sie Angst davor, ein Kind zu bekommen. Ich höre an ihrem Ton, dass sie das, was kommen wird, bereits akzeptiert hat. Sie lässt sich von mir auf den Küchentisch helfen, und die Frau drückt ihre Beine auseinander.

Ich sehe weg, spüre nur Tamaras kalte Hand, die sich an mich klammert. Die Tischdecke aus PVC berührt meinen Arm. Sie fühlt sich klebrig an. Ich will nicht daran denken, was diese Frau dort gerade tut, und versuche, mich abzulenken. Ich betrachte die Küchenschränke mit den senfgelben Türen und die Lebensmittelpackungen, die darauf abgestellt sind, als wäre das hier ein Verkaufsraum: Cornflakes, Nutella, Kakao, Pulver für Erdbeermilch, Bananenmilch … alles süß.

Dann ist es vorbei. Marthe Vorhusen wäscht sich am Spülstein die Hände. Tamara richtet sich auf.

Ich ziehe den vorbereiteten Umschlag mit den zweitausend Mark hervor. Viel Geld, aber die Sache ist es mir wert.

Die Frau zählt langsam nach, die Zahlen mit den Lippen formend. Sie nickt. Der Mann lauert plötzlich im Türrahmen und starrt uns an. Marthe Vorhusen lässt den Umschlag in ihre Kittelschürze gleiten. Sie blickt zu Tamara hinüber und scheint zu überlegen, dann tritt sie näher an mich heran. Ich kann ihren Schweiß riechen. Sie drückt mir eine Papiertüte in die Hand. »Davon müssen Sie Tee aufbrühen und sie ganz viel davon trinken lassen. Und wenn es Probleme gibt, fahren Sie die Kleine sofort zum Arzt!«, sagt sie leise.

»Wieso Probleme?«

»Gehen Sie jetzt.«

Ich atme auf, als wir wieder draußen sind. Tamara klettert in den Wagen und lässt sich matt in den weichen Ledersitz sinken. Ich habe auf Evelines Rat hin vorher vorsorglich eine große Plastiktüte darauf ausgebreitet. Es knistert. Als ich anfahre, schließt Tamara die Augen. Ich fühle mich sofort besser.

Der Lüfter meines Wagens surrt leise, und aus den Düsen tritt bald warme, wohlriechende Luft.

»Du hast es hinter dir«, sage ich, nachdem wir eine Weile schweigend durch die Nacht gefahren sind. »Ich bin stolz auf dich.«

Sie öffnet kurz die Augen. »Mir tut der Bauch weh.«

»Na ja, das war wahrscheinlich zu erwarten.« Sie muss es erst verarbeiten. Ich konnte es ihr nicht vorher sagen. Eveline hatte mich ausdrücklich davor gewarnt.

»Ich habe Krämpfe. Und die Frau hat nicht mal richtige Instrumente benutzt«, jammert Tamara.

Ich hasse es, wenn Frauen in diesem Ton mit mir reden. Glaubt sie etwa, mir macht das alles Spaß? »Ach ja? Denk doch mal nach! Warum ist das wohl so? Sie hatte keine speziellen Instrumente, weil schon der Besitz strafbar wäre.«

»Wenn herauskommt, was wir getan haben, kriegen wir Ärger«, sagt Tamara anklagend und stöhnt wieder. Langsam verliere ich die Geduld mir ihr.

»Ich hab nichts getan«, sage ich, um das ein für alle Mal klarzustellen. Ich schalte noch einen Gang hoch. Sie jammert leise. Keine Widerstandskraft, keine innere Stärke, denke ich. Oder schlechtes Blut? Sie kann ja nichts dafür. »Vergiss es einfach, okay? Alles wird gut«, sage ich.

»Es tut ganz grässlich weh, Martin. Und es wird überhaupt nicht besser. Ich glaube, ich blute ziemlich stark.«

»Wie stark?«, frage ich alarmiert. Blutflecken in meinem Wagen sind das Letzte, was ich brauchen kann.

»Ich weiß nicht. Ziemlich stark eben.«

Verdammt! »Was meinst du, wofür der Tee gut ist«, fahre ich sie an. »Ich bring dich jetzt nach Hause, und du ruhst dich aus und trinkst den Tee. Dann hört das auf.«

»Ich weiß nicht, Martin ...« Trotz der voll aufgedrehten

Autoheizung zittert sie. Ihr Gesicht ist gespenstisch blass. Eveline hatte mir doch versichert, der Eingriff sei unkompliziert. So etwas würde jeden Tag gemacht werden.

Tamara wirft sich im Sitz hin und her, während ich schnell – viel zu schnell – den Wagen zurück in Richtung Kargau lenke. »Ich glaube, da ist was schiefgegangen, Martin«, sagt sie plötzlich mit schriller Stimme. »Es geht mir gar nicht gut.«

»Das wird gleich besser«, beschwichtige ich sie. »Du musst jetzt als Erstes aus dem Auto herauskommen. Du musst dich hinlegen und entspannen. Eine Schmerztablette nehmen und vor allem den Tee trinken, den sie dir mitgegeben hat.«

»Meinst du? Es tut so verdammt weh.« Sie schluchzt.

Sie stellt sich an, denke ich. Keiner hat behauptet, dass es ein Spaziergang wird. Ich bin genervt. »Es war ein medizinischer Eingriff. Aber eine Geburt ist tausend Mal schlimmer«, sage ich etwas zu laut. Ich rede gegen die Beklemmung an, die immer drückender wird.

»Mir ist so kalt!«, klagt sie. Ihre Arme zittern und auch ihre Beine. »Und mir wird schwindelig.«

»Mach die Augen zu und entspann dich«, sage ich. »Hab keine Angst, ich kümmere mich um alles.« Aber ich ahne schon, dass ich das nicht kann. Eveline wird wissen, was zu tun ist. Das alles war ihre Idee. Ich kann Tamara so nicht wie geplant zum Heim zurückbringen. Ich will sie loswerden, aber sie sieht nicht so aus, als könnte sie überhaupt noch allein gehen. Wie ferngelenkt fahre ich zu mir nach Hause. Hoffentlich ist Eveline schon aus Husum zurück! Ich halte hinter dem Haus und klopfe an die Küchentür. Tamara dämmert auf dem Beifahrersitz vor sich hin. Sie bekommt nicht mehr mit, was vor sich geht. Als ich Eveline erkläre, was passiert ist, wird sie wütend. Sie sagt, dass das Mädchen verschwinden muss.

»Ich kann sie so aber nicht ins Heim zurückbringen«, wende ich ein. »Sie braucht einen Arzt.«

Eveline entgegnet: »Untersteh dich! Denk endlich auch mal an uns! Der Skandal. Du wanderst ins Gefängnis, wenn das alles herauskommt. Und was wird dann aus mir? Aus Julia und Sven?«

»Ohne Hilfe stirbt sie. Kannst du nichts für sie tun?«

»Da kann man gar nichts tun. Verpfuscht ist verpfuscht. Entweder stirbt sie am Schock, oder sie verblutet. Aber ich weiß, wie du unbeschadet aus der Geschichte herauskommst. Hör mir genau zu: Du fährst jetzt mit dem Mädchen ins Schwimmbad vom Heim und lässt es so aussehen, als hätte sie den Abbruch dort selbst vorgenommen.« Sie verschwindet kurz in der Diele und kommt mit einem Kleiderbügel aus Draht zurück. »Hier, den wirst du brauchen. Dann musst du sie ins Wasser bekommen. Sie stirbt sowieso, es ist eine Erlösung. Und man wird denken, sie hätte sich nach dem missglückten Eingriff umgebracht. Ein Selbstmord, verstehst du? Das ist deine einzige Chance.«

»Eveline. Das kann ich nicht. Sie ist fast noch ein Kind!«

»Das hättest du dir eher überlegen müssen. Jetzt gibt es nur noch dieses Mädchen oder uns! Entscheide dich.«

Und ich entscheide mich, greife nach dem Bügel. Ein Küchenhandtuch und ein Seil stecke ich vorsorglich auch noch ein.

»Du musst durchhalten, Tamara. Gleich kommt ärztliche Hilfe«, versichere ich ihr, als ich sie fünf Minuten später zum Eingang des Hallenbades schleppe. Sie ist viel schwerer als erwartet. Ich besitze einen Schlüssel zur Schwimmhalle, den ich mir mal habe nachmachen lassen. Die Pumpe ist so oft defekt, da lohnt es sich, vorbereitet zu ein. Dass wir hier nicht im Krankenhaus sind, merkt Tamara trotzdem. Vielleicht denkt sie, ich habe einen Arzt herbestellt? Ich trage sie fast den ganzen Gang entlang. Es riecht nach Chlor, und die Luft ist warm.

»Wo sind wir? Was soll das?«, murmelt sie undeutlich. Sie hat Mühe, die Worte zu formen. Eveline hat recht, sie stirbt sowieso. Warum soll sie sich lange quälen? Als ich meinen Griff lockere und sie auf dem gekachelten Fußboden einer der Umkleiden ablege, wimmert sie leise.

»Gleich hast du es geschafft«, flüstere ich und sehe mich um. Ein Plan, ich brauche einen Plan! Ein paar Dinge zurechtlegen, an alles denken. Ich muss ihr die Unterhose und die Schuhe ausziehen. Ihre Strumpfhose hat sie vorhin zum Glück gar nicht wieder angezogen. Ich treffe die nötigen Vorkehrungen, damit es so aussieht, als hätte sie selbst Hand an sich gelegt. Als das erledigt ist, gehe ich auf Socken ins Schwimmbad und suche nach etwas, mit dem ich sie beschweren kann. Da, der Metallkorb, in dem die Schwimmwesten aufbewahrt werden! Ich bringe ihn neben dem tiefen Becken in Position und ziehe das Seil hindurch. Dann gehe ich zu Tamara zurück, nehme sie auf den Arm und trage sie in die Schwimmhalle. Sie kommt kurz zu sich, als ich sie am Beckenrand zu Boden gleiten lasse, und sieht mich hoffnungsvoll an – so lange, bis ich das Seil um ihre Brust schlinge. Als ich es auch um ihren Hals lege, fängt sie an zu zappeln. Sie versucht, sich von mir wegzudrehen, doch sie ist schon zu schwach, um ernsthaft Gegenwehr zu leisten. Endlich habe ich das Seil an ihr befestigt. Ich stehe auf und schaue auf sie hinunter. Ein Albtraum, das alles.

»Sieh mich nicht so an, Tamara. Ich kann nichts dafür. Das habe ich nicht gewollt.« Ich bin mir nicht sicher, ob sie mich überhaupt noch hören kann. Sie liegt reglos da. Vielleicht ist sie auch schon tot? Nein … Ich beuge mich zu ihr runter und schiebe sie in Richtung Beckenrand. Als ich sie umdrehe und sie in das tiefe Becken sieht, scheint ihr klar zu werden, was ich vorhabe. Sie versucht, sich am Beckenrand festzuhalten, aber ihre Finger lassen sich leicht von den Kacheln lösen. Ich will ihr nicht wehtun. Mach es dir nicht so schwer, denke ich. Mach es mir nicht so schwer!

Ich stoße sie nach vorn. Den schweren Korb werfe ich hinterher. Das sollte reichen. Es kommt mir irreal vor, wie ihr Körper immer tiefer in das Wasser sinkt. Nun gibt es kein Zurück mehr. Ich sehe, wie Tamara versucht, mit den Armen zu rudern, als wollte sie mir zuwinken. Ihre Augen sind aufgerissen ... und dann auch ihr Mund. Eine Luftblase steigt daraus auf. Dann noch eine. Sie ist jetzt unten am Beckengrund und starrt mich an.

Wie lange soll das denn noch dauern? Ich kann doch nichts dafür! Es musste sein. Ich wende mich ab.

Nachwort der Autorin

Wie immer sind alle Personen und Ereignisse in diesem Roman Fiktion. Falls ich aus Versehen einen realen Namen erwischt habe oder sich tatsächlich etwas Ähnliches in der geschilderten Umgebung zugetragen haben sollte, ist das reiner Zufall und nicht von mir beabsichtigt.

Für die Hilfe bei meinen Recherchen möchte ich wieder einmal ganz vielen Leuten danken: Ich hatte das Glück, von Heike Beermann durch die Blomenburg geführt zu werden, welche, rein äußerlich betrachtet, als Vorbild für die Uhlenburg im Roman fungiert hat. Die Beschreibungen, wie es zur Zeit des Landeserziehungsheims auf der Blomenburg ausgesehen hat, haben mir sehr geholfen.

Meine Fragen zur Stadtbibliothek Lübeck hat mir Renate Weigel beantwortet und mich durch die wunderschönen alten Säle geführt. Solveigh Halby, als Angestellte der Stadtbibliothek, ist aber genau wie alle anderen Romanfiguren ein erfundener Charakter. Auch die kleine Gruppe von Umweltaktivisten, die sich im Roman gegen die Sportveranstaltung wendet, ist eine reine Erfindung meinerseits. Orientierungsläufe auf dem Priwall gibt es hingegen tatsächlich. Ich hatte das Glück, im Januar 2009 selbst an einem teilnehmen zu dürfen.

Ein großes Dankeschön geht an Rudy Lueck, einen Waffenexperten, der mir mit der Auswahl und Beschreibung der verwendeten Waffe und der Munition geholfen hat. Ebenso an meine Freundin und juristische Ratgeberin, Britta Langsdorff, die mir erklärt hat, dass Solveigh eine »einstweilige Anordnung« erwirken muss, keine »einstweilige Verfügung«. Ich habe im Roman trotzdem den Begriff »einstweilige Verfügung« verwendet, weil er geläufiger ist. Für die Verstecke unter dem alten Mercedes-Bus bedanke ich mich bei Frank, den ich über das Internet kontaktiert habe.

In der Hauptfeuerwache Lübeck hat man mich über die Hintergründe und das Vorgehen bei Gasexplosionen aufgeklärt, und mit der Ärztin Andrea Völtzer habe ich ein aufschlussreiches Gespräch über die medizinischen Aspekte illegaler Abtreibungen, Beruhigungsmittel und das Versorgen von Platzwunden geführt. Für die Informationen über das Geigespielen danke ich Christine Bayer und Jan Baruschke. Die Jean Baptiste Vuillaume hat natürlich ihren Platz in der Geschichte gefunden. Ebenso danke ich Alexa Knackstedt für ihre hilfreichen Schilderungen und die Anfangsszene im Schrank.

In der »WunderBar« in Lübeck hat mir Robin Francke aus dem Stegreif »Ostseeblut« gemixt, wie Katja, Solveigh und Maria es hätten trinken können. Danke für das wunderbare Rezept! Und zu Buck: Es ist zwar nicht der Parkplatzwächter geworden, aber ich hoffe, die Szene gefällt dir trotzdem.

Ein ganz herzliches Dankeschön geht an das Lektorat, Karin Schmidt und Dorothee Cabras, sowie an meine Agentin, Franka Zastrow, die durch kritisches Hinterfragen und einen genauen Blick wesentlich zu »Ostseeblut« beigetragen haben.

Last but not least danke ich ganz besonders meiner Familie, die an mich glaubt und die mich wie immer großartig unterstützt hat, praktisch, moralisch und überhaupt!